辺境の
錬金術師 1
～今更予算ゼロの
職場に戻るとか
もう無理～
御手々ぽんた
Otete Ponta

CHARACTERS
カリーン
ルスト
ヒポポ

タウラ
アーリ
ロア
セイルーク

「《解放》重力のくびき、限定解除」
次の瞬間、
ざあ、と水球だった金色の溶液が
ボトルの中に向かって入っていく。

CONTENTS

第一話　予算ゼロ!?

「……九百九十九本、千本。よし今日の分は完成！　よしよし。まだ午前中だ。これなら午後からは実験の続きができる……」

　私は錬金術で高速錬成して作った蒸留水のボトルをチェックしていた。

　蒸留水は各種ポーションはもとより、魔法生物の錬成にも欠かせない、最も重要な材料だ。

　その品質は、錬成した品の出来を大きく左右する。ちなみに私の作った蒸留水は魔力を均一に混ぜ合わせた最高品質の特別製だったりする。

　それが千本。ここ錬金術協会で一日に使用される全てだ。

「おい、ルスト師。ルスト師っ！」

　とそこで私の名前を呼ぶ、耳障りな声。

「……リハルザム師、何か用ですか？」

　こちらに近づいてくるのは、中年の男性。どこか小馬鹿にしたような表情を浮かべた彼は、武具錬成課の錬金術師だ。

「まったく、何だねその返事は。これだから基礎研究課の人間は。まあいい、協会長がお呼びだ。ぐふっ」

　リハルザムはにやけた表情で笑いながらそう伝えてくる。

普段から何かと私に絡んでくるリハルザム。稼ぎ頭の武具錬成課に所属しているのを鼻にかけて、私の所属する基礎研究課の予算に、普段ならネチネチとケチをつけてくるのだが。

今日はやけに機嫌がいい。それが逆に不気味だったが、協会長の呼び出しを無視するわけにもいかず、私は仕方なくリハルザムに言われるがまま、協会長室へと向かった。

「ふん、雑用係は大人しく雑用だけしていればいいのさ」

リハルザムは出ていく私の背後で呟く。そして私が錬成したばかりの蒸留水を、我が物顔で抱えられるだけ抱えて去っていった。

◆◆◆

「基礎研究課は予算を削減とする」

協会長が一枚の紙を私の目の前に投げるように渡してくる。

どうやら来期予算の明細のようだ。

その紙を覗き込んだ私は、目の前が真っ暗になったように感じる。

「よ、予算ゼロっ!?」

「ふん。基礎研究課は何も実績を出しておらんではないか。やっていることは他の課の手伝いばかり。そうであれば、稼ぎ頭の課に予算を分配するのが当然だろう」

協会長はそれだけ告げると、話は終わりだとばかりに横を向き、魔導具のパイプを取り出して口にくわえる。

「しかしそれはですね……」

私は抗弁しようとするが、それを遮るようにしてこちらに向き直り話しだす協会長。

「もういいっ！　基礎研究課はこれで解体だっ！　お前は他の課のための下準備だけしていればよいのだ。まったく、クビにしないだけありがたく思ってほしいものだな。わかったら、さっさと自分の仕事に戻れ！」

パイプをくわえたままドアを指し示す協会長。怒声にのって吐き出された紫煙が私の顔にかかり、思わず顔をしかめてしまう。

それですっかり、反論することすらもバカらしくなってしまう。

今の協会長になって以来、減らされ続けてきた予算と人員。

確かに一見、基礎研究課は何の実績も残していないように見えるだろう。

しかし、それは現場を知らない協会長の偏見にすぎない。

——だいたい、協会長が便利に使っているその魔導具のパイプだって、基礎研究課なくして作れなかったものなんだけどな……。

すぱすぱと鼻息荒くパイプをふかす協会長を見ながら、そんなことを考える。

パイプに仕込まれた、大気中の魔素を効率的に取り込む術式の開発も、基礎研究課と術式の開発部署との共同研究の成果だ。さらに言えば、その魔素を熱に変えパイプ内部を加熱するための魔導回路。その作成に使われる溶液も基板も全て基礎研究課が提供したものだ。

同じように、ここ数年の新製品はどれもこれも基礎研究課の用意した高品質の素材があってはじめて開発に成功したものばかり。そして、最近それらを全て用意してきたのは、基礎研究課の最後の一人である私なのだ。

しかし、基礎研究課の予算削減、解体ありきの考えしかない今の協会長には何を言っても無駄だと、理解してしまった。

いや、もう随分前から、都合のいい雑用係としか見られていないのはわかっていたのだ。

来期予算の明細を片手に協会長の部屋を出ると、とぼとぼと自分の研究室に向かう。気がそぞろなせいで、廊下で危うく錬成獣のネズミを踏みそうになってしまう。

「おっと」

慌てて足を下ろす位置を調整。私の足をかいくぐるようにして、背中に手紙を貼り付けたその子は駆け抜けていった。

研究室に着き、どかっと席に座る。この部屋も早晩追い出されることになるんだろうなと、暗い気持ちで部屋を見回す。

そこにチリンチリンと着信を告げる鐘の音。最新式の情報通信装置だ。セットされた羊皮紙にかりかりと音を立て、ペン先が走る。

いつもの習慣で、ペンを支える蔓（つる）の根元に栄養剤を数滴垂らす。

「ペンを支える蔓も基礎素材はうちの課で用意したんだったよな……」

そんなことを呟きながら吐き出されてきた羊皮紙に目を通す。

「懐かしいな、カリーンからじゃないか。学園の卒業以来か。確か無事騎士になって、先の戦争で戦果を上げたんだったよな。なになに……」

学園時代の女友達からの久しぶりの便り。私は懐かしさを感じながら、読み進める。学部が違う彼女とは、学園でひょんなことから知り合ったのだが、妙に馬が合った。まるで男友達のようなノリで、二人して色々と馬鹿をしたものだ。

「え、カリーン、辺境に領地を貰ったのか。戦功を上げたとは噂では聞いてたけど、すごいな。それで、私に領地開拓を手伝ってほしいと……」

私の目の前には二枚の紙。

一つは今後一生、雑用だけで過ごす未来が透けて見える予算の明細。ライフワークとしている魔素に関する基礎研究も、ままならないだろう。世界に満ちる魔素が、なぜ人体にだけは全く無害なのか。常識だからと疑われることもないその謎を解き明かしたいという私の望みを叶えるのは、困難になるだろう。

もう一つは何が起こるかわからない未来が詰まった羊皮紙。それを見ていると学生時代のカリーンのいたずら小僧みたいな笑顔が自然と思い出される。

「……仕事、辞めるか」

◆◆◆◆

数日後、私は書き上げた退職届を手に協会長の部屋の前に来ていた。背には私物を詰め込んだ、収納拡張済みのリュックサック。

基礎研究課が解体となったことで業務契約上の仕事がゼロになったこともあり、引き継ぐ業務もなく、私物の回収も先ほど完了したので、あとはこの退職届を提出して去るだけだ。

前協会長時代からお世話になった職場。

思い入れはあった。特に前協会長のハルハマー師は叩き上げの人で、基礎研究の重要性をよくわかってくれていた。共同開発した錬成品も多い。

ことあるごとに「ルストたち、基礎研究課の皆がこの協会のかなめだ」と、言ってくれていたのは今でも忘れられない。

そのハルハマー師も政変の余波で左遷となってしまい、代わりに来たのが役人上がりの今の協会長だ。

今思えば、私もあのとき辞めておけばよかったのかもしれない。

そんなことを考えながらドアを開けようとすると、なにやら声が漏れ聞こえてくる。

「こちらが武具協会からの……」

リハルザムの耳障りな声。

「ふん、確かに。それでは基礎研究課に回していた予算は全て武具錬成課に回しておくぞ」

それに答える協会長の声。

「ありがとうございます！　さすが協会長閣下は物事の真価をわかっていらっしゃる。お荷物だった基礎研究課解体のご英断、さすがです。これで武具錬成課から更なる成果を上げてみせましょう」

「なになに、当然の判断だ。これからも武具協会からの例の件はよろしく頼むぞ」

その協会長の声はご満悦げだ。私は消音ぐらいしとけよ、めんどくさいところに来たなーと思いながらも、まあ辞めるしいいかとドアを強めに叩くとそのまま中へ。

「おい、誰だっ!? ——ルストか！　お前の入室は許可してない！　勝手に入ってくるな」

そう騒ぐ協会長に返事をするのも面倒だったので、無言のまま協会長の机に靴音を響かせ近づく。

そして退職届を叩きつけるようにして置いた。

「用事はこれだけです。私、辞めますので。それでは」

くるりと身をひるがえし、そのまま退出しようとする。そこへ耳障りなリハルザムの声。

「おい、ルストっ。なに勝手に辞めようとしているんだ！　辞められるわけないだろう！」

私は何言ってるんだこいつ、と思いながら口を開く。

「辞められますよ。これ、私の労働契約書」

そう言って前協会長と取り交わした契約書を取り出す。

「私の労働契約は基礎研究課に関することだけです。退職の際は基礎研究課の研究内容の引き継ぎを要するとありますが、誰かさんのおかげで、たまたま基礎研究課は解体になったので、引き継ぐこともありません。つまり即日の退職が可能です」

「雑用はどうする！　誰が俺の蒸留水を作るんだ!?」

「そんなの自分で作ってください。そもそも労働契約外の業務ですし。錬金術師なんだから、それぐらい簡単でしょ」

　私はため息をつく。

「ふん、いい厄介払いだ。リハルザム師はお前などいなくてもどうとでもなると、日頃から言っていたからな。そうだな、リハルザム師？」

　協会長がリハルザムに問いかける。

「えっ。あー、はい。まあ」

　急に歯切れが悪くなるリハルザム。

「雑用をこなしていればなんとか最低限の給与だけは出してやろうという、協会の温情もわからん奴など、要らんっ。さっさと出てけ！」

　挙動不審なリハルザムの様子も気にせず、協会長が言う。

「結構です。それでは」

　私は今度こそ、とばかりに部屋を出るとそのまま外へと向かう。

　錬金術協会の正面エントランスを足早に通る。建物から出る直前、足を止め振り返る。目に入るのは、大階段に飾られた一枚の絵画。これまで毎日一度は目にしていたそれは、錬金術師の始祖とされている人物とドラゴンの姿を描いたものだ。

「……お世話になりました」

　最後に、その絵に向かって呟くと、そのまま外へと出る。

　降り注ぐ太陽の光が、眩（まぶ）しくも清々（すがすが）しい。まるで私の退職を祝福してくれているようだ。

「はぁー。退職、こんなもんか。まあ、気分はそれなりに良いかなー。さて、自室の賃貸解約も終わってるし、荷物も全部ある。このままカリーンの元に向かいますかー」

私はリュックサックから一本のスクロールを取り出す。

それは今回のために錬成した、騎獣を封じたスクロールだ。特に魔石を核として錬金術によって生み出される、錬成獣と呼ばれる存在をこのスクロールで出し入れすることができる。

「《展開》」

呟いた私の手を離れ空中に浮かび上がったスクロール。自動的にくるくると広がるとその状態で固定される。

「《顕現》ヒポポ」

手のひらをスクロールに叩きつけるようにして魔力を通す。

「ぶもーっ！」

次の瞬間、私の目の前に現れた八本足の小型カバ。私がヒポポと名付けたその子が、嬉しそうに鳴く。

「よいしょっ」

私はヒポポの背につけた鞍にまたがると、辺境を目指し出発した。

街を出て、街道を進む。

カリーンの開拓予定の領地、私の新しい職場はこの国の北の外れになる。

カリーンには、すでにお世話になることを連絡済みだ。諸手を上げて歓迎する、との返信があった。

「カリーンもいちいち大袈裟だよな。私みたいな普通の錬金術師にできることなんて、たかが知れてると思うんだが。錬金術師なんて所詮、便利屋みたいなもんだぞってハルハマー師の口癖だったな……。いや逆に辺境の開拓地だからこそ便利屋みたいに何でもそれなりにできる人員が必要か」

私はヒポポの上で大きく伸びをする。

リズミカルなヒポポの足音。

春の陽気に満ちた風が気持ちいい。

最近は雑用と、研究のために少ない予算をやりくりするのにかまけていて、外出自体が久しぶりだ。前はよく、ここら辺まで素材の採取に来ていたのだが。

こうして外に出てみて、初めて自分があの環境でどれだけストレスを感じていたかを理解する。

「最悪、ヒポポを全力で走らせれば数日で着くし、久しぶりに素材採取でもしていくかな」

私は街道を外れるようにヒポポに指示。素材となる薬草の群生地へとヒポポを進める。

「湖の脇の群生地、まだ残っているかな～」

そのときだった。ヒポポが突然ぶるると鳴くと、その尻尾をパタパタ動かしはじめる。

これは何か異変があったときの合図だ。

私は身構えると、ヒポポに、感じた異変に慎重に近づくよう指示。

合図の種類から、怪我人なんかの可能性を念頭に置いておく。

そして薬草の群生地の手前、私は倒れている人間を発見する。

「ヒポポ、周囲の警戒、よろしく！」

ぱっと鞍から下りると私は念を入れて慎重に倒れている人へと近づく。

これが街道沿いであれば、何らかの犯罪者が怪我人を装っている罠(わな)、なんてこともあるが。こんな誰も通らない場所ではその可能性は限りなく低い。

逆にその倒れている人が倒れる原因となった何かが、周囲に潜んでいる方が怖い。私たちが近づいたことで咄嗟(とっさ)に隠れた可能性がある。

しかし、何事もなく倒れている人の側(そば)まで近づくことができた。

倒れていたのは青を基調とした神官服をまとった女性だった。

「珍しい。神官騎士か。しかもこの神官服、確か復讐(ふくしゅう)の女神の信徒の……」

私は呟きながら膝をつく。

うつぶせに倒れたその人の肩に手をかけ、意識の確認をするため声をかける。

服越しでもわかる、手のひらに伝わってくる熱。どうやら発熱しているらしい。よく見ればその透き通るような銀髪も汗でしっとりしている様子。

「意識は、なしと。そういえばこの先の薬草の群生地には解熱の薬草もあったな。この人もそれを知って？　しかし、このままじゃあ気道の確保も、体の状態の確認もできないぞ。仕方ない、仰向(あおむ)けにするか」

私はできるだけ頭を動かさないように気をつけながら、その神官騎士を仰向けに寝かせた。

あらわになる、その顔。

白い肌が熱のためか赤らみ、苦痛に歪(ゆが)んでいる。それでも損なわれていない美しさは、はっと目を引く。

しかしその顔には、黒々とした入れ墨のようなものが大きく刻み込まれていた。

「これは呪いか！」

私はそれを見て、急ぎリュックサックからスクロールを取り出す。

「《展開》」

空中に固定されるスクロール。今回は地面に横たわる神官騎士の女性の額の真上にて、くるくるとスクロールが広がる。

「《転写開始》」

額の上に固定されたスクロールが、光りだす。

それは一条の光となって、横たわる神官騎士の女性の体へと降り注ぐと、頭のてっぺんから爪先に向かってゆっくりと下っていく。

私はその様子をじっと観察する。

爪先に光が到達したそのタイミングで、呟く。

「《示せ》」

スクロールに文字が浮かび上がってくる。それは目の前に横たわる女性の情報。もちろん、簡易的なものにすぎない。しかし怪我等、大まかな体の状態はこれで十分見ることができる。

「やはり顔の紋は、呪いか。——緊急性は低い。ただ、位置情報が術者へと伝わってしまう系統か。この人も苦労しただろうに……」

スクロールを下へ読み込んでいく。

「あった！　発熱の原因、毒か！　脇腹に傷ありと、そこから毒が入ったか。……特殊な毒だな。麻痺(まひ)を引き起こしている。これは使い魔の生物毒か？　手持ちのポーションだと適合しない。この先の群生地の薬草で新しく作るか」

私はそこまで読んでスクロールの展開を終了すると、リュックサックにしまい込む。

「ヒポポ！　この人の護衛、よろしく！」

私はヒポポに告げると、リュックサックから取り出した一本のポーションを片手に、群生地へと向かって駆けだした。

第二話 ポーション作成!!

私は走りながら、息が切れる度に手にしたポーションを口に含む。

――日頃の運動不足がたたるな。まあ、こんなこともあろうかと用意していたスタミナポーションだ。飲めばすぐに切れていた息も元通りに。

しばらく進む度にポーションを口に含むというスローペースだったが、ようやく群生地が見えてくる。

「よし、ちゃんと薬草、残ってるな」

記憶にあるより少し薬草の生えている範囲が縮小している。どうやら誰かが定期的に採取に来ている様子。

私もその誰かの邪魔をするつもりはないので、手早く必要最低限だけ薬草を採取していく。基礎となる体力回復効果のあるもの、傷口の再生力を高めるもの、そして毒素を排出するもの。

もちろん、それらは草の状態では効果はほとんどないし、普通にポーションに錬成したとしても気休め程度の効果しか発揮しない。

そういう意味では倒れていた神官騎士の女性が自力で群生地にたどり着いていたとしても、多分助からなかっただろう。

しかし、私ならそんなことにはならない。次に群生地の近くの湖へ近づいていく。

「よし、水の確保もできると。先ほど見た彼女の状態だと、簡易錬成したものでいいだろう」

私は錬成の速度を優先することにする。

リュックサックから、簡易錬成するときにいつも使うスクロール三本と、空のボトルを取り出す。

左手にボトルと薬草。右手の各指の隙間にスクロールを挟み込むようにして構える。

一つ深呼吸。

精神が凪ぐのを待ってから、呟く。

右手をゆっくりと薙ぐようにしながら。

「《展開》《展開》《展開》」

三本のスクロールが空中に固定され、くるくると広がる。

「《解放》重力のくびき《対象》認知対象物、五」

一本目のスクロールを発動させる。

私の左手にあった薬草三種とボトル、そして目の前の湖の水が重力から解き放たれる。ふわふわと浮かび上がる薬草とボトル。湖の水は拳大の球体になって私の目の前でとどまる。

「《純化》」

二本目のスクロールを発動する。

ちなみにこの純化は、いつも私が蒸留水を作成するときに使っているもので、蒸留するのがめんどくさくて作ったスクロールだ。

実は、私の基礎研究の粋を集めた自信作だったりする。

通常の純水を超えた超純水。それをさらに超えた、完全なる純水を作成できるのだ。それは概念としての水、そのものとなる。

まあ、ただスクロールを発動するのではなく、完全なる純水を作るのには、ちょっとしたコツがいる。そして完全なる純水は扱いが難しい。それもあって協会で作っていた蒸留水は超純水レベルに抑えていた。

そんなことを思い返しながら、私はいつものように微細な魔力操作を施して、水を純化させる。

さすがに日に千本も作っていれば、ここまではあくびしながらでもできる作業。そしてそこへ、ちょっとした魔力操作を追加で加える。

あっという間に完全なる純水が完成する。

次に私は一本目のスクロールに魔力で干渉し、薬草三種を完全なる純水の中へ投入する。

そこで純水へ追加で施していた魔力操作を止める。それは完全なる純水から一切の不純物を排除するために行っていたもの。

それがなくなった瞬間、完全なる純水は一気に薬草を侵食していく。どんなものであれ、高純度の液体は、物を溶かす力が上がっていく。それが自然の理（ことわり）に反して極限まで純度を上げられた純水なら当然、相当なものになる。世界の均衡を保とうと、完全なる純水だったものは、薬草を破砕し、食い散らかし、バラバラにしていく。

目の前に浮かぶ水球が一気に緑色へと変わる。

「《純化》」

再び二本目のスクロールを発動させる。対象は目の前の薬草と純水の混じりあった緑色の溶液。

それを次はポーションとしての概念へと純化していく。

先ほど確認した、神官騎士の女性の状態に対応した配合へと、一気にポーションを作り上げていく。

目の前の水球から排除された不要物がパラパラと粉になって排出され、落下していく。

全ての不要物が排出された次の瞬間、緑色だった溶液が、輝かんばかりの金色へと変貌する。

「《定着》」

三本目のスクロールを発動。

出来上がった金色のポーションの存在を、この世界の中に固定させる。

最後に私はふわふわと浮かんだままだったボトルを、目の前の金色に輝く球体の溶液の下へ移動させる。

「《解放》重力のくびき、限定解除」

とんっと指先で水球に触れる。弾(はじ)け、空中に拡散していく液体。

次の瞬間、ざあ、と水球だった金色の溶液がボトルの中に向かって入っていく。

最後の一滴がボトルへ。私は急いで封を施す。

「ふう、久しぶりにポーションを作ったけど、まあまあかな。さあ、急いで戻りますか」

私は帰りもスタミナポーションのお世話になる。倒れたままの神官騎士の女性の元に戻ると、ヒポポの勇ましい鳴き声が聞こえてきた。

「ぶもーっ」

ヒポポの右前足、高速の踏みつけ。

どしんという音。

するりと、何かの影が、ヒポポの足元をすり抜けていくのが見える。舞い上がる砂埃（すなぼこり）。ヒポポの息が荒い。

私はとっさに手にしたままのスタミナポーションをヒポポに投げる。くるくると回りながら飛ぶ、ポーションの残ったボトル。

そのままちょうど、ヒポポの背中に命中、スタミナポーションがヒポポにかかる。

「ぶもぶもっ！」

ヒポポの喜んでいるような声。そしてその動きに、キレが戻る。

ヒポポは後ろ足二本で立ち上がると、一気に地を這（は）う影へと飛びかかる。飛びかかりざまに残りの六本の足で繰り出される、連続した踏みつけ。

ドドドドドドドッという地響きが、私のところまで伝わってくる。

何かの体が、踏み潰（つぶ）されたようだ。

そのまま勝利の雄叫（おたけ）びをあげるヒポポ。

私は急ぎ、ヒポポの元へ。

「大丈夫か？　何がいた、ヒポポ」

「ぶもぶもっ」

器用に自らの右前足を顎で指し示すヒポポ。踏み潰したものの残骸だろうか、触手のようなものが数本、飛び出している。

私は片膝をつき、そっと様子を窺う。ヒポポがゆっくりと足を上げると、そこには紫色をしたシミ。

「これは、例の使い魔か！　この系統だと呪術系のやつだな。よくやったぞ、ヒポポ」

私はヒポポを褒める。

「ぶももー」

褒められて嬉しそうなヒポポ。尻尾をフリフリしている。

「こいつがきっと神官騎士の彼女を狙っていた使い魔、だよな。やっぱり近くに潜んでいたか」

私はとりあえず使い魔が完全に潰れているのを確認すると、そのまま女性への治療を始めることにする。

とはいっても、ポーションをかけるだけだが。

「失礼します」

声だけかけ、脇腹を探る。

神官服を丹念に探っていくと一条の引き裂かれた破れが見つかる。その下にある、うっすらとした切り傷。私は先ほど作った金色のポーションを一滴、傷へ垂らす。

皮膚についた一滴のしずくから金色の光が溢れ出し、彼女の全身を覆う。光が消えた後には、つるりとした皮膚が再生されている。

私はいったん、数歩、後ろへ。

その直後、私の想定通りに、彼女の意識が戻った。

「ううん……」

目を開けた瞬間、がばっと身を起こすと、帯剣したままの剣に手をかける。

「敵は……？」

「呪術師の使い魔なら、そこですよ」

私はヒポポに潰された紫色の染みを指し示す。

声に反応して、ばっとこちらを振り向く彼女。ちらりと私の指し示す場所に視線を送ると、ゆっくりと立ち上がりながら、こちらへと声をかけてくる。いつでも剣を抜けるように構えながら。

「貴殿は？」

「協……、いえ。しがない旅の錬金術師です」

危うく協会の、と言いかけてしまう。

——習慣って怖いな。退職したのに。というか、今は無職になるのか。なんか新鮮だ。

「錬金術師？　くぅっ」

そう呟いたところで、彼女はガクッと膝をつく。

「すいませんが、外傷は勝手に治しておきました。ただ、体内の毒の浄化がまだなので。これを」

私はポーションの残りを見せながら説明する。

「……助けていただいたのか。感謝する。――それで、そのポーションの対価はいくらになる？」

彼女は苦しそうに顔を歪める。

――あー。どうも、勘違いされちゃったか。途中までしか治していないことで、もし完全に治したいなら……って何かを要求してると思われてそう。別に大したものじゃないから、タダであげるつもりなのだけど。

「これは、無償と言ったら警戒されちゃいそうですね。うーん、他意はなかったんですよ。ポーションを自力で飲んでもらえるから、意識があった方が楽かなって思っただけで」

私は試しに軽くそう言ってみる。

なぜか、そこでクスクスと笑いだす彼女。険の取れた表情も相まって、なかなかの破壊力の笑顔だ。

「いや、警戒して申し訳なかった。どうやら本当に善意なのだな。しかし見たところ、そのポーションは相当な品の様子。やはり無償というわけにはいかぬ」

あくまでもそこは頑なな、彼女。

「うーん、ではこうしましょう。私は旅の錬金術師、ルスト。北の辺境の領主、カリーンに仕える予定の者。これは契約と致しましょう。将来、私に厄災が訪れた際は、その剣の力をお貸しいただきたい。騎士様、お名前は？」

私はぴしっと姿勢を正すと、右手を拳にし、自分の胸に当てながら名乗りを上げる。そのままお辞儀をすると、古めかしい感じでこれは貸しってことで、と言ってみる。

半分冗談なことが伝わるように、笑顔で。

「……復讐の女神アレイスラが騎士、三剣の三、タウラ。この貸し、確かに借り受けよう。錬金術師ルストに降りかかる厄災を切り裂く一振りの剣となろう。我が剣に誓って」

タウラはキリリと表情を引き締め、答える。

私が意図したよりも真剣に受け止められてしまったような気がする。まあいいかと、タウラの伸ばしてきた手にポーションを渡す。

ぐっとあおるように飲み干すタウラ。その体からは先ほどとは比べものにならないぐらいの光が満ちる。

「温かい……」

自らの顔に手を当てるタウラ。

光が収まったそこには、一切の不調が消えた彼女が佇んでいた。

はっとした様子で、腰に下げた剣を引き抜き、顔の前に掲げるタウラ。

当然、その顔面に刻まれていた入れ墨のような呪いも綺麗さっぱり消えている。

「呪いがっ！　消えている……。どんな聖水でも解除できなかった呪いが。ああっ！」

タウラの瞳が滲んでいく。その歓喜の表情をぬらす、涙が溢れてくる。

私はそれを見て、なんとなく気まずくなってくる。

呪いを解除してしまったのは、ポーションのおまけの作用にすぎないので。

材料の完全なる純水は、概念としての水、そのものだ。つまり一にして全の存在であり、神が作

りし原初の水と同質なのだ。

なので、それは神気を帯び、下手な聖水なんかよりも呪いには効果抜群だったりする。

このままだときっと色々聞かれてしまうだろう。こんなに泣くまで感動しているのに、残念ながらおまけ効果だったと言うと、その後の雰囲気が居たたまれないことになりそうだ。

なので、私はさっさとこの場を立ち去ることにする。

——さっさとカリーンのとこに向かうことにするか。特に私の方は用もないしね。

自分から寄り道したことは棚に上げ、内心そんな言い訳をしながらヒポポにまたがると、そのまま出発してしまう。

軽くヒポポの肩を叩(たた)いて全速力をお願いすると、タウラに向かって叫ぶ。

「それじゃあ、失礼します。私は用があるのでーっ!」

「あっ、待って——」

こちらに手を伸ばして叫ぶタウラ。

「……行ってしまった。金色のポーション、まさかこれは伝説に名高いエリクサー? これはとんでもない人物に借りを作ってしまったな。ふふ、面白い。それほどの御仁が対峙(たいじ)する厄災とやら、如何(いか)ほどのものか。腕が鳴るっ」

そしてその手に半分以上残っているポーションを掲げながら言う。

「北の辺境と言っていたな。さっさと復讐を済ませ、北に向かうとするか。ふっ、死ねない理由が出来てしまったではないか」

背後に残されたタウラのそんな呟きは当然、離れていく私にまでは届かなかった。

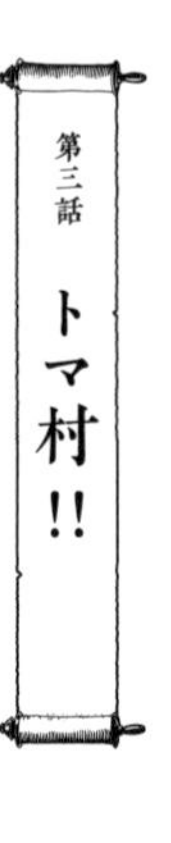

タウラの心を無駄に焚(た)きつけてしまったことなど露知(つゆし)らず、私はあのあと、全速力で北に向かっていた。

八本の足を波打つようにして、爆走するヒポポ。

ときたまヒポポにスタミナポーションを飲ませて、自分でも飲む以外はノンストップで進み続けていた。

夜になると野宿で過ごす。

外でヒポポと焚き火を囲んで明かす夜は、なかなか新鮮だ。協会に就職してから泊まり込みといえば、研究室で徹夜で錬成に明け暮れるぐらい。

こういった、星空を眺めながらのまったりとした時間というのは記憶にない。まあ、どんなに疲れても、硬い地面で寝て体がこわばっても、スタミナポーションを飲めば完全に回復するからこそ、夜営を楽しめているともいえるが。

ちなみに食べ物は携行食一択。各種穀物やフルーツを錬成で乾燥、固着させたブロック状のものだ。学生時代に初めて作ったときはカリーンに草レンガ呼ばわりされた。名前の由来は草と土の味がするブロックだからという。カリーンのとんでもないネーミングセンスに呆(あき)れたものだ。味だってそこまではひどくないのに。

そうして旅に出て数日後、日が暮れる頃に、一つの村が見えてきた。

「確かここが北の辺境に入る前、最後の村だよな。あれ、なんか寂れている？」

ヒポポの背から村を眺めながら呟く。カリーンから通信装置経由で簡単な地図も貰っていたので、取り出して確認してみる。

「やっぱりそうだ。トマ村、だよな」

堀はかつてはしっかりとしたものだったのだろうが、手入れを怠っているのか所々綻びが見える。塀も穴だらけ、とはいかないまでも、万全には到底見えない。

「ここっていわば、お隣さんになるんじゃないか、カリーンの領地の。大丈夫か、これで」

私はヒポポから下りると、スクロールを取り出す。

「ヒポポ、ここまでありがとう。またあとでねー」

私はスクロール片手にお礼を伝える。

「ぶもー」

「《展開》」

手にしたスクロールがくるくると広がる。

「《送還》ヒポポ」

スクロールから、白い糸のようなものが無数に溢れ出す。その糸が優しくヒポポの全身を包み込むと、一気にスクロールへと引き寄せる。糸にくるまれたヒポポの体がみるみるスクロールサイズまで縮んでいき、そのままスクロールへと吸い込まれていく。

完全にヒポポが吸い込まれたところで、スクロールをつかみ取りくるくると閉じるとリュックサックへとしまいこむ。

「さて、せっかくだからちょっとこの村の様子でも見てから行きますかー」

私はカリーンの領地のお隣さんとなる予定のトマ村へと足を踏み入れる。

入ってすぐに、壮年の男性に声をかけられる。

「何者だ、あんた？」

「こんにちは、旅の錬金術師をしていますルストといいます。お伺いしたいことが……」

私は寂れた様子の理由を聞こうとする。

そこへかぶせぎみにその男性が話してくる。

「なにっ！　錬金術師だって！　ふーむ。あんたちょっと村長のとこに来てくんねえか？」

「いいですよ」

私は快諾する。詳しい事情を聞くのにも都合が良さそうだったので。

そのまま男性に連れられ村の中を進む。

やはり、寂れているという外から眺めた印象は間違いなかったようで、空き家が目立つ。

――これは、特定の年齢性別の人が減った、というよりは家族単位で人が減っている感じかな。

転出が増えている？

村の様子を見ながらそんなことを考えていると、村長宅に到着する。

あまり他の家屋と変わらない大きさの家だ。玄関の上に長であることを示す、カゲロの枝が吊るされていなかったら一般の家と見分けがつかなかっただろう。

——おっ、立派なカゲロだ。大きいし、まだみずみずしい。いい錬成の素材になるな。近くにカゲロの木が生えているのかな。

私がそんなことを考えていると壮年の男性がドアを開けながら中に向かって叫ぶ。

「村長っ！　錬金術師を連れてきたぞ！」

「なに、本物か？」

「……いや、確認はしていないが、でもよ、見た目は錬金術師だぜ」

なにやら私のことで話し合っている様子に、私は懐からメダリオンを出しながら家の中へと入っていく。

「こんにちはー。旅の錬金術師でルストといいます。これ、錬金術師の証のメダリオンです」

と村長らしき老人に見せながら。

「——っ！　こ、これは失礼しました。わしがこのトマ村の村長です。そのメダリオン、確かに錬金術師様とお見受けしました。しかも、最高ランクのものではありませんか？」

私は自身のメダリオンを改めて見る。基本的に錬金術協会所属の同僚だった錬金術師は、皆このマスターランクのメダリオンを持っているからあまり意識したことはなかったが、確かにランクとしては一番上だ。一応、あんなところだが、協会は国の錬金術のトップ組織なので。

「確かにランクは一番上ですよ」

私は特に隠すつもりもないので、肯定する。

「これは、村の者が本当に失礼をしたようで申し訳ない。ルスト師、実はお頼みしたいことがありまして。とりあえずお茶でもいかがですか？」

村長は居間の方を示す。

「ごちそうになります」

私はその誘いに乗る。十中八九、この村が寂れている理由に関係のある依頼だろうと思ったので。それにマスターランクの者への呼び方を知っているのは、それなりの教養がある証だ。話もスムーズだろう。

案内された居間で席に着き、しばし村長の奥さんらしき婦人の出してくれたお茶を堪能する。ごくごく普通の茶葉だ。しかし、携行食ばかりの食事のあとでは温かいというだけでありがたい。

互いにお茶を飲み終えたところで、村長がおもむろに話しだす。

「さて、早速なのですが、ルスト師は旧型の魔晶石の在庫はお持ちではないでしょうか？」

村長が切り出してきたのは、意外なお願いだった。

「旧型の魔晶石ですか。場合によってはご助力できることもあるかもしれません。でもどうしてわざわざ旧型を？　理由をお伺いしても？」

「それは……お気を悪くされないといいのですが」

悩む様子を見せる村長。しかしこのままでは話が進まないとばかりに口を開く。

「ルスト師も当然、一年前の戦争のときにあった魔法銃の全面的な改革はご存知かとは思います」

「あー。はい。一応は」

と、私は答える。

――魔法銃、一年前？　ああ、なんか武具錬成課のリハルザムが俺の手柄だって自慢していたやつか。威力を向上させたとか言っていたな。

「改良とは名ばかりの、改悪、いやあんなのは単なるぼったくりだ！」

そこで同席していた、私をここまで案内してくれた壮年の男性が吐き捨てるように言う。

「これ、ザーレ」

ザーレと呼ばれた壮年の男性をたしなめる村長。

「しかし、ザーレの言うことももっともなのです。ザーレ、持ってきてくれ」

村長が何か指示を出している。

「詳しくお伺いしても？」

「はい。そもそも魔法銃は武の心得のない、わしらのような辺境暮らしの者には必須の武器でした。凶暴な獣やモンスターの撃退には欠かせない存在で。一年前までは――」

「しかし、今は違うと」

相槌(あいづち)を打つ私。そこへちょうどザーレが二丁の魔法銃を持ってくる。

「はい。旧型の魔法銃は非常に燃費もよく頑丈で長持ち。燃料となる魔晶石もめったに交換のいらない素晴らしいものでした。まさに辺境に住まう者たちの友と言ってもいいぐらいの。特に数年前に開発されたH-三二型は旧型の中でも本当に頑丈で狙いもぶれず、頼りになったんです」

村長は二つある魔法銃のうち、一つを前に出す。

私はそれを見て、おっと思う。それはちょうど私が錬金術協会に入った頃に、開発に携わったものだった。まだ協会長になる前だったハルハマー師——当時は武具錬成課の責任者だった——が主導して作ったモデルだ。確か開発コンセプトは兵士が最後まで安心して使えるもの、だったか。

質実剛健、低燃費なコンセプトは当時は地味だとさんざん言われていたが。やはり使う人からの評価は高いのか。さすが、ハルハマー師。

私がこっそり感心しながらH-三二型魔法銃を見ていると、村長の話が続く。

「それに比べて、このR-零零一型は……」

「上品に言って、排泄物(はいせつ)以下、さっ」

ザーレが吐き捨てるように言う。

「これ、ザーレ。まあ、その通りなのです。威力は向上しているらしいのですが、すぐに壊れ、暴発もする。何よりも燃費が非常に悪くて。高価な新型の魔晶石を頻繁に交換しなくてはいけないのです」

村長が嘆くようにそう言い募る。

「威力なんて前のままで十分だったのによ」

そう伝えてくるザーレ。口出しせずにはいられないほど、不満に思っているのだろう。

「しかもです。旧型の魔法銃と一緒に旧型の魔晶石も生産が中止になってしまったのです。H-三二型魔法銃はまだまだ使えるというのに、対応する魔晶石が手に入らなくなってしまって」

「それで仕方なくR-零零一型を買ったんだが、何の役にも立たねえ」

「運用コストが高すぎて、R-零零一型では十分な防衛ができないのです。ここぞというときにしか撃てない。しかも撃っても暴発したり壊れたり。その結果、当然、獣やモンスターによる被害が増えてしまいまして。特に辺境の村は味をしめたそれらが頻繁に近づいてくるのですよ。でも追い払う手段がない。もう皆、怖がってしまって。特に家族持ちの方は……」

「皆さん、安全なところへ転出してしまったんですね。そういうことなら、わかりました」

私は寂れた理由に納得しつつ、依頼を受けることにする。

「おおっ、では譲っていただけると!?」

「いえ、手持ちにはありません」

そう私が言うと、がっくりとした様子を見せる村長とザーレ。

「でも、作れますよ」

私が続けて言うと今度は一気に二人の顔が明るくなった。

「さて、報酬なのですが……」

そのタイミングで切り出す私。

村長たちは緊張した表情。

「カゲロの木の素材を無理のない範囲で、というのはいかがでしょうか？」

私のその提案にきょとんとした表情の村長とザーレ。

「そんなもので？　確かにカゲロは近くにたくさん生えていますが、何の使い道もないのでは？」

そう、確かに一般的な認識としてはそうだろう。習わしとして、集落の長の家のドアの上を飾るぐらいで、近くにカゲロの木を植えている集落は最近特に少なくなってきた。ただ、昔の文献を見ると、それこそ村に一本は必ず植えられていたらしい。

「たくさん生えているのですか。それは素晴らしい！　とりあえず、案内していただけますか？今なら、ちょうどカゲロの実もなっている時期ですし」

「わかりました。それでルスト師がよろしいのでしたら。こちらです」

私たちは村長の案内に従って村を抜けていく。

歩いている間に、なぜかそこかしこから村人たちが集まってくる。

いつの間にか、村長を先頭にした行列が出来ていた。

――小さな村だし、娯楽も少なそうだから人が集まるのは仕方ないね。錬金術とかいい見せ物だろうし。しかし、こうして見るとやっぱり子供が少ないな。

そんなことを考えていると、カゲロの木々が見えてくる。小さな林ぐらいはある。

「素晴らしい。さて、落ちているもので構いません、カゲロの木の素材を集めてくれませんか？」

私は村長に声をかける。

「はあ、お前たち、ついてきたなら働いてくれ。こちらの錬金術師様の言う通り、カゲロの木の枝や実を集めてくれ」

最初は顔を見合わせていた村人たちもすぐに村長の指示に従ってくれる。

私の目の前に、みるみる積まれいくカゲロの木の枝と、実。ちゃんと分けて山積みされている。

「これぐらいでいいですよ」

私はそう告げる。

「作業、やめっ！」

ザーレが村人に声をかけてくれる。

私はその間にカゲロの実の一つを手にすると、近くにいる村長たちに語りかけるように呟く。

「魔晶石の材料はご存知ですよね。一般的にはモンスターの魔石を使います。ただ、作り方はそれだけではないのですよ」

私はおもむろにリュックサックからスクロールを三本、取り出す。

「《展開》《展開》《展開》」

くるくると広がる、三本のスクロール。それだけで周りにいた村人たちがざわつく。

口々に驚きの声が聞こえる。

「あれはなんだ？」

「バカかい、あんた。あれはスクロールだよ」

「あれが、スクロール。錬金術師が秘術の限りを尽くして作り出すと言われている……」

「それよりも三本同時展開とはたまげたー。初めて見た。神業か」

私は村人たちの会話を聞き流しながらも、結構錬金術に詳しい人もいるんだなと感心する。娯楽に飢えている村人たちに、せっかくだから派手なのを見せてあげたかったとは思いつつ。まあ、工程は決まっているので、そういうわけにもいかない。

地味でごめんねと、内心で謝っておく。

「《純化》」

一つ目のスクロールを発動させる。そう、それは前にポーションを作る際にも使ったもの。私の自慢の一品。

あのときは純水を作るのに使ったが、今回の対象は目の前の空気。

そこに含まれる魔素に対して、発動させる。

そもそも、モンスターの体内から取れる魔石は、長い時間をかけて大気中の魔素を固体化させたものなのだ。

それなら、わざわざモンスターを経由しなくても直接空気から濾し取ってやれば済む。

《純化》のスクロールの作用で、目の前に黒いもやが現れる。これが魔素だ。しかも高濃度のもの。

再びざわつく村人たち。しかし、さすがに今回は何が起きているかわからないようだ。あまり驚いた様子もない。まあ、《純化》のスクロールは私の特製品。この世界で使っているのは私だけなので、それも仕方ない。

——ここが今回の錬成の工程のキモなんだけどねー。

まあ、いいやと。私は手にしたカゲロの実を、黒いもやへと突っ込む。

黒いもやがカゲロの実へと吸い込まれていく。カゲロの実が、魔素を取り込み一気に黒く染まりはじめる。

カゲロの実は本当に様々な錬成の素材として使えるのだ。というのも、このように魔素の宿りが非常に良いという特性があるためだ。

「《研磨》」

私はそのまま二つ目のスクロールを発動させる。

発動したスクロールの上で、風が渦巻きはじめる。すぐさま、それは小さな竜巻へと変わる。

「すごい、ちっちゃな風の渦」

「あれは竜巻っていうんだよ」

「すげえ、ぐるぐるしてる」

再びどよめく村人たち。今回はわかりやすかったようだ。反応が大きい。

私はそのミニ竜巻の上で、魔素を取り込んだカゲロの実を手から放す。

竜巻の中心へと、カゲロの実はまっすぐに落ちていった。

第四話　魔晶石を作ろう!!

魔素を大量に含んだカゲロの実が、竜巻の中心でくるくると回転しはじめる。

この《研磨》のスクロールは当然、ただの竜巻を作るものではない。その本質は竜巻に含まれる微細な金剛石の粒子。その濃度を自在に変更し、竜巻の中での回転速度を操作することで、細かい調整ができるのだ。

金剛石の粉の濃度を上げる。

カゲロの木からの木漏れ日を反射し、竜巻がキラキラと光りはじめる。

村人たちからも、それが見え、歓声があがる。

「キレイ……」

「うわー」

「なにあれ――」

女性陣の反応が顕著だ。やはりどこの地域でも光り物は女性受けするらしい。

魔晶石の規格は三つの項目がある。サイズ、出力、容量、だ。

特にサイズと出力が合わないと使い物にならない。

そして、出力は魔晶石のカッティングによって決まる。

幸運なことに、旧型の魔晶石の規格はバッチリ覚えている。

私は小さくなりすぎないように気を配りながら、魔素を大量に含んだカゲロの実に、竜巻の中でカッティングを施していく。

「よし、こんなものか。《定着》」

三本目のスクロールを発動させ、魔素をカゲロの実へと完全に封じ込める。

竜巻を消すと、さっと手を伸ばす。

私の手の上には、多面体にカットされ、中で真っ黒なもやが渦巻く魔晶石が一つ。

「そちらのH-三二型魔法銃で試し撃ちしてみてください」

私はカゲロの実から錬成した魔晶石を村長に差し出す。

震える手でそれを受け取り、魔法銃へセットする村長。

緊張した面持ちで、その様子を見守る村人たち。

村長が空に向けて魔法銃を構え、引き金を引く。

魔素が弾へと変換され、一条の真っ黒な光が空へと走る。

「うおおおお！」

「本当に魔晶石だ！」

「これでもう怯(おび)えて暮らさなくて……」

村人たちの歓声が爆発した。

——こんなに喜んでもらえると、やりがいあるなー。

そんなことを思いながら、呟(つぶや)く。

「さて、サクサク作りますかー」

私は喜ぶ村人たちを見ながら、先ほどの《純化》《研磨》《定着》三本のスクロールをあと二セット、さらに錬成したものを移動させるために《解放》のスクロールを一本、リュックサックから取り出す。

そして、先ほどのと合わせて計十本のスクロールを展開させる。

そのまま三個同時進行で、カゲロの実をサクサク魔晶石へと錬成していく。

いつの間にか、村人たちの歓声がやんでいる。

なぜか皆、ポカンとした顔をして私のことを見ていた。


「はい、これで全部っと」

私は目の前にあったカゲロの実を全て魔晶石に錬成し終わると、伸びをする。

山のように積まれた魔晶石。子供の背丈ぐらいはある。

さすがの私でも小一時間はかかってしまった。

途中で、あとは同じことの繰り返しですよーと声をかけたにもかかわらず、かなりの数の村人たちがまだ残って見ていた。

「村長さん、終わりました。どうぞお持ちください。どれも魔素たっぷりです。多分、前に市販していたのより二倍くらいはもつはずです」

村人たちの中に村長がいるのを見つけて声をかける。

「に、二倍ですか!? しかもこの量。これはこの村じゃ使いきれない……。領主様に相談しなければ……」

なぜかぼうっとした表情で呟き続ける村長。

「村長さん、村長さん？」

私は再び声をかける。

「え、ああ、はい、すいません」

ハッとした表情をすると一度頭を振る村長。

「いやはや、長年生きてきましたがこんなに驚いたことは初めてですよ。はい、それでは村に運ばせていただきます。ザーレ、お願いします！」

気を取り直したように指示を飛ばしはじめる村長。

ザーレは荷車のようなものを村から取ってきていた。村人たちがそれに次々に魔晶石を積んでいく。

どうやら私の作業中に色々手配していた様子。

——うん、こういう段取りがちゃんとしているのは素晴らしい。これは今後の件も含めて話しておきますか。

私はそんなことを考えながら村長へと声をかける。

「それではその他のカゲロの素材は貰(もら)っていきますね」

「あ、ルスト師、一緒に村まで運びましょうか？」

二台目の荷車を指差しながら村長が返事をする。

私はそこまで気配りしてくれたことに感心しながら、その好意を無にしてしまうことにちょっぴり罪悪感を感じる。

「あー。せっかくなのですが、大丈夫なんです」

そして展開したままだったスクロールのうち、《研磨》と《解放》だけを同時発動する。

研磨は金剛石の粉の密度をゼロにし、カゲロの素材の山をその竜巻で巻き上げる。

肩から外したリュックサックを手に持ち、素材用の出し入れ口を大きく開けると、竜巻でくるくる舞っているカゲロの素材に向ける。

そのまま《解放》のスクロールで微調整しながら、一気に素材をリュックサックの中へと吸い込んでいく。

「す、すげえ！　どれだけ入るんだあれ」

「一瞬で片付いたよ、見たかい」

「見た見た、不思議だね……」

村人たちが魔晶石を積む手を止めてこちらを凝視している。

「おい、みんなっ！　手が止まっているぞ」

そこにザーレが声をかける。

「さて、村長さん、ちょっと相談があるのですが」

そんなやり取りを眺めながら、私は村長に声をかける。

「っ！　わかりました。それではわしの家で。ザーレ、あとは頼みます」

それだけで、私の場所を変えたいという意図を理解してくれる村長。私はその察しの良さに、この人なら大丈夫そうだと内心安心しながら一緒に村長の家へと向かった。


私は再び村長宅でお茶をごちそうになっていた。

一仕事終えた後のお茶は、格別にうまい。目に見えて喜んでもらえる仕事は、やはり充実感が違う。

「ふぅ。さて、村長さん」

お茶をテーブルに置きながら声をかける。

「はい」

こちらに向き直り、言葉少なく答える村長。

――あれ、緊張させてしまっている？　ああ、何か悪い内容かと思わせちゃっているのかな。

私は話しだすのを延ばしすぎたかと反省しながら言葉を続ける。

「気を楽にしてください。今後の話です。旧型の魔晶石ですが、この村だけであれば先ほどの量があれば数年は大丈夫でしょう？」

「数年だなんて。あの量！　そして容量が増えていることを考えれば数十年はもちますとも！　本当になんと感謝していいか――」

早口になった村長に対し、私は笑顔を浮かべて軽く手を振る。

それだけで、ピタリと口を閉じる村長。

「ただ、旧型の魔晶石が必要なのはこの村だけではないと思うんですよね。特にこの辺境周辺地域なら……」

「ええ！　それはもちろん！　この地方に住まう者なら誰だって熱望していますとも。旧型の魔晶石が再び手に入ることを！」

「さて、そこで相談なんです」

「もしかしてうちの村にしばらく滞在してくださるのですか！　それならいくらでも――」

「残念ながら違います。実は、私は騎士カリーンの元へと馳(は)せ参じる途中なのですよ。ここより北、辺境に新たな領地を切り開く手伝いとして」

「おおっ！　それは！　カリーン様の噂(うわさ)は、開拓の件も含め、この地の領主様より伺っておりますとも！　先だっての戦争において目覚ましい活躍をなされたとか。その剣は、一閃(いっせん)で重装備の男三人を吹き飛ばすほどだとか。見た目は女性らしい細腕なのに、人間とは思えないほどの豪腕っぷりからついた二つ名が……」

憧れの英雄について語るような村長。

それを再び笑顔で軽く手を振って黙らせる。すでに同じ噂を聞いていたので。ただ、友人であり、これから上司になる方の揶揄(やゆ)された、あまり優美でない二つ名を何度も耳にするのが嫌だったのだ。

あっ、しまったという顔をして黙りこむ、村長。

私は軽く咳払(せきばら)いをして話を進める。

「というわけで、村長からそちらの領主様に内々にお話をしておいてほしいのですよ。騎士カリーンの新領地との、旧型の魔晶石の取引の可能性、についてですね」

私はにこやかに締めくくる。

——新領地の開拓は何かと物入りのはず。金を稼げる手段はいくらあっても無駄にはならないだろう。まあ、カリーンが私に他の仕事を振りたいっていうならそれもまたよし。カリーンとここの領主で話し合って、作業量控えめな取引条件を決めてくれるだろう。

村長は、私の要望に快諾してくれる。

まあ、村長からしたら当面必要な魔晶石はすでに確保してあるし。余分な魔晶石を手土産に、自領の領主が喜ぶに違いない話を持っていくだけのことだ。当然、快諾してくれる。

「あ、それと手紙を出したいのですが」

私はもう一つ、根回しをするために紙とペンを村長にお願いする。

「こちらをお使いください、ルスト師」

恭しく差し出されるそれを手に私はカリーンとは別の、学生時代の友人の一人に手紙を書きはじめる。

——彼は今、確か国の軍部にいたはず。新型魔法銃の件は魔晶石の利権がらみだよな、どうみても。リハルザムとか、思いっきり関わってそうだけど、まあ、あいつはどうでもいい。それよりも気になるのが軍部の動きだ。戦争中に、新型の魔法銃への変更。軍の装備品だって当然、巨大な利権だ。そこへこの地から、大量に旧型の魔晶石が流れていくとすると……。

私は物思いにふけりながらもささっと手紙を書き上げると、近くにいた村長に手渡す。

すでに蝋封(ろうふう)の準備をしてくれていた様子。

――こういう常識的な部分に気が利いて先が読めるのはさすがだな。まあ、私の錬成のパフォーマンスで気圧(けお)されてなかったら、もう少し違ったのかも？

私はそんなことを考えながら、自分のメダリオンで蝋に印をつける。手紙を出してもらうことをお願いすると、せめて一晩でもと引き留める村長や村人たちに別れを告げ、村を出発した。

「さあ、いよいよ辺境だ」

まだ見ぬ地に、心躍らせながら。

第五話

辺境へ!!

「まさか、ここまでとは……」

私はヒポポの上から広がる荒れ地を眺めながら呟(つぶや)く。

一般的に辺境と呼ばれる地に入ってほんの数分だが、そこは話に聞いていた通りの場所だった。

生きている動植物が、ほとんどモンスターだけなのだ。てっきり誇張された噂(うわさ)かと思っていたのだが。

まあ、実のところ目の前の荒れ地には見たことのない生き物や、植物もたくさんあり、それらが本当にモンスターなのかは明確にはわからない。ただ、今のところ動物も植物も、近づくともれなく襲いかかってくるのだ。

今も、足元に這(は)い寄ってくる影が一つ。にょろにょろ動くそれをヒポポの足の一つが素早く踏みつける。

どんっ。

舞い上がる砂埃(すなぼこり)。

「ありがとう、ヒポポ。ヒポポは敵意に敏感だから助かるよ」

私はヒポポをいたわる。

耳と尻尾をフリフリさせるヒポポ。ヒポポが足をどけるとそこには、ぺちょんと潰(つぶ)れた先ほどの影。

蛇のような蔦のような、どちらとも言えない姿。にょろにょろした体の片方の端には歯っぽいものが放射状に生えていたようだ。

「なんだろね、これ。とりあえず回収しとくか。何かの素材になるかもしれないしね」

私はそれをリュックサックへとしまう。素手は怖いので、採取用の手袋をして。表面は少しヌメヌメしているので小分けの防水布袋に入れる。

「ふう、やれやれ。しかしこんな荒れ地になっているのは普通の生き物がモンスターに負けちゃうから、だったっけ。ふーむ。まあ、こんな感じで見たことのないモンスターがたくさんいるなら、研究は楽しそうだ。地図によるとそろそろ水場が見えてくる頃かな。そこを過ぎればカリーンたちのいる場所まであと少し、だってさ」

私はヒポポの上で、貰った簡易的な地図を眺めながらヒポポに向かって呟く。

そうですね、という感じで軽く頭を振って返してくれるヒポポの首筋をとんとんする。

「お、あれだ。少し休憩しよう。さてさて、水場には違うタイプのモンスターがいるのかな」

ちょっとワクワクしながら私はヒポポから下りる。

片手を後ろに回してリュックサックに突っ込みながら池に近づいていく。

「ぶもっ！」

ヒポポからの警戒の呼びかけ。僅かに魔素の揺らぎを感じる。水の中に、魔法陣らしき何かが見えた気がした。

そのときだった。目の前の池の表面を割って、何かが飛び出してくる。

私はひょいっと首を傾ける。その私の顔の横を通り過ぎていく、それ。

日の光を反射し、私の目に白い残像を残して。

――トカゲの子供っ？

私がよく見ようと振り返ろうとしたときに、再びヒポポから警戒の鳴き声が。

私はそれを聞き、今度はその場でしゃがみこむ。

再び池の表面を割って、今度は触手のようなものが一直線に突き出されてくる。

池から飛び出した触手は私の頭上を通過、まだ空中にいた白いトカゲへと巻き付く。

「ぴぎゃっ！」

小さく悲鳴が聞こえる。

見ると、触手に脚を絡め取られ、白いトカゲが荒野の大地へと叩(たた)きつけられていた。

ずるずると池に向かって引きずり込まれていく、白いトカゲ。必死に抵抗している。

私がパッと見でそのトカゲを子供だと思ったのは、体のパーツ一つ一つがまるっこいのと、顔に比べてつぶらで大きな瞳のせいだ。

白いトカゲは力尽きた様子で私の横を引きずられ、通り過ぎていく。そのタイミングで、そのつぶらな瞳と目が合う。

じっと私の目を見つめてくる瞳。

それを見ていると、まるで助けて、と言われているように錯覚させられてしまう。

――いくら子供に見えるからって、明らかにモンスターだぞ。しかも見た目が子供っぽいからって本当にそうとも限らない。いや敵を油断させるためにあえてのあの見た目だってこともある！

だいたい、モンスター同士の争いなら弱肉強食が自然の摂理だ。

……ああっ、もう！　可哀想に見えちゃうんだよっ！

私は揺れる心のままに、叫ぶ。

「ヒポポ、頼む！」

「ぶもっ！」

ヒポポが高速で私の横を通り過ぎていく。

繰り出される踏みつけ攻撃が、大地を揺らす。

その先にあったのは今にも池に引きずり込まれそうになっていた白いトカゲ、では当然なく、その脚に巻き付いていた触手。

ヒポポの一撃で千切れた触手。紫色の液体を撒き散らし、池へと引っ込んでいく。

あとにはぐったりした様子の白いトカゲが残されていた。

私はそのトカゲに、そっと近づく。リュックサックから防毒用に《純化》処理を施した採取用の手袋をはめて、刺激しないように気をつけながらそっと触れる。

反応がない。ただ、死んではいないようだ。巻き付いたままだった触手を外していく。

触手から染み出したヌメヌメとした紫色の液が《純化》処理してある手袋の表面で弾かれ、指先から滴り落ちる。

触手は一応素材として回収しておくと、私は手袋をしまい、スクロールを取り出す。

「《展開》《転写開始》《示せ》」

スクロールに写し取られたトカゲの情報を読んでいく。

「やっぱり人間と違うからか、うまく読み取れないのか？　いや、もしかしてなにか閲覧にロックがかかっている？　ああ、ここからは読み取れるな。なるほど、極度の疲労状態ではあるな。ミトコンドリアの活動が最大値のわりに低下している、のかなこれだと……。ヒポポ、警戒お願いね」

私はヒポポにお願いする。

先日採取しておいた薬草とカゲロの素材を取り出すと、一番シンプルなポーションを作ることにする。

――このトカゲさんの状態にベストなポーションを作るのはちょっと無理だな。最適な状態が把握できないし。こういうときは無難なポーションにしとくに限る。

私はスクロールを数本取り出すと、素材と目の前の池の水でサクッとポーションを作る。

途中、再び飛び出してきた触手をヒポポが撃退。そして水浴びがてら、ヒポポが池の中に飛び込み一暴れするも、特に問題はなさそう。ヒポポがくわえてきた触手の元の死骸はナマズ風だった。口元にたくさんの触手を蓄えていたけど。

そんなこんなで完成したポーションをいよいよ白いトカゲに振りかけてみる。

トカゲの脇にしゃがみこんだ私と、その横で脚を折り曲げ、心配そうな表情でその様子を見守るヒポポ。

「……目を覚まさないね」

私は隣にあるヒポポの顔に声をかける。

「ぶもぶも……」

私は再びスクロールで白いトカゲの情報を転写し、目を通す。

「うーん。ミトコンドリアの活動レベルは明らかに改善しているんだけどな。普通の人間レベルにはなってる。ただ、最大値が高すぎるからな。なんとも――」

首を傾げながら一人呟く私の横で、ヒポポが自身の顎で優しく白いトカゲの体をつんつんとしている。

――そういや、敵意や害意に敏感なヒポポがここまで心許しているのは珍しいな。このトカゲ、単なるモンスターじゃないのか？　なんにしてもこのままここに置いといたら助けた意味ないしなー。

と、私は考えながら辺りを見回す。荒れ地にある水場ということだけあって、モンスターの数が明らかに多い。

それに、これまで触手ナマズを警戒して近づいてこなかったモンスターも、今後は現れる可能性がある。

――放置しておけば助からないだろう、な。

「ヒポポ、その子連れてくか」

私は相変わらずトカゲをつんつんしているヒポポに声をかける。

「ぶもっ」

ヒポポのどこか嬉しそうな返事。私はそれに苦笑しながら白いトカゲを持ち上げる。

どうにか片腕に収まるぐらいの大きさ。

「あと少しだし、このまま行っちゃいますか」

と私はそのままヒポポにまたがり、水場をあとにした。


私たちは白いトカゲを拾った水場から延びる川をたどっていく。

途中、明らかに人の手が入っていると思われる場所があり、そこで曲がる。

なんとなく道っぽい。大きな石が排除され、何度も人やら荷車が通った跡が大地に刻まれている。

「お、あれかな」

私はヒポポの鞍の上で伸び上がるようにして前方を見る。

遠目には、そこは軍の野営地のような見た目だった。

私はヒポポの速度を緩め、刺激しないように気をつけながら近づいていく。

野営地まであと十数メートルというところでピタリと足を止めるヒポポ。

「ヒポポ？」

「ぶも、ぶも？」

私はそれを聞いて、その場でヒポポから下りると、そっとヒポポの鞍の横に付けられた荷物袋に、意識のない白いトカゲを置く。

落ちないのを確認すると、懐からメダリオンを取り出し、高くかざす。そして声を張り上げた。

「私の名前はルスト。錬金術師として、マスターランクを修めている。所属学派は、礎に真理を追求する者の集い。騎士カリーンに請われ、この地を訪れた。取り次ぎを求む！」

私の名乗りが終わったタイミングで、前方数メートル先の地面が二ヶ所、大きく盛り上がる。

ずざざっと音を立て、砂が落ちる。そこでは槍を手にした二つの人影が、地面から立ち上がるところだった。

「ルスト師、来訪を歓迎します。辺境は人に擬態するモンスターもおります故、このような出迎えで失礼しました」

先ほどまで地面に隠れていたとは思えない様子で、話してくる人影。

どうやら声からして女性らしい。

全身に灰色の布を巻いた姿。顔も布で隠され、そこに大きく赤色で目が一つ描かれている。

ヒポポが教えてくれていたのはこれだったのだ。これ以上近づくと彼女らの攻撃範囲に入りますよ、と。

「いえ、素晴らしい姿の隠し方でしたね。その目の描かれた布は錬成された魔導具ですか？」

「その隠れている私たちに、易々と気づいた御仁に言われましても。カリーン様が、ただ者じゃないと自慢げに言っていたのも納得です。それにこれはただの布です」

そう答える赤い目の女性。しかし、私の錬金術師としての目には、その顔を覆う布は明らかに魔導具に見える。なにか事情があるのかと追及は控えておく。

そこへもう一人が割り込んでくる。

そちらは顔を覆う布に青色で大きく目が描かれている。

「その騎獣の背にいるのはモンスターではないのか」

手にした槍をヒポポの荷物袋に突きつけてくる青い目の女性。槍先に揺らめく魔素のきらめき。

私は本気の殺気に身構える。

「やめなさい、ロア」

赤い方の女性の静止の声。

「しかしアーリ姉様！」

ロアと呼ばれた、青い方の女性が抗弁する。

「私たちではルスト師はおろか、そちらの騎獣にも勝てませんよ」

アーリと呼ばれた女性の静かだが確信に満ちた物言い。

「っ。そんなにですか……。わかりました姉様」

ロアは槍から魔素を霧散させて引っ込める。しかし、その姿勢から、いつでも攻撃態勢に移れる緊張感が残っているのが伝わってくる。

「ルスト師、妹が大変失礼しました」

頭を下げるアーリ。

私は無用な争いにならずにすみそうで内心ほっとする。新しい職場でしょっぱなからトラブルとか勘弁してほしいので。

——この二人の女性、視覚に関する異能持ち、かな。

妹の方が多分、遠視系。私たちの接近を見ていたんだろう。姉の方は力量が見える何かか。たしか西方の地域に魔眼が発現しやすい一族がいるとか聞いたことある。何にしても、やっぱりこの白いトカゲは警戒されるよな。モンスターだし。

私はそんなことを考え、念を押しておくことにする。

「わかりました。お二人が危惧されるのも当然ですが、この白いトカゲについては私がこのメダリオンにかけて責任を取りますので」

手にしたままのメダリオンを示しながら二人に伝える。いざというときはトカゲの命を断つのはもちろん、被害の補填(ほてん)を全て行うことを、示しておく。

「寛大なお言葉、ありがとうございます。さあこちらへ。カリーン様のところへ案内します」

二人の案内に従い、私はヒポポの首筋に手を当てると、歩きだす。こうして新しい職場となる野営地へと入っていった。


野営地へと入った私たちは、規則正しく立ち並ぶ天幕の間を進む。中央には水の保管用だろう、浄水機能付きの大きな水瓶(みずがめ)が見える。

行き交う人たちは皆、せわしなく立ち働いている。パッと見、軍人あがりが多そう。みな、眼光鋭く、ちらりとこちらを確認してくる。

「ここです」

ロアの指し示したのは、他より二回りほど大きな天幕。

私はヒポポに、待機していてと、とんとんと首筋を叩いて伝える。そのまま天幕の中へ。

まず眼に入ってきたのは、中央のテーブルの上にでんと置かれた最新式の大型の通信装置。数人が、それにつきっきりで忙しそうに羊皮紙のやり取りをしている。

「失礼します」

私は入りながら声をかける。

「ルスト！　来たか！」

通信装置の向こうから聞き覚えのある女性の声。

ガタッと椅子から立ち上がる音がして、カリーンが回り込むようにしてこちらへと現れる。

女性としても小柄な体。同い年と知っていなければ一見子供かと見間違うだろう。短く切られた真っ赤な髪が相変わらず燃えるようだ。

かつかつと歩幅も大きく一気に近づいてくると、がっと力強く握手をしてくる。

「いやいや、久しいな、ルスト！　なんだ、老けたか？」

ブンブンと握手したまま手を振り、人の顔を見上げて失礼なことを言ってくる。

「ごほんっ。余計なお世話だ。カリーン……様」

一応カリーンが上司になる手前、様付けだけしておく。

「ふっ」

面白そうに唇を歪めるカリーン。それに私も苦笑で応える。

「ルストのことだ、辺境とはいえここまで来るのは楽勝だったろう。出迎えに行ったそっちの二人とは問題なかったかな？」

アーリとロアの方を見ながらカリーンは瞳をきらめかせ、聞いてくる。

——あれ、出迎えだったのか？

アーリとロアの、プイッと顔を背ける様子が目の端に見える。

——ふむ、そういうことか。この野営地のメンバーで私と問題が起きるならこの二人、とカリーンは思っているってことね。こいつ、昔からこういうことするよなー。あえて真っ先に衝突させて、そこから関係性を築かせよう、的な。まあ、素直にカリーンの思惑に乗るつもりはないけど。

「……ああ、ないよ」

私は素っ気なく答える。ただ、思わずしかめっ面になってしまい、カリーンに笑われてしまう。

「そうか、ならいいんだ。さあ、立ち話もなんだ、こっちへ。皆、いったん休憩にしよう」

大型通信装置の周りに群がる人々に声をかけるカリーン。

そして、大人の男、数人分の大きさはありそうな通信装置をカリーンは、ひょいっと片手で持ち上げる。

それを見て、慌てて場所をあける周りの人たち。一人が地面に急いで布を敷く。その上にカリーンはどすんと通信装置を置く。

「さあ、座った座った！」

空いたテーブルの片側に座りながら、反対側の空いた椅子を指し示すカリーン。その耳元にアー

リがささやく。

小さく頷き、軽く手を振ってカリーンはアーリを下がらす。

「ロア、お茶をお願い！」

そして天幕の入り口を開けたままにして、皆が退出していく。

「わざわざ皆を退席させたってことは、もしかして厄介事かな？」

私はやれやれと思って訊ねる。

「お、さすがルスト。話が早くて助かる。まあでもお茶を飲みながら思い出話の一つでもしてからでも、いいぞ？」

「はあ。本当に厄介事か。気楽な開拓生活かと思ってたんだけど。土地の魔素抜きで日が暮れるようなのんびりした生活、とかね」

どうやら本当に厄介事らしい。気心が知れた仲にかこつけて軽く愚痴ってみる。

「そりゃ魔素抜きは大事だ。やらなきゃ作物が育たないからな。しかしそんな簡単な仕事で、ルストに助けを求めるわけないだろ。『教授泣かせ』とまで言われていた学園の英俊さん？」

学生時代の恥ずかしい渾名をわざわざ持ち出してくるカリーン。

にやにやと笑いながら。私はその笑い顔を見て、そういえばその渾名もこいつがつけたんだったなと渋い顔になる。

「……それはやめてくれ。で、結局、厄介事はなんなんだ、カリーン様」

カリーンはようやくからかうような表情をやめる。指を組み、こちらをじっと見つめる。

「ルスト師には、まず、この野営地で流行(はや)っている風土病の治療と原因究明をお願いしたい」

そう語るカリーンの顔は、すっかり為政者のものだった。

第六話

風土病を解決しよう!!

私は自分にあてがわれた天幕で荷ほどきをしていた。

「一人用の天幕が用意されていて、助かったよ」

一緒に天幕の中にいるヒポポに話しかける。

天幕の大きさはカリーンのものに次いで、野営地では二番目に大きいようだ。それでもヒポポが入ると手狭だ。

こんな大きな天幕を与えられているということからも、カリーンから評価され期待をかけられているのが明確に伝わってくる。そしてそれは多分、野営地の他の人たちへのメッセージ、という意味もあるのだろう。

とはいっても、用意してくれたのは本当に天幕のみ。床もなく、地面は剥(む)き出しのままだ。私のことをよく知っているカリーンらしい。

「もうちょっとだけ、その子、見ててね」

相変わらず目を覚まさない白いトカゲのことをヒポポにお願いする。

「よし、これで汚れがつかないぞ」

今回用意してきた絨毯(じゅうたん)に、《純化》のスクロールで処理を施し終えると、地面に直接、敷いていく。

気を利かせてヒポポが体半分、外に出てくれる。

「あ！　ヒポポありがとうね」

私はヒポポから白いトカゲを受け取り、部屋の隅に出しておいたクッションの上にのせる。

「《展開》《送還》ヒポポ。しばらくおやすみー」

スクロールへとヒポポを戻す。

そして別のスクロールを探す。

「最近はめったに使わなかったからな……。あ、あったあった。《展開》《顕現》ローズ」

部屋の隅に現れたのはその名の通り一輪のバラ。白いトカゲの近くに根をおろし、大輪の花を咲かせている。ローズ、見た目は植物だが、これでもヒポポと同じ立派な錬成獣だ。

「ローズ、まずはその子のベッドを。特に頑丈めで」

私の指示に反応して、するすると蔓(つる)が伸びる。白いトカゲの下に潜り込んだ蔓が地面から垂直にトカゲを持ち上げる。私の腰の高さ程度まで持ち上がると、今度は周囲に広がりながら、かごのような形へと編み上がっていく。複雑な網目で織られたそれは、ちゃんと私の要望通り。

「ありがとう。うん、いいね。じゃああとは、この天幕の範囲に標準タイプでお願い」

続けてローズにお願いする。

大輪のバラを揺らして了解の意を伝えてくるローズ。

すぐさま天幕中に広がっていく蔓。まずは絨毯の下に潜り込んだ蔓がまんべんなく絨毯を持ち上げる。断熱性と通気が良くなったところで、次はローズの蔓が家具の形へと編み上がっていく。

ベッドの枠に、机と椅子。そして実験用のテーブル。

それぞれにリュックサックから取り出した薄手のマットレスを置いたり、布をかけたりして、整えていく。

ローズは私が学生時代に作った錬成獣だ。フィールドワーク系の調査で、遠征先で長期滞在するときにはすごくお世話になっていた。あまりの快適さに、たまたま同じ授業を受けていたカリーンを筆頭に数名が入り浸って邪魔だったことも、今では良い思い出だ。

昔を思い出しながら作業を続ける。そうしてローズの蔓が無事、必要な家具へと編み上がり、室内がだいたい形になったときだった。

「ルスト師、風土病の患者を連れてきました。入っても？」

外からアーリの声が聞こえる。

こうして、いよいよ私の新しい職場での仕事が始まった。

◆◆◆

「これで最後の患者」

どこかぐったりしたロアの声。

アーリが最初の患者を連れてきたその日のうちに、なんとか全員を治し終えられそうだ。

――やっぱり作業台があって、使い慣れた器具があると、効率が段違いだな。

私はそんなことを考えつつ、最後の患者用にセミカスタムメイドのポーションを錬成する。個々の患者の状態を読み取り、最適な状態へ戻すためのポーションを調整。やっていることはそれだけのこと。要は対症療法だ。

――根本的な原因の特定は今後必須だけど、まずは治療優先、治療優先っと。何人かの患者は処置が遅れたら後遺症が残る可能性もあったしね。

出来たばかりの黄金色に輝くポーション。それを飲み干す患者を注意深く観察する。この患者の症状としては、強い倦怠感と手足の麻痺。今回の風土病の患者の症状としては標準的なものだ。

患者の全身をポーションの光が駆け抜ける。

「手が！　手が動きますっ……。ありがとうございます、先生」

両手を動かしながら、大袈裟に感謝されてしまう。

――先生ではないんだけど、まあいいか。

私はよかったですね、と笑顔で同意してあげて、最後の患者を送り出す。

どこかほっとした様子のロア。アーリと二人して、かわるがわる野営地じゅうの患者を連れてきてくれたのだ。疲れたのだろう。

「ロアも、今日はありがとう」

「仕事だから」

相変わらず言葉少なく答えるロア。

「これ、よかったらアーリと二人でどうぞ。疲労回復用のポーション」

その様子に私は苦笑しながら差し出す。

隙間(すきま)時間で二人用に作っておいたものだ。

手を出すか一瞬迷った様子を見せるロア。しかし結局受け取ってくれる。

「……ありがとう」

そうロアは小さく呟(つぶや)くと、さっと天幕から出ていってしまう。

「うーん。なかなか打ち解けるのは難しそうだ。まあ気長に、かな。さーて、もう一仕事しますか」

私は呟きながら一度大きく伸びをすると、机に向かう。

やることはカリーンへの中間報告書の作成だ。

治療中に走り書きしたメモと、患者の状態を《転写》したスクロールの履歴を、ざっと流し見していく。机の横で空中に展開したスクロールがくるくると、まさにスクロールしていく。

治療については簡単に結果だけ。原因に関する現時点での所見をざっくりとまとめる。

私は紙一枚にまとめた簡単な報告書を手に、天幕を出る。

——あとは、口頭で報告すればいいや。報告といえば、ついでに魔晶石のことも言わなきゃな。

辺りはすっかり暗い。それでも照明の下で作業を続ける人たちの姿がちらほら見える。中にはさっき治療したばかりの人までいる。

そういった人たちからは、すれ違いざまに声をかけられ、改めて感謝されてしまう。

それ以外の人たちからの視線もどこか温かい。昼に来たばかりのときの値踏みするような視線はすっかりなくなっていた。

そうしてカリーンの天幕へ。

まだ明かりがついており、入り口には人影がある。護衛だろう。

その入り口の人に、取り次ぎを頼む。

「いいから、入ってこい。ルスト」

私の話す声が聞こえたのか、カリーンに直接呼ばれる。

入り口の護衛の人と苦笑をかわして、私は天幕の中へ。

「どうした？　こんな夜更けに」

「風土病の患者の治療が終わったよ、カリーン様。これ、簡単な報告書」

持ってきた紙を手渡す。

「っ！　なんと半日でか！　相変わらず無茶苦茶だなルストは。いや、素晴らしいが――」

報告書を受け取るカリーン。

「後遺症の可能性があったのか……。そうか」

カリーンは私の書いた報告書に目を通し呟く。姿勢を正すと顔を上げるカリーン。じっとこちらを見つめてくる真摯な瞳。

「ルスト師、本当にありがとう。私の民を救ってくれて」

その短い言葉に含まれるカリーンからの本気の感謝の気持ち。私も正式なお辞儀の仕草をして、答える。

「職務を全うさせていただいた次第です。それに私にとっても皆、同僚になるしね」

答えたところで、ぐーと私のお腹が鳴る。

「あはは、そうだな。さて、軽く食事にしようか。ルストも食べていけ。どうせ何も食べていないのだろ？　軽食、二人分頼むっ！」

外の護衛っぽい人に向けて叫ぶカリーン。

「確かに、携行食しか食べてないな」

治療の合間に食べたのを思い出しながら私は答える。

「携行食——あの草レンガかっ！　まだ、あんなもの食べてるのか。ルストもマスターランクの錬金術師になったというのに。度しがたいな、本当に。もっと良いものがいくらでも手に入るだろう」

なぜか思いっきり笑っているカリーン。

「はあ、久しぶりに笑った。さて、これだ。食事が来るまでに聞かせてくれ」

カリーンが報告書の最後の部分を指差して言った。

私は風土病の原因についての所見と、明日以降の予定についてカリーンへ説明しはじめた。


翌朝、私は白いトカゲが相変わらずかごの中で眠り続けているのを確認すると、ローズにあとをお願いして自分の天幕を出る。

ヒポポを再びスクロールから呼び出そうとしたところで、見たことのある人影が二つ。

なぜか今日もアーリとロアの二人が天幕の外にいた。

とりあえず先にヒポポを呼び出してしまう。

二人はヒポポがスクロールから現れる間、じっと動かずにいた。雰囲気的には、どうもカバ型の錬成獣が興味深かったようだ。顔を隠す布のせいで表情がわからないのでなんとも言えないが。

「二人とも、おはよう。昨日は夜遅くまでありがとうね。体調は大丈夫？」

とりあえず、当たり障りのなさそうな話題を振ってみる。

「おかげさまで。ポーションをありがとうございます。ロアがルスト師に貰ったと言っておりました。一口で、完全に疲労感が消えました。ものすごい効果ですね」

アーリの喜んだような声。その後ろでロアも無言で頷いている、っぽい。顔を隠す布が前後に揺れたので。

そこで会話が途切れる。どうしようかと思っていると、今度はアーリから話しかけてくる。

「今日もカリーン様からは、ルスト師についているように言われています。必要であれば領内を案内するようにと。どちらへ向かいますか」

「あー。じゃあとりあえず食品をまとめて保管しているところがあったら、そこへお願い」

「わかりました。こちらへ」

歩きだすアーリ。そのあとを私とヒポポが続き、ロアは私たちの後ろからついてくる。

どうにも会話する感じではない。そのまま黙々と進む。やがて見えてきたのは、斜め下に向けて掘られた下り坂。そしてその先は半地下のようになった食料保管庫だった。

「責任者を呼んできますね」

アーリがそう言って近くの天幕へ。私は早速調査を始めることにする。

「ヒポポも何か見つけたら教えて」

害意のある存在や術式に敏感なヒポポにもお願いしておく。

「ぶもっ」

早速鼻を地面に擦り付けるようにしてヒポポも調査を始めてくれる。

私はそれを見て、リュックサックから魔素測定用のダウジング・ペンデュラムと、《転写》のスクロールを取り出す。

「《展開》」

両手をあけるため、私の後を追うように設定してスクロールを起動させると、ペンデュラム——先に四角錐にカットされた宝石のついた鎖——を左手から垂らす。

——ここ、形状的には何かのモンスターの巣穴だったものに手を加えて、食料保管庫にしたんだろうな。建材の貴重な辺境としては合理的だ。

私は坂を少し下ると片膝をつき、ペンデュラムを地面より下の部分になる場所に近づけていく。

なぜか、ついてくるロア。そのまま私から少し離れたところでペタペタと地面を触っている。

——あれは手伝ってくれているのか……？　ま、まあいいや。それより集中集中。……地中の魔素が、濃いな。これだけ魔素が濃いと微生物は生きていけないから、殺菌は十分されているな。

そのまま数ヶ所ペンデュラムで魔素を測定していくが、どこも高濃度の魔素が検出される。ただ、特に怪しいところはない。

——半地下に食料保管庫を作るのは冷暗所ってだけでなく、辺境だと魔素が濃くて微生物が死滅するって理由から、標準的な方法なんだよなー。ちゃんと魔素濃度は高いから、この地域特有の微生物が食料経由で体内に入ったとは考えにくい。うーん。あとは、元の巣穴の主のモンスター由来の何か、だけど……。

「ロア、ここって元々モンスターの巣だよね。何のモンスターだったか知ってる？」

と、いつの間にか私の隣で、左右に動くペンデュラムの動きにあわせて、両膝を抱えて体を揺らしていたロアに聞いてみる。

「クマ」

「えっと、どんなクマだった、とか。特徴とか」

首を傾げるロア。ちょうどそのとき、アーリが一人の壮年の男性を連れて戻ってくる。

「ルスト師、こちらが食料管理の責任者です」

「貴方がルスト師かっ！　弟を助けてくれてありがとう！　アイツ、手足が麻痺して本当に落ち込んでいたんだ」

私の両手をガシッと掴んで感謝を伝えてくるその男性。

「俺にできることなら何でも言ってくれ！　全力で協力する」

どうやら食料管理の責任者の男性の弟というのは、昨日私が治療した一人のようだ。

「助かります。早速なのですが、食料保管庫の中を調査させてもらってもいいですか」

「そんなことでいいのか？　よし、こっちだ！」

私はその男性に連れられ、食料保管庫の中へと向かった。

食料保管庫は結果的には外れだった。風土病の原因と思われるものは何も見つからなかったのだ。

保管されている動物系モンスター由来のお肉も、植物系モンスター由来の果実や穀物も、どれもが適切に処理されていた。

保管状態もよく、清潔に保たれた保管庫は、管理している人物の性格を表しているかのようだった。

疑っていた、元の巣穴の主――ロアがクマと言っていたモンスター――の毒や残留物も見つからず。

私は責任者の男性にお礼を伝えると保管庫をあとにする。

うつむきながら坂を上り、地上に出る。

こちらに気づいたヒポポが寄ってくる。

「ぶも……」

首を軽く左右に振る、ヒポポ。

どうやらヒポポの方でも何も見つけられなかった様子。

「ありがとうね、ヒポポ。次に行こうか」

私はヒポポの耳をなでて労(ねぎら)う。

「次はどちらへ？」

話しかけてくるアーリ。

「次はあそこへ行こう」

私は飲み水が保管されているであろう野営地中央の大きな水瓶（みずがめ）を指差した。

「ここも、問題なしか」

私は《転写》のスクロールで飲料用の水の情報を読み取って呟く。

水瓶はどうやら魔導具としては中古のようだが、その浄水機能はちゃんと働いているようで、問題のある成分は何も検出されなかった。

朝から始めた調査だが、すっかりお昼時になってしまった。

アーリから、お昼ご飯がてらの休憩を促される。なんとなく、アーリやロアから言われると不自然に感じる提案。その違和感について考えていると、ふっと思いつく。

「あ、なるほど。私についているようにってカリーンに言われたとき、食事をとるように見張っとけって言われた？」

アーリとロアに聞いてみる。

無言のアーリと、プイッと顔を背けるロア。

どうやら、完全にカリーンの差しがねのようだ。私は、放っておくと携行食を食べながら調査を続けるような人間だと思われているらしい。

——いや、そういや学生時代も研究中、カリーンに無理やり口に食べ物を突っ込まれたことがあったような……？

身に覚えがあって強く言えない私は、大人しくお昼ご飯にすることにする。

アーリたちに案内されたのは近くの天幕。広いが、天井部分しかなく、その下に机と椅子が並んでいる。

「向こうの天幕で調理したものをここで頂きます。取って参ります」

ロアも無言でアーリのあとについていく。

私はその間に、リュックサックからヒポポが食べるのに適した草から作ったペレットを取り出すと、魔石を細かく砕いた粉を慎重に計量し、振りかける。錬成獣にとって、魔素の摂取は過不足ともに毒になるのだ。

「ヒポポ。お食べ」

「ぶもぶもっ！」

尻尾をフリフリして、ペレットの山に顔を突っ込むヒポポ。

それを眺めていると、アーリたちが戻ってくる。

「戻りました。食事にしましょう」

その手には同一のメニュー。それが三人前。

「野営地の人は皆、ここで食べるの？」

私はそれを見ながらアーリに聞いてみる。

「いえ、家族がいる人たちは自分たちで食事をすることが多いと思います。ここにいるのは単身者がほとんどかと」

――ああ、ここって学園にあった学食とか、協会にあった協会員専用食堂みたいな感じか。

私が納得していると、そのまま無言で昼食を食べはじめるアーリたち。どうやらアーリたちも食前に神に祈る習慣はないらしい。私も目の前の食事に手をつける。

しばし、物を噛み砕く音だけが響く、無言の時間が訪れる。

私は片手で食べながら、《転写》のスクロールを取り出し、今回の風土病の患者のデータを見返す。何か見落としている共通点でもないかと、食事をしながら考えていると、アーリとロアの視線を感じる。布越しなので定かではないが。醸し出されている物言いたげな雰囲気。なんとなく、このままスクロールを見ながら食事をするのがはばかられる。

私はちょうどいいやと二人に聞いてみることにする。

「二人とも、今回の風土病の患者って何か共通点ある？　あとは、今日は発症した人がいるか聞いてる？」

顔を見合わせる二人。結局アーリが答えてくれる。

「ルスト師、食事中ぐらいは休まれた方がいいと思います。カリーン様には報告しますので。それと今日、風土病を発症した者がいるかはまだ聞いてません。共通点については私は存じません」

首を振るアーリ。

その隣で、ロアがぼそりと呟いた。

「独り身が多い」

「言われてみれば確かに……。全員ではないですが。ロア、よく気づきましたね」

「単身者用の集合天幕から運ばれていってた」

どうやら単身者向けの天幕、というのがあるらしい。昨日、ロアが連れてきてくれた風土病の患者は、そこで生活している者が多かったようだ。

ようやく見つけた手がかりに、私は思わず立ち上がりかける。しかし、ふと、何か引っ掛かりを覚える。

「──アーリ、確かここも単身者の利用が多いんだよね」

「ええ、そうですが……」

私はふよふよと浮いたままだった《転写》のスクロールを、目の前の食事に向ける。

「《転写開始》《示せ》」

「ルスト師、何を……？」

こちらを見てくるアーリたち。

「しっ。──見つけた！　二人とも、食事をいったんやめて！」

私は二人に声をかけると、スクロールを真剣に読み解いていく。

「微量だが、やはり毒だ。モンスター由来なのは間違いない。神経系のものだから症状的にも合致する。しかしこの成分、最近どこかで……」

私は呟きながら一心にスクロールに目を通していく。そんな私のただならない様子に、ガタッとアーリは席を立ち、離れていく。どうやら周囲で食事中の人たちへの声かけをしてくれているようだ。ロアも食事の手を止め、じっとこちらを窺(うかが)っている。

「あった！　これだ。そうだよ、どこかで見かけたと思ったんだ。うん？　でもそうすると……あれ？」

ちょうどそこへアーリが一人の中年の女性を連れて戻ってくる。

「ルスト師？　何か、わかったんですね」

「ああ。だいたい解決したよ。それで、そちらは？」

「ここの責任者です」

中年の女性。キョロキョロと不安そうだ。

私は名乗ると、カリーンの命令で風土病の調査をしていることを告げ、とりあえず、調理場を調べさせてもらう。

その間に、ロアにはカリーンへの伝言をお願いする。

一通り、調理場は調べ終わる。

どうやら私の想像通りのようだ。それをもとに、すぐやるべきことをその責任者の女性に指示する。

戻ってくるロア。

「カリーン様、大丈夫だって」

相変わらず言葉の少ないロア。

「ありがとうロア。あ、それと責任者の方も一時間後にカリーン様のところに来てください。まとめて説明するので」

責任者の女性に伝えると、私は裏付けを取りに次は単身者用の天幕へと向かった。

一時間後。

カリーンの天幕の外には関係者が揃っていた。

「それでルスト師。風土病が解決したとはどういうことだ？」

カリーンが口火を切る。

「はい、原因はこいつの毒でした」

私は《純化》処理を施した採取用の手袋をはめるとリュックサックへ手を入れる。

取り出したのは、白いトカゲを襲っていたナマズのようなモンスター。錬成素材になるかと持ってきていたのだ。

皆の目の前にどん、とそれを置く。

「近くの川の上流の池に生息していたモンスターです。その触手の毒が今回の風土病の原因でした」

「ルスト師、それは確かなのか？」

驚き顔のカリーン。

皆が驚愕の表情で、私の取り出したモンスターを眺めるなか、いち早く質問を投げかけてきたのはやはりカリーンだった。

「はい、確認しました。このモンスターの触手の毒が含まれた水が、風土病の原因です」

「確かに川の水を使ってはいるが、貯水用の水瓶には浄水機能がある。中古とはいえ、モンスターの毒なら浄化できるはず……」

疑わしげなカリーン。

「はい、水瓶の水はしっかりと浄化されており、問題ありませんでした」

私はカリーンの疑問を説明する。

「じゃあいったい、なぜだ？」

「問題は浄化された飲料用の水ではなく、生活用水として浄化せずに使っていた水なのです」

「っ！　もしかして……」

カリーンのその視線はこの場に集められた二人に向いていた。一人は天幕で食事を提供していた責任者の女性。もう一人は単身者用の天幕の管理人。

「そうです。食器の洗浄用、それに衣服の洗濯用に、川の水がそのまま使われていたようです。実際に食器と洗濯済みの衣服から、微量ですがそのナマズの毒が出ました。その微量の毒が皮膚と特に口から体内に蓄積し、風土病が発症したのでしょう」

私は《転写》のスクロールを見せる。

「あ、だから外食の多い単身者の患者が多かったのですね――」

アーリの呟き。

「カリーン様、誠に申し訳ございませんでした――」

「この責任は――」

口々に謝罪しはじめる責任者の二人。

「いや、水瓶で浄化された水は限りがあるから、配給量が決められているのだ。それを頭割りで一律の配給量に決めてしまったのは私だ。二人の責任ではない。各施設については配給量を見直すようにしよう」

カリーンは二人の声を遮るように言う。

「それでルスト師、そなたは一晩で患者の治療を終えただけではなく、翌日には原因を突き止め、さらにそのモンスターを討伐し、原因を取り除いたのだな」

カリーンの顔は驚嘆となぜか呆（あき）れたような表情が混じったものだった。

「規格外もすぎると嫌味」

ボソッと呟くロア。

私は聞こえてきたロアの呟きに苦笑する。

「いえ、実はここに来る途中でたまたまそのモンスターを討伐していたのです。倒したのもヒポポですしね。だからこんなに早く解決したのは、偶然ですね」

私は素直に答えておく。

「ちなみに、討伐したのは昨日なので。まだしばらくは川の水は、そのまま使わない方がいいかと。そちらのお二人には洗う用の川の水は廃棄してもらっています。まあ、毒の供給元はすでにないので、数日もすれば問題なく使えるようになるはずです。ヒポポ、池には他にモンスターはいなかったよね？」

「ぶもぶもっ」

首を縦に振るヒポポ。どこか自慢げなのが、可愛（かわい）い。

私はそれを見て、姿勢を正すとカリーンの方へと向き直る。

「カリーン様、以上で、ご命令いただいた風土病についての治療と原因の排除が完了したご報告とさせていただきます」

カリーンもすっと顔を引き締めると為政者の顔になって返答してくる。

「ルスト師、こたびの働き、誠に素晴らしいものであった。期待以上、想像をはるかに超える働きだ。感謝する」

私はそこでかしこまった姿勢を捨てて、普通に訊ねる。

「今回の毒は、微量なものが蓄積して発症したようなので、まだこれから発症する者が出る可能性はあります。引き続き体調に変化があったら治療するので申し出てくださいと皆様に告知をお願いします」

「わかった。伝えよう」

「それと、浄水機能付きの水瓶、増設されるのでしたら予算をつけてくだされば作りますよ」

それとなく、ねだってみる。

「予算か。わかったよ」

苦笑気味に約束してくれるカリーンだった。

幕間 side アーリ

「アーリ姉様」

「どうしたの？　ロア」

「どう思う？」

「それはルスト師のことかしら？」

無言で頷くロア。私たち二人は現在、王都の通称、陶器通りと呼ばれる路地にいた。陶器専門店が立ち並び、路地にまで広げられた布の敷物の上にも無数の陶器類が並んでいる。

目的は水瓶の調達。ルスト師から指定されたサイズはかなり大きいものだった。

「そうね。規格外の方、とは思うわね」

私はそう答えながら、ルスト師がここ数日に成し遂げたことを思い返していた。

一目見たときから、ルスト師の戦闘能力には計り知れないものがあると感じられた。仮に私とロアの二人がかりで戦っても、全く歯が立たないばかりか、彼の錬成獣のヒポポにすら敵わないとわかったときの、衝撃。

これでも私とロアは、カリーン様の配下の中では一、二を争う実力を持っていると二人して自負していた。それだけに、ロアはルスト師に対して、なかなか複雑な感情を抱いているのだろう。

力への憧れと嫉妬。

私と二人で積み重ねてきた鍛練からくる自負。

そして、錬金術師という、全く異なるスタイルの強者への興味。

姉として、ロアの態度をいさめるべきなのだろう。そうできないのは、私自身がロアと似た感情を心のどこかで抱いているから。

「ここのお店はどうかしら?」

私は大型の瓶が並ぶ店内に、ロアと入っていった。

◆◆◆◆

無事に水瓶の調達と輸送の手配を終えた私とロアは、次に魔導具店の立ち並ぶ地域に来ていた。

「ロア」

私がロアの名前を呼ぶ。

「うん」

言葉少なく答えるロア。ただそれだけで、私はロアもこれを感じ取っているのだと伝わってくる。

先ほどの陶器通りに比べて、ここは明らかに空気がピリピリとしているのだ。

道行く人の表情も重苦しいものが多い。

「害意じゃない」

ポツリと呟くロア。私もそう思っていたところだった。

「そうね。緊張感、かしら。——ここのお店のようね。入りましょう」

ロアと話しながら、私たちは次の目的地としていたお店を見つける。

ドアを押し開ける。

綺麗に整頓された店内に並ぶのは、様々な魔導具。しかしよく見ると棚には空きが目立つ。

私は不審に思いながらも、カウンターにいる店主らしき人物の元へ向かう。ルストから聞いていた若めの風貌。

「いらっしゃい。何かご用ですか」

「こんにちは。買い取りをお願いします」

「ほう。どなたかの使い、でしょうか」

こちらを値踏みする視線。

確かに私たちの服装は錬金術師には見えないだろう。

私は無言でルスト師から渡されていたポーションと、買い取りのときに出すように言われていた羊皮紙を店主へと差し出す。

羊皮紙を受け取った店主がくるくると、それを机の上に広げる。

重しを四隅に置くと、指先でなぞるようにして読み出す店主。

「ふむふむ。これはっ！　この印章、ルスト様のものですね！　お二人はルスト様の使いで？」

「そうです。ここへ売りに来たのはルスト師の指示です。それで、買い取っていただけますか」

「もちろんですとも！　今は高品質なポーション自体がとても手に入りにくくなっていましてね。

なかでもルスト様の作られたポーションは、いつも最高品質のものばかり。こちらからお願いして買い取らせていただきたいですよ。ただ……」

「ただ、なに？」

ロアが聞き返す。

「この羊皮紙には、定価での買い取りで、と」

そう言いながら店主が指し示した羊皮紙。そこには確かに定価買い取り希望の文字があった。

「ルスト師の指示です。定価ではご不満ですか」

「いやいや、逆です逆。今は錬金術関連のものは軒並み値上がりしているのですよ。協会からの製品の供給がなぜか大幅に遅れているんです。だから、こちらのポーションだって今なら数倍の値段で売れるでしょう」

私が差し出したポーションを指し示し、商売人にあるまじき正直さで伝えてくる店主。その言動を見ていて、ここの店主は信用しても大丈夫と、ルスト師が言っていたのを思い出す。

「構いません。定価でお願いします」

「わかりました。今、お金をご用意します」

そうして店主が持ってきたかなりの額と引き換えにポーションを渡すと私たちは店を出る。

店を出て、渡された金額を確認した私とロアは顔を見合わせる。

「すごく、多い」

「ええ。まさかこれで定価とは。さすがルスト師のポーションです。旅の諸経費に使ってと言われていたのですが」

「……」

「……」

「ロア」

「はい。アーリ姉様」

「何か美味しいものでも食べますか」

勢いよくこくこくと頷くロアだった。

ややお高めの食堂で、大皿を目の前に落ち着かない様子のロア。面布の下から覗く口元が幸せそうだ。

無言で食事に取り組むロアを見ながら、私も食事に手をつける。

思考は自然と、今回のお使いの発端となったあの日のことへと飛んでいた。

それは、たった一日。実質、半日のことだった。それだけの時間で、野営地の風土病患者を全て治してしまったという、あの日のことだ。

ルスト師が訪れる前に、カリーン様の手引きで招致した治療師もいたのだが、その人は結局、治すことを諦めてしまった。そればかりか、自身が風土病に罹ることを恐れて逃げ帰ってしまう始末。

しかもその治療師から噂（うわさ）が広がったせいか、その後は治療師ギルドからは断られ続けてしまっていた。

そこへ降って湧いたかのように現れたのがルスト師だった。

カリーン様に言われるがままに、野営地じゅうの風土病患者を、ロアと手分けしてルスト師の元へ運んだ。

手足の麻痺（まひ）で満足に歩けない者。発熱してもうろうとしている者。

そういった者たちが、次の患者を連れてきたときには、元気にルスト師の天幕から出てくるのだ。

そしてあっという間に治療を終えたばかりか、原因の究明までしてしまう。しかも先んじて原因となるモンスターすらも退治していたという。

錬金術師としても特別な存在なのだということをまざまざと見せつけてくれた。

「ルスト師なら、私たちのこの眼（め）のことをお願いできるかもしれない――」

思わず、そんなことを呟（つぶや）いてしまう。

「アーリ姉様」

いつの間にか食事の手を止めていたロア。

私たちはお互いに面布越しに見つめ合う。そして、ゆっくりと頷き合った。

第七話　side リハルザム 一

「まったく、なんでこんなことに俺が時間を割かねばならないんだ。くさくてたまらん……」

ぶつぶつと呟(つぶや)くリハルザムの声。

「これも全てルストの奴が勝手に協会を辞めたのが悪い。奴は錬金術協会への感謝と献身の気持ちが足りんのだ」

リハルザムがいるのは錬金術協会にある備品保管庫。そのなかでも特に取り扱いに注意のいるものが収められている特別保管庫だ。

今現在、そこはスカベンジャースライムというモンスターの、体液まみれになっていた。

リハルザムは床に這(は)いつくばり、吸引装置の先端をスカベンジャースライムの体液へと向ける。

ずずずっと、鼻水のような音を立ててスカベンジャースライムの体液の一部が吸引装置へと吸い込まれていく。

最近なぜか頻発する錬金術協会関係のトラブルに、マスターランクの錬金術師が皆、本来の協会の仕事を離れて対応に追われているせいで、リハルザムにまで仕事が回ってきたのだ。

特別保管庫に収められている物の中には、定期的なメンテナンスが必要な危険物も多い。放っておくと爆発したり、暴れだすようなモンスターの素材もある。そういう意味では、特別保管庫の管理はかなり重要性の高い仕事といえる。

元々は専用の管理官がいたのだが、現協会長に代わった際に予算の削減ということで管理官はクビに。そして雑用の一つとして、これまでは担当業務外にもかかわらず基礎研究課が処理をしていた。

基礎研究課が解体された後、誰もメンテナンスをしなかったせいで、先日ついにトラブルが発生してしまった。スカベンジャースライムの濃縮体液の爆発という、トラブルが。

「くそ。扱いにマスターランクが必要な一級危険物があるからと、入場制限なんてかけやがって！　こんな規定さえなければ、うちのしたっぱどもにやらせるのに。ああ、くさい。鼻が曲がる」

スカベンジャースライム特有の腐乱臭と胃液が混じったような臭(にお)いがマスク越しにリハルザムの鼻腔(びこう)を刺激する。

「リハルザム師！　リハルザム師！　大変ですっ！」

そこへ保管庫の外からリハルザムを呼ぶ声。リハルザムがしたっぱたちと呼んでいた武具錬成課の新人の一人だ。

「何だっ！　トルテーク！　今忙しいんだ！」

怒鳴り返すリハルザム。

「し、しかし、大変なんです。武具協会の副協会長が怒鳴り込んできて……。リハルザム師を出せと――」

「なにっ！　それを早く言え！　仕方ない、誰でもいいからマスタークラスの奴が帰ってきたらこの続きをやるように言っとけ！　俺は応対に出るっ」

保管庫を飛び出すリハルザム。

「そ、そんなぁ。無理ですよ……うっぷ」

急ぎ足で応接室へと向かうリハルザムと一緒に流れ出てくる臭いに、鼻を押さえながら訴えかけるトルテークの声は、リハルザムには届かず。

「ど、どうしよう。僕からそんなこと言えないし。だいたい、いつ誰が帰ってくるかわからないよ……」

リハルザムが開けっぱなしにした保管庫の扉を眺めながら呟くトルテーク。内開きの扉を閉めようと、そっと入り口に伸ばした彼の手は、保管庫にかけられた斥力場(せきりょくば)によって阻まれる。

マスターランクのメダリオンに反応して一時的に解除されるそれは、通常時は空気より重いものを弾(はじ)くように設定されているのだ。

入り口から覗(のぞ)き込むと、天井や壁はまだスカベンジャースライムの体液がこびりついたままだ。

「はあ、とりあえず協会の入り口で、誰か帰ってくるのを待ってよ……」

仕方なく扉を開けっぱなしにしたまま、とぼとぼとトルテークはその場を離れていく。

誰もいなくなった保管庫。開けっぱなしの扉からゆっくりと空気が入り込み、循環する。

その空気は当然、魔素を含んでいる。流れ込む空気とそれに内包された魔素。

誰も来ないまま、時間だけが過ぎる。

壁にこびりついたままのスカベンジャースライムの体液は空気と共に魔素に触れ続ける。やがて、小さな小さな結晶のようなものがその体液の中に現れる。

単なる体液だったはずのそれが、ピクリと動いた。

「いつまで待たせる気だ！　納期はとっくに過ぎているのだぞっ」

応接室の外まで響く、どら声。武具協会の副協会長たるガーンの怒声だ。日頃から荒くれ者の多い武具職人たちとやりあって鍛えられたその声はよく響く。

「何度もご説明させていただきましたように、錬成のための基礎素材の調達が遅れておりまして――」

応対している見習い錬金術師がガーンに答える声。

「そんなことは何度も聞いた！　それはそちらの事情だ！　だいたい契約で明確に納期は規定されておるのだ。今回の防具はきたる次の戦争用に軍に納品するものだぞ。一体いつになるのだ！　これ以上遅れるのなら違約金だけで済むと思うなよ、こわっぱ」

「そ、それは私では何とも……」

「はっ！　お前では話にならんっ。リハルザムをさっさと呼び出せ！　奴はまだかっ」

そこへリハルザムが到着する。着替えをしている余裕もなく、その場しのぎの消臭剤だけ服にかけてきたのだろう。少しはましになったとはいえ、いまだにその体からは周囲を圧倒するほどの悪臭が放たれていた。そして残念なことに保管庫でそれ以上の悪臭にさらされてきたリハルザムの鼻は、だいぶ臭いに鈍感になっていた。

「ガーン様、大変お待たせ致しました。リハルザム、参りました」

応接室のドアを開けるリハルザム。臭気を身にまとい、さっそうと部屋に入る。

パッとこちらを振り向いたのは、ガーンの相手をしていた武具錬成課の新米錬金術師の一人である、サバサ。彼は見習いたちの中では最年長ということもあって、今回のガーンの相手を押し付けられたのだろう。

リハルザムの顔を見て安堵に緩むサバサの顔が、すぐに歪む。

顔を背け、下を向くサバサ。しかしその顔はみるみる真っ赤になってしまう。どうやら息を止めようと頑張ったようだ。

だがすぐにその無駄な努力は潰え、呼吸せざるを得なくなるサバサ。一気に鼻腔へと襲いかかってくる臭気に、サバサは悶絶する。

当然、上座に座るガーンにも、その臭気は容赦なく襲いかかっていた。

一瞬、ポカンとした表情をさらすガーン。まさか地位も名誉もあるマスターランクの錬金術師ともあろう者が、重要な取引を行っている相手にそんなくさい姿で現れたことが信じられなかったのだろう。

しかし臭気はそんなガーンの固定観念なんてお構いなしに、彼の鼻腔を通して脳へ、激臭を届ける。

「リハルザム、お前、めちゃくちゃくさいぞっ」

叫ぶガーン。

「なんだその臭いは！　鼻が曲がる！　お前は俺を馬鹿にしているのか！」

叫びだしたガーンは止まらない。そこから始まる罵詈雑言を矢継ぎ早にリハルザムへと浴びせ続ける。

リハルザムは、はっとした様子で自分の服の臭いをかぐ。

蒼白になる顔。

しかしその後は羞恥とガーンの罵詈雑言に対する怒りで顔が真っ赤に染まる。

「こ、これは誠に申し訳ありません。ガーン副協会長様。すぐに着替えて参ります」

怒りを抑え、やっとのことで言葉を絞り出すリハルザム。

「いい、もうこれ以上は待てん！　例の品の納品は一体いつになるのだ！」

リハルザムの退出を許さないガーン。部屋に充満していく臭気。

サバサは我慢するのを放棄したのか、リハルザムの視線をはばかることなく自らの鼻をつまみ、口で呼吸している。

激臭が目にきたのか目をしばしばさせて。

そんなサバサに納期について目配せをするリハルザム。

それどころではないサバサは、リハルザムの目配せに気づくことなく、一度天井を仰ぎ涙を抑えようとするも失敗。うつむき、目をぬぐう。

その一連の動きを、リハルザムは自分の目配せに対する首肯だと勘違いし、ガーンへと伝える。

「明日までにはご用意してみせます」

顔を真っ赤にしたまま、言い放つリハルザム。

「よし、確かに聞いたぞ。その言葉、忘れるなよ！」

吐き捨てるように言い残し、ほうほうのていで臭気漂う応接室から逃げ出すようにガーンは帰っていった。ようやくそこで、サバサが一連のやり取りに気がつく。

「明日っ……。明日なんて無理ですよ。もう終わりだ……」


武具錬成課の広々とした研究室。隣にあった基礎研究課の部屋を接収して壁をぶち抜いたそこは普通の課の部屋の倍の広さはあった。その部屋に、武具錬成課の面々が勢揃(せいぞろ)いしていた。まるで王座のように立派な革張りの椅子に腰かける、着替えて身を清めたリハルザム。腐乱臭はほんのり香る程度まで落ちていた。

その前に整列しているのは武具錬成課に所属している見習いの錬金術師たちだった。休みの者も容赦なく呼び出され、リハルザムの言葉を待っている。

リハルザムは少し悩む様子を見せるが、結局サバサに話を振る。どうやらガーンにくさいと辱められた様子を見ていたサバサに、どこか思うところがある様子だ。

「サバサ、武具協会への納品は、属性変化用の魔導回路だよな」

「はい、リハルザム師。今回の注文は魔素を火属性に変化させるための魔導回路です。どうやら軍部から火属性の武器の注文が武具協会にあったようでして……」

「それで、なんでこんなに納期が遅れているのだ。繊細な調整は必要だが、何回も錬成したことがあっただろう？」

「それが、蒸留水が足りないのです。特に基板に回路を描き込む際に使う、溶液用の高品質なものがなくて」

「は、蒸留水だとっ！　何を言っているのだ。蒸留水など基本も基本。錬金術を習いはじめてすぐに作るものではないか。学園の生徒でも作れるぞ」

顔を見合わせる見習いの錬金術師たち。

トルテークがおずおずと一枚の魔導回路と、剣の持ち手だけの器具を差し出してくる。

「自分たちで錬成した蒸留水を使って作成した魔導回路です」

リハルザムは引ったくるようにそれらを受け取ると、剣の持ち手だけの器具の末端にあるスリットに魔導回路の基板を差し込む。

握り手につけられた魔晶石の魔素の残量を確認すると、器具を起動させる。

それは魔導回路の動作確認用の器具だった。正常な魔導回路であれば魔素が炎に変換されて剣の刃（やいば）として出てくるはずが、プスプスと音を立てるばかり。

リハルザムは剣の持ち手につけられた、測定用の目盛りを覗き込む。

「出力が足りない。それに放出魔素が安定していないぞ」

リハルザムがねちっこい声で指摘する。

「そうなんです。やはり最低限、溶液用の蒸留水に、できれば洗浄用にもルスト師の錬成した蒸留水があれば――」

見習いの一人のその発言に、リハルザムが突然怒りだす。

「おいっ！　胸くそ悪い、その名前を出すな！」

自分よりも優秀だったルストのことをリハルザムが猛烈に嫉妬していたことを知る見習いたちは、すぐさま口を閉じる。

なにせリハルザムは、嫉妬の果てに協会長に働きかけてルストを陥れるようにしていたのだ。それを手伝わされていた彼らは、リハルザムの確執を一番間近で見ていたといえる。

そんな微妙な空気をリハルザムの言葉が遮る。

「俺が奴よりも素晴らしい蒸留水を作ってやる。お前たちは急いで魔導回路を完成させろ」

数時間後。

「どうだね、俺の蒸留水は？」

自信満々のリハルザム。その手にはルストの数倍の時間をかけて作られた蒸留水の小瓶がいくつもあった。

机には、サバサたちがリハルザムの錬成した蒸留水を使って錬成した魔導回路がいくつも並んでいる。それぞれの動作確認を終えたサバサが、そんなリハルザムに非常に言いにくそうに伝える。

「これが確認装置で測定した数値一覧です」

「――基準はクリアしているのだろう？」

数値を確認することなく質問するリハルザム。

測定した器具の目盛りの数値はどれも必要ギリギリの出力と安定性を指し示していた。

明らかにルストの作った蒸留水より劣った出来のリハルザムの蒸留水。魔導回路の出来としては安全性に一抹の不安が残るものばかりなのだ。特に安定性が基準ギリギリなのは、安全マージンが全くないことを示していた。

普通であればこのレベルの品を錬金術協会が提供することはあり得ない。事故が起きた際の信頼の低下というリスクが高い。

サバサ以外の見習いたちは皆、下を向いたまま顔を上げない。

「測定した数値は、基準は満たしております」

リハルザムに配慮して答えるサバサ。

「ふん、ならさっさと魔導回路を納品数、作れ！　急げ急げ」

追加で蒸留水を作っていくリハルザム。

見習いたちはリハルザムの作った蒸留水を使い、魔導回路を次々に作成していく。

すっかり時間がかかり、いよいよ深夜になる。

そのときだった。

武具錬成課の扉が突然、溶けはじめる。

ばたんと音をたて、倒れ込む扉。

音に驚いた錬金術師たちが振り向くと、倒れた扉の向こうの廊下ではスカベンジャースライムが大量に動き回っていた。

壊れた扉を乗り越え、スカベンジャースライムが部屋の中へなだれ込んでくる。

「な、早く扉を閉めろっ！」

叫ぶリハルザム。

「む、無理ですよ！」

見習いの一人が叫び返す。

倒れた扉はスカベンジャースライムに覆われ、すでにボロボロになっていた。

スカベンジャースライムは、無機物や生き物の死骸、排泄物を好んで食べる性質を持つ。

通常であれば、そこまで命の危険がある相手ではない。

実際、部屋になだれ込んできたスカベンジャースライムたちは、床に放置された素材や備品に群がっている。

「く、何でもいい、さっさと攻撃するぞ！」

叫ぶサバサ。手にはちょうど持っていた魔導回路をチェックするための器具。

装置を起動させ、炎の刃を発生させると、スカベンジャースライムに切りかかっていく。

サバサが炎の刃を振るう。

横一閃。

群がっていた備品ごと、スカベンジャースライムがじゅっと音を立てて蒸発する。蒸気からは、ぷーんと腐乱臭が広がる。

「おい、そこの木箱は納品用の魔導回路が入っているんだ、やめろっ」

リハルザムはサバサに触発されてスカベンジャースライムに攻撃を始めた見習いたちを制止する。

木箱の方に駆け寄るリハルザム。

その足元には、たまたま滑り込むようにして移動してきたスカベンジャースライムが一匹。

リハルザムが、スカベンジャースライムの弾力と粘性を兼ね備えたプルプルボディを、踏む。

つるんと音が聞こえそうな勢いで、リハルザムの肥えた体が前向きに投げ出されるように倒れる。

倒れ込んだ先には、群れていたスカベンジャースライムの集団がいた。リハルザムの巨体を優しく受け止めるスカベンジャースライムのプルプルボディ。しかしすぐにリハルザムの体はスカベンジャースライムの集団の中へと沈み込んでいく。

目から口から鼻から。腐乱臭に満ちたスカベンジャースライムがリハルザムへと侵入していく。じたばたと、もがき苦しむリハルザム。

別のスカベンジャースライムを攻撃していた見習いたちが駆け寄ると、リハルザムの飛び出した足を持って、力一杯引っ張る。

すぽんとスカベンジャースライムの中から抜けたリハルザム。

着替えたばかりの服はスカベンジャースライムに溶かされ、ところどころ穴が開き、再びその身は腐乱臭を放っていた。

激しくむせているリハルザムをそっとしておこうと、見習いたちは無言で視線を交わすと、できるだけリハルザムから離れるようにしてスカベンジャースライムへの攻撃を続ける。

その頃になって、ようやく警備担当者が駆けつけてくる。

彼らと協力してスカベンジャースライムを討伐していく見習いたち。

全てのスカベンジャースライムを討伐し、大まかにだが片付けが終わった頃には、空が白んでいた。

一見無事に見えた魔導回路が詰められた木箱には、実は一匹だけ、スカベンジャースライムが侵入していた。

そのスカベンジャースライムは駆けつけた警備担当者によって無事に討伐されるも、魔導回路の数枚に取りつき、構成する部品の一部を溶かし食べていた。

そんなことになっていたとは、武具錬成課の面々は誰も気づいておらず。リハルザムにいたっては、粘液でどろどろの体を引きずって、すでに帰ってしまっていた。

顔を見合わせる見習いたち。

疲労で目の下に隈を作った彼らの顔を朝の爽やかな風が撫で、日の光が照らす。スカベンジャースライムによって壁も数ヶ所、穴が開いていた。

「スキーニ。大事な仕事だ。武具協会に魔導回路を朝一で納品してこい」

と疲労困憊の先輩たちに仕事を押し付けられたのは、武具錬成課で一番の新人のスキーニだった。

スキーニは言われるがまま、朝一でそのまま武具協会へと魔導回路を納品してしまう。魔導回路の状態の再確認は、一切されることなく。

第八話　環境を改善しよう!!

私はヒポポと共に、数日、遠出をした帰り道にいた。

カリーンは言葉通り、しっかりと今回の水問題の解決用に予算を計上してくれたのだ。これで大型の水瓶(みずがめ)さえあれば浄水機能を付けるのはさほど難しくはない。

そのため、ロアとアーリには、今回出た予算のほとんどを持って、王都へと水瓶の買い出しに行ってもらっている。辺境で瓶を自作するのは限界があるので。

私たちはその代わり、とあるモンスターの素材を調達しに行っていたのだが、無事に手にすることができてほっとしていた。

あらかじめ、カリーンに近隣のモンスターのことを聞いて目星をつけていたのだが、相手も生き物だ。出合えない可能性だって、当然高い。

そういう意味では非常に運が良かった。

ちなみに出歩いていた数日の間に目的のモンスター以外にもそれなりの数を狩ることができている。色々な錬成用の素材を手に入れられてホクホクだ。

数種類のモンスター狩り用のスクロールを用意していて大正解だった。狩るモンスターと相性の悪いスクロールだと、せっかくの錬成素材にキズがついたり劣化したりしてしまうので。

「ぶもーっ」

考え事をしていた私にヒポポが注意してくれる。どうやらカリーンの野営地が見えてきたらしい。

ヒポポにまたがったまま、野営地へと入っていく。

すれ違う人から、口々に帰還を喜ぶような挨拶を受ける。狩りの成果を聞かれることも多い。どうやら皆、水の配給が増えるかもしれないことに相当期待しているのが、伝わってくる。

食料保管庫の近くを通ると、ちょうど食料管理の責任者の姿が見える。確か、あのあとアーリから名前を聞いていた。

「あ、ルスト師！　お帰りなさい！」

「戻りました。リットナーさん。ちょうどよかった。実は道中でモンスターを狩ったのですが、錬金術用の素材以外の部分、可食部があればと思って持って帰ってきたんですよ。食料の足しになればと思って」

「本当かっ！　それはありがたい。ぜひ買い取らせてくれ！　で、その肉はどこに？」

「このリュックの中です。錬金術で容量を少し拡張しているんですよ」

背負ったリュックサックを指差しながら私は伝える。

その頃には野営地の住人が数人、集まってきていた。皆、なかなか腕っぷしの強そうな強面。多分、どんなモンスターを狩ったのか興味津々なのだろう。

「あー。錬金術用の素材を剥いだ以外は処理してないのですが、どこに出せばいいですか？」

「おう、こっちに解体用の場所がある！　査定するからそこに頼む！　で、何を狩ってきたんだ？」

近くの天幕に案内される。どうやらここでいいらしい。

私はリュックサックを下ろすと、一本だけスクロールを先に取り出し、展開しておく。ぞろぞろとついてきていた住民たちの、不思議そうな顔。

「じゃあ、出していきますね」

そう告げると、モンスターの死骸を次々に置いていく。

まずは牛型のモンスター。角が二列、頭から背中にかけて何本も生えている。錬金術の素材用に角と複数ある胃を剥ぎ取ってある。それを四頭ほど。一気に場所が狭くなる。

「な、なに！　ツインラインホーンのオスを四体だとっ」

「一人で狩ったのか!?　群れで行動する危険な――」

「ステーキか！　いや、ここは焼き肉か？」

ざわざわとこちらを見ていた住民たちの騒がしい声。

「ほとんどキズがない！　最高の状態だ。素晴らしい。おい、お前たち！　手伝ってくれ」

リットナーが天幕で働く部下を呼ぶ。

「リットナーさん、まだあるんですが……」

「なにっ!?」

「とりあえず出していきますね」

私は続けて、他にも狩ったモンスターの死骸を次々に出していく。

大きさが大小様々なネズミ型。頭が三つある馬型。一見モグラのような見た目の熊型。それに陸上を歩くために足の生えた魚型のモンスター。それぞれ数匹から、魚は数十匹。

小山のように積まれたモンスターたち。

「おいおいおいそのリュック、容量の増量、全然少しじゃないだろ」

リットナーの呟き。さっきまで騒いでいた周りの住民たちも、嘘のように静まり返っている。一人を除いて。

「――サウザンドラットに、ヘルホース。土竜熊、それからあれは……見たこともないモンスターだ。少なくとも特級危険生物に認定されているヘルホースと土竜熊を何匹も倒している。ぜひ戦ってみたい」

集まった強面の住民たちの中でも抜きん出て体格の良い、スキンヘッドの男が呟く。その男の熱い視線を感じる。

「……あとはおまかせしますね。査定の結果が出たら教えてください」

そう言い残し、私はそそくさとその場をあとにした。


私はカリーンに帰還の挨拶だけしたあと、自分の天幕で白いトカゲの様子を確認していた。相変わらず眠り続けている。

「ローズ、見守ってくれて、ありがとうね。この子用のポーションも、ちゃんとあげてくれたみたいだね。状態は、変化なし、と。とりあえず悪化はしてないか」

白トカゲの状態をスクロールで確認しながら、ローズにお礼を伝える。

二股に分かれた蔓を、フリフリして応えてくれるローズ。不在中に定期的に白トカゲにかけてほしいとローズにお願いしていたポーションは、私の不在の日数分、きっちり消費されていた。

過度な魔素は、人間以外のあらゆる生命にとって害になる。モンスターでも過度な魔素を摂取すると死んだり、そこまで大量でなければ凶暴化したりする。そのため、人間に使うように魔素がどばどば入ったポーションで、あっという間に治してしまうということができない。今回のように長期戦の治療のときは、きちっとした性格のローズがこういう点でも非常に頼もしい。

私は再びローズに白トカゲを見守るようお願いすると、仕事を片付けてしまおうと、天幕をあとにした。


そうして、浄水機能付きの水瓶の前に来ている。

ロアとアーリは先に帰ってきていたようだ。中古の水瓶の横に二つ、新しい水瓶が並んでいる。もちろん、その二つはただの瓶だ。

一つが人の背丈よりも大きな水瓶が三つも並んでいると、なかなかの迫力だ。

「さーて、浄水機能をぱぱっと付けちゃいますか」

私が準備を始めていると、ロアがやってきた。

「お、ロア。水瓶の調達ありがとう！　良いのが手に入ったね。輸送、大変だったでしょ」

「問題ない」

言葉少なく答えるロア。相変わらず表情は見えないが、声の感じでは私から労(ねぎら)われて嫌、という雰囲気はなさそうだ。

「輸送も早いし、傷ひとつなし。素晴らしいね。他には何も問題は起きなかったかな？」

彼女たちの持つ目の異能をもってすれば、だいたいの困難は回避できるだろうなとは思いつつ確認する。

「王都、空気がピリピリしている。物価も、消耗品で高くなっていたものがいくつかあった」

珍しくちゃんと答えるロア。

「ほー。何かあったのかね。それはカリーンには？」

「当然。カリーン様には報告済み」

私はカリーンが知っているならいいかと、そのことについては特に深く追及しなかった。王都で、錬金術協会からの各種錬成品の納品が遅れはじめているせいで、物価にまで影響が出ているなどと思いもよらなかったのだ。

「よし、準備完了っと。ロア、少し離れてて」

こちらを見守っているロアに声をかけると、スクロールを展開していく。

今回は簡易的な錬成だ。

「《展開》《展開》《展開》《展開》《展開》」

空中でくるくると広がるスクロールたち。

「《研磨》」

一つ目のスクロールの上にミニ竜巻が発生する。

今回は金剛石の粉は最大濃度だ。ここまで高濃度だと、かなり殺傷力も高い。

そこに、手に入れた魔石を数個、慎重に放り込む。

魔石が、粉々に粉砕されていく。

あっという間に魔石の粉が出来ると、金剛石の粉の濃度をゼロにする。ミニ竜巻の中は、魔石の粉だけとなる。

先に用意していた完全なる純水のボトルを、ミニ竜巻の下へ持ってくる。ミニ竜巻をゆっくりと下から解除していく。

完全なる純水の表面に、魔石の粉がさらさらと降り積もる。

純水の完全さを保持していた魔力を解除。

物理法則の支配下に戻ってきた完全なる純水が、極限まで下げられたエントロピーを増やそうと、一番手近なもの——魔石の粉を溶かしていく。

あっという間に魔石の粉が完全に溶ける。

「まずは魔導回路を描くための溶液が完成っと」

「いつ見てもすごい……」

後ろで見ていたロアの感嘆の声。その目はふよふよと動くスクロールに釘(くぎ)付けのようだ。

そんなこと言うの珍しいなと、私が後ろをちらりと振り向くと、プイッと顔を背けられてしまう。

まあいいかと作業を続ける。次はいつもの《解放》《転写》と、普段あまり使わないスクロール、あわせて四本を同時使用だ。それと一冊の本。

「《解放》重力のくびき《対象》魔導回路溶液」

ふわふわと空中に浮かぶ魔導回路を描くための溶液。両手が空いたところで、左手に持った本に右手をかざす。この本自体も魔導具だ。

「《索引検索》浄水回路《実行》」

本が開いたかと思うと、パタパタと自動でページがめくれていく。

真ん中ぐらいまでめくれたところで、ピタリと動きが止まる。

「《転写》《投影》」

私は間違いなく浄水用の魔導回路が載っているのを確認すると、《転写》のスクロールにその魔導回路を写しとる。

次に《投影》のスクロールを使って、転写された魔導回路を新品の水瓶に映し出す。そのあと、ふよふよと浮いていた溶液を《投影》のスクロールに落とし込む。

霧吹きのように、投影された魔導回路の形に溶液が水瓶の表面へと吹き付けられていく。あっという間に浄水の魔導回路の形に溶液が水瓶の表面に張り付く。

「《定着》」

最後のスクロールで魔石の粉の溶液で描かれた浄水の魔導回路を水瓶に一体化させる。

「よし、あとは動力用の魔晶石をくっつけて完了っと」

私はこれもあらかじめ作っておいた魔晶石を《定着》で水瓶に一体化させる。

そのまま二つ目の水瓶にもささっと浄水機能を付けていく。

「これで、水使い放題――」

嬉しそうなロア。声が弾んでいる。

「いやいや。まだこれからだよ？」

「え？」

「え？　だってこれだとまだ運んできただけの水しか使えないでしょ？」

無言で頷くロア。

「今から別の魔導具を作って、運ばなくていいようにしに行くから」

「そ、そんなことができるのっ!?」

ずいっと近づきながら聞いてくるロア。これまでにない食いつき。

ただ、一つ目の描かれた面布が目の前に近づいてくるのはちょっと怖かった。


ロアがぜひ追加の魔導具を設置するところを見たいと言うので、私とロアとヒポポの三者で白トカゲを助けた池のほとりに来ていた。

「ヒポポ。念のため確認、お願い」

「ぶもっ！」

一鳴きして、ヒポポが池に飛び込む。

無言でそれを見守るロア。私はその間にここに設置する予定の魔導具の準備をする。とはいえ、すでに魔導具自体は作成済みだ。今回は簡易錬成で作成するには難しいものだったので自分の天幕であらかじめ作っておいたのだ。

その魔導具を取り出す。

ぱっと見は、人の身長ぐらいの長い筒だ。

魔物避(よ)けに、ここの池にいたナマズのモンスターの触手の毒の匂い成分を塗布してある。そのため、取り出すと独特な匂いが辺りに漂う。ここらへんのモンスターにとっては、警戒心を起こさせるはずだ。

そうしているうちに、ヒポポが池からざぱっと顔を出す。その口元には数匹の魚型のモンスター。

特に大物はいない。

どうやらここの主っぽかったナマズのモンスターがいなくなったことで徐々に他のモンスターが入りはじめていたようだ。

「確認ありがとうね」

私はヒポポにお礼を伝えると、魔導具を設置しはじめる。

「それは何？　特殊なモンスターの魔石が使われている？」

後ろから覗(のぞ)き込むロア。

「そうそう。遠出したのは、このモンスターを探しに行ってたんだよね。火山にまで行かなきゃならなくて。暑くて大変だったよ」

「何のモンスター？」

「パラライズクラウドっていう雲みたいなやつ」

「っ！　それ、危険ランクが特級。物理攻撃が効かない難敵……」

「そうそう。それそれ」

私は話しながら、池のほとりから乗り出すようにして魔導具を池に突き刺す。

「水が枯れたとき用に通知が来るようにしてっと。あとは目標を設定して、切り替え用のフィードバックを受信モードに……」

私は池に突き刺した魔導具の魔導回路に微調整を加えていく。

もちろん直描き（じか）はしない。足がぬれてしまうので。《投影》のスクロールを使って、池に入らず作業を終える。

「よし、完成っ！　起動するよ」

起動と同時に魔導具の真ん中からウォンと魔法陣が広がる。

そのまま筒状の魔導具を下るようにして魔法陣が池の水面まで降りてくる。

「あれは何の魔導具？」

「オリジナルだから特に名前はないけど、強いて言えば雲式給水装置、かな」

装置の動きを見守りながら答える。

水面まで到達した魔法陣に触れた池の水が、雲へと変わる。

「白いのが、雲？　熱しているの？」

「いや、それだと大量に水を処理するときにコストがかかりすぎるから。それで、パラライズクラウドの魔石を使っているんだよ」

「どういうこと？」

やはり水の供給が増えるのがそんなに嬉しいのか、普段のロアからは考えられない食いつきっぷりだ。

「パラライズクラウドって雲のモンスターなんだけど、その本体は魔石なんだ。自分の周囲の物理法則を魔法で書き換えててさ。水を雲の状態になるようにしているんだよね。そしてその雲が拡散しないように操っているんだ。つまり一見、パラライズクラウドは雲のモンスターに見えるけど、その本体は魔石そのものってわけ。だからパラライズクラウドの魔石には水を雲に変える特性が残っていて、あの装置にもそれを利用しているんだよ」

説明していると、ちょうど魔法陣から立ち上った雲が魔導具の上の端で一つにまとまり、一条の煙のように水平に移動しはじめる。野営地の方向に向かって。

「ああやって雲をまとめて、野営地の水瓶まで移動するようにしてある。水瓶の方にも目的地の魔法陣を描いてあって、そこまでたどり着くと物理法則の書き換えが解除されて水に戻るよ」

「こ、これが野営地まで⁉　そんな方法で水を運ぶなんて……。あり得ない」

驚いた様子のロア。

「そうかな？　でも辺境だと、地中でも地上でも長距離でパイプを通したらモンスターに壊されるのは目に見えているし。パイプ全てに十分な魔物避け効果をつけられる素材がないから。ロア、ちょっとあの雲を乱してみてよ」

私は装置から流れ出た一条の雲を指差す。

無言で槍(やり)を雲に向かって振るロア。

槍の風圧で雲は一瞬乱れるも、すぐに野営地に向けて動き続ける。

「まあこんな感じで妨害に強いのが利点かな」

なぜか言葉もない様子のロア。

私はその間に《転写》のスクロールで、雲式給水装置の状態をチェック。ちゃんと野営地側の水瓶からのフィードバックが来ていることを確認すると帰り支度を始める。

「ロア、そろそろ野営地に戻ろうか」

そのときだった。

「――アーリ姉様が来る」

ロアが目の異能で見えたことを教えてくれた。

私たちがしばらく待っていると、急いでこちらへ向かってくるアーリが実際に見えてくる。

走りながらなにやら叫んでいる。

「ルスト師！　カリーン様からです。至急お戻りください！」

どうやらカリーンからの呼び出しのようだった。


カリーンの天幕に行き、水瓶の増設が終わったことを報告すると、二枚の羊皮紙を渡される。

通信装置から出たものだろう。一枚はすでに開封されていて、一枚はくるくると巻かれ排出時の封がされたままだ。

「ルスト、相変わらず仕事が早いな。あの元からあった浄水機能付きの水瓶だって、並の錬金術師なら数日はかかるというのに」

　カリーンからの労いの言葉。

「まあ、魔導回路を手描きするとそれぐらいはかかるかも、ですね。後で見に行ってみてください」

　そう答えながら、私は受け取った羊皮紙のうち、開封されている方に目を通す。

　そちらは隣の領地の領主から、カリーンに宛てたものだ。

　普通は一言断ってから見るべきなのだろう。だが、わざわざ渡してきたのであれば構わないかと、そのまま内容を読んでいく。

「その件、確かに報告は受けていたが、これには驚いたぞ」

　――ほう、トマ村の村長、ちゃんと話を通してくれたんだな。

「条件は良さそうですね」

　感想をカリーンに伝える。

「良いなんてもんじゃないぞ。はっきり言って破格だ。一体どんなトリックを使ったんだ、ルスト！」

　腰に手を当て詰め寄ってくるカリーン。

　その赤髪を見下ろしながら私は降参、とばかりに両手を上げる。カリーンの怪力で、襟首を掴まれて揺さぶられでもしたら、脳ミソが揺れてひどい目にあいそうなので。

　私は急いで自分の言動を思い返す。

　そして再び羊皮紙を流し読みして、ようやく合点する。風土病の治療後、一緒に食事をしたときに報告したのだが、魔晶石について取引の要望が隣の領地からくるかもしれないとしか伝えていなかった気がする。

そして、羊皮紙にも魔晶石、としか記載されていない。

「あー、カリーン。トリックとかではなくて、今回の取引内容は旧型の魔晶石、なんだ」

「なにっ！　H - 三二型魔法銃用の魔晶石かっ！　おい、作れるのかルスト！　――いや、お前なら作れるか。はぁ、まったく」

私の顔を見て大きくため息をつくカリーン。

「それで納得だよ。もうどこでも手に入らないんだぞ、まったく」

「もしかしてここでもH - 三二型魔法銃を保管していたりする？」

「いや、ここの戦闘要員は、ほとんどが私の元部下だからな。皆、武の心得はあるさ」

自慢げなカリーン。

「おお、それはさすがだね」

「まあ、それはいい。これ、王都で利権を握ってる奴らに真っ向から喧嘩を売ることになるって、お前ならわかっているよな」

「一応」

二枚目の羊皮紙を開封し、目を通しながら私は答える。

「おいおい、そこを何とかするのが私の仕事ってやつか？」

自嘲気味のカリーン。

「まあ、ちょうどその件で、ハロルドに問い合わせをしていたんだ。返事が来ているよ」

私は読み終わった羊皮紙を渡す。トマ村で私が出した返事だ。ハロルドは、私だけではなくカリーンとも学生時代からの友人だ。

「ハロルドか、確かに奴なら経理畑だしな。ふむ、なるほど」

カリーンが受け取った羊皮紙に目を通して呟く。

「王都は大変なことになっているようだな。アーリたちから報告は聞いていたがここまでとは。これなら今がチャンス、だな」

悪い笑顔を浮かべるカリーン。

「一気にやっちゃうべき、だね。こちらはいつでも大丈夫」

私も悪い笑顔で返しておく。このやり取り、なんとなく学生時代が思い出されて懐かしい。

「よしよし。楽しみにしていてくれ。いくら何でもこれはってぐらいのを用意してやる」

「受けて立ちましょう」

私はお辞儀してそれに応えた。

◆◆◆

「来た」

ロアが教えてくれる。

なぜかアーリたちと一緒に野営地の入り口で待機するようにカリーンに言われ、私はヒポポの体の上でのんびり日向（ひなた）ぼっこをしていた。

「こちらも見えました。一人、お強い方がいますね」

アーリも何かを見ながらそう告げる。

今日は隣の領地との初の魔晶石の取引だ。隣の領主との交渉は完全にカリーン任せで、取引の詳細は知らない。それでもカリーン曰（いわ）く、何枚も切り札があるような取引で楽勝すぎてつまらなかった、らしい。

材料となるカゲロの実の調達業務はもちろん、野営地までの運搬、その後の魔晶石の輸送、国内の流通ルートに乗せるまで、全て向こう持ち。めんどくさい部分が完全にアウトソーシングされていて、実質、私がカゲロの実を魔晶石に錬成するだけでがっぽり儲（もう）かる、らしい。

しかも、魔晶石に錬成する量は下限も上限も規制なし。基本的には私の都合で決めてしまえるのだ。生産量に大きく増減が出るときは、事前に言うようにカリーンに釘を刺されはしたが。

よくぞ、ここまでの条件をもぎ取ったなと、皆、感心していた。

私はヒポポの上で大きく伸びをすると、ひらりと飛び降りる。そのまま待っていると、何頭も連なるラバの群れが見えてくる。荷車等は引いていないようだ。ラバの体の両側に大きなかごが下げられている。

辺境の悪路、というほどの道すらないので、車輪で進むのは難しい。最善の方法だろう。

——これは今後のことも考えると、道の整備の優先順位を高くする必要があるかもな。カリーンの判断次第だけど。

リソースの限られた辺境の開拓事業では、優先順位を決めるにはかなり高度な判断が求められる。政治的経済的な要因への配慮も、重要。私は難しい決定は、責任者であり上司たるカリーンに一任しようと心に決め、目の前のことに集中することにした。

——怪我(けが)している人がいるな。何かに襲われたか。ただ、被害は少なそうだ。撃退したのかな。

先頭でラバの群れを率いていた人物が埃除(ほこりよ)けのフードを外す。それは壮年の男性、トマ村のザーレだった。

「ザーレさん！　お久しぶりです」

「あんたはっ！　いや、失礼。ルスト師。この度は取引を快く受けてくださり——」

改まって挨拶をしてくるザーレ。

「無理なさらなくても、前のように話してくれていいですよ。それより怪我人がいますね。よければ治療しましょう」

私は苦笑して伝える。

「あんたは本当にお人好しだなっ！　いや、すまない。治療は助かる。お願いする」

見たところ、ひどい怪我人はいない。私は暇な間に作りおきしていた、効果はほどほどだが汎用性の高いポーションをリュックサックから取り出すと、次々に治療していく。

怪我人のわりに怪我をしたラバのかごが見当たらない。

——ああ、カゲロの実が溢れんばかりにラバに積まれている。何頭か処分せざるを得なかったのか。

と察したところで、ようやく一団の最後尾が到着する。最後尾には、どこかで見た青色の神官服を着た銀髪の女性。前に毒で倒れていたのを助けた、タウラの姿があった。

「これは騎士タウラ様。驚きました。辺境へようこそ。お体はその後、いかがですか？」

私はタウラに声をかける。

「ルスト殿、かの節は大変世話になった。体調はすこぶる良い。貴殿のおかげでな。実は、貴殿に用があって参ったのだ。トマ村でたまたま、そちらの者たちがここへ向かうと聞いて同行させてもらった」

ザーレたちを示しながらタウラは答える。

「騎士様には途中、何度もモンスターから助けていただいて、感謝の言葉もねえ」

「それはありがとうございました。彼らが運んでくれていたのは、私宛ての荷物なので」

私はお礼を伝える。軽く頷き、ちらりと私以外の人たちへ視線を廻らすタウラ。

「お疲れでしょう。大したもてなしもできませんが、よければ私の天幕に招待いたしますよ？」

タウラの様子から余人にあまり聞かせたくない話かと思い、誘ってみる。

「それではご招待を受けさせていただこう」

私はザーレに、野営地の中央の広場にカゲロの実を運ぶようにお願いすると、タウラを伴って、ヒポポとその場を離れる。

アーリの無言の視線をなぜか背中に感じながら。


「これはまた、凄まじいな」

私の天幕の中を見て驚いた様子のタウラ。確かに見慣れない人からしたら蔓で覆われた部屋は奇異に映るだろう。

「それで騎士タウラ様――」

私はそんなタウラの様子に苦笑しつつ、話しはじめようとする。ローズが淹れてくれた、ローズティーのカップを傾けながら。

「タウラでいい。貴殿は命の恩人だ。それに我が剣を貴殿にお貸しする盟約も結ばせていただいたのだ。すでに帰依する神しか持たぬこの身にとって、敬称は過分」

タウラは祈りの仕草をしながら私の言葉を遮って言う。

「では、私のこともルストで構いませんよ。さあ、タウラも。よければ温かいうちに」

私はタウラの提案に乗ると、ローズティーを勧める。

「頂こう。ふむ、豊かな香りだ」

二人してしばし、無言で香りを楽しむ。なぜかそれだけで少し打ち解けた気がする。話しはじめたタウラの口調がかなり砕けたものになっていた。

「それで話というのは、呪術師のことなのだ」

「使い魔を差し向けてきた相手、ですね」

私は確認する。

「そう。あの後、奴の足取りを追って私は王都へと向かった。奴は、我が教団を壊滅させた仇でな。その際に私も呪いを受けてしまったのだが、ルストに呪いを解いてもらったことで、呪術師に気づかれることなく奴を追い詰めることに成功したのだ」

本腰を入れて話すのだろう。カップをそっとテーブルに戻すタウラ。

「残念なことに最終的に奴を逃してしまった。だが、奴の隠れ家からこれが出てきたのだ。それも大量に」

神官服の隠しポケットへ手を入れるタウラ。差し出された手のひら。そこには、魔導回路の基板がのっていた。

「拝見しても？」

無言で頷くタウラ。私は念のため《純化》処理した採取用の手袋をはめると、タウラの手から基板を受け取る。

全体を丹念にチェックしたあとに、《転写》のスクロールでさらに詳細を確認していく。

「ふむ、これは王都の錬金術協会には見せましたか？」

私はまず確認する。

「いや。ただ、怪しいとは思ったので、錬金術協会の様子は窺ってきた。かなり悲惨な有り様だったぞ。壁という壁には大小様々に開いた穴があり、急いで補修したのか雑に埋められていた。それに鼻を刺すような臭いが辺りに漂っていてな。職員らしき人たちは皆、死んだような顔つきをしていた」

臭いを思い出したのか顔をしかめるタウラ。

——なるほど。もしかしてスライムがどれか、暴走したのか？　誰も管理してくれなかったのか……。

思わず遠い目をしてしまう私。

「その基板の出どころによっては、かなりまずいことになりそうだったからな。残りは王都の知り合いに預け、こういうものに詳しそうで信頼できる相手に相談しようと、ここへ来たのだ」

タウラは話し続けている。

「それは賢明でしたね」

気を取り直して私は答える。

「では、やはりっ!?」

「はい。これは魔素を炎に変換する魔導回路の基板です。しかも軍用の仕様ですね。作成したのは錬金術協会で、ほぼ間違いないでしょう。錬金術協会の錬成特有の癖がみられます」

「そうか……。奴の隠れ家には大量の魔法銃もあったのだ」

「かなり、きな臭いですね」

魔素を撃ち出す魔法銃は、人間以外の生命に攻撃効果が高いのだ。モンスターといえど魔素を大量に摂取すると死に至るので。

逆に人間には、効果がない。そのため、魔法銃は武の心得がない一般人でも気軽に使える武器ともいえる。間違って人間に当たってもほとんど大丈夫なのだ。そういう意味では魔法銃自体は非常に安全な武器だ。

しかし魔素を別の属性に変化させると安全ではなくなるし、変換ロスが発生する。つまり、モンスター用の武器であれば、わざわざ属性を変えずに魔素のまま攻撃した方が効率的なのだ。それでも魔素を炎に変える理由となると、ただ一つだけ。

「やはり、これは対人間用、ということだな」

タウラも私と同じことを考えたのだろう。

「ええ、そうです。ただ、一つだけ疑問点があります」

「疑問点？」

「これ、多分、使うと爆発します。周りを巻き込んで、結構な被害が出そうですよ。しかも、そういう仕様にしたというわけではなく、どうも欠陥品っぽいですね」

そう告げると、私は魔導回路の基板をタウラの手の中に返した。

カリーンに挨拶がしたいというタウラを送っていった後、私は野営地の広場に来ていた。

カリーンからは、トマ村のザーレたちやタウラの歓迎に皆で食事をするからと誘われたが、遠慮させてもらった。

ザーレたちは翌日には、ここを出発するらしく、それまでに済ませておきたかったのだ。カゲロの実の魔晶石への錬成を。

——今が商機な気がしてならないんだよね。急いでやっておく価値はあるはず。

そんなことを思いながら広場へ。カゲロの実が小山のように積まれているのが、いくつも見える。

そこから実を一つ手に取り、沈みはじめた日の光にかざす。

「さて、始めますか」

私はスクロールを展開した。

幕間 side タウラ

私は騎士カリーンの天幕で、歓待の食事を頂いていた。

目の前の席にはこの地の領主たる、騎士カリーン殿。その左右に座るのはカリーン殿の側近というべき方たち。

旅に出て長い私にとっては、十分以上のごちそうだ。このときばかりは我が神アレイスラが質素倹約を教条としていなくて本当によかったと思う。

並べられた料理に舌鼓を打ちながら交わされる話題は、自然と料理のものになりやすい。何せこれだけの美味珍味の数々、その感想を分かち合いたいと思うのは自然だし、何よりも話題として手頃だ。

私はメインディッシュに出された肉料理に手をつける。その肉を一切れ、切り分ける。溢れ出す肉汁。その見た目だけでも美味しそうだ。したたる肉汁をこぼさないよう、慎重に口に運ぶ。

噛みしめるとまず、口いっぱいに広がったのは、肉本来の香りだった。そしてその香りを邪魔しないながらも、しっかりと存在を主張しているのは肉に添えられたソースに含まれる香草の香り。その二つの香りが絶妙なバランスで口の中を駆け抜けていく。その香りを楽しみながら噛みしめるたびに溢れる、肉汁。そして最後に感じられるのは、モンスターの肉特有の魔素だ。一噛みごとに、上質な魔素が体へと染み渡っていく。ここまで上質な魔素、さぞ高位のモンスターなのだろうと、噛みながら想像を巡らす。

「カリーン殿、この肉は大層、豊富で上質な魔素を含んでおりますな。もしや、ツインラインホーンでは？」

「タウラ殿、なかなかの食通ですね。たったひとくち食べただけで。おっしゃる通り、これはツインラインホーン、しかも、雌の成獣の肉のステーキです」

カリーン殿が笑顔で答える。

「こちらはルスト師が狩られたものになります」

そこに、隣に座るアーリ殿の補足が入る。

「なんとっ！　ツインラインホーンの中でも最も魔素が豊富と言われている雌の成獣の。それはこの全身に染み渡るような豊富で濃厚な魔素も納得いたしました。しかしルストは錬金術だけでなく、狩りの腕も一級なのですな」

感心してアーリ殿に返答する私。しかしなぜか、私の返答で少し雰囲気がピリッとする。

そこへ給仕されるマグカップ。中身は冷えたエールのようだ。

ありがたく頂くと、マグカップを口元へ。香り高いホップの風味が匂いだけで伝わってくる。

たまらず、一気にあおる。

冷たく、それでいて芳醇（ほうじゅん）な香りのエールが、ツインラインホーンの肉の脂を一気に洗い流していく。

僅（わず）かな苦味が心地よい。

「これはまた、素晴らしいエール。しかも、辺境の地でここまでしっかりと冷やしたエールに出合えるとは。さすが、カリーン殿の治める地。冷却の魔導具も一流のものをお持ちのようだ」

「わかりますか。実はそれもルスト師の作った魔導具で冷やしているのですよ。片手間に次々と魔導具を作っては野営地の改善に貢献してくれているのです。――私たちのために」

カリーン殿の言葉に、なにやら含むものがありそうだと感じつつも、私はどうしてもうまい料理とうまい酒へと意識がとられてしまう。

なにせ旅の間の酒は、せいぜいが酸味の強いぶどう酒がいいところだったのだ。それも当然生ぬるい。それは致し方のないこととはいえ、やはりエールは冷えているに限る。

そうして勧められるままに杯を重ねた頃には、いつの間にか宴も終わっていた。気がつけばカリーン殿の天幕には私とカリーン殿のみ。アーリ殿が食事を持って出ていく姿を見送っていると、やや砕けた様子でカリーン殿が話しかけてくる。

「それでタウラ殿は先ほど、ルストの天幕で何をされていたのかな」

さらりと切り出された言葉。しかし、カリーン殿の瞳は真剣だ。

私は何と答えるか一瞬迷う。しかし、ありのまま話すことにする。

感じられたのだ、目の前でゆっくりと杯を傾けているカリーン殿から、仲間たるルストを心配に思う気持ちが。

それは、私が呪術師の襲撃によって失ってしまったものだったから。仲間を全て殺されてしまった私には、カリーン殿のその瞳が眩(まぶ)しかった。

「私は仲間の仇たる、呪術師を追い求めているのです。その手がかりを手にしたのですが、錬金術に関係するものだったので、こちらへとお邪魔させていただきました」

「ほう、それでこんな辺境まで。しかし王都にも優秀な錬金術師はいるだろう」

「私が知る限り、ルストほど優秀な錬金術師はいません。今回もちゃんと指針を示してくれました。それに王都にいる者は誰が呪術師と繋がっているか。信用ならないので」

「まあ、確かにルストは優秀だ」

自分のことのように嬉しそうに話すカリーン殿。それが眩しい。そのせいだろう、酔った勢いとはいえ、気がつけば、私は呪術師に殺されたかつての仲間たちのことをカリーン殿に話していた。

「カリーン殿が羨ましい。私もかつてはたくさん、仲間がいたので」

「――それは、呪術師に？」

「はい。あれは月の明るい夜でした。我が神アレイスラが三つの顔を持つことはご存知ですかな」

「ああ。慈愛、叡智、復讐だったか」

「博識ですね。私はちょっとした力があった関係で、教団の中では少し特殊な立場で。慈愛と復讐の両派の教練を受けていたのですが、その日は偶然一人で修練をするため、教会を離れていたのです。その間に呪術師の襲撃がありました。夜中に教会に帰ったときは、すでにもう」

語りながら目の前に浮かぶのは煌々と燃え上がる仲間たちのシルエット。今でも思い出す。それは、まるで踊っているかのような動き。

炎で焼かれ、筋肉が縮むことで、そんな動きになると、あとから聞いた。

そんな全てが燃え盛る中で、私が最初に判別できたのは、長年お世話になっていた教区長だった。

「私が最も親しかった人を見つけました。教区長のセーラ様でした。横たわったその体はかなり焦げていたのですが、比較的顔かたちが焼け残っていて。その優しかった笑顔の面影も、死してなお、残っていた――」

私の話を真剣な瞳で聞くカリーン殿。その瞳に思わず引き出されるように語ってしまう。誰にも話していなかった、私の復讐の本当の理由。

「その体にすがりついたときでした。呪術師が仕掛けた呪いが私に降りかかってきました。奴は、死体を弄(もてあそ)んだんです。よりにもよって、最も皆に愛され、最も徳の高かったセーラ様を。その死を呪術に利用し、その愛を見越して近づくものに、呪いがかかるように」

そこで、カリーン殿の手の中の杯が、ひしゃげる。それは、まるで私の代わりに怒りを見せてくれたようだった。

「セーラ様の死体が弄ばれたことが何よりも許せなかった。私の顔につけられた呪いのアザが、セーラ様が辱められた証(あかし)のようで申し訳なくて。本当に申し訳なくて。ルストは、私のその呪いを解いてくれた恩人なのです」

杯を握りしめたカリーン殿の手に、私は自らの手を添える。

「私は復讐を果たしたら、ルストに剣を捧(ささ)げるつもりでいます」

自分の決意が伝わるように。

「いつでも歓迎しよう、タウラ」

カリーン殿も、杯を握り潰したのとは反対の手を、私の手に重ねてくれる。私の思いを受け取るように。

「ありがとう、カリーン」

私はルストに続き、カリーンとも名前で呼び合うようになった。

第九話 役職を拝命しよう!!

錬成を始めて数時間。さすがにそろそろ喉が渇いてきた。

辺りは完全に暗くなり、すっかり夜だ。ぼんやりと光るスクロールと、照明の魔導具に照らされ、錬成が完了した分の魔晶石の小山が光を反射してきらきらと輝いている。

「かなり終わった、かな」

私は軽く咳払（せきばら）いしながら呟（つぶや）く。

「ルスト師」

そこへ私を呼ぶ声。ちらりと見るとアーリの姿があった。

「食べ物と飲み物を持ってきました。休憩されてはいかがですか」

食事を載せたトレイを両手で持ったアーリ。提案のようで、その声は反論を許さない断固たるものだった。

「ああ、ありがとう。ちょうど喉が渇いていたんだ。目処（めど）も立ったし、ありがたく頂くよ」

私はトレイを受け取ると、そのまま、立って食べようとする。

「ルスト師」

「……はい」

さすがに立ち食いはあれかと、座るところを探してキョロキョロと辺りを見回す。

「すぐそこに私たちの天幕があります。よければ椅子を持ってきましょう」

「何から何まで、申し訳ない」

私は思わず謝ってしまう。

「いえ、大したことではありません」

そう答え、歩きだすアーリ。私もそのあとを追う。すぐに見えてくるアーリたちの天幕。

アーリは中に入るとすぐさま出てくる。その手には二脚の椅子。木で組まれ、座るところには布が張られた背もたれのない椅子。最低限の木材だけで組まれたそれは、木材の採れない辺境ではなかなか貴重な品のはずだ。

天幕の前に、椅子を並べる。

ありがたく座らせてもらうと、早速食事に手をつける。まずはマグカップの飲み物をあおる。

エールだ。

長時間酷使した喉に冷えたエールが染み渡る。野趣の強い香りが鼻へ抜ける。

思わず漏れる声。

「今日は歓迎の宴ということで、リットナーのとっておき、だそうですよ。ここに来てすぐに試行錯誤しはじめたもので、ついに出来た自信作、と言っていました」

「確かに美味(うま)い。エールでは感じたことのない香りだ。もしかして植物系のモンスターの食材が使われているのかな。それにしてもあの人、食料庫の管理だけじゃなく酒造りもしているんだ」

「確かに、リットナーは大麦のモンスターがたまにふらふらと迷い込んでくると、嬉々(きき)として狩りに行っていましたね」

私はそれに頷いて応えながら、食事も始める。ツインラインホーンの肉のステーキだ。こちらは何度か食事に出てきていたので今では食べ慣れてはきた。しかし、いつ食べても美味しい。さっぱりとした赤身肉だが、筋もほとんどなく柔らかい。

エールとの相性もいいのだろう、あっという間に食べ終えてしまう。

私が食事を終えた頃合いで、隣に座ったアーリが口を開く。

「ルスト師、実は相談したいことがあったんです」

「何か私で力になれることがあれば。聞かせてほしい」

私は食べ終わった食器をトレイに戻すと、そっと地面に置く。照明の魔導具の光に浮かび上がる、アーリの顔を覆う布。

「私たち姉妹が異能持ちであることは、お気づきですか？」

ゆっくりとそう切り出すアーリ。

「多分、そうだとは思ってたよ。初めて野営地の外で待ち伏せされたときに。ロアは遠視か透視。そして力量の把握が的確なことから、アーリはそれに類する異能だろうと思っていた」

「さすがですね。ほぼ正解です。ロアはおっしゃる通り、遠視と透視の二つの魔眼の異能を。私が限定的ですが未来視の魔眼の異能を持っております」

「なるほど。素晴らしい才能だね。魔眼持ちは、ただでさえ稀有な存在なのに。それを二つも持っているロア、そして、アーリが未来視の魔眼か。伝説上の存在かと思ってたよ」

私は感嘆のため息をつく。

「私の未来視は、そこまで大したものではありませんよ。未来の闘争の可能性に反応して数秒先が見えることがある、という限定的なものです」

「いやいや、それは十分すごいかと。ああ、それだと、もしかして私の戦闘スタイルがばれてしまっていたりするかな」

無言で首を傾げるアーリ。顔の布越しでも意味深に微笑んでいる様子が容易に想像できる。

一つ、咳払いをして続ける。

「余計なことだったたね。それより、いいのかな？　魔眼についてそこまで詳しく話してしまって。特に発動条件等は他人に知られない方がいいと思うよ」

私はアーリに諭すように伝える。

「ここでのルスト師の行いを見ての、私の判断です。私にとって家族と呼べるのは、妹を除けばこの野営地でともに開拓に命をかけている仲間たちだけなのです。それをルスト師はいつも助けてくださいました。その信頼に基づいて、お話しさせていただいているとお受け取りください」

「……わかった」

厳粛な顔を作って、私はその思いに応えようと返事をする。

「そして相談というのが、これなのです」

アーリは自らの顔面を覆う布に触りながら言う。

「封印系の魔導具、かな？」

私はなんとなく感じられる魔素の反応からそう聞いてみる。

「っ！　そうです。ルスト師は、何でもお見通しですね。特注の魔導具で、この世に二枚しかない品です。それを見ただけで当ててしまうとは」

「いや、そんな大したことではないよ。半分は勘だよ。それで、修繕を希望かな？」

首を横に振るアーリ。

「これは異能の暴走を抑えるための魔導具なのですが、私もロアもだんだんと抑えが利かなくなってきているのです」

悩ましげに話すアーリ。

「ほう。修繕ではないということは、いまだに異能が成長しているんだね。わかった。新しいものを二つ、何か考えてみよう。少し時間はかかるかもしれない」

「本当ですかっ！　ありがとうございます。このお礼は必ずっ」

一度立ち上がり、片膝をつくアーリ。

「膝を上げて。アーリが言っていたことだよ」

「何か言いましたか？」

「うん。ともに開拓に命をかけるこの野営地の仲間は、家族だと。であれば私も、家族たるアーリとロアの頼みであれば微力を尽くすよ。さてさて、ごちそうさま。私はこれで失礼するね。また明日にでも、ロアも交えて、その布の魔導具を見せてほしい」

私は魔晶石の作成に戻ろうと、その場をあとにした。

翌朝、私は眠い目を擦（こす）りながら中央広場へと来ていた。

「うひゃあっ。まさか本当に一晩でこの量を錬成したってか」

ザーレの驚きの声が聞こえてくる。

「いやはや、信じらんねぇがそんなこと言ってる場合でないか。おい、おめえらっ！　さっさとラバに積み込んでくぞー！」

声を張り上げるザーレ。

「おはようございます」

私はザーレたち一行に挨拶する。

「お！　やっぱりすげえなぁ、あんた。うちの村長が、あんたのこと、ものすげぇ錬金術師様だぁって言ってたが、それ以上だぜ。おお、そうだ！　お偉いさん呼んでくるんで待っててくれや」

そう言うとザーレが去っていく。

少ししてザーレに連れられ現れたのは、お仕着せを着た青年とタウラだった。

ザーレの紹介で青年と挨拶を交わす。どうも隣の領地の領主に仕える事務方の人で、メメルスというらしい。彼が今回の取引の責任者になるようだ。

メメルスもタウラも、一夜でカゲロの実の山が魔晶石に変わった様子に、あんぐりと口を開け、とても驚いていた。

そのまま皆でカリーンの天幕へ。今回の魔晶石分の支払いをしてくれるらしい。

どうもトマ村の村長から、隣の領主へ進言してくれていたようだ。支払いの準備をしておいた方がいい、と。相変わらずの用意周到さだと感心する。

メメルスの部下の人が金属製の小箱を持ってくる。

中から金箔(きんぱく)で意匠の施された羊皮紙と、魔導具のペンを取り出すと、メメルスが羊皮紙にさらさらと金額を記入していく。

次に、拳大の大きさがある印章を手渡されたメメルス。こちらも魔導具だ。

錬金術師である私には、メメルスが魔素を印章に込める流れが見てとれる。

ふんっと力を込めて、羊皮紙に押し付けられる印章。インクではなく、魔素が羊皮紙に焼き付けられていく。

捺印(なついん)が終わったあとには、黒く押し付けられた印章の柄がくっきりとついていた。それもすぐに、透けるように薄れていき、やがて見えなくなる。

ちらりと見えた羊皮紙に書かれた金額は、もといた基礎研究課の、最後の年の年間予算の倍以上あった。

「騎士カリーン。こちら、魔素印済み小切手です。お納めください」

メメルスが恭しく、羊皮紙を差し出す。

「確かに受領した」

受け取ったカリーンが、羊皮紙を部下の事務官らしき男性に渡す。

「契約に基づいて、ルスト師へ取り分の支払いを頼む。そして、当領地における領主直轄の錬金術研究部門の設立を、ここに宣言する。部門長にはルスト師を据える」

立ち上がり宣言するカリーン。内示もなかったので、思わず瞬きが増えてしまう。とはいえ、私はカリーンのこの手の突飛な行動に慣れていたので、苦笑しつつも片膝をつく。

天幕にいる、他のカリーンの部下たちも同様の姿勢を取る。

「これは領主たるカリーン＝アドミラルとしての正式な布告とする。当該部門の予算は現状においては、魔晶石の販売金額からルスト師の取り分を引いたものを充てることとする」

さらさらとカリーンの布告を書き付けていく事務官の男性。彼がこれからこなさなければならない事務作業の量を思って、内心、祈りを捧げておく。

カリーンがメメルスの方を向いて口を開く。

「それではメメルス殿。卸し先と貴殿の領内での割り振りについては、事前の打ち合わせ通りに」

「かしこまりました、騎士カリーン。委細、つつがなくこなしてみせましょう。これほどの戦略物資の山、腕が鳴りますよ」

いい笑顔を見せるメメルスとカリーン。

――ふむ、悪巧みをしているときのカリーンが、一番生き生きしているよな。まあ細かいところはお任せでいいのは楽だわー。

「うむ。ではメメルス殿も出立の準備があろう。この場は解散とする。ルスト師は残ってくれ」

具体的な説明があるのかなと期待して、その場で待機していると、タウラが去り際に話しかけてくる。

「ルスト、就任めでたいな。私は教えていただいた情報をもとに、再び呪術師の足取りを追うことになる。とりあえず、辺境を出るまでは彼らの護衛をしていくことにする。しばしの別れとなろう。そなたが息災であらんことを」

祈りの仕草をするタウラ。

「ああ、タウラも復讐が果たされんことを」

私はその決意に満ちた背中を見送った。


カリーンから、錬金術部門の部門長の任命の件の説明を受けた。とはいっても、やらないといけないことは、これまでとあまり変わらなそうだ。

錬金術を使って領内の解決できそうな問題に取り組むこと。魔晶石の錬成。そして待望の基礎研究を行う許可も出た。

予算については、カリーンに稟議を通さないといけない項目について、説明された。良識の範囲内であれば、ほぼ自由に予算は使えそうだ。なぜか「ルストの良識を私は信じているからな。それと使用用途は、ちゃんと経理担当に報告するように」とカリーンに念を押されたが。

そして、一つ、早速仕事を言い渡された。

「錬金術部門だが、ゆくゆくは人員を増やして、独立した組織にしていくつもりでいてくれ。そんなわけで、組織の名前を考えておくように」

カリーンのお達しだった。

——組織の名前か。錬金術協会と似てる名前は嫌だな。そもそも向こうは国直轄の組織だしな。ここ、アドミラル領にちなんだ特徴のある名前にするか。もしくは、自分の錬金術に絡めたものにするか。うーん。

悩みながら、自分の天幕へ向かって歩く。

——すぐには決められないや。急ぐことはないし、今できることをしよう。

そうして私は正式に錬金術部門の部門長としての初仕事に取りかかろうと、自分の天幕で準備を進めていた。

「ルスト師、入りますよ」

そこへアーリの声。天幕にアーリとロアが入ってくる。

二人にはアーリからの相談の件で診察をしたいから天幕に来てほしいと、使いを出しておいたのだ。

キョロキョロと周りを見回すロア。そういえば、風土病の治療で患者を連れてきてくれたときも、私の天幕の中でよくキョロキョロしていた気がする。

今にして思えば、透視の魔眼でローズを見ていたのだろう。天幕の中を複雑に絡み合いながら完全に覆っているローズの蔓(つる)の様子は、透視で見たら興味深そうだ。

私は二人に椅子を勧める。

私の声に反応して、にょきにょきとローズの蔓が盛り上がり、二人の座る場所が出来上がる。やはりロアは興味深そうだ。

二人が座るのを待って、声をかける。

「それでは二人の魔眼の魔素の流れと、制御しているそちらの布の魔導具の機能を調べさせてもらうよ」

「わかりました」

「うん」

「まずはこの《封印》のスクロールを目に巻いてもらえるかな。これは完全に魔眼の働きを封じるものなんだ。その間に、今つけている布の魔導具の機能を簡単に調べさせてもらうよ」

私は手のひらサイズのスクロールを二人に見せながら説明を始める。幅がちょうど目を隠すぐらいの大きさだ。

「どちらから、ですか?」

アーリが聞いてくる。

「ロアからにしよう。話を聞いた限りではアーリの魔眼の方が体への負担が大きそうだ。常時つけているであろうその布の魔導具を外すリスクも、アーリの方が大きいでしょ?」

「それでいい」

ロアが、アーリを遮って答える。

「ロア……。わかりました。よろしくお願いいたします」

「では、これをロアの目にかかるようにして顔に巻いてあげて」

私は《封印》のスクロールをアーリに手渡す。慎重な手つきで私から受け取るアーリ。

「ロア、始めるよ」

「うん」

アーリはゆっくりとスクロールを広げると、ロアの顔を隠す布の中へと、広げたスクロールを入れる。

自分でも手を差し入れるロア。二人で協力してスクロールをロアの顔に巻き付けていく。

「出来ました」

「わかった。始めるね。《封印》」

スクロールに、魔素の光が走る。するすると音を立て、ロアの目にピタリと張り付く《封印》のスクロール。

「もう、押さえていた手を離して大丈夫だよ。どうかな、ロア」

しばしの沈黙。

「……何も見えない。真っ暗」

小声で呟くロア。

「スクロールはちゃんと機能してるみたいだね。それではアーリ、ロアの魔導具を外してもらえるかな」

ゆっくり外される布。スクロールで目の部分だけ隠されたロアの顔が見えてくる。

しっかり巻かれているか確認しようとして、気がついてしまう。巻かれたスクロールのふちに、二ヶ所、染みがあることに。そこから、ロアの頬へと流れていく、透明のしずくが一筋。

「ロアっ！」

アーリの心配そうな声。

「――何も見なくてもいいって、皆はこんな感じなんだね、アーリ姉様」

アーリの息を飲む音が聞こえるようだ。

私がどうしようか迷っていると、アーリは無言でロアへと腕を回し、ロアを優しく抱き締める。

アーリの服をぎゅっと握るロアの手。

私はなんとなく二人の邪魔をしちゃ悪いかと、背中を向ける。

時間潰しに、ロアの魔導具を早速、調べはじめることにした。

私はロアの魔導具の布を慎重に広げる。すると、ローズが気を利かせてくれたのか、ぐにぐにと私の目の前の床が盛り上がりはじめる。新しく作業台を作ってくれたようだ。その上にそっと魔導具の布を置く。

さらにローズは、元の作業台にあった魔素テスターに蔓をぐるぐると巻き付け、運んできてくれる。これは検査用に微弱な魔素を送り出すための装置だ。

私はローズの蔓へ、ぽんぽんと軽く叩いてお礼の気持ちを伝える。ぐにぐにとそれに応えてくれるローズ。しかしすぐに床の一部へ引っ込んでしまう。

――相変わらず控えめだな、ローズは。

そんなことを考えながら、魔素テスターにセットされている魔石の状態を確認する。

——うん、問題なし、と。さて、魔素の供給元だけど、ここかな。

私はそっと手のひらで布を撫(な)でる。そして布の中央、一つ目の模様が描かれている部分に、魔素テスターのコードを取り付ける。そこは布をかぶったときにちょうど眉間にくる部分。顔につけるタイプの魔導具の魔素供給点としては、定番の場所だ。

用意していたペンデュラムを左手に持つ。こちらは風土病の調査で魔素の検査をしたときに使ったのと同じものだ。右手でテスターを操作しながら、ペンデュラムの四角錐(しかくすい)の先端が布につかないギリギリの高さで、左手をゆっくりと布の上で移動させていく。

——この魔導具、構造はかなりシンプルだな。ここがバッファーで、ここで増幅か。ノイズキャンセルはこちらね。ふーむ。いやこれ、ほとんど意味、なくないか？　機能的にはかなり改善の余地があるよな。確かに作りは非常に丁寧だし、中に込められた魔導回路も良い溶液を使って焼き付けられているけど。

私はあっという間に検査が終わってしまって、どうしようか悩んでしまう。

どうもこの魔導具を作った錬金術師はよくて二流、といった腕前のようだ。私の手持ちの魔導回路を複数組み合わせるだけでも、上位互換程度の機能の魔導具なら、すぐに作れそうだ。

——それでも、これだけ丁寧な仕事をしているんだ。そこにはロアへの愛情すら感じられる。制作者はアーリたち姉妹の親しい人間だったのかな。

私は一瞬、わかったことをどこまで伝えるべきか悩む。ちらりと後ろを見ると、ロアはすでに落ち着いた様子。そこで、私はふと気がつく。

——そうか。もしかしたら心理的な要素が大きいのか。実際の機能以上に、この魔導具がロアに与えている安心感が、異能の制御に効果を発揮している可能性。うん、ありそうだ。

よいしょっと、私は二人に向き直る。

「さて、次はロアの診察の方をさせてもらってもいいかな。アーリ、またこの魔導具をロアにつけてあげてもらえる？」

私は検査の終わった魔導具をアーリに手渡す。再び顔を布で隠したロア。

「《封印解除》」

私はスクロールの発動を止める。

ロアの顔から外した《封印》のスクロールを、アーリが私に渡してくる。

私は手元のスクロールを見て、アーリへちらりと視線をやる。

それは気まぐれと言われてしまえばその通りなのだが、なんとなくそうしたいと思ってしまったのだ。

「ロア、手を貸して」

私はロアに呼びかける。

「うん」

差し出されたロアの手に私はアーリから手渡されたスクロールをのせ、上から包み込むようにして自らの手をかぶせる。

「《共通プロトコル発動》管理者権限発動《譲渡》ルスト《対象》ロア。《権限委譲》封印のスクロール。《プロトコル終了》」

私は手をどけると、ロアに告げる。

「そのスクロール、いくつかあるからよかったらあげるよ」

無言のロア。急に、うつむいてしまう。

——あ、ヤバいか、これ……。

「ありがとう」

ロアの小さな小さな呟き。それでも、それはしっかりと私の耳まで届くものだった。


あのあと、ロアの診察とアーリの魔導具の検査と診察も終えた私は一人、天幕で悩んでいた。

私の目の前には、すでに作り終わった二人分の新たな魔導具が並べてある。二つとも顔にかける布タイプだ。性能は大きく向上していて、二人の異能の特性にもできるだけ寄り添った機能にしてある。とはいえ、二人が元々つけていたのは気休め程度に異能の制御に補正がかかる魔導具だったのだ。新しい魔導具はかなり簡単に作れた。

では一体、何を悩んでいるのかといえば、上位互換のものを作るのが果たして正解だったのか、ということ。

あの二人の魔導具は明らかに、作成者との、親しさや絆を感じさせるものだった。上位互換のものを渡すと、まあ普通に考えて今使っているものは用済み、だろう。

ただ、異能には、その希少さゆえに不明な部分も非常に多い。心理的なものが制御に影響することは否めない。

制御能力を補佐するだけなら、実は今二人が使っているものが与える安心感の方が、作り直したことによる性能の向上より勝っているかもしれないのだ。

私が悩み疲れてぼーっとしていると、視線はなんとなく白トカゲへ。相変わらず眠り続けている。

そっとそのひんやりとした体を優しく撫でる。

「――大きくなった？　それにここ、こぶがあるような？」

気になった私は《転写》のスクロールで念のため確認してみる。

「問題はなさそうだ。成長しているだけか、よかった。しかしまるで意識を封じられているかのように寝続けているよな……」

ひとまず安心した私は、眠り続ける白トカゲを撫でながら、いつしか自分の長年の研究テーマへと思考がスライドしていた。

最近、研究には行き詰まりを感じているのだ。もちろん、前の職場では、押し付けられた雑用に、研究費の不足という難敵がいたわけだが。

「別のアプローチを試してみる時期なのかな。……別のアプローチ、か」

私はそこでふと、思いつく。

「そうか。別のアプローチか。そうだよな。制御の能力を向上させることにこだわらなくても、――完全なオンオフなら。それをタイムスパンを短くしてオート制御で――」

まっさらな羊皮紙を取り出すと、思いつくままに魔導回路図を描きなぐっていく。

途中、急いで魔導回路の載った本を取り出し、参照する。

「ここの部分はこの術式を反転させて……。そうだ、この部分を応用すれば」

私はすっかり自身のライフワークたる研究のことをいったん忘れて、ロアとアーリの魔導具作りにのめり込んでいた。

◆◆◆◆

後日、私は再びアーリたち姉妹を呼び出していた。

「アーリ、ロア。二人のための新しい魔導具が完成したよ」

私は二人にそれぞれ一つ、魔導具を差し出す。

「まずはロアから、つけてみてくれるかな？」

ロアは私の手から合金製の魔導具を受け取る。

「うん」

「そこの金属の細長い部分を広げるようにして。……そう。それでそこの部分を耳にかけるんだよ。お、できたかな？」

「こう？」

「そうそう。それであとはその顔を覆っている布を外してみてほしい」

恐る恐る、布の魔導具を外すロア。

現れたのは、私が新しく作った、眼鏡型の魔導具をつけたロアの姿だった。

「よく似合っているよ。その姿。それで使い方なんだけど――」

私はロアに新しい魔導具の使い方を説明する。

私の説明を聞き、早速ロアは新しい魔導具の動作確認を始めた。

ロアの突き出した槍が、ゴツゴツとした鱗の隙間を縫うようにして、その巨大な体へと滑り込んでいく。

ビクッと一跳ねし、すぐにぐったりと力尽きる魚型のモンスター。どうやらロアの一突きは、急所を的確に破壊したようだ。

私たちは新しい魔導具の試用のため、野営地の近くの川に来ていた。

「いい。すごく、いい」

と眼鏡型の魔導具のブリッジの部分を軽く持ち上げ呟くロア。

今のロアの動作で魔導具は異能封印モードに移行したはず。

どうやら満足するまで、眼鏡型の魔導具の性能は確かめられたようだ。

槍を片手に、川の中で仁王立ちするロア。その背後の川岸にはどれも一突きで息絶えた魚型のモンスターが山積みになっていた。

全て同じ種類の魚で、アーリ曰くアーマーサーモンと呼んでいるらしい。鱗が異常に発達していて、ゴツゴツと岩をまとっているかのような見た目だ。相当硬い鱗らしく、カリーンの怪力でも一撃で割れないほどだという。

どうも池の主だったナマズ型のモンスターをヒポポが倒したことで、最近、川を大量に遡上してきているらしい。

そんなことを考えていると、足を拭いたロアが靴を履き終えたようだ。

あんなに大量のアーマーサーモンを倒したのに、ほとんど服はぬれてない。

こちらに歩いてくるロア。私は二人の魔導具の微調整をするために用意した各種道具を広げて、ヒポポと一緒に待っていたのだ。やはり実戦で使ってみると色々と改善してほしいという要望が出るかと想定して。

「よかった」

ロアは一言だけ告げる。

「えっと……。何か不都合はなかった？　各種モードの切り替えとか。戦闘時に眼鏡がずれるとか」

「ない」

「ロア、それじゃあルスト師に失礼ですよ。ちゃんと伝えなさい」

アーリが取りなしてくれる。

なにやら考え込む様子のロア。顔を覆っていた布は完全にまくり上げた状態で固定され、そのやや丸顔気味の顔が、よく見える。

魔導具のスクエアタイプのフレームの奥で、じっと何かを見つめるかのようなその瞳。

「魔眼の発動を望み通りに抑えてくれるから、すごく世界が見える。透視モードと遠視モードの切り替えも、スムーズ。切り替えの音声操作は便利だけど、接触操作の方が安心。右手は槍を使う。できたら全部、左のつるの部分で操作したい」

左側のフレームと耳の間の金属部分を指差して話すロア。

「わかった。今直すから貸してくれるかな」

口添えしてくれたアーリに感謝しつつ、私は答える。

顔を布で再び覆い、眼鏡型の魔導具を手渡してくるロア。

私は用意していた器具に手早く魔導具をセットすると魔導回路を描き換えていく。とはいっても手直しするのは左右に分けていた接触操作を片側にまとめるだけ。あっという間に終了する。

「はい、出来たよ」

ロアに魔導具を手渡す。

「試してくる」

眼鏡型の魔導具をかけると再び顔を覆っていた布をまくり上げ、靴を蹴飛ばすように脱ぐロア。

なんだかおもちゃを貰った子供のようだ。

あっという間にロアはまた川へと飛び込んでいく。

その様子に、隣にいたアーリと互いに顔を見合わせ苦笑する。

アーリも顔を覆っていた布はまくり上げ、その左目には片眼鏡型の魔導具をつけていた。

アーリの未来視の異能の宿る左目を完全に覆えるような大きめの丸型のフレーム。

次の瞬間だった。アーリは槍を突き出す。その槍の穂先にまとわせた魔素がするすると伸びてい

く。

伸びた魔素の先に吸い込まれるようにして現れたのは、水面を割って飛び出してきたアーマーサーモンだった。

開いたその口からまっすぐに尻尾まで、魔素の槍で貫かれるアーマーサーモン。

どこに飛び出してくるか見えるアーリにとっては見えたままに行動した結果なのだろう。

私がちらりと横を見ると、その表情はどこか楽しげだった。

――やっぱり姉妹なんだな。

思わずそんなことを考える私の方を、軽く睨んでくるアーリ。

――あれ、もしかして戦闘以外にも未来視の魔眼が発動しているのか？　私が口を滑らせて内心を漏らしてしまった場合の未来が見えている？

「いえ。でも少し正解ですよ」

アーリに澄まし顔で、私の内心の声に返事をされてしまった。

第十話

side リハルザム 二

「ルストの野郎を呼び戻すなんて、とんでもないっ」

リハルザムの悲鳴のような声が協会長室に響く。

それを打ち消すかのような、ばんっと机を叩く音。

さらに言い募ろうとしていたリハルザムもさすがにその音で口を閉じる。

「リハルザム師、見ろ。この報告書の量を！　各部門から上がってきたものだ。内容はどれもこれも同じ。基礎素材の質の低下による錬成失敗の言い訳に、基礎素材調達に時間がかかるから納期を延ばしたことに対する取引先からのクレームの報告ばかり！　わしなど他の協会長からさんざん嫌みとともに、納期を守れとせっつかれておるのだぞっ！」

再び怒りに任せて机に両手を叩きつける協会長。

「リハルザム師、お前が言ったのだ。ルスト師がいなくてもどうとでもなる、とな。それがどうだ。この有り様は！　貴様はそれどころか協会に損害を与えてばかりではないか！　建物中の壁という壁に大穴を開けおって！　しかもいまだにくさくてたまらん！」

「そ、それは……。しかし、ルストを連れ戻すのは反対です！　それにあいつがいなくても錬金術協会の売上は過去最高を記録するはずです！　先日納品した大量の新型魔晶石の売上がもうすぐ……」

「そんなことはわかっておる！　しかしいいか。ルスト師が辞めたことによる業務の穴はリハルザム、お前が責任を持ってなんとかしろ！　それができないようならお前にルスト師を呼び戻しに行ってもらうぞ」

もう話は終わりだとばかりに背を向ける協会長。

顔を真っ赤にし青筋を立てて、それでもそれ以上の抗弁を我慢した様子で退出の挨拶を口にするリハルザム。

足音も荒く、リハルザムは武具錬成課へと戻る。

廊下にも微(かす)かに漂う悪臭が一際強くなった頃、武具錬成課の部屋にたどり着く。部下たちが必死に片付けたのだろう。室内はなんとか見られる程度まで戻っていた。こびりついて取れない悪臭を除いて。

顔を真っ赤にしたまま席にどかりと座り込むリハルザム。

その場にいた武具錬成課の見習いのトルテークたち数人はリハルザムの機嫌が悪いのを察したのか、そっと顔を伏せ、手元の作業に集中しているふりを始める。

すると、ばんっと大きな音を立ててドアが開かれる。

先ほど協会長に怒られたのを思い出したのかビクッと反応するリハルザム。

「リハルザム師っ！　大変です！」

ドアから現れたサバサが叫ぶ。

「……どうした、騒がしい」

ドアの音に驚いてしまって一瞬怒りを忘れたリハルザムが聞き返す。

「先日納品した新型魔晶石がほとんど返品されてきてしまいました」

「なにっ！　何かの間違いだろう！」

「いえ、でも――。あそこです」

指差すサバサ。その指の先では無数の木箱が次々に配送業者によって廊下に積み上げられていた。

「サバサ！　どういうことだこれは！　代金はどうなっているんだ！」

「わかりません……」

暗い表情で答えるサバサ。

「さっさと各卸し先に通信装置で確認しろ！」

「はい、ただいまやります！」

サバサは逃げるように部屋から出ていく。

「あの……」

リハルザムに話しかけるトルテーク。

「なんだ、トルテーク！　何か知っているのか！」

「知りません知りませんっ！　この量、どこにしまいましょう？　捨てるわけにはいかないですよね……？」

「当たり前だ！　金蔓（かねづる）だぞ、これはっ！　保管庫の中の古そうなものを適当に捨てて、代わりにしまっておけ。俺も納品先に確認に行く！」

リハルザムは叫ぶと部屋を出ていってしまった。残されたトルテークたちは顔を見合わせる。

「どうする、これ」

「仕方ないから、一番近くの保管庫を見に行こう」

「しかしいいのかな。古そうだからって勝手に捨ててしまって？」

「保管庫の管理は今は一応武具錬成課の管轄らしいからいいんじゃないか」

口々に相談しながら見習いたちも部屋から出ていった。


「ここが一番近いな」

トルテークたちは基礎研究課が使っていた保管庫に来ていた。

「少し片付ければ全部しまえそうですね。あそこら辺の古そうな木箱を捨てましょうよ」

スキーニが指差した先には数個の埃（ほこり）をかぶった木箱があった。

「箱に書かれた文字が読めないな」

「どうせ貧乏基礎研究課の備品でしょ。大したものじゃないっすよ」

「ふむ。とりあえず開けてみるか」

トルテークたちは木箱を開けていく。中にはずらりとボトルが詰められていた。

「箱の中身は全部、無色透明な液体か。魔素の反応はある。無色透明ってことは、これは出来損ないのポーションだな」

トルテークはボトルをかざしてそう断言する。おもむろにボトルの口を開けると、一滴、自らの手の甲へ。

「やっぱり間違いない、な」

そう呟くトルテーク。

「さすが貧乏な奴らは物持ちがいいっすね。こんなしょうもないものまでとっとくなんて」

スキーニが馬鹿にするように言う。

「まったくだな。スキーニ、そこの川に全部捨てておいてくれ。他の奴は木箱を片付けてさっさと新型魔晶石を運び込むぞ」

指示を出すトルテーク。

運び出されていく木箱の蓋の裏に、実はその液体の名称と取り扱いに関する注意事項が明記されていたのだ。『濃縮魔素溶液』と。しかし、トルテークたちは全く気がつかずに、液体は全て川へと捨てられてしまった。

その濃縮魔素溶液は、ルストがある基礎研究の初期段階で昔よく使っていたものだった。濃縮魔素の作成に手間がかかるため、作りおきが保管されていたのだ。

幸運なことに魔素は人体に害がなく、川に流しても人への被害が発生することはない。その反面、そのことでこの後、王都に襲いかかる不幸な出来事までトルテークたちがやらかしたことは発覚しないままとなってしまった。

「サバサ！　どうだ！」

リハルザムが通信室に駆け込むなり大声をあげる。最新式の情報通信装置が並ぶその部屋で、サバサは顔面を蒼白にして手にした羊皮紙をリハルザムへと渡す。

「リハルザム師、大変です。魔晶石が、旧型の魔晶石が出回っているみたいです。それも大量に」

震える声で伝えるサバサ。

「バカな！　そんなことはあり得ないはずだっ。もし錬金術協会の協会員が裏切ってそんなことをすれば、追放ものだぞ！　もぐりの野良錬金術師どもには、そんな技術はないはずだ。輸入も完全に禁止されている。少数なら密輸の可能性はあるが大量になんてあり得ん！」

わめき散らすリハルザム。

「わ、わかりません。ただ、どの取引先も、新型魔晶石は返品するの一点張りで。どうしましょう。完全に不良在庫です」

「売上はどうなっている！」

「ごく一部だけ回収できていますが……。大赤字です」

サバサが概算の赤字額を計算して手渡す。

「あ、赤字だと！　そんなことは許さん、許さんぞ！　万が一そんなことになったら、俺がルストの奴に頭を下げて復帰をお願いしに行かなければいけなくなる。そんな屈辱を受けるぐらいなら、いっそのこと……」

だんだんと声が小さくなり、やがてぶつぶつと呟き続けるリハルザム。そこへ協会長からリハルザムへ呼び出しがかかる。

「おいっ、サバサ、なんとかしろ！」

「そ、そんなっ！　無理ですよ。もうどうしようもありません」

「くそくそくそっ！」

叫ぶリハルザム。

こうして、協会全体の売上が目標から大幅に落ちたことをリハルザムが協会長から責任追及されている頃。魔素濃度が異常に高まった川の水は、どんどんと下流へと流れていっていた。その先の海へ向かって。アーマーサーモンが大量発生中の、海へ。

夏の真昼の太陽がその肥えた体へ照りつける。たるんだ脂肪に埋もれた汗腺から、だらだらと溢れるように汗が吹き出している。

荒れ地を吹き抜ける乾燥して埃っぽい風が、その汗に砂を含ませ、一歩踏み出す度にジャリジャリとした音すら聞こえてきそうだ。

随行の人員を協会長から許可されなかったリハルザムは、仕方なく冒険者ギルドで護衛を自費で雇い、辺境へと入りはじめていた。

雇ったのは冒険者ギルドの顔馴染みの冒険者たち。何度か後ろ暗い仕事を依頼している相手だ。

そんなチンピラのような冒険者が、三人。しかし普段は街中で弱い相手をいたぶっているような三人には、当然、武の心得などなく。リハルザムは自作の新型魔法銃を、属性変化の魔導回路付きで貸し与えていた。

「リハルザムの旦那、本当にこの道でいいんですかい？」

冒険者のうちの一人、デデンがリハルザムに問いかける。

「……ああ、そのはずだ」

おっくうそうに答えるリハルザム。

「それよりもわかっているな？　わざわざ属性変化の魔導回路付き、しかも俺のお手製だ！」

苛立（いらだ）たしげに言い募るリハルザム。

「わかってますよ、リハルザムの旦那。ルストとかいう奴を後ろからズドン、でしょ？　丸焦げにしてやりますって」

「しっかりやれ。死体をモンスターどもに食わせやすいように、殺（や）るのは誘い出してからだからな。あと、あの野郎はたんまり金を持っているはずだ。旧型の魔晶石を作っているのは、あの野郎に間違いない。いいか、山分けにしてやるんだ。しっかり口を閉じておけよ」

じろりと睨（にら）むリハルザム。

「へいへい。任せてくだせえって」

肩をすくめて逃げるように距離をとるデデン。

「まったくどいつもこいつも。ああ、暑い。あの野郎がこんな辺境にいるのが悪いんだ」

ぶつぶつ呟くリハルザム。

「協会長も協会長だ。あの野郎を呼び戻すのに、面子を気にして記録が残らないように口頭で伝えろとか、馬鹿かっ。通信装置で送ればいいんだ。予算を少しばかりつけてやるから戻れとな。あの野郎なら、それだけで泣いて喜んで戻ってくるってのに。何が戦争の英雄の騎士様だ。そんな辺境の新興貧乏領主相手に、面子を気にするとか、どうかしてるっ！」

だんだんと目が据わってくるリハルザム。ぶつぶつと独り言が止まらない。それどころか、だんだんと大声になっていく。

モンスターが大量にいる辺境には、当然のように音に敏感な種類も多い。

岩の隙間から、リハルザムの大声に反応してちょうど現れた、蛇とも蔦とも見える、放射状に歯の生えたモンスター。

ヒポポの踏みつけなら一撃で潰れるようなその名もなき蛇蔦モンスターも、実は厄介な性質があった。

「おい、デデン！　モンスターだ！」

「へっ！　ああ、なんだ。こんな小さけりゃ、楽勝楽勝。おい、お前ら、やっちまいな」

仲間をけしかけるデデン。同じように魔法銃を貸し与えられているデデンの仲間の一人が、魔法銃を構えると、属性変化の魔導回路を入れたまま、撃つ。

着弾。そして腹に響く、爆発音。

拳大の炎の塊が魔法銃から発射され、勢いよくモンスターに当たり、弾けるように爆発したのだ。

粉々に吹き飛んだモンスターの残骸。

「いぇーい」

デデンたちの野太い歓声が爆音にかぶさる。

「楽勝じゃねぇ？　俺がやりたかったぜ」

そのデデンの希望を叶えてくれたのか、辺り一面に響いた爆音に惹かれて、岩という岩の隙間から、続々と蛇蔦モンスターがにょろにょろ、にょろにょろと這い出てくる。

「お、多くないか？」

仲間が焦ったようにデデンに話しかける。

「いいから、撃ちまくれ！」

それに対して大声で応えるデデン。当然、デデンも魔導回路を抜くことなど意識にも上らずに、引き金を引きまくる。

「おい、撃ちすぎるな」

冒険者たちに向かって叫ぶリハルザム。しかしその声は爆音に遮られ、届くことはなく。

大量にばら撒かれる拳大の炎。

着弾の度に上がる爆音が絶え間なく響く。

爆風に乗って、煙と、蛇蔦モンスターの焼けた体液混じりの風がリハルザムの顔へと吹きつけてくる。思わずむせこみ、話すどころではなくなるリハルザム。

そうしているうちに、音に惹かれてついには地面を覆い尽くさんばかりの蛇蔦モンスターが湧きて出てきた。

必死に魔法銃を撃つデデンたち。

そして異変は起こる。

ぼふっ。

そんな、銃に似つかわしくない音がして、デデンの持つ魔法銃から炎が上がる。銃口からではなく、魔導回路を差し込んだ部分から。その炎は一瞬で、デデンの眉と前髪だけを焼く。

「あっつっ！　熱い！」

チリチリになるデデンの髪。チロチロと毛先でくすぶる炎をデデンが手のひらで叩いてなんとか消し止める。

不細工度がアップした顔を必死に擦(こす)るデデン。

「おい、デデン！　遊んでないで、さっさと撃て」

デデンに怒鳴るリハルザム。

「はいはい。……あれ、おかしいな」

引き金を引くデデン。しかし、起こることといえば、チリチリ前髪が風になびくだけ。

デデンの魔法銃は全く反応しなくなってしまった。

さらに、なんとか稼働していた二丁の魔法銃の、新型魔晶石の魔素が尽きる。撃ちすぎで。

「リハルザムの旦那！　替えの魔晶石と魔法銃をくだせえ！」

必死に呼ぶデデンの仲間。しかしその回答はひどいものだった。

「替えなんてない！」

言い捨てるリハルザム。

お互いの、使えない魔法銃を交互に見る冒険者たち。その間にも這い回る、蛇蔦のモンスターたち。

冒険者たちは互いに無言で頷く。そして、蛇蔦モンスターとは反対方向に一気に走りだす。その先に別のモンスターの巣がある可能性など、全く考えずに。

「おい、待て……」

そんなリハルザムの制止の声など冒険者へ届くことはなく。一人残されたリハルザム。その足元へ、ついに蛇蔦モンスターが迫る。

「くっ。こんな雑魚相手に俺が戦うはめになるとはっ！」

リハルザムはスクロールを取り出す。

「《展開》」

リハルザムのスクロールがくるくると広がり、宙に浮く。かなり年季の入ったスクロールだ。端は擦り切れ、全体的に日焼けしたのか、黄ばみが目立つ。

「《異空間接続》《我が肉に宿れ》《寄生型錬成獣一号クラッシュ》」

宙に浮いたスクロールに魔法陣が描かれる。リハルザムがその魔法陣に左手を突っ込む。

ズブズブとスクロールの中へと沈み込んでいくリハルザムの左手。

「ぐおっ。つぁ」

野太い叫びとともに、リハルザムが後ろに倒れるようにして、左手をスクロールから抜く。

巨大なものがリハルザムの左手に喰(く)らいつくようにして、ずるずる、ずるずると魔法陣から現れる。

それは無数の巨大なキノコ。冬虫夏草に酷似した、しかし一つ一つが高さ一メートル以上はあるキノコ。それがリハルザムの左手に生えている。なんの因果か、攻撃手段として作り出すことのできる錬成獣が自身へ寄生させる菌糸類しかないリハルザムにとって、戦闘に自ら参加することは忌むべきことなのだろう。嫌悪と痛みでその顔が歪(ゆが)む。

「ぐおぁぁっ！」

苦痛の雄叫(おたけ)びをあげながら、リハルザムが左手を横に振るう。

冬虫夏草じみたキノコから無数の胞子が溢れ出し、迫りつつあった蛇蔦モンスターたちへと降りかかる。

胞子がヌメヌメとしたその蛇蔦モンスターの肌の間から、体内へと滑り込んでいく。

胞子が入り込んだ蛇蔦が、ぼふっと爆発する。その肉を菌糸に食われ、皮の内側から溢れるように、キノコが生えている。常識では考えられない速度の、キノコによる成長爆発とでも呼ぶべき事象。

あっという間に、リハルザムの目の前には一面、見渡す限りキノコだらけとなる。

しかしそれでも、仲間のキノコ化した死骸の下を這い進むようにして、近づいている蛇蔦モンスターがいる。そいつがリハルザムへと飛びかかる。

「ああああっ！」

野太い悲鳴をあげながら、リハルザムが左手の巨体キノコを振り下ろす。その巨大な質量で、蛇蔦を押し潰す。

巨大キノコが地面に叩きつけられ、胞子と砂埃が激しく舞う。

その僅かな隙のことだった。飛びかかった蛇蔦を囮として、背後から足元に忍び寄っていた、別の個体がいた。

そいつがするするとリハルザムの足に取りつく。それは、あれだけいた蛇蔦の最後の一体。リハルザムの足へ巻き付くようにして登ると、その脂ぎった太ももへと、自らの螺旋状の牙を突き立てる。

リハルザムの肉をえぐる牙。

太ももの皮膚を破り、脂肪をぐちゃぐちゃにした蛇蔦の牙は、足の筋肉をズタズタに引き裂く。

そのままリハルザムの体内へ侵入しようとする。

「ぎゃああっ！」

予期せぬ痛みに、声をあげるリハルザム。

「こんのっ！　雑魚が、雑魚が、雑魚がっ！」

自らの太ももから生えた蛇蔦の体を必死に掴み、引き抜こうとするリハルザム。しかしヌメヌメとした体はリハルザムの手をたくみにかわす。

「うぉらっ！」

思わずといった様子で、自らの太ももを掠めるようにして、左手を振るうリハルザム。

ハンマーと化した巨大キノコが、蛇蔦の体を千切り、吹っ飛ばす。頭の部分をリハルザムの太ももに残すようにして。

ようやく訪れる静寂に、リハルザムの荒い息だけが響く。

辺りを確認すると、スクロールに左手ごと、巨大キノコを突っ込むリハルザム。

再び上がる、野太い声。

そして引き抜かれた左手からは綺麗(きれい)さっぱりキノコの姿は消えていた。その左腕には無数の傷を残して。

震える手で、リハルザムは懐からポーションを取り出すと一気に飲み干す。

リハルザムの体に、光が走る。

光が消えるとリハルザムの体から外傷だけは、全て消えていた。

よろよろと立ち上がるリハルザム。その姿は、砂と色々な体液にまみれ、すっかりぼろぼろになっていた。

「どれもこれも、全てあの野郎のせいだ。この報いは絶対受けさせてやる。簡単には済ませてやるものか。そうだ、そうしよう。希望を与えて絶望の淵(ふち)に叩き込んでやるのがいい。協会に戻れると喜ばせてやって、叩き潰してやるっ!」

うわ言のように呟きながら足を引きずるようにして、リハルザムは野営地へと向かっていった。

第十一話　本当に大切なもの!!

急ぎの仕事がおおかた片付いた私は、ヒポポと一緒に耕作予定地の土壌の魔素抜きに来ていた。

実はこれが、開拓地での錬金術師の本来の仕事だったりする。

高濃度の魔素を含んだ土壌では作物は枯れるかモンスター化してしまう。

そのため、魔素を抜いて空気中に放出してしまう必要があるのだ。

とはいえやることは単純。

今は専用器具を、等間隔に地面に設置しようとしているところだ。

あらかじめ岩を取り除いて、粗く耕された土に、手が入るぐらいの穴を開ける。硬いが、私でもなんとか掘れないこともない。

「ぶもー」

そこへヒポポの声。

「え、かわってくれるの？」

私はヒポポに聞き返す。ヒポポは首を縦に振ると、私の掘りはじめた穴へ近づいてくる。そしてその前足の爪で、器用に穴を掘りだす。

一かき一かきが、大きい。あっという間に掘り終わってしまう。

「おお、すごいな、ヒポポ！　じゃあ、印をつけていくから掘るのはお願いできる？」

「ぶもぶもっ」

尻尾をフリフリして快く引き受けてくれるヒポポ。そこからは、早かった。私が印をつけるのと大して変わらぬ速度でヒポポが掘るのを済ませてしまうのだ。あっという間に耕作予定地に、等間隔の穴が開く。

私は持ってきていたリュックサックから魔素抜き用の器具を取り出す。

「よし、あとはこれを設置して。そうしたら休憩しよう」

取り出した器具の見た目は、球根だ。球根の上部から、四方に金属のパイプが伸びている。

その球根を開けてある穴に次々に投下していく。

「よし、入れ漏れはないよな」

「ぶも」

首を左右に振って一緒に確認してくれるヒポポ。

私は球根制御用のスクロールを取り出すと、展開させる。連動して一気に起動する球根たち。

「《展開》《開始》魔素転換」

くるくると広がったスクロールの上に、魔法陣が現れる。それに呼応するように、地面に埋めた球根の上にも、魔法陣が現れる。

魔法陣がゆっくりと回転を始める。

その回転に合わせて、魔素が揺らめくようにしてパイプから空気中に放出されていく。

「よし、順調、順調！　あとは魔素を抜きすぎないように気をつけるだけだ」

お手伝いしてくれたヒポポの背中をポンポンと叩いて労う。しばらくはすることもないので、座り込んだヒポポの背中で休憩としゃれこむことにする。

「今日は日差しが強いな」

照りつける太陽が昼寝には少し暑い。空にかざした私の左腕に見える手編みのブレスレット。ロアから、眼鏡型の魔導具のお礼にと貰った手作りの品だ。ロアたちの故郷のお守りらしい。「本当に大事なときに、切れる」って言っていた。それのどこがお守りになるかは謎だったが、あのロアからまさかのプレゼントというだけでも嬉しい。私は貰ったときのことを思い出しながら、展開させたままのスクロールを移動して日除けがわりにする。

時間潰しに先達の論文でも読むかと、リュックサックから《転写》のスクロールを取り出す。それ専用に一本、錬成したスクロールだ。

「えっと、ああ、あった。これこれ。わかりやすいように色づけしといてよかった」

その青色のスクロールには、退職する前に一通り基礎研究課で保管していた論文を転写しておいたのだ。きっとリハルザムたちは捨ててしまうだろうと思って。

私は目当ての論文を見つけるとのんびりと目を通しはじめる。それは土壌の魔素濃度とそこで生育された麦の比較研究に関するものだった。

結論としては、魔素がある程度残っている土地で出来た食べ物の方が人間には美味しく感じられるようだ。ただ、味は変わらないらしい。魔素の摂取を脳が美味しさとして認識するのではないかと論文では推察されていた。

興味深く読んでいると、ヒポポが身動きする。

「ぶもも？」

「おっ、そろそろかな。ありがとう！」

私は論文のスクロールをしまうと、ひょいとヒポポから飛び降りる。

ペンデュラムを取り出すと、球根を一つ取り除き、土壌の魔素を測る。

「さすがヒポポ。完璧なタイミング」

私はそう呟くと、球根を制御しているスクロールを停止させ、魔素抜きを終了させる。そのまま球根を回収していると、野営地の方から走ってくる人影が見える。アーリだ。

「ルスト師！　ルスト師に人が訪ねてきています。少し、まずい相手かもしれません」

「まずい相手？　名前は名乗った？」

私はアーリに訊ねる。

「はい、リハルザムと」

そう告げたアーリの顔は不安に曇っていた。

「移動しながら詳しく聞かせてくれる？」

私はヒポポにまたがると、アーリに手を差し出す。一瞬、ためらう様子を見せるが、すぐに私の手を掴むアーリ。ぐいっとアーリをヒポポの背中に引き上げ、後ろに座らせる。

ヒポポの肩を軽く三度、叩く。

ヒポポが野営地へ向けて、走りだす。全速力よりは少し余裕のある速度。八本の足を滑らかにスライドさせて、大地の荒れと移動速度を感じさせない、静かな乗り心地だ。

「リハルザムは一応、錬金術協会のときの同僚だったんだ。私のことが気にくわないのか、よく絡まれてたよ。それで用事は多分、魔晶石関係の話、だと思うんだけど……」

後ろを振り向きながらアーリに話しかける。しかし、アーリの不安そうな表情は晴れない。

「何が気になるの、かな？」

私はそんなアーリに訊ねる。

「よく、見えないんです、未来が。でも、戦いの気配だけは明確に感じられるんです。それもただの戦いじゃなくて。争乱とも言うべき、大きな争いの気配が、見え隠れするのです」

アーリの思い詰めた表情。

「その片眼鏡の調子は――？」

そう言いかける私。

「頂いた魔導具は、完璧です。これがあるから、多分、今見えている戦いの気配も見えるようになったんだと思います」

私の質問を先読みして答えるアーリ。

「ふむ……」

辺境の乾いた風がヒポポに乗る私たちの間を吹き抜ける。

「リハルザムと戦いになるかもしれない、ってことか」

「それはほぼ、間違いなく」

「そして、それだけではないと」

「わかりません。こんなこと、初めてで。ごめんなさい」

うつむくアーリ。

「謝ることじゃないさ。教えてくれてありがとう」

私はアーリに伝える。

アーリは首を振ると、顔を上げる。片眼鏡越しに見える、その未来を見通す魔眼と目が合う。その瞳に、突如、魔素のきらめきが宿る。

「運命の転換点が、来ます。これからそれが来ます。ルスト師の選択――」

見開かれた瞳で、早口に囁くように。どうやら今まさに未来視の魔眼が発動しているようだ。

「――最善の選択も。最悪の選択も。運命の転換点においては等価となります。ああ、運命が断片となって駆けていく……。荒野を吹き抜ける風。二人の男性。呪術師の手――」

アーリの左目に宿った魔素が高速で瞬く。片眼鏡の魔導具はその魔眼の発動に対して呼応するように魔素の光を帯びる。

錬金術師としてどこか冷静な視線で私は注意深く魔導具の挙動を追ってしまう。

――よし、処理速度、限界ギリギリだが片眼鏡はしっかりアーリの魔眼に対応している。しかしすごいな。想定を大きく上回っている。一体どれだけ先までアーリは視えているんだ？

不意に、魔眼に宿る魔素が霧散する。

ふらっと、アーリの体が横に傾く。

とっさに私は限界まで体をひねり腕を伸ばす。ヒポポから落ちないようにアーリの肩を支える。

ヒポポがゆっくりと減速してくれる。

「アーリ？　アーリ！」

完全にヒポポが止まったタイミングで呼びかける。

「ルスト師……。ありがとうございます。もう、大丈夫、です」

私はアーリの顔を覗き込む。さっきまで虚ろだった表情に力が戻ってきている。しかし、その瞳は暗い。


私はそっと手を離すと前を向き直り、そのままで声をかける。

「安心していい。運命とやらがどうなろうとも、私が皆を守るよ。家族、だからね」

普段言わないようなことを言ってしまって、気恥ずかしくて後ろが見れない。軽く咳払いをする。

「さて、急ぐから掴まっててね」

私はヒポポの肩を軽く一叩きする。それに応え、ヒポポは全速力で野営地へと駆けだした。


野営地が見えてきた。ロアが駆け寄ってくる。

「ルスト師、こっち！」

ロアが槍で指し示したのは、私たちが来たのとは反対側。

「アーリはどうする？　気分がすぐれないなら――」

私はヒポポから下りながら訊ねる。

「行きます、一緒に。見届けさせてください」

私は無言で頷くとロアの案内に従って野営地の中へと駆け込む。

「ルスト師、気をつけて。あいつ、魔の気配がする」

走りながらロアが教えてくれる。

――魔の気配？　透視で何か見えたのか？

私が聞き返そうかと思っていると、ついにリハルザムの姿が見えてくる。

そのリハルザムの目の前に立ちはだかるように、漆黒のフルプレートアーマーを着込んだ者が野営地の入り口に立ち、こちらに背を向けている。

「カリーン様っ」

アーリの声。

カリーンの両手には、鞘に入ったままの自らの身長ほどもある大剣。その鞘の先は地面にめり込み、まるでリハルザムが野営地へと入るのを防いでいるかのようだ。

「ルスト、来たか」

どこかほっとした様子のカリーン。

私はアーリの話してくれたことが本当であれば、物理特化型のカリーンにはマスタークラスの錬金術師の相手は荷が重いだろうと思いながら声をかける。

「お待たせいたしました。かわりますよ。皆さんも」

カリーンだけでなく、ロアとアーリにもそれとなく離れていてもらうように目配せする。

カリーンと入れ替わるようにして、私はリハルザムの目の前へと進み出る。

「おい、ルスト師。ようやく来たか！」

相変わらず耳障りな声。

「……リハルザム師、何か用ですか？」

私は答える。いつものどこか小馬鹿にしたような表情は鳴りを潜め、ギラギラとした瞳をしている。その姿は、なぜかぼろぼろだ。そして少し、くさい。

「ルスト師、聞いて喜べ。錬金術協会は正式に基礎研究課を復活させてやるそうだ。お前も再び、栄光なる錬金術協会で働かせてやるとの、協会長のお言葉だ。嬉しいだろう？　光栄だろう？　さあ、さっさと戻って――」

訳のわからないことを言うリハルザム。

「え、無理です」

あまりの訳のわからなさに、私はつい思ったことをそのまま言ってしまう。

「え？」

なぜかポカンとした表情をするリハルザム。

「だいたい私は辞めたくて辞めたので。きっかけは確かに基礎研究課がなくなったことですけど。ここの方が研究、捗りそうなんで。予算も潤沢ですし。用件がそれだけなら帰ってください」

一応理由も伝えてみる。

私の理由を聞いて下を向くとぷるぷると震えだすリハルザム。

なんだこいつと思って見ていると、突然リハルザムが大声で笑いだす。

「ぐふっ。ぐふぁ、ふぁふぁふぁあ！　あー、はっはっ」

その様子を警戒しながら見ていると、ようやくその気持ち悪い笑い声が、やむ。

「あー。それじゃあ、仕方ない。あー仕方ないよね。そう、これは仕方ないのさ。ルスト、ぶっ潰すっ！《展開》」

抑えていた感情がまるで溢(あふ)れ出したかのように、リハルザムは顔を醜く歪(ゆが)ませ、スクロールを展開させる。

「皆、もっと距離を！《展開》」

私は皆に声をかけ、アーリの警告もあって準備しておいたスクロールを展開させた。

なぜここまでリハルザムが豹変(ひょうへん)したのかは理解できなかったが、その疑問はいったん押し殺す。

「リハルザム！　マスターランク同士の殺し合いは禁じられているぞっ！　よくて錬金術師の資格は剥奪(はくだつ)される。わかってやっているのかっ！」

私は最後にリハルザムに怒鳴る。

「ぐおっ、はぁ！　目撃者が、一人でも、生きてたらなぁ！」

とスクロールから引き抜いた左手に巨大なキノコ群の錬成獣を寄生させ、リハルザムが襲いかかってくる。

リハルザムが左腕を振り下ろす。

地面に叩きつけられたキノコから胞子らしき粉が広がると、大地に次々とキノコが生える。

にょきにょき、にょきにょき。

急速に生えてきたキノコには、それぞれに小さな手が見える。

その手を大地に押しあて、自らの体を引き抜くキノコたち。

プチ、プチプチ。プチプチプチプチプチプチプチ――――。

辺りにキノコの繊維が引きちぎれる音が、無数に響く。

現れたキノコの石突きの部分には、小さな足も見える。それらを動かし、わらわらとこちらに向かってくるキノコたち。

大小様々なキノコが笠(かさ)を振り振り、うごめくように。

次々に生えては自らを引き抜き、歩きだすキノコたち。

私はちらりとだけそれを見て、スクロールを発動する。

「《研磨》」

宙に浮いたスクロールから竜巻が発生する。竜巻が、そこに含んだ金剛石の粉でキラキラと光る。

「ごめんね、処分させてもらうよ」

私は、それ自体には何の罪もないであろうキノコの錬成獣たちに謝る。そして、竜巻が横向きになり、キノコたちの方へ向くように、《研磨》のスクロールを動かす。

「《リミット解放》最大出力《対象》研磨のスクロール」

私は素材加工用にかけていた制限を解除する。

竜巻が、解き放たれる。ぐぐっとスクロールから溢れんばかりに大きくなると、どんどんと伸びていく竜巻。それは大地を抉るようにうねりながら、キノコたちを蹂躙していく。

——完全に細切れにした方がいいだろう。どんな特性の錬成獣かわからないからな。

竜巻の縁に触れズタズタに切り裂かれたキノコの破片が辺り一面に飛び散る。その破片すらも再び竜巻の吸引力で吸い込まれていく。

そしてその全てが、粉砕される。

竜巻の中で土と混じりあい粉微塵になったキノコ。それはまるで出来たての茶色のスムージーのようだ。そのキノコスムージーが竜巻の先端から、噴出する。

その先には、たまたま、リハルザムの姿があった。

全身に茶色のキノコスムージーを浴び、その勢いで後ろへ倒れ込むリハルザム。しかし、キノコスムージーの噴出は止まらない。

倒れたリハルザムに積み重なるかのように、キノコスムージーがどんどんと、かかっていく。

「あっ」

私はスクロールの展開を止める。

「うっわー、相変わらず容赦ないね」

「一瞬でした、やはりお強い」

「すごい威力」

カリーンたちが後ろで騒いでいる声がここまで聞こえてくる。居たたまれない。

キノコスムージーを掻き分けるようにして、むくりと姿を現すリハルザム。

「ぶへっ。ペッ。――お、お、俺のキノコが！　俺のキノコたちがっ。あ、あああっ！　よくもよくも――」

一層ヒートアップした様子のリハルザム。両手でキノコスムージーを掬い上げ、涎とスムージーを撒き散らすように叫び声をあげるその様子には、正直、ちょっと引いてしまう。

「――――っ！　――！」

そんなリハルザムだが、なにやら次のスクロールを取り出して叫んでいる。

興奮しすぎてひび割れた声は、よく聞き取れないが。

「《――》――」

リハルザムが取り出したのはまた、錬成獣の《顕現》のスクロールのようだ。再び、リハルザムはスクロールを発動する。

リハルザムの取り出した二本目のスクロールに魔法陣が浮かび上がる。

魔法陣から現れたのは、またしてもキノコだった。

その見た目は醜悪、の一言に尽きる。

全身が真っ赤。その笠の部分には無数のぶつぶつが、まるで吹き出物のように点在している。

そして、でかい。

ゆうに高さ三メートルはあろうその巨体。

その巨大キノコの吹き出物から、紫色の煙が噴射される。

しゅーという音が、こちらまで聞こえてくる。

どうやら噴射された煙は空気よりも重たいのだろう。すぐに地面まで落ちてくると、辺りに広がっていく。

——あれは煙幕用か？　いや、それならあそこまで比重の重い気体は使わないか。とすると？

その煙の隙間から、リハルザムが見える。片足を引きずるようにして、よたよたと走って遠ざかっていくリハルザムの背中。

「あ、逃げた」

「結局何しに来たんだ、あれ」

「追います！」

どうやらカリーンたちからもリハルザムが逃げていく様子が丸見えのようだ。

「ダメだ！　あの煙、毒かも！」

私は煙を突っ切って追いかけようとしたアーリを制止する。

リハルザムは突然現れ、ろくな用事もなく、そして突然キレて襲いかかってきて逃げ去ろうとしている。私にも理解しがたい行動だ。

しかしそんな相手でも、リハルザムもまたマスターランクの錬金術師なのだ。

今まさに広がっている紫色の煙、もし毒でないとしてもとんでもない作用があるかもしれない。

それがこのまま放置しておけば野営地へと入り込む。

「《展開》」

私はスクロールを取り出し、発動させる。

「《リミット解放》封印解除《対象》純化のスクロール」

《純化》はその危険性から、《封印》のスクロールで能力を一部、封じていたのだ。《研磨》のようにただ制限をかけるだけでは不十分だと判断して。

その封印を解く。

真の力の一部を、解き放つ。

「《純化》」

私は目の前に広がっている紫色の煙を含む空間の気体、全てを対象にスクロールを発動させる。

目の前の空間の気体が急速に分離されていく。

純粋な窒素のみで構成された空間に、それぞれ一種類の気体のみで生成された丸い気泡のようなものが形作られる。気体ごとに僅(わず)かに異なる屈折率で、うっすらと見える気泡。

私はそのうちの一つ、純粋な酸素の気泡を巨大キノコへとぶつける。

超高濃度の酸素に包まれる巨大キノコ。

「《展開》《投影》」

三本目のスクロールを発動する。

《投影》のスクロールが、私の背後から照りつける太陽光を収束させるようにして光を操作する。

ちょうど巨大キノコに当たる部分で太陽光が一点に集まるように。

そんなささやかな火種が、高濃度の酸素下では信じられないことになる。

一気に炎上する巨大キノコ。

もだえ苦しむかのように笠を振り回す巨大キノコ。しかし、すぐにキノコの焼けるいい匂いが辺りに漂いはじめる。

私は慎重に毒らしき紫色の煙をひとまとめにすると、素材として純化で保護した容器に回収しておく。

そこまでしてようやく《純化》のスクロールを解除する。

「ふぅ、それでリハルザムは――」

「まっすぐ」

ロアが遠視の魔眼で見たのだろう、教えてくれる。

「カリーン！　念のため、アレ、捕まえに追いかけ――」

私がカリーンに伝えようとした、そのときだった。

「ルスト師、後ろっ。来ます！」

アーリの焦ったかのような声がする。

私はその声に振り返る。

そして目に飛び込んできた、光景。

そこには空の彼方(かなた)から飛んでくる無数の何かの姿があった。

「アーマーサーモンに、翼！　進化によるスタンピード！」

私と同じようにして振り向いたロアが、遠視したものを教えてくれる。空を覆い尽くさんばかりに近づいてくる無数の翼の生えたアーマーサーモンを指差して。

私はリハルザムの逃げた先をちらりと見る。

——追うべきか、ここで皆と野営地の防衛に徹するか。

その間にもカリーンが指示を飛ばしはじめる。

「あの翼の生えたアーマーサーモンを、仮にスカイサーモンと呼称することにする！　アーリとロアは先行し、野営地へと襲いかかってくるスカイサーモンへの牽制（けんせい）と戦闘能力の調査をっ！　生き残ることを最優先！　私は戦闘指揮及び非戦闘員の避難指示に向かう。ルスト師——」

こちらを見つめるカリーン。為政者としてのその目で問いかけてくる。

——リハルザムを追うのか？　と。

ここで奴を逃すことが将来の禍根となりうること。そして、私が防衛から外れることで発生するであろう人的被害がより大きくなる可能性を理解しての、問いかけの視線だった。

私はしかし、逆にその瞳を見て、決断する。もしここで被害が出てもカリーンはその悲しみ、後悔を、上に立つ者として自分一人で抱えるに違いない。そして絶対にそれを誰にも見せないことが、容易に想像できてしまって。

だから、カリーンにそれ以上言わせないために、私は遮るようにして言葉を発する。

「私も、野営地の防衛に！　リハルザム程度なら、いつまた来ても、どうとでもなります」

この場に残る決意を伝える。

「——わかった。ルスト師はスカイサーモンの殲滅（せんめつ）の準備を頼む」

「了解！」

――殲滅、ね。なかなか無理難題を言うね。その命令、全力で果たしてみせますか。

そこでアーリが叫ぶ。

「だめです、ルスト師っ。リハルザムは、ここで殺しておくべきです！」

私が答えるより先にカリーンの怒声が飛ぶ。

「アーリ、黙れっ！　準戦時下の命令だぞっ。自らの任務を遂行しろっ！」

うつむき唇を噛むアーリ。

「イエス、マム。先発します！」

ロアと一緒に走りだすアーリ。その背中に、私は内心、謝る。

――すまない、アーリ。君の見たであろう未来を信じてないわけではないんだ。しかし、私は君たちを、そして野営地の皆を守りたい。

私は気持ちを切り替えると、自らの天幕に向けて走りだした。

途中、走りながら見上げると、スカイサーモンが二手に分かれていくのが見える。一部は下降し、この野営地へと。

そして一部はそのまま空を飛び続け、王都方面へと向かっているようだ。

――敵が、分散した？　私たちにとっては朗報だが。王都に何かあるのか？

立ち並ぶ天幕越しに、下降してきた一部のスカイサーモンがすでに野営地へと襲いかかってくる様子が見える。

そのスカイサーモンたちを迎撃するアーリたちの姿も、見え隠れする。

――一秒でも早く、準備を済ませなければっ！

自分の天幕へとたどり着いた私はまず、ありったけの高濃度魔素溶液を準備する。

なによりも、時間との勝負だ。私は高速錬成のため、手当たり次第スクロールを展開、発動していく。

テントの中を埋め尽くす、スクロールからこぼれ出した魔法陣。互いの魔法陣が干渉だけはしないように気をつけながら、複数同時進行で錬成工程を進めていく。

かなりキツい。脳に負荷がかかりはじめるのがわかる。

「《解放》重力のくびき《対象》高濃度魔素溶液、九球」

ぷかぷかとスクロールで空中に浮かせた高濃度魔素溶液の水球が、九つ。その溶液の水球内で、次の錬成工程を進めていく。

私が錬金術協会を辞めてから、こつこつと作り溜めていた最高級の錬成素材。それらを次々にその水球へと投入する。

普段であれば無駄が出ないように計算し尽くしてから、その欠片の最後の一片までも有効利用しているぐらい、貴重な品々だ。しかし今だけは、それらをまるで湯水のような勢いで消費していく。

それらの最高級素材を作るのに使った多くの時間と労力。しかしそれで、カリーンたち、野営地の仲間たちの命が助かるなら、安いものだ。しかし、物量と素材の質だけで工程をいくつもすっ飛ばして行う錬成、しかも、複数同時進行のそれは、更なる負荷を私にもたらす。

「あと少し、なんだ……」

ギリギリと歯を食いしばり、発動中のスクロールをなんとか維持する。ここで万が一にも集中力を切らしてしまえば、全てがおじゃんだ。

当然、再度の錬成のための素材もない。

それでも極限の状態で、一瞬、意識が飛びかけてしまう。

そのときだった。左手首に巻いたブレスレットが落ちていく。ロアの手作りのブレスレットが切れたのだ。

落ちていくそれが、飛びかけた私の意識の中で、はっきりと認識される。

皆の笑顔が、脳裏にフラッシュバックする。

「つはぁ！」

意識を気合いで引き戻す。

そしてそのまま錬成の最終工程までを、一気に完了させた。

震えが全身を襲い、崩れ落ちそうになる体。へたり込みながらも、ぶるぶると言うことをきかない手でスタミナポーションを取り出し、何本も飲み干す。

ようやく、手の震えが止まる。完成させた錬成品を全てかき集め、準備を整えると、最後に床に落ちた切れたブレスレットをそっと拾い上げる。

「ありがとう、ロア」

全ての準備を終え、私は天幕から出る。

そこへ向かってくるスカイサーモン。

ちょうど、真正面から。

川でアーリたちと見た個体より明らかに大きくなっている。その身を覆っていたアーマーの一部が変形し、遠目に翼のようになっているようだ。魔素のきらめきがその翼に宿っている。

――ふむ、大気に満ちる魔素をあの部分で捉えて揚力を得ているのかな？　興味深いな。

そんなことをぼーっと考えている間に目の前まで高速で迫るスカイサーモン。

そのときだった。足元からイバラが飛び出す。

私の体を守るように、イバラの壁が一瞬で形作られる。そこへ飛び込んできたスカイサーモン。かなり重たいであろうスカイサーモンの高速の衝突でも、びくともしないイバラの壁。逆にスカイサーモンの体がひしゃげ、頭が半ば潰れている。

残ったスカイサーモンの体に、イバラが棘を突き立て、絡み付く。

ズタズタに引き裂かれ、細切れになりながら、スカイサーモンの血肉が地面の下へと引きずり込まれていく。

「ありがとう、ローズ」

私はローズにお礼を言うと、最もスカイサーモンの姿が多く見える、中央広場へ向かった。


広場に着く。

漆黒のフルプレートアーマーを着込んだカリーンが、戦いながら陣頭指揮を執っているところだった。ロアとアーリも無事な様子。

――そういえばあのフルプレートアーマーがカリーンの二つ名の由来なんだっけ。隕鉄製の鎧、だったか。あれ着て戦っているのを見るのは、初めてだ。

常人の数倍の筋力を誇るカリーンにとって、一番不足しているものは重さ、そのものだったりする。その不足している重さを補うのがあのフルプレートアーマーと巨大な大剣、らしい。

そんなことを考えている間に、カリーンが地上近くまで降りてきたスカイサーモンの群れに、単身、突撃する。

一蹴りで、風を切る速さにまで加速したカリーン。その足跡の形に、土がめくれ上がる。

大剣を振り回しながら、スカイサーモンたちの中へ。

豪腕で振るわれた大剣が、切るというよりもすり潰すようにしてスカイサーモンたちの命を散らしていく。

一匹のスカイサーモンが大剣をかいくぐる。そのまま、カリーンへと迫るスカイサーモン。

カリーンはしかし、一瞬のためらいも見せない。

スカイサーモンとぶつかり合うカリーン。そしてそのまま、轢き殺してしまう。

「……あれが戦争の英雄、漆黒の猛牛、か」

私は思わず、カリーンの二つ名を小声で呟いてしまう。

「ルスト師！　準備は？」

手の届く範囲のスカイサーモンを殺し尽くしたカリーンが、こちらに気づいて声をかけてくる。

「準備は完了！」

「相変わらず、仕事が早いな！　ほとんど時間経ってないだろう。私が暴れ足りないくらいだ」

そう言って苦笑するカリーン。

「一つ質問！　非戦闘員は？」

私は気になったことを訊ねる。

「食料保管庫だ」

――なるほど、空から襲われるのだから、地下の食料保管庫は合理的な選択だ。安心した。

「了解！　それじゃあ開始する」

「よろしくな！　ルスト師。ロア、アーリ！　二人は小休止を」

二人にも声をかけるカリーン。私は近くに来る彼女たちを横目に、スクロールを取り出す。

「《展開》《展開》《展開》――――《展開》」

取り出したのは計九本のスクロール。それが全て展開状態となり、私の周りの空中をくるくると移動する。スクロールに込められた魔素、それが移動した跡に沿って、つかの間のきらめきを残す。

「きれい」

「こんなに同時展開できるなんて」

「まだまだこれからすごくなるさ、ルストなら」

すっかりくつろぎモードのカリーン達三人。

「《顕現》ローズ」

私は彼女たちの余裕な様子に苦笑しながら一言。

その一言で九本の《顕現》のスクロール、全てからローズのイバラの蔓が溢れ出す。

「何あれ？」

「ローズの蔓じゃないかしら」

「ほう、これはすごい」

これこそが《顕現》のスクロールの応用的活用。すでに召喚済みの錬成獣の体の一部だけを《送還》し、待機空間を経由させて別のスクロールから現実空間へと顕現させているのだ。

そうしている間にも広場にいたスカイサーモンへと絡み付いていくローズのイバラの蔓。その棘に絡めとられたスカイサーモンが次々とバラバラにされながら、スクロールへと引きずり込まれていく。

ローズによる順調な処理で、すぐに広場からスカイサーモンの姿が消える。

そのタイミングを見計らい、私は次の段階へと進めていく。

「さて、殲滅の時間だ。スクロール、散開」

私の声に合わせ、九本のスクロールがローズの蔓を生やしたまま野営地の各所へと飛び去っていった。

幕間 side リットナー

「ぐっ。おらぁっ！」

リットナーは構えた斧（おの）で、スカイサーモンの突撃を受け止めそのまま上空へ弾（はじ）き返す。

食料保管庫の責任者である彼は、自分の部下たちとともに非戦闘員が避難している食料保管庫の防衛に当たっていた。

「リットナー隊長！　俺が囮（おとり）として前に出ます！」

スキンヘッドの部下の一人が叫ぶ。両手にはめたアイアンナックルをがちんと打ち合わせながら。

「ダメだ！　円陣を崩すな！　ハートネス。そして俺はもう隊長じゃねえ、よっ。だぁっしゃあ――！」

答えながら次のスカイサーモンに斧を叩（たた）きつけるリットナー。

斧は綺麗（きれい）にスカイサーモンの鼻っ面を捉える。しかし刃が通らない。首をひと振りし、上空へと逃げていくスカイサーモン。

「たく、かってーなー、おい」

「どうします？　このままじゃジリ貧ですぜ、隊長」

ハートネスがリットナーに聞く。

「だからもう、隊長じゃないと――」

決して楽観できない状況だからこその、そんな軽口を叩こうとしたときだった。何かが天幕の隙間を縫うようにして、飛んでくる。

「なんだあれ……？」

「でかい毛玉か」

「植物？　新手かっ!?」

「いや、待て。スカイサーモンを食ってないか、あれ！」

その、あまりの奇っ怪な見た目に呆然としてしまう部下たち。そして、円陣にほころびが出来てしまう。その隙を狙ったかのように襲いかかってくるスカイサーモンたち。

リットナーは声を張り上げる。

「気、抜くんじゃねえっ。来たぞっ！」

慌てて態勢を立て直そうとするリットナーたちだったが、部下の何人かがスカイサーモンたちの体当たりをまともに受け、弾き飛ばされた。

円陣が崩れ食料保管庫への通路が開いてしまう。

「くっ！」

身を投げ出すようにして、突進してくるスカイサーモンの前に立ち塞がるリットナー。

斧を構え、衝撃を覚悟し身を固くする。

しかし、いつまでたってもやってこない衝撃にリットナーが斧を下ろすと、目の前のスカイサーモンは全て蔓に絡めとられたところだった。

それはイバラの蔓。

その鋭い棘で、身をぐちゃぐちゃにされながら根元の方へと引きずり込まれていくスカイサーモンたち。

自然とリットナーの視線もそれを追ってしまう。

そして、ようやく気がつく。

「スクロールから生えている……？　スクロールか！　そうかこれは、ルスト師の――」

「あ、あれだけいたスカイサーモンが一瞬でバラバラ、だと。隊長の斧だって通らなかったっていうのに」

吹き飛ばされ尻餅をついたまま唖然としているハートネス。

リットナーはハートネスに怪我がないか確認すると、引き起こしてやる。

「いやはや、本当にまったく何なんだろうな。俺たちがあんなに苦労したってのに。こりゃあどう見てもマスターランクの錬金術師ってのは化け物以上、だろ。しかしあの棘の生えた蔓は何なんだろうな」

リットナーもハートネスに応える。

「た、隊長」

「だから隊長じゃないって、何度……」

「あれ」

震える指でリットナーの頭越しに空を指差すハートネス。

ばっと振り返るリットナー。

周りの人々の視線も全て自然とそちらへと引きけられてしまう。

そこにあったのは空を舞う八本のスクロール。その一つ一つから溢（あふ）れ出たイバラの蔓が、空を埋め尽くしていたスカイサーモンたちを次々に貪（むさぼ）り、ばらし、呑（の）み込んでいく光景だった。

第十二話 side リハルザム 三

べっとりとしたキノコスムージーの痕跡を大地に点々と残しながら、一目散に逃げるリハルザム。

もう何がなんだかわからないぐらい、その身は汚れていた。王都を出発したときと同一人物だとは到底思えないほど、ずたぼろで、みすぼらしい姿になっていた。

その口からは呪詛のように不満とうっぷんを垂れ流している。

「はぁ、はぁ。ルストめ！　ルストめ！　あの野郎、よくもよくも！　この報い、絶対に受けさせてやるからなっ。あいつだけで、済ませて、やるものか。あいつの周りの人間、全てに復讐してやる、ぞ」

逃げながら大声でわめき散らしていたので、息が荒くなってくるリハルザム。

「絶対に、絶対にだ。絶望を味わわせてやる。屈辱づけにしてやる。なにが、え、無理です、だ。最初からあいつは気にくわなかったんだ。ちょっとばかしの才能を鼻にかけやがって。お高くとまりやがって――」

妄言を吐きすぎて、徐々に走る速度も落ちていくリハルザム。やがていつの間にか、リハルザムは無意識のうちに左足を引きずるようにしはじめる。その左足の太ももが、大きく腫れてきていた。

モンスターの体の一部が残ってしまっている部分を中心として。

しかし不思議なことに痛みがほとんどないのか、激昂したままのリハルザムはそのことに気がつかない。

わめき散らしすぎて息が切れ、立ち止まるリハルザム。膝に手を当ててはあはあと息を整えているときに、ようやく自分の体の変化に気がつく。

「あっ？　なんだこれ？」

左足にもべっとりとついたままのキノコスムージー。それをこそげ取る。ようやく現れてきた左足の太ももは倍近くまで膨らんでいた。

「おいおいおいおい！　なんだ、なんだってんだよ……」

急いで残り少ないストックからポーションを取り出すと、リハルザムは震える手で一気にあおる。

「なんでだよ、なんで効いてないんだよ！」

やけになったかのように残りのポーションも全て取り出し、飲み干してしまうリハルザム。

「おかしい、全然効かないぞ……。どうするどうする――」

頭をがしがしとかきむしるリハルザム。残り少ない髪の毛についたキノコスムージーが飛び散る。

「いや待てよ。協会まで戻れば、最高級のポーションがあったはずだ。あれならきっと治せる！

仕方ない、これは服が汚れるから使いたくなかったのだが。……今更か」

自分の体を見下ろしながらそう言うと、リハルザムは一本のスクロールを取り出す。

「《異空間接続》《我が肉を這え》《寄生型錬成獣四号粘菌王キング》」

再び展開したスクロール。そのスクロールの魔法陣へと腕を突っ込んだリハルザム。

リハルザムが腕を抜く前に、魔法陣と腕の隙間からリハルザムの腕を這うようにして何かが飛び出してくる。

そのままリハルザムの全身を這い回るそれは、キノコの実体ともいうべき粘菌だった。

「王都まで俺を運べ」

リハルザムがその粘菌へと命令する。

粘菌がブワッと広がったかと思うと、リハルザムの体へ、覆いかぶさる。

すっぽりと飲み込まれたリハルザム。その顔と手だけが巨大粘菌から出るように粘菌自体が調整している。

そのときだった。

粘菌が急発進する。

それはリハルザムが走る何倍もの速さ。

そして、リハルザムの顔と手だけが出た状態で、粘菌は一路王都を目指して去っていく。そんななかリハルザムの腫れた左足の中では、じゅくじゅくとしたものが生まれつつあった。

粘菌によって運ばれるという、みっともない姿をさらしながら、王都へと帰ってきたリハルザム。

なけなしのプライドが残っていたのか、王都へと入る直前で粘菌を停止させると、その中から泳ぐようにして這いずり出る。辺りに菌を撒(ま)き散らしながら。

ようやく全身が抜けると、スクロールを取り出し、粘菌を送還するリハルザム。

頭のてっぺんから爪先まで、べとべとだ。

左足はさらに腫れて、元の太さの三倍近くまで大きくなっていた。

通常時であれば不審人物として衛兵に呼び止められ連行されても全くおかしくないぐらいの風体だが、なぜかすんなりと王都へと入ることに成功するリハルザム。破けた服の隙間から覗（のぞ）く、錬金術師のメダリオンにもべったりと砂埃（すなぼこり）とキノコスムージーと粘菌の粘液がこびりついて、判別しづらくなっているにもかかわらず。

しかし、当の本人の頭の中にあるのはルストに対する激情と自らの膨らみきった左足、錬金術協会にあるポーションのことばかり。

王都に漂うピリッとした雰囲気に、リハルザムは全く気がついていなかった。

道行く人自体が少なく、そこかしこには怪我（けが）をしてうずくまる人の姿すらある。皆、大なり小なりその身は汚れている。まるで大規模なモンスターの襲撃でもあったかのような街の様子だ。

そんな中を、リハルザムは、とぼとぼと足を引きずり錬金術協会へと歩いていく。相変わらず痛がる様子はない。まるで感覚を麻痺（まひ）させる何かが膨らんだ左足の中から分泌されているかのように。

ただただ、ふらふらと虚（うつ）ろな顔をして、歩きにくそうに進むリハルザム。

そして、ようやく錬金術協会の建物のあった場所へと、到着する。

リハルザムの目の前に広がるのは、瓦礫（がれき）の山だった。

ぼーっとその瓦礫の山を見つめるリハルザム。

どうやらリハルザムの脳みそは、現実を認識するのを拒んでいるのだろう。

首を振り、左右を見るリハルザム。

左右の建物は損壊している箇所が見られるが、いつもとあまり変わらない、錬金術協会に通う人間にとっては見慣れた風景。

しかし一転、錬金術協会の建物へと視線を移すと、そこは完全に倒壊し、破壊され、瓦礫とごみだけがその目に映る。

ペタンと尻餅をつくリハルザム。

「嘘だ嘘だ嘘だ嘘だ……。こんな……。こんなことが、あるはずがない。俺の人生をかけていた職場が――」

と虚ろに呟くリハルザム。

そこに声がかかる。

「おや、リハルザム師ではないですか。お帰りですかな。ふむ、だいぶ侵食されてますな」

男の声が静寂の中、響く。いつの間にか人通りが絶えている。

男はフード付きローブを身につけ、深々とフードを下ろしている。その風貌はよくわからない。

「ああ、これですか」

リハルザムの視線を追って瓦礫の山を指差しながら男は続ける。

「いやはや壮観でしたな。あんなにたくさんのアーマーサーモンが、まさか空から襲ってくるとは。しかも明らかに錬金術協会が狙われていたみたいでしたよ。まるで何かアーマーサーモンたちが好む品物がそこにあったかのようでしたな。ただねえ、めんどくさい女剣士がいましてな。たまたまアーマーサーモンが大量に襲ってきて、よしきたっと思っていたらその女が大活躍、ですよ。この場所以外は程々にしか被害も出なくてねえ。本当にやってられませんよね」

「あ、あなたは？」

虚ろな表情をしたリハルザムがその男の方を向く。

「いやはや、ただのしがない通りすがりの男にすぎません。ただねえ、リハルザム師にはお礼をしなければと思っていたのですよ。あんな欠陥品の魔導回路を作って納品するとはね。おかげでね、計画はおじゃんですよ。おじゃん。これはたっぷりお礼をせねば、とね」

と、片手の指を広げる男。まるで蜘蛛の脚のようなその手で、リハルザムの顔を正面からがっしりと掴む。うっすらと黒いもやが指にまとわりついている。

「うがぉっ」

奇妙な声をあげるリハルザム。

その顔に、アザが浮かび上がってくる。それは神官騎士タウラの顔に刻まれていたものとよく似ていた。

「お、これはこれは。ふむ。ふむふむ。素晴らしい拾いものかもしれませんね。体内の魔の成長は非常に順調。魔法適性は菌類への親和性が抜群。そして、何より負の感情に満ちている。これはひょっとしますよ」

急に嬉しそうに話す男。

リハルザムはその間、尻餅をついたままびくびくと痙攣するばかり。

「リハルザム師、あなたには素晴らしいものをプレゼントしますよ。なーに、お礼ですので感謝なんて不要です」

リハルザムの頭を掴む男の手から、大量の黒いもやが溢れ出す。それがリハルザムの目に、鼻に、そして、口へと入り込んでいく。

すると、リハルザムの顔面に刻まれたアザがぐにぐにと形を変えはじめる。

「まるで生まれ変わったかのように新しい人生が待っているはずです。いやはやよかったよかった。無理してここに残っていたかいがありましたよ。それではこれで失礼しますよ。あの女がいつ来るかわかりませんでな。それでは良き魔族ライフを！」

そう言い残し、男が去る。通りに、喧騒が戻った。

後ろ向きにパタンと倒れるリハルザム。

いつの間にか増えていた、通りを行き交う人々の視線がリハルザムへと集まる。

倒れたリハルザムの顔に刻まれたアザの縁から、ポロッと何かがこぼれ出た。

それは小さな小さなキノコだった。

アザと同じ色合いの真っ黒なキノコ。それがリハルザムの顔を転がり落ち、地面へと落下していく。地面に落ちたキノコは、ゆっくりと大地の中へと沈んでいき見えなくなる。

それが合図だったかのように、リハルザムの体に急激に異変が起きる。白目を剥き、バタンバタンとその体が跳ねたかと思うと、左足の腫れが急速に消えていく。

「お、おい。あんた、大丈夫か!?」

通りかかった人がリハルザムへと声をかける。

リハルザムからの返事は、ない。

やがてリハルザムの全身からキノコが生えはじめる。

それははじめにこぼれ落ちた真っ黒なキノコと同じもの。あっという間にリハルザムの全身は真っ黒な粒々としたキノコに覆われていく。

あるものは大きく育ち、あるものは小さいまま溢れるようにリハルザムの体から剥がれ落ちていく。剥がれ落ちたキノコはやはり不思議なことに地面の中へと潜り、見えなくなっていく。

体の震えが止まり、ガバッと起き上がるリハルザム。

周囲から、悲鳴があがる。

キョロキョロとした挙動を見せるリハルザム。しかし、かろうじてキノコに覆われずに見えていた瞳はすぐに、自分の両手へと向けられる。その人差し指の爪先から生えていたキノコ。

それがモゾモゾと動きながら、人差し指の中へと潜り込んでいく。指先の肉に潜り込んだキノコがその肉を取り込み、空いた肉の隙間を自らの体で埋めていく。

同じことが、すぐに手のひら全体で起きる。

腕も。

胴体も。

そして顔面も。

リハルザムの上半身の肉がキノコに置換されていく。

しかしその面影はリハルザムのもの。刻まれたアザも健在。そしてその瞳だけはなぜか人間のときと変わらないままだった。

その一方で、リハルザムの足だった部分はどろどろに溶けだしていた。粘菌と化していく下半身。リハルザムの上半身がポヨンと音を立てて下がる。その身長が一気に半分近くになる。

その体は、まるでどろどろのスライムからキノコの上半身が生えているかのような見た目に変化していた。

周囲の人間の悲鳴が、怒号に変わる。

「モンスター!?」

「違う、これは魔族だ！　人間に化けてやがったんだ」

「アーマーサーモンが空から襲ってきたのもこいつのせいに違いないぞ」

周囲の人間からあがる怨嗟の声。

「殺せ！」

「魔族を殺せ！」

「さっさと殺せ！」

「軍だ、はやく軍を呼べ！」

「魔族なら軍じゃダメだ、騎士様に連絡しろ」

「錬金術師は？」

「怪我した見習いしかいないぞ。おい、奴を見ろ。動いたぞっ」

周囲から浴びせかけられる殺意に、キョトンとしていたリハルザムも身の危険を感じたのか身じろぎする。

その体を構成するキノコ同士の隙間から、胞子が噴出する。

「ヤバい、毒か？」

「毒！　逃げろ逃げろっ」

「きゃ、押さないでよ！」

「通せ！」

「俺が先だ！」

胞子を毒と勘違いして、我先にと逃げはじめる周りの群衆。

あっという間にリハルザムの周囲から人気（ひとけ）がなくなる。

「――お、で、にん、げン。まぞ、く、ちが」

キノコに置き換わった舌で必死にしゃべる、リハルザム。しかしその言葉を聞くものは、すでに誰もいなかった。


粘菌となった下半身の操作に慣れないのだろう。リハルザムは上半身を前後左右に揺らしながら、よろよろと道を進む。生存本能のままに、自らへの殺意を浴びせかけられた場所から、少しでも離れようとしていた。

そのときだった。突然、リハルザムの脳内に、聞いたことのない《声》が響く。

『ピンポーン。管理個体ナンバー M-d3152669 の転生進化を確認しました。アクセスキーを検索。

アクセス完了。転生前の行いをスキャンします。スキャン中。スキャン中』

「な、だれ、だ。なに、を、いってる」

と頭の中に響く《声》に話しかけるリハルザム。

《声》はリハルザムの問いかけなど聞こえないかのようにその言葉をつむぎ続ける。

『スキャン完了。管理個体ナンバーM-d3152669の行動及び精神活動に基づき、称号の授与、スキル付与を実行』

「す、キル？　それ、は、なん、だ」

『ピンポーン。飽くなき権力への渇望と手段を選ばぬ執念を検知。称号「魔王へと至りうる可能性」を授与。スキル「スキル習得限界突破」を付与』

「ま、おう、だとっ」

リハルザムの人のままの瞳が驚きに見開かれる。

そこへ突然、無数の魔素の銃弾がリハルザムのキノコボディに撃ち込まれる。

連続する僅かな衝撃にリハルザムの体が少し傾くも、魔素はそのまま体に吸収されて、そのキノコボディにはダメージはない。

「魔法銃撃ち方、やめっ。ふむ、通報どおりですか。やはりあれは魔族ですね。魔素の弾が効かないなら間違いないでしょう。やれやれ。人手不足で駆り出されたと思ったら、これは大物を引いてしまったようです」

銃撃元には軍人たちの姿。そのうちの一人、青白い顔の男の話す声がリハルザムまで届く。

「突撃しますか？　ハロルド隊長」

「隊長代理です。それと、あの胞子が毒との情報もあります。属性変化の魔導回路、残っていたものをあるだけ用意しました。装着後、一斉射撃をお願いします」

ハロルドと呼ばれた軍人が答える。

「イエッサー」

その会話に、リハルザムは身の危険を感じたのか、必死に遠ざかろうと再び移動を開始する。しかしその動きは相変わらず、ぎこちない。

そこへ襲いかかる炎に属性変化した魔法銃の弾。しかしその数は少ない。

どうやらいくつかの魔法銃は魔導回路が暴発した様子。兵士たちのうち、眉の焦げている者が何人もいる。

それでもいくつかの炎はリハルザムの体へと着弾し、その身を焦がす。

「ぎゃ、あ、あ、あち、いいいっ――」

キノコの体はよく燃えるようだ。

焦げたキノコがポロポロと地面へ落ちる。

その間にも、《声》は話し続けていた。

『ピンポーン。才無き故に燃え盛る嫉妬の炎を検知。スキル「炎熱耐性」を付与』

そこへ再びリハルザムのキノコボディへと撃ち込まれる炎の弾。しかし、今度はその体の表面で炎は弾け、消し飛ぶ。

「あ、あ？」

不思議そうな顔で自分の体を見下ろすリハルザム。

ざわつく軍人たち。想定外の事態なのだろう。攻撃の手がやむ。

お構いなしに《声》は続く。

『弱者への加虐行為を検知。スキル「暴虐者」を付与。理無き逆恨みを検知。スキル「防御スキル貫通」を付与』

今がチャンスとばかりに必死に逃げようとするリハルザム。

「ハロルド隊長！」

部下らしき人が叫ぶ。

「見えている！　仕方ない。全員抜剣！　突撃する！」

剣を構え、突撃の構えを見せる軍人たち。

リハルザムは必死に下半身だった粘菌を動かす。

『ピンポーン。汚れ仕事に従事を検知。スキル「完全粘菌化」を付与。転生進化に伴う調整が完了。処理終了します』

急に動きが良くなるリハルザム。

そこへ迫る軍人たちの刃。

急に、リハルザムのキノコボディが下半身部分へ溶けるように吸収されていく。

全身が粘菌状となったリハルザム。迫り来る刃を、その粘菌状態で避ける。すると目の前には下水用の側溝が現れる。

粘菌と化したリハルザムは、躊躇(ちゅうちょ)なく、その下水の中へと飛び込んで逃げていった。

第十三話　皆の笑顔を受け取ろう!!

「以上が今回のスカイサーモンの襲撃に際しての被害状況及び獲得した魔石の概算金額となる。この中から、特に素晴らしい働きをした者に特別報賞を授けるものとする」

　カリーンの天幕に野営地の主要メンバーが集められていた。私も呼ばれたのでカリーンの話を聞いているところだった。

「アーリ、ロア」

「はい」

「スカイサーモンの襲撃に際しての戦力調査、ご苦労だった。危険な任務をこなし、情報を素早く広めてくれて、本当に助かった」

　カリーンの労り（いたわり）の言葉に続き事務官の男性が報賞金の入った封筒をそれぞれ二人に渡す。

「次にリットナー」

「はっ」

「非戦闘員の護衛任務、大儀であった。非戦闘員から被害が出なかったのはお前のおかげだ。うちの連中は皆、血の気が多いからな。前に出たがる奴を統率するお前の手腕を信頼している」

「恐縮です。現役からは退いたつもりだったんですが、お役に立ててよかったです」

　リットナーもカリーンの労い（ねぎらい）に応えると事務官の男性から封筒を受け取る。

「最後に、ルスト」

「はい」

私は応える。

「あれだけのスカイサーモンの大群に対し、あっという間に準備を整え、一瞬で野営地に被害を増やさない手段で討伐したこと、偉業と称えられてしかるべき行いだ。おかげで野営地の被害は最小限で済んだ。一歩間違えればこの開拓事業自体が頓挫していただろう。何と礼を言うべきか、感謝の言葉もない。ルストに来てもらっていて、本当によかった」

「恐縮です」

あまりに絶賛されてしまい思わず言葉短く答え、私も封筒を受け取る。

すると、自然と天幕の中にいるメンバーから、拍手が上がる。

私は驚いて皆を見回す。そこにあるのは皆の笑顔だった。

ゆっくりと皆を見回していく。

ロアは表情はあまり変わっていないが、誰よりも大きな拍手を送ってくれている。

アーリは優しく微笑みながら。

リットナーはその大きな手を豪快に打ち鳴らしている。

カリーンはとても安心した表情をしている。

それ以外の皆も、誰もが笑顔で手を打ち鳴らしていた。

皆のその喜びの表情。

リハルザムを取り逃がしたことで胸の奥で感じていた僅かばかりのわだかまりが、その皆の笑顔でほどけるように消えていくのを私は感じた。

拍手がやむのを待って、カリーンが再び話しはじめる。

「また、今回のスカイサーモンの襲撃の前にあったリハルザム師によるルストへの凶行については、錬金術協会へ正式な抗議を行っている。ただ、見た者も多いとは思うがスカイサーモンはやはり王都も襲撃していたようだ。どうも錬金術協会に大きな被害が出たらしい」

そこで一度言葉を切るカリーン。こちらを向いたカリーンと目が合う。

知らされた私にとっての古巣の悲報に、戻る気は更々なかったとはいえ、思うところはある。しかし、気持ちを切り替えてカリーンの視線に応えて口を開く。

「王城も混乱していそうですね。これは沙汰を待つより、この機会に魔晶石の流通を一気に推し進めるべきですね」

「そうだな。ルストには労力を割いてもらうことにはなるが」

「問題ありません」

「よろしく頼む。次のカゲロの実も近日中に到着予定だ。そしてだ、今後を踏まえ、道の整備の優先順位を上げることにした。隣の領の領主も熱望しており、これから詳細を詰めていく。皆も協力をよろしく頼む」

と頭を下げるカリーン。皆がそれに肯定の返事をする。

そこで解散となった。

私はカリーンの天幕を出て、自分の天幕へと向かう。

すれ違う野営地の人々の顔は皆、明るい。

そして何かしら、声をかけられる。そのどれもが感謝や称賛の言葉ばかりでなかなかに面映(おもは)ゆい。

なんとか自分の天幕にたどり着くと、ほっと息をつきながら中へと入る。

中に入って数歩、歩いたときだった。いつもと様子が違う雰囲気。

辺りを見回して、最後に部屋の隅へと視線を送る。

大きくてつぶらな瞳と、目が合う。

眠っていたはずの白トカゲが目を覚ましていた。

一瞬、私は身を固くするが、白トカゲはローズの蔓(つる)で出来たかご型のケージの中で大人しくこちらを見つめている。

じっと佇(たたず)み、こちらを見るその瞳は、初めて見たときと同じく、いやそれ以上の知性を感じさせるものだった。

「あれ、脱皮している？」

私は、白トカゲが脱ぎ捨てたと思われる皮が、ケージの中に残っているのを見つける。

そのときだった。まるで私の呟(つぶや)きに応えるかのように、白トカゲがその背中から生えた翼を広げ、羽ばたいてみせる。

「キュルルルー」

可愛(かわい)らしい鳴き声を出しながら。

「な、翼!?　そうか、前に膨らんでいた部分があったけど、こぶじゃなくて翼が生えようとしていたのか。それが脱皮で――。というか、もしかしてトカゲじゃなくてドラゴン!?　初めて見た……」

「キュル」

「はあ、参ったな。まさかドラゴンの幼生体だったのか。なんでまたあんなところにいたんだ。いや、そんなことより、どうするかなこれ」

私が悩んでいると、くぅーと白ドラゴンのお腹が鳴る。

「うん？　お腹空(す)いているのか？」

「キュルキュル！」

首を縦に振る白ドラゴン。

「何かあったかな……」

私がポケットを探ると、食べかけの携行食が出てくる。カリーンに草レンガと揶揄(やゆ)されたやつだ。

「食べる？」

私は携行食を割るとローズの蔓の隙間(すきま)からそっと差し入れ、床に置く。

ゆっくりと携行食の欠片(かけら)に鼻先を近づける白ドラゴン。

「くちゅっ」

白ドラゴンがくしゃみをする。そしてそのまま嫌そうに顔を背けながら、後ずさる。そのつぶらな瞳で、不信の眼差(まなざ)しを向けてくる白ドラゴン。

「あれ？　食べ物ってわからなかったかな？」

私は残った方の携行食の欠片を白ドラゴンが見えるようにして食べてみせる。

それを見てなぜか、信じられないこいつ、みたいな顔をする白ドラゴン。

口に広がる草の香り。

私は携行食を飲み込みながら白ドラゴンの行動に首を傾(かし)げる。

「ああ、ドラゴンだから肉がいいのか。何か素材用に取っておいたモンスターの部位が、そこら辺にあったかも……」

「キュキュキュ！」

激しく首を横に振る白ドラゴン。

「キュッ！」

その尻尾を掲げ、ビシッと横に向ける白ドラゴン。

「うん、何だ？」

私は白ドラゴンの尻尾の指す先に視線を移す。どうも尻尾は、ローズに渡していたポーションのボトルを指しているようだ。

私は試しにリュックサックから別のポーションを取り出し、ボトルの蓋(ふた)を開けると白ドラゴンのケージに近づけてみる。

先ほどとは違い、飛びつくように近づいてくる白ドラゴン。

「ええと、とりあえず、安全な量をあげてみるか」

私は実験で使うガラスの小皿にポーションを垂らすと、ケージに近づける。

ケージを形作っていた蔓を少し動かして小皿を入れる隙間を作ってくれるローズ。

「ありがと」

ローズにお礼を言いつつ、小皿を置く。

白ドラゴンはすぐさま小皿に顔を突っ込み、舌で一生懸命ペロペロとポーションを舐めている。

あっという間に空になる小皿。

「キューキューキュー」

空の小皿を前足でこちらへ押し出してくる白ドラゴン。まるで、もっともっとと言っているかのようだ。

「ええっ!? 本当に飲むのか？ 普通の生き物は本能的に嫌がるはずなんだけど……」

私はしばし悩むも、白ドラゴンのあまりに飲みたそうな様子と、本当に飲むのかという好奇心に負けてしまう。

それでも最低限の準備として《転写》のスクロールを展開し、白ドラゴンの変化に気をつけるように心がける。

「ローズ」

いざというときはよろしく、という私の意を汲んでくれるローズ。

わかってますよ、とばかりにバラの花を揺らして応えてくれる。

私は先ほどと同量のポーションを小皿に垂らす。垂らすそばからペロペロと舐めていく白ドラゴン。

私は《転写》のスクロールを注視する。

「不思議だ。何の悪影響も出てない」

そのあとも何度もおかわりを要求する白ドラゴン。

迷いながらも慎重にポーションを注いでいく。

「けふっ」

お腹いっぱいになったのか、小さくげっぷをして丸くなる白ドラゴン。そのまま安心した様子で、白ドラゴンは眠ってしまった。

「……名前でも、つけてあげるか」

「——というわけなんだ」

私は白ドラゴンの件をカリーンに報告していた。

「ドラゴンか。ほとんど伝説の存在じゃないか。もし本当にそれがドラゴンだとしたら、発見自体が数百年ぶりなんじゃないか？」

驚いた様子のカリーン。

「そうなるね。まあ、まだ確実なことはわからないけど。ただ元々助けたときから、かなりの知性を持っているようには感じていたんだ。ドラゴンの可能性はかなり高いと思う」

「ふむ。だが、草レンガを匂いだけで拒否したからって知性があるとは言い切れないぞ」

「それは一例だって。というか皆がなんでそこまであの携行食を忌避するのかよくわからないんだが。まあそれは置いておくとして、知性の高さについてはこれからより詳細に調べていくよ」

私は苦笑しながら答える。

「それで、どうするかはすでに決めているんだろ、ルストのことだから」

「ああ、野に返すことも考えたんだけど、本当にドラゴンなら契約が結べるはずだ」

「それも数百年前の話、だろ。おとぎ話の類いじゃないのか」

呆れ顔をするカリーン。

「おとぎ話や昔話には真実が含まれている、と私は信じている。何にしても実施するときの予防措置は完璧にするつもりだ」

「わかった。許可しよう」

「ありがとう！　カリーンならそう言ってくれると――」

「ただし！」

ビシッと指を突きつけてくるカリーン。

「立ち会わせてもらうからな。必ず、呼ぶように」

「了解。……カリーン、立ち会うのって、面白そうだからだろ？」

「そうだ。何が悪い？」

そう言うと、がははと男のように笑うカリーン。

――まあ、カリーンは元々こういうのが好きな奴だったな。

私はそんなことを思いながらカリーンの天幕から退出すると、準備を始めた。

「それで、なんでまたロアとアーリもいるんだ？」

ようやく全ての準備が終わり、カリーンに連絡をした。

そうして立ち会いに現れたカリーンの後ろには二人の姿もあった。

「見張り」

言葉短く答えるロア。その目は鋭く白ドラゴンを見据えていた。手にした槍が、ピクッと動く。

──そういえば、ロアは初めて会ったときから目の敵にしていたよな。トカゲが嫌いなのかな。

「ロア、やめなさい。問題は起きないはずよ。ごめんなさいね、ルスト師」

アーリが謝ってくる。

私はヒラヒラとアーリに手を振って、気にしていないことを伝える。アーリの片眼鏡の奥の瞳に、きらめく魔素の輝きは見えない。

未来視の魔眼は発動していない様子。白ドラゴンと戦闘にはならない可能性が高そうだと、内心ほっと息をつく。

「わかりました。でも、ロアとアーリの二人はヒポポの後ろにいてください」

私は天幕の中で足を折り畳んで座っているヒポポを指差す。片付けてがらんとした天幕の中でもヒポポは少し窮屈そうだ。

「うん、二人だけか？　私はいいのか？」

カリーンがにやにやしながら聞いてくる。

「カリーン様はこの中でも一番頑丈だと思いますよ？」

お辞儀をしながら言ってみる。

「違いない」

笑い声をあげるカリーン。

そんな私たちの冗談めかしたやり取りをロアとアーリは不思議そうに見つめていた。

「それでルスト師、契約というのはどうやるんですか？　やはり錬金術で？」

話が途切れたタイミングでアーリが聞いてくる。

「いや、その子が本当にドラゴンなら、生半可な錬金術は弾かれるはずだ。とはいえ、それを超える威力のものだとさすがに無事では済まない、と思うんだよね」

「え、それじゃあどうするんです？」

不思議そうな顔をするアーリ。

「アーリは、原初の魔術についてはどれくらい知っている？」

「詳しくはありません。命にまつわる血を媒介にしたもの、ぐらいの知識しか」

「私も詳しくはないんだけど、たまたま先輩でそちらの系統を研究していた方がいてね」

私は基礎研究課の論文を転写したスクロールを掲げながら伝える。

「調べれば調べるほど、数百年前の有名なドラゴンと人との逸話と、原初の魔術には通じるものがありそうだったんだ。そもそも原初の魔術自体がドラゴンの——」

「はい、ストップ！」

割って入ってくるカリーン。

「ルストはそこまで。アーリも不用意に話を振るとこうなるからね。止めないと、ここから長いよ」

「な、なるほど。——いえ、でも大変興味深そうな話でした」

ちらっとこちらを見て付け加えるアーリ。私は肩をすくめると、ローズの方を向く。

「それじゃあ始めますか。ローズ、お願い」

私の頼みに反応して、ローズの蔓が天幕の入り口を、そして壁という壁を覆っていく。

私はそれを確認するとゆっくりと白ドラゴンのケージへと歩み寄っていった。

白ドラゴンを入れていたローズ特製のケージ。それを形作っていたローズの蔓がほどけるように開いていく。

その様子をきょとんと見つめる白ドラゴン。

私は用意していた特製の最高級ポーションを取り出す。

ご飯の時間だと思ったのか、尻尾をバタバタさせる白ドラゴン。

ポーションのボトルの封を開け、ガラス皿に注いでいく。

目をキラキラさせてそれを見つめる白ドラゴン。

「あんな、餌で釣るような感じで契約するのか」

「カリーン様、しっ」

後ろでギャラリーがうるさい。私は気にせずに、白ドラゴンの目の前に、慎重にガラス皿を置く。

幼生体とはいえ、相手はドラゴン。その牙は鋭く、檻もなく襲いかかられたら、片手ぐらいなら簡単に持っていかれてしまうだろう。

実際にはぎりぎりでローズが阻止してくれるはずだが、それでも緊張するのは否めない。

しかし、心配は杞憂だった。

特に襲いかかってくる様子もなく。ここ数日何度も同じガラス皿にポーションを入れてあげていたので慣れたのだろう。

いつも以上に美味しそうに最高級ポーションを舐めている白ドラゴン。

——濃縮魔素溶液、少しでも持ってきておいてよかった。最高級ポーションには必須なんだが作るの面倒くさいんだよね。話を聞いてもらうにしても大人しくしていてもらうにしても、これぐらいはしないとね。それにしても錬金術協会に置いてきた濃縮魔素溶液はどうなっただろうな。無事だといいんだけど。

私はそんなことを考えながら、契約の準備を進める。

といってもやることはあまりない。おとぎ話と伝承から読み解ける限りだと、契約はドラゴン側の原初魔術によって成されるようなのだ。

つまり、人間側でできることは少ない。

ただ、伝承でもおとぎ話でも、その契約の儀式のはじめには必ず人間側が血を捧げている。

というわけで私は特製のナイフを取り出す。ツインラインホーンの角を削り出して作ったものだ。刃には細い溝で、紋様も刻んである。

そのツインラインホーンのナイフを逆手に構えると、自分の左腕をゆっくりと切り裂いていく。

毛細管現象で、私の血が刃先から刃に刻まれた紋様へと流れ込む。

ポーションを舐め終えた白ドラゴンが不思議そうに私の行動を見ている。

私はその鼻先に自らの血を吸ったナイフを差し出す。

「名はルスト。生業(なりわい)は錬金術師。契約を望む者だ。私の血を受け取ってほしい」

私の話す内容をじっと聞いていた白ドラゴン。おもむろに、私の差し出したツインラインホーンのナイフに鼻先を近づける。

——あっ、ここ数日携行食しか食べてないや。血にまで匂い、染み付いてないよな？

そんな私の心配をよそに、刃の側面、そこについた私の血をちらっと舐める白ドラゴン。

——舐めた！　さあ、このあとはどうなる？

翼を広げる白ドラゴン。

まるでそれが合図だったかのように、私と白ドラゴンのちょうど真ん中に、何かが現れる。

それは、半透明のプレート。そこには、見たこともない文字らしきものが並んでいた。

宙に浮く、そのプレート。

「何だろうこれ？　初めて見たな」

私は首を傾げる。

「何か見えるかアーリ、ロア」

「全く。特に何もないように見えますよ」

「私も」

後ろで騒ぐカリーンたち。

「え、カリーンもアーリもロアもこれ、見えないの？」

私は、白ドラゴンとの間に存在する半透明のプレートを指差す。

「ああ、何もないように見えるぞ」

私はまじまじとそのプレートを観察する。

そして、そっと手を近づけてみた。案の定、手は半透明のプレートをすり抜けてしまう。

しかし私の手がプレートを通り過ぎたタイミングで変化が起きた。

プレートに書かれていた文字らしきものが、一部書き換わったのだ。

私が驚いて、自分の手とその半透明のプレートを交互に見ていると、白ドラゴンが一声鳴く。

「キュッ！」

するともう一枚、同じような半透明のプレートが現れる。今度は白ドラゴンの目の前に。サイズも少し小さめだ。

タイミング的には明らかに、鳴き声に反応してそれは現れていた。

じっとこちらを見上げてくる白ドラゴン。お座りをして尻尾が緩やかにパタパタと床を叩いている。

――なんだろう。何かを期待されている感じがする。

私は試しに自分の前の半透明のプレートに、指を再び近づけてみる。

白ドラゴンの尻尾のパタパタが少し速くなる。

手を引っ込める。

パタパタがゆっくりになり、首を傾げる白ドラゴン。

「これに触れてみろって言っているのか？」

思わず声に出して訊きながら、私はそっと半透明のプレートに触れる。

「ルスト師は何かに触れているのか？」

「魔眼でも何も見えない」

「ロアの透視は認識阻害の術式もすり抜けるのに。これが原初魔術……？」

カリーンの問いかけに、ロアたちが答えている。

私は頭の片隅で彼女たちの話を聞きながら、意識の大半は目の前のことに集中していた。

未知の事象に、好奇心のまま心躍っていた、ともいえる。

全く見たことのない文字列だが、配置には明らかに規則性が見られる。

そして何よりも、目の前の白ドラゴンの仔は、この文字列を理解しているのだろう。

ある一文のところに私の指が来たときに、尻尾のパタパタとした動きが一層激しくなった。

その一文は、二つの部分で構成されていた。

二文字だと思われる前半の記号と、六文字と思われる後半の記号だ。

——さて、どうするか。これをどうにかするのが契約を結ぶのに必要だと思うんだが……。

私は悩む。未知の魔術なのだ。どのような危険があるかわかったものではない。しかし、研究者の性として、結局、好奇心に負けてしまった。

指が、その一文に触れる。

すると後半部分、六文字ある記号が、次々に変化していく。

――これは！　きっと数字だな、間違いない。変化の仕方に規則性があるし、同じ記号が繰り返し出てきている！

私が興奮しながら半透明のプレートを見ていると、私側のプレートから白ドラゴン側のプレートへ光らしき何かが移動しているのが目に入る。何かが向こうへと流れ込んでいるようだ。

試しに指を離す。すると、数字と思われる記号の動きは止まり、光らしきものも消える。

――これはすごい。白ドラゴンの原初魔術で何かの受け渡しが行われているのか！

「キュゥ」

悲しそうな白ドラゴンの鳴き声。多分だが、どうやらまだ足りないようだ。

再び文字列に触れ、何かの受け渡しを継続する。

そして六文字だった文字列が五文字に減ったときだった。文字列の変化が止まる。そのかわりに、半透明のプレートの中央部分に二つの新たな文字列が現れる。

どちらも短い文字列だ。

――片方は実行とか確定とか、肯定の文字で、もう片方は中止とかキャンセルとかの否定の文字、だよな。流れ的に。

私は右側に指を近づける。

「キュキュキュ」

首を横に振る白ドラゴン。尻尾も連動して横揺れしている。

次に左側に近づけてみる。

「キュッ」

縦に首を振る白ドラゴン。床をパタパタと尻尾が叩く。

私はそのまま左側に触れる。

半透明のプレートが消える。

そして、私が先ほど左腕につけた傷口から、突然、白い光が溢れ出す。

「きゃっ！」

あまりの眩しさに後ろの方から誰かの悲鳴があがる。

私は驚きすぎて、固まってしまう。そんなことにはお構いなしに、傷口から溢れ出た光が私の首から下げたメダリオンへと集まってくる。

煌々と輝くメダリオン。次の瞬間、光はメダリオンを離れ白ドラゴンへと飛んでいく。

光を受けた白ドラゴンの体が、白銀に輝きだす。

「キュ―――」

高らかな鳴き声。

白銀の光が収まったとき、そこには二回りほど大きくなった白ドラゴンの姿があった。

その姿は首が伸び、全体的にスマートになっている。

ゆっくりとこちらに近づいてくる白ドラゴン。

「契約できた、のか？」

私は近づいてくる白ドラゴンを見ながら呟く。

「キュッ」

一鳴きし、これも伸びた尻尾をパタッと床に打ち付ける白ドラゴン。

伸びた首を私に近づけてくる。

そっとその首を撫(な)でてあげる。

ひんやりとした感触。

よく見ると首の中程に、私のメダリオンと同じ模様が刻まれていた。まるで、銀色のアザのようだ。

「君の名前は、セイルーク、はどうかな」

「キュ」

こうして、私は何かを引き換えにして、セイルークと契約を結ぶことに成功した。

第十四話　契約者!!

「おう、ルスト。邪魔するぞ」

セイルークと契約をした翌日の夜、カリーンが再び天幕を訪ねてきた。

今回は一人のようだ。

「カリーン。夜に珍しいね。どうかした？」

私は机の上でしていた書きものを中断しカリーンに問いかける。

「なーに、久しぶりに、これでもどうかと思ってな」

その手には明らかに酒瓶と思しき物体。

それを軽く掲げながら、にやりと笑いかけてくる。

私もちょうど行き詰まっていたところというのもあって、机の片付けを始める。

「グラスがわりに借りるぞ」

懐かしい。学生時代に何度も聞いたセリフだ。

そう言ってガチャガチャと実験器具のケースを漁りはじめるカリーン。

「本当に、こういうとこだけマメだよな、ルストは」

そう言って、私が磨きあげたビーカーを二つ選ぶと、机へと戻ってくる。

実験器具を使用後に完璧に洗浄、水気を拭き取り、塵や埃がつかないようにケースに保管しておくのは当たり前だろう。僅かな混入物が錬成の成否を分けることだって大いにあるのだから。

逆に、私のどういうところがカリーンより雑だというのか。問い詰めたいぐらいだ。

まあ、長くなりそうなのでそこはぐっと我慢して、別の質問をする。

「それでツマミはどうする？　肉か、魚か？」

「大丈夫、ちゃんとリットナーにばれないように持ってきた」

そう言って、にひひという擬音が似合いそうな笑みを浮かべるカリーン。反対側の手の荷物を掲げて見せてくる。

そういえば、こいつは学生時代に私の作ったツマミを不味い不味いと言っていたなと思い出す。

それでも、出したものは何だかんだと食べていたけど。

かちゃかちゃと食器を並べる音で起きたのか、セイルークが寝床から首を持ち上げ、こちらを見る。大きなあくびをしている。

カリーンが興味深そうにそんなセイルークの動きを見ながら、器用に私の持つビーカーに酒を注いでくれる。

「完全に放し飼いなんだな。よう、飲むかい？」

カリーンが酒を見せながらセイルークに声をかける。

ふわりと寝床から飛び立ち、私の肩へと止まるセイルーク。

「ほう、肩に止まるのか。……いいな」

感心したようなカリーンの声。目がきらきらしている。どこか羨ましそうだ。

そのままセイルークは、私の手のビーカーに鼻先を近づける。

「きゅ……」

鼻を前足で押さえ顔を背けるセイルーク。どうやら、酒の匂いがお気に召さなかったらしい。こちらを見て、何かを訴えかけるような視線を向けてくる。

それはまるで、カリーンにいじめられましたっ、と言っているような表情だ。

私はそんなセイルークを一撫でする(な)と、ポーションを用意してあげる。

「ははっ！　酒は嫌か。そんなにルストのポーションがいいかね。ポーションなんて草の味しかしないだろうに。それにルストの作るものは大体不味いぞ」

なかなか聞き捨てならないことを言うカリーン。

「おい」

「ほら、乾杯するか」

お構いなしにビーカーを捧(ささ)げ持つカリーン。

私はかちゃりと、自分のビーカーをカリーンのにぶつける。

「新たな出会いに」

カリーンがセイルークを見ながらそう告げる。

「ああ。仲間に」

私はそう返す。一応、カリーンに感謝はしているのだ。色々と問題ばかり持ち込む奴だし、上司としては、はちゃめちゃなところもある。

しかしそれでも、カリーンがあのとき誘ってくれなければ、今の私はいないだろう。

あのまま錬金術協会でくすぶっていたか。はたまた、仕事を辞めたにしても全く違う道をたどっていたか。今の仲間たちとの出会いは、彼女のおかげだ。

くいっとビーカーを傾ける。

カッと喉を焼く液体。

「ぐふっ」

思わずむせる。

「はぁはぁ。カリーン、なんだよこれ」

「ああ、火精酒(かせいしゅ)っていうらしいぞ。なんでも火がつくらしいぞ。もったいないから試さないがな」

いたずらが成功したような悪い笑みを浮かべながら、火精酒を傾けるカリーン。

セイルークは、ほら言わんこっちゃないとばかりに、こちらを一瞬だけ見る。

私はこりゃキツいとばかりにストレートで飲むのは諦め、さっさと水で割ってしまう。

それでも下手に量を飲んだら悪酔いしそうだ。ちびちびと舐(な)めるだけにし、カリーンがくすねてきたつまみに手を出す。どうやら薫製にされたモンスター肉のようだ。

キツい酒と一緒に夜中に食べる薫製肉は、なぜかいつもよりもおいしく感じられる。

「それで、本当に酒、飲みに来ただけなのか？」

私はなんやかんやとセイルークにちょっかいをかけているカリーンに聞いてみる。なかなかたくみな駆け引きの末に、セイルークの顎(あご)の下を掻(か)いてあげるカリーン。

セイルークもあまり嫌がる風でもないので、放置しておく。

——カリーンってこんな言動だが、不思議と皆から好かれる性質なんだよな。動物も含めて。

「まあ、話は、あると言えばある。前に話していた道路事業だがな、いよいよ本格的に動く予定だ。数日後になるが、ルストにも手伝いに行ってもらいたい」

「それぐらいならもちろん」

「以上だ」

そう言って酒をあおるカリーン。どうやら本当に用事はこれだけらしい。どちらかといえば酒を飲みに来る口実程度の用事だろう。

——カリーン、普段はひょうひょうとしているけど……。領主としての重圧、結構きついのかな。

はあ、仕方ない。友人のよしみだ。今日はとことん付き合ってあげるか。

私はカリーンと昔の馬鹿話をしつつ、セイルークとカリーンが親睦を深めるのを眺める。

そして夜が更けていった。

「ダメだ、さっぱりわからないぞっ！」
私は自分自身の情報を《転写》のスクロールで確認していた。
セイルークと契約してから数日間、あのときの原初魔術のことを調べようと手を尽くしてきたが、初日から一向に進展はない。

「あのときの契約で、私の何かが減ったのは確か、なんだよな。あれが数値だったとして、一桁分は、数値が減ったんだ。しかし、私の身体情報で目ぼしい変化は見られない。ふーむ」

《転写》のスクロールは対象の物質情報を読み取ってスクロール上に転写している。

魔素などの物質的でないものの検知にペンデュラムを使っているのもそのためだ。

「あのとき私の傷口から溢れたものは、魔素でもなかったんだよな。つまり非物質で魔素とは別の存在が、この世には少なくとももう一つはあるってことだ」

全く未知の現象についての推論を重ねていくのは、楽しいがもどかしくもある。

そのもどかしさの大元であるセイルークはといえば、すっかり慣れた様子でヒポポに遊んでもらっている。

天気も良く、外に出たそうなセイルークに付き合って、私も天幕の外に椅子をしつらえ、そこに座っていた。

目の前の天幕と天幕の間のスペースには、ヒポポの尻尾にじゃれつくセイルーク。さっきは追いかけっこのようなことをしていた。

「はあ、いくらお願いしてもあの半透明のプレートを出してくれないんだよな、セイルーク。あれは契約のとき限定なのか、はたまた何か別の要因が……」

「ルスト師」

そこにアーリの声が聞こえる。

「あっ、アーリ。もう時間か」

私は慌てて片付けを始める。アーリに道案内をお願いして、道路整備の手伝いに行く予定だったのだ。とはいえ準備はばっちり完了している。

リュックサックを背負い、ヒポポにまたがる。アーリも後ろへ乗り込む。

「セイルーク、ちょっと出掛けてくる。ローズのところで待っててね」

私が出発しようとすると、ふわりと羽ばたき浮かび上がったセイルークが私の肩の上に飛び乗ってくる。空を飛ぶためか、その体は非常に軽い。

その口吻（こうふん）で軽く私の頭をつつくセイルーク。

「ついてくるつもりか？」

「キュッ」

私は仕方なく、そのままヒポポを走らせはじめた。

荒野を駆けるヒポポ。頬（ほお）を過ぎる風が気持ちよい。

セイルークは並走するようにして空を飛んでいた。日の光がその真っ白な体に反射して、輝いているかのようだ。

「綺麗（きれい）ですね」

とアーリが私の背中越しに、セイルークが飛ぶ姿を見ながら話しかけてくる。

「ええ、本当に。ドラゴンがこんなに優美な生き物だとは思いませんでした」

「数百年ぶりにそのドラゴンと契約を交わしたのです。さすが、ルスト師です。錬金術だけでなく、やはり幅広い見識をお持ちなのですね。見ていましたが私たちには何をされていたのかも、さっぱりでした」

アーリの声に含まれる称賛の響き。しかし、私は少し気まずい。さっぱりわかっていないのは、私も同じなので。

「あー、いや。そんな大したことはありませんよ。たまたまです」

私は言葉を濁して答える。彼女たちには半透明のプレートの件はざっくりとしか伝えていないのだ。

全く未知の、自分の目にしか見えていなかったもの。せめて繰り返し出すことぐらいは最低限できなければどうしようもない。

それは私が夢を見ていた、と言われても反論できないぐらいあやふやなものにすぎないので。

「キュ～」

セイルークは、そんな私たちのことなど気にしていない様子で、ただただ気持ち良さそうに空を飛んでいた。

——まあ、セイルークが楽しそうにしている姿を見られたのはいいんだけど。

私が上を見ながらそんなことを思っていると、アーリの注意が飛ぶ。

「ルスト師、モンスターが来ます！」

振り向くと、アーリの片眼鏡越しに、その魔眼に魔素のきらめきが見えた。

「どこからっ？」

「下です！」

アーリは、叫ぶとともに手にした槍(やり)を突き出す。

槍の先にまとわせた魔素がするすると伸びる。

その伸びた先、ちょうど地面がぽっこりと盛り上がってくる。鋭く伸びた魔素が、盛り上がった土へと突き刺さる。

「硬いですっ。――ギリギリ仕留めました。敵はモグラ型です」

地面の盛り上がりが止まっている。

アーマーサーモンを軽々と対処していたアーリがギリギリと言っているのだ。私は警戒レベルを上げることにする。

「セイルーク、高く上がっていて！」

私は上空に避難しているように伝える。

「次、二体来ます。左前、お願いしますっ！」

左右の地面が二ヶ所、盛り上がる。アーリが槍を繰り出す。

「ヒポポ、左だ。頼む！」

地面の盛り上がりが割れ、モンスターが飛び出してくる。それは、モグラをベースに、何種類かの生き物が混じった姿。まるで、モグラモドキだ。

「ぶもーっ！」

ヒポポの踏みつけ攻撃が、飛び出してきたモグラモドキの鼻先をとらえた、かに見える。

しかし、モグラモドキに掠(かす)りはするものの、回避されてしまう。背中に乗るアーリの攻撃の邪魔にならないように、タイミングが遅れてしまったのだ。

するするとヒポポの足に取りつき、登ってくるモグラモドキ。腹部から虫のような脚が生えているようだ。カサカサと素早い。

私が急ぎスクロールを取り出したときだった。

目の前を白い影がよぎる。

「セイルーク!?」

上空にいたはずのセイルークが急降下したかと思うと、その鋭い爪を振るう。

ヒポポの足に取りついていたモグラモドキが一瞬でバラバラになる。

「すごい。これがドラゴンか……」

思わず、私は感嘆の声を漏らしてしまう。

悠々と上空に戻っていくセイルーク。

「セイルーク、ありがとう！」

「キュ――――」

次々に地面が盛り上がり、モグラモドキが現れる。しかし、上空からのセイルークの援護もあり、全て難なく撃退していく。

「もう、大丈夫です」

未来視が終わったのだろう。アーリから襲撃終了の宣言が出る。

「ふぅ。ありがとう、アーリ。ヒポポもセイルークも、お疲れさま」

皆を労る。尻尾をフリフリして返事をするヒポポ。セイルークも地面に降り立ち一鳴きする。

ヒポポとセイルークが、アーリの倒したモグラモドキの一体に近づいていく。

鼻先をそのモグラモドキへと近づけると、ぶもぶも、キュウキュウとまるでなにやら相談しているような素振りを見せるヒポポとセイルーク。

「何かあるのでしょうか」

不思議そうにそれを見つめるアーリ。

私は念のため、採取用の《純化》処理を施した手袋をはめると、《転写》のスクロールを展開しながらモグラモドキの死体を観察していく。

「どうも、キメラタイプのモンスターですね。モグラとネズミとムカデかな。それに、腹部の真ん中にあるこれは……キノコかな？　四種が混じっているモンスターのようですね。ここら辺ではあまり見かけませんよね」

「はい、私は四種も混じったモンスターは初めてです」

「新種っぽいですね。それでヒポポとセイルークは何が気になるの」

私が訊ねる。

「ぶもぶも……」

嫌々するみたいに首を振るヒポポ。

「ふーむ。ヒポポは嫌悪感らしきものを感じているみたいですね。《転写》のスクロールで見た限りは毒とかはなさそうだけど」

私はそっと地面にモグラモドキを置く。

「素材回収もやめた方がいいの？」

「ぶもぉ……」

自信なさげなヒポポの声。

「どうもヒポポたちも、はっきりとはわからないみたいですが念のため燃やしておきましょう。少し時間大丈夫ですか？」

「はい、お手伝いします」

私は防護処理の施されていないもので触らない方がいいから、とその申し出は断る。先に念のためヒポポとセイルークの足にだけ、少量のポーションをかけておく。

それを済ませてから、モグラモドキの死骸を全て集めると、ヒポポの掘ってくれた穴に入れ、火をつける。

燃え立つ炎。

その炎の中で、モグラモドキたちの腹部からポロッと落ちたキノコが、燃え上がる直前に一瞬動いたかのように、私には見えた。

ヒポポが、猛烈な勢いで地面を踏み固めていく。

その姿は非常に力強く、勇壮、と言っても過言ではなかった。

私たちは道路整備の現場に来ていた。隣の領から野営地に向けて延びる道。その道の、ちょうど辺境に入った辺りだ。

周囲には隣の領から派遣された、領軍の兵たちが忙しげに作業をしている。

あちらでは測量らしきものをしていたり、こちらでは炊き出しの湯気がいい匂いを振り撒(ま)いたりしている。

そんな中で、私の錬成獣たちも先方の指示に従って作業に従事しているところだった。

「ルスト師！　お久しぶりです！」

ヒポポの勇姿を眺めていると声をかけられる。

「これは、メメルス殿。この前の魔晶石の取引以来ですね。メメルス殿も道路事業に？」

「ええ、これだけの大事業ですから。私は監査役として参加しております。この度はご助力いただけるとのこと、本当に助かります」

「いえいえ、こちらとしましても、早く流通が安定することの意義は大きいですから」

「それにしてもルスト師の錬成獣たちは素晴らしい働きですね。我が領軍所属の錬金術師たちですら、ルスト師の実力には畏敬の口調でしたよ」

こちらを遠巻きにチラチラ見ている一団を指差すメメルス。

「ああ。お手数をおかけしますが、こちらの錬金術師殿たちにご紹介をお願いできますか？　横から入り込んだ身ですので、メメルス殿に取り持っていただけますと助かります」

「喜んでその任、引き受けましょう」

　彼らに合図を送るメメルス。どうやら元々メメルスはそのつもりで私に声をかけてくれたようだ。実際、こういうときは顔見知りがいると助かる。

　ぞろぞろとこちらへと歩いてくる領軍の錬金術師たち。パッと見た感じではマスターランクのメダリオン持ちはいなそうだ。

　すぐに彼らから、口々に大袈裟な挨拶を受けることになる。なぜか、お噂は伺っております！　というような内容が多い。

　一体どんな噂が流れているのか気にはなりつつ、あまり大袈裟にされるとこれから一緒に作業するにあたってもよろしくないかと、努めてフランクに返してみる。

「皆さん、短い間ですがお邪魔させていただきます。そんなに畏まらないでください。私の方がこの現場では新参者。しかもこういった土木事業は専門外です。共に同じ目的を達成するために、色々と教えてください」

　私が言い終わったタイミングで、間の悪いことにセイルークが私の肩へと舞い降りてくる。

　それを見た、目の前の領軍の錬金術師たちから、どよめきが起きる。

「すごい！　ドラゴンだ！」

「噂は本当だったのね。伝説の再来――」

「真っ白で綺麗。あの鱗、触ってみたい」

「数々の新発明の立役者ってだけでもすごいのに、ドラゴンまで使役しているなんて」

打ち解けかけていた雰囲気が、ガラッと変わってしまう。

私は内心、苦笑いしていると、当のセイルークが尻尾で軽く私の背中をぺちぺちと叩く。

「キュ――――」

それは、急を告げているような、それでいて、どこか楽しそうな響きがある。

「ルスト師！　また来ます！　モグラモドキ、今度は大きいです！」

とアーリが叫びながら、こちらへと駆け寄ってきた。


「敵が来る！　工兵を中心に陣を組めっ！」

「魔法銃隊、隊列、並べ！」

一気に喧騒に包まれる領軍の兵士たち。測量道具を置いて移動を最優先する者。大声で指揮を飛ばす指揮官らしき者。

「錬成獣、出します！」

目の前の錬金術師たちがスクロールを取り出す。次々に召喚される領軍所属の熊型の錬成獣たち。

熊型の錬成獣は、軍属の錬金術師が扱うものとしては割とポピュラーだ。手先も器用で力仕事もできる。

ただ、見ていると一人一体が限界の様子。

私も、これはいざとなれば手伝いが要りそうだと、スクロールを取り出し構える。

「出現地点、あちらです！」

アーリが指差した先に、皆の視線が集中する。

「カウントします！　三、二――」

大地が隆起する。それは小山といってもいいぐらいの大きさ。

「ゼロ！」

爆発したかと思うぐらいの土砂が、周囲に飛び散る。もうもうと砂埃が巻き起こる。

その砂埃の向こう、現れたのは巨大な影。

「魔法銃っ、撃てぇっー！」

指揮官の指示が響き渡る。

現れた影に向かって魔法銃による魔素の弾丸が一斉に放たれる。

「着弾確認！　効果、軽微です！」

観測手らしき兵の叫び。

砂埃が晴れ、現れたのは、見た目はただただ巨大なモグラだ。

「前に遭遇したモグラモドキは複数のモンスターが混ざっていたのに、あれはほとんど混ざってない？」

その姿を見て、私は思わず呟いてしまう。よく見れば、その頭の上には真っ黒で巨大なキノコが生え、帽子みたいに見える。しかしあとはモグラにしか見えない。

「第二射、構えっ！　撃てぇっー！」

そこへ再び着弾する魔素の弾丸。

その射撃によって、巨大モグラモドキの表面が僅かに削れ落ちる。

「着弾確認！　やはり効果軽微です！　あ、あれは。敵は群体型のようです！」

「群体型か。また厄介な」

領軍から、ざわつきが起きる。

どうやら混ざりものが少ないのではなく、無数の普通サイズのモグラがくっついて、巨大なモグラの形を形成しているようだ。

魔素の弾丸の着弾面をよくよく見ると、攻撃で剥がれ落ちた表面のモグラの下に、別のモグラの姿が見える。

「錬成獣、前へ！」

掛け声と共に、軍属の錬金術師たちが熊の錬成獣を巨大モグラモドキへとけしかける。

しかし、残念ながらサイズが違いすぎる。その錬成獣の熊の爪は、やはり巨大モグラモドキの表面のモグラを削るだけだった。すぐに巨大モグラモドキの前腕の一薙ぎで、吹き飛ばされてしまう熊たち。

「私なら倒せると思います！　よければ任せてください！」

私は領軍の指揮官らしき人へ声をかける。これ以上は被害が出そうだと、思わずしゃしゃり出てしまう。

「誰だっ！」

ばっとこちらを振り向く指揮官。その視線は私の肩に止まったままのセイルークへ。

「あなたは！　わかりました。お願いします。全軍、警戒しつつ距離を保て！」

領軍の兵たちが下がり、開けた空間。

その中心には、こちらを見下ろす巨大モグラモドキ。強い敵意をこちらに向けているのがわかる。

私はゆっくりと歩き出しながら、準備していたスクロールを展開した。

「《複合展開》」

私の両手から八本のスクロールがふわりと浮き上がると、スルスルと開いていく。くるくると私を中心にして円を描くように等間隔で並んだ、八本のスクロールが回転を始める。

「《結合》」

私は右手を伸ばし、次のコマンドを唱える。八本のスクロールを結ぶようにして、空中に魔法陣が描かれていく。

八本のスクロールそれぞれを頂点にして、八角形の魔法陣が完成する。

スクロールが移動し、それに伴って魔法陣が伸ばした私の右手の前へ。

そこへ振り下ろされてくる、巨大モグラモドキの爪。

「《連続顕現》ヒポポブラザーズ」

魔法陣からにゅっと現れた巨大な前足が、巨大モグラモドキの爪を受け止める。

ドンッという衝突音。吹き抜ける風が私の前髪を揺らす。

魔法陣から、すぐさま前足の本体が現れる。その出現の衝撃だけで、巨大モグラモドキが吹っ飛ばされていく。

現れたのはヒポポの弟分。見た目もヒポポとそっくりで、ただその体躯（たいく）だけは巨大モグラモドキを上回る大きさの、八本足のカバだ。

「グモー」

雄叫（おたけ）びをあげ、そのヒポポブラザーが巨大モグラモドキを踏み潰（つぶ）そうと、駆けだす。その一歩に、大地が鳴動する。

しかしそれだけでは終わらない。魔法陣からは大小様々な大きさのヒポポブラザーズが次から次へと現れる。

小さいものは私の腰ぐらい。

ヒポポブラザーズが、倒れ込んだままの巨大モグラモドキへと殺到する。

そして始まる、踏みつけによる蹂躙（じゅうりん）。

最初に顕現した巨大ヒポポブラザーによる、渾身（こんしん）の一踏み。

それは容易（たやす）く巨大モグラモドキを貫通し、大地に大穴を開ける。

四肢が千切れ飛ぶ巨大モグラモドキ。

本体から離れた部分がそれぞれモゾモゾと動きだす。しかし、それらが十分に動きはじめる前に、後続のヒポポブラザーズが蹂躙の現場に到達する。

巨大モグラモドキを構成していた無数のモグラたちは、一匹残らずヒポポブラザーズの足によって踏みつけられ磨（す）り潰されていく。

そのときだった。踏みつけを逃れ、ふわりと浮き上がり離れようとするものが見える。

巨大モグラモドキの頭に生えていたキノコだ。

笠の部分を大きく広げ、風に乗るようにして浮かび上がったキノコ。

「キュ――」

肩に止まったままだったセイルークが高らかに一鳴きする。ふわりと飛び上がるセイルーク。

次の瞬間、くわっと開いたセイルークの顎の奥に、急激な魔素の高まりを感じる。

光が収束していく。

「え、ちょっ！　皆、伏せ――」

叫びながら、私も伏せる。

一瞬の静寂。

そして、目を焼くほどに輝く光が、セイルークの口から飛び出す。辺りを煌々と照らしながら、それは一直線に、空に浮かぶキノコへと到達する。

伏せをしたヒポポブラザーズたちの頭上、光は、キノコを貫通し焼き尽くし消し炭すら残さず、空へと消えていった。

「――終わった、のか？」

領軍の兵の誰かがこぼした呟きが、静寂の戻った空気に響く。

それを皮切りに、兵たちの間から徐々に歓声と、興奮のざわめきが巻き起こる。

「見ろよ、あの錬成獣の数、さすがマスターランクの錬金術師」

「大きいカバだな！」

「お座りしているとこ、可愛い」

「それよりもドラゴンだろ、ドラゴン」

「ああ、あれってドラゴンブレスってやつか」

「きっとそうだ。物語で語られているやつだ」

そんなざわめきを背に、私はヒポポブラザーズを急ぎ送還していく。

一斉に魔法陣へと吸い込まれていくヒポポブラザーズたち。

実は、魔法陣の一部にノイズが走りはじめていたのだ。

そんなこととは露知らず、還っていくヒポポブラザーズたちに向かって再び兵たちから歓声があがる。

私は急いでスクロールの展開を終了させる。

――ここ最近の研究をもとにした新作の結合魔法陣のスクロール、戦闘でぶっつけ本番デビューだったけど、ちゃんと起動してよかった。辺境の豊富なモンスター素材と、カリーンのつけてくれた予算で研究が捗ったおかげだな。ただ、魔法陣の安定性に改良の余地がありそう。長時間の展開は、これだとまだ無理だな。

私は内心ほっと胸を撫で下ろしながら、皆の元へと戻っていく。

すると、歓声がいつの間にか、称賛を込めた私の名前の連呼に変わっていた。

さすがに気恥ずかしい。

私が皆の前で立ち止まると、私の名前を呼ぶ声がやむ。皆の視線が注がれているのがわかる。私も逆に、こちらを見つめる兵たち、そして、アーリの様子を観察する。

――皆、怪我(けが)はなさそうだな。それにしても、これってもしかして何かしゃべることを期待されているのか？　どうしたものか……。

「指揮官殿、無事、モンスターの討伐を完了しました」

私は礼の姿勢をしながら、領軍の指揮官に向けて報告する形を取ることにする。

「っ！　討伐、お見事！　最高の働きでした、ルスト師。さあ、全軍、持ち場に戻れ！　仕事だ！」

急に私から話を振られた領軍の指揮官だったが、さすが一軍を指揮する者。討伐を皆の前で報告したことで、暗に功績を譲りますという私の意図を汲(く)み取って、綺麗にまとめてくれた。

――これで領軍の面子(メンツ)も少しは立つはず。これからも一緒に働く身としては、こういうのは大事だろうし。

「それでは私も後片付けに向かいます。あの大穴は私が責任をもって塞(ふさ)がせていただきます」

と、巨大ヒポポブラザーの踏みつけによって出来た穴の後始末を受け持つことにした。

「よろしくお願いいたします、ルスト師」

そう告げると、軍の指揮を執りに向かう指揮官。

入れ替わりにアーリが近づいてくる。

片眼鏡越しにこちらを見つめる視線が、どことなく険しい。

「無茶をなさいましたね、ルスト師」

――あちゃあ、ばれてるか。アーリはどんな可能性の未来をその魔眼で見たのかな。

「それでも、これで被害は出なかったから……」

私は指をくるくる回して暗に結合魔法陣のことを示しながら答える。

「たまたま、ですよね。わかって、おっしゃってますよね？」

アーリの追及の手は、残念ながらそんなことでは緩まないようだ。

「ごめん、心配をかけました」

深呼吸をひとつ。そのまま吐く息に言葉を乗せて。心配をかけたことを素直に謝り、頭を下げてみる。

そこにタイミング良く、セイルークが舞い降りてくる。なぜかそのまま、奴は私の頭の上に着地する。

「うおっ、とっと。——セイルーク！」

なんとか体勢を維持。よろけはしたが、倒れるまではいかなかった。セイルークがしぶしぶといった感じで肩へと移動してくれる。

「……ふふ」

アーリの口から、思わず漏れた笑い声。それで雰囲気がふっと和らぐ。

私はアーリの様子に安堵し、次に肩へと移動してきたセイルークに注意しようとそちらを向いたときだった。

セイルークの体の右上、少し離れたところにピコンピコンと点滅する三角形が浮いているのを見つけてしまった。

締める。

どうやらポカンとした顔をしてしまっていたようだ。アーリの視線を意識して、急いで顔を引き

アーリが私の顔を見て、心配そうに小声で聞いてくる。

「どうされたのですか、ルスト師」

「いや、何でもないよ。さっきのセイルークのブレスを思い出してただけで。セイルーク、次からは勝手にド派手なことするのは避けてほしいな」

私は最後の方は、肩に乗ったままのセイルークへと語りかける。

「キュルルルー」

答えるセイルーク。その近くには相変わらず点滅を続ける三角のボタンらしきものが浮いていた。

「セイルーク、大活躍でしたね。撫でてもいいですか」

私に聞いてくるアーリ。

「まあ活躍したといえば、そうだけどさ。セイルーク、アーリが撫でたいって」

「キュッ」

首をアーリの方へと伸ばすセイルーク。

どうやら撫でられたいらしい。その動きに合わせて三角ボタンも移動する。

――ほう、セイルークの頭の位置が基準になっているのか。そして、あんなに不自然なのにアーリも周りにいる兵たちも誰も全く反応しないのか。この前の半透明のプレートと同じなのか？

私より背の低いアーリが少し爪先立ちをして、一生懸命セイルークを撫でている。セイルークも

満更でない様子。

私は少し屈(かが)んであげながら、点滅する三角ボタンを押すか迷う。

——多分、押すとこの前の半透明のプレートが出る可能性が高い気がする。撫でるふりをすれば周りから見ても違和感ないだろうし、出てきたプレートもきっと見えないはず。ただ、いつまでもつかが問題だよな。押さないとそのうち消えるのか。はたまた、プレートを出したら一定時間で消えてしまうのか。うーん。

私は悩むが、結局、先にやるべきことを片付けてしまおうと、穴を塞ぎに向かうことにする。

セイルークはよほど撫でられるのがよかったのか、アーリのところに残るようだ。

私は軽くなった肩をすくめると、ヒポポを呼び、さらにスクロールを数本取り出す。今回は通常の錬成獣を一体ずつ出す、普通の《顕現》のスクロールだ。

それでヒポポと同じくらいの体格のヒポポブラザーズを数匹呼び出すと、穴埋め作業を開始した。


日も落ちた頃、私はアーリにお礼を伝えて別れたあと、自分の天幕へと戻っていた。道路整備の手伝いは基本的に日帰りで行うことになっていたのだ。まあ、それもヒポポの俊足あってのことなのだが。

心配していたセイルークの三角ボタンだが、消えることなく点滅を続けて存在していた。

私は立ったまま、作業台の上からこちらを見るセイルークに話しかけた。

「さて、セイルーク」

「キュ？」

「そこの三角のボタンは何かな」

「キュッキュッ！」

尻尾をぱしっと作業台に打ち付けるセイルーク。

――うーん。相変わらず何言っているかさっぱりだ。まあ、いいや。とりあえず押してみるか。

私は点滅する三角形に指を伸ばす。大人しくその様子を見ているセイルーク。

私の指が三角形に触れた瞬間、それは開くようにして、前も見た半透明のプレートへと変化した。

――やっぱり！　ここまでは想像通りだ。……うん？

私はまじまじと目を凝らす。プレートに書かれた文字は相変わらず、読めないまま。しかし、今回は、その読めないはずの文の一部の意味がなんとなくわかるようになっていた。

まるで、二重写しになっているかのように、元の読めない文字の上に、意味のある言葉が浮かんでいる場所が、あるのだ。

一番読みやすい、見出しらしき文字列の上で視線を止める。

「これは、ステー、タスって書かれているのか？」

私が半透明のプレートに夢中になっている様子をセイルークは静かな表情でじっと見つめていた。

第十五話　エピローグ??

ぴちゃっ。

真っ暗な下水管の中、うごめく影。

脇道から飛び出してきたネズミに、その影が飛びかかる。

べちゃっ。

一見、スライムのようなその姿。その体内にネズミが取り込まれる。一瞬だけ、もがき苦しむネズミ。しかし、その口から侵入した粘液で気道を塞がれ、あっという間にその命を絶たれてしまう。

「ねず、み。少なくなってきた、か」

粘体だけに見えていた部分からにゅっと人型が生えてきたかと思うと、そんなことを呟く。

人型についている顔には、色濃くリハルザムの面影が残っていた。

キノコで出来た舌の使い方にも慣れたのか、声も前に比べて聞き取りやすいものへと変わっていた。

「ルストの、野郎、に送り込んだモグラモドキは全滅、した。いまいま、しい」

リハルザムの体内に取り込まれたネズミの肉が急速に溶けていく。

ネズミはあっという間に骨だけになり、その骨すらもぼろぼろと溶け出していく。

食事を終えたリハルザムは、寝床にしている地下の大広間へと向かう。

ここは王都の地下に広がる下水道だった。魔族として、地上から追いたてられたリハルザムはこの地下の下水道に巣くっていた。ときには虫やネズミを先ほどのように食べ、ときにはその体から菌糸を放出し分身体を作り出すと、身近な生き物へと寄生させていた。

自らの分身たるキノコを寄生させた生物は、リハルザムの手駒となり、特に相性の良い個体とは感覚の一部を共有することすら可能となる。

また、他の生物をその手駒に吸収、合体させられることに気がついたリハルザムは、積極的にキノコを他の生き物へ寄生させることに腐心していた。

そうして出来上がったモグラモドキの軍団を先日、ルストへとけしかけたのだ。結果は、見事に玉砕してしまったが。

何ら実りのない行動だったが、そのルストへの妄執こそが、リハルザムが人間だったときの自我を維持するための唯一のよすがとなっていた。

「もぐ、らや、ねずみじゃ、だめ、だ。もっと強力な、もっと使えるやつが、いる」

ぶつぶつと途切れ途切れに呟きながら、自らの巣へと戻ってきたリハルザム。

そこは壁一面が菌糸に覆われ、頭からキノコを生やしたモグラモドキが主人たるリハルザムのためにバタバタと動き回っていた。

ゆらゆらと人型の部分を揺らしていたリハルザムの元へと、そんなモグラモドキのうちの一匹が報告に向かう。

「なんだ、いま、いそがし、い。――しんにゅうしゃ、だと？　わかった、案内しろ」

リハルザムは粘菌部分を大きく広げると、モグラモドキへと飛びかかる。そのまま、その記憶ごと、モグラモドキを取り込んでしまう。

取り込まれたモグラモドキは虫を吸収していた個体だった。その虫の複眼に映った映像をリハルザムは追体験する。

複眼の視界の中、下水道に現れた人影が三つ。装備から見て、人影は調査に来ている冒険者のようだ。

それはリハルザムとは顔馴染みのデデンと、その仲間の二人だった。

「デ、デンか。懐かしいじゃや、ないか。俺を、置い、て無事に逃げのびたのか。これは歓待して、やらんとな。ぐふっ、ふは、はは」

ひとしきり笑い声を響かせると、リハルザムは粘菌形態に変化し、地面を這いずりながら移動していった。

辺境の錬金術師 ～今更予算ゼロの職場に戻るとかもう無理～ 1

2021年7月25日　初版第一刷発行

著者　御手々ぽんた
発行者　青柳昌行
発行　株式会社KADOKAWA
〒102-8177　東京都千代田区富士見2-13-3
0570-002-301（ナビダイヤル）
印刷・製本　株式会社廣済堂

ISBN 978-4-04-680601-7 C0093

企画　株式会社フロンティアワークス
担当編集　福島瑠衣子（株式会社フロンティアワークス）
ブックデザイン　鈴木 勉（BELL'S GRAPHICS）
デザインフォーマット　ragtime
イラスト　又市マタロー

本シリーズは「小説家になろう」（https://syosetu.com/）初出の作品を加筆の上書籍化したものです。
この作品はフィクションです。実在の人物・団体・事件・地名・名称等とは一切関係ありません。

ファンレター、作品のご感想をお待ちしています

宛先
〒102-0071　東京都千代田区富士見2-13-12
株式会社 KADOKAWA　MFブックス編集部気付
「御手々ぽんた先生」係　「又市マタロー先生」係

二次元コードまたはURLをご利用の上
右記のパスワードを入力してアンケートにご協力ください。

https://kdq.jp/mfb

パスワード
nd6nu

●PC・スマートフォンにも対応しております（一部対応していない機種もございます）。
●お答えいただいた方全員に、作者が書き下ろした「こぼれ話」をプレゼント!
●サイトにアクセスする際や、登録・メール送信時にかかる通信費はご負担ください。

魔導具師ダリヤはうつむかない
～今日から自由な職人ライフ～
甘岸久弥
1

魔導具師ダリヤはうつむかない
～今日から自由な職人ライフ～
甘岸久弥
2

魔導具師ダリヤはうつむかない
～今日から自由な職人ライフ～
甘岸久弥
3

魔導具師ダリヤはうつむかない
甘岸久弥
4

魔導具師ダリヤはうつむかない
～今日から自由な職人ライフ～
甘岸久弥
5

魔導具師ダリヤはうつむかない
甘岸久弥
6

女性職人のものづくり異世界ファンタジー

読めば応援したくなる！

魔導具師ダリヤはうつむかない

～今日から自由な職人ライフ～

甘岸久弥　イラスト：景

MFブックス既刊

読者限定

ことりっぷ co-Trip

長崎

ハウステンボス・五島列島

電子書籍が
無料ダウンロード
できます♪

電子書籍のいいところ
購入した「ことりっぷ」が
いつでも
スマホやタブレットで
持ち運べますよ♪

詳しくは裏面で

いってきます。

長崎に行ったら…

©2023 長崎の教会群情報センター

長崎に着きました。

さて、なにをしましょうか？

異国情緒漂う長崎の街を散策しましょう。
夜は1000万ドルの夜景を眺めに稲佐山へ。
花に囲まれたハウステンボスも必見です。

長崎でもっとも有名な観光スポットは、長崎港を望む丘に洋風建築が点在するグラバー園。すぐ近くには国宝の大浦天主堂、日本三大中華街の長崎新地中華街があって、徒歩で散策が楽しめます。中世ヨーロッパの街並みを季節の花が彩るハウステンボスへもぜひ。

鎖国時代、ヨーロッパに開かれていた唯一の玄関口「出島」に行ってみましょう。P.19・28

check list

- □ 大浦天主堂でステンドグラスを見学 P.18・20
- □ グラバー園を散策しましょう P.18・22
- □ かつて扇形の出島を散策 P.19・28
- □ 稲佐山から夜景を眺めましょう P.54
- □ ハウステンボスで優雅な休日 P.66
- □ 遊覧船で九十九島をクルーズ P.82
- □
- □
- □

長崎孔子廟中国歴代博物館の大成殿で、なにを祈りましょうか？ 中央に孔子様が鎮座しています。P.25

世界新三大夜景の長崎の夜景。標高333mの稲佐山からは、長崎港と市街地が一望できます。P.54

白い噴気が立ち込める雲仙地獄。散策路の途中で足湯に浸かったり、温泉たまごを食べたり。P.96

一年中花につつまれたハウステンボス。カナルクルーザーで美しい場内を遊覧しましょう。P.67

長崎に行ったら…

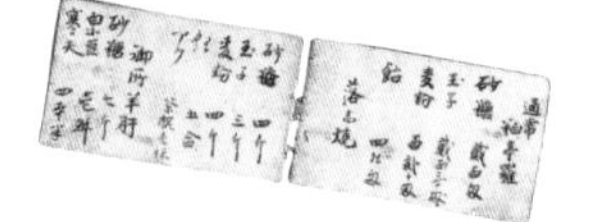

なにを食べましょうか？

ちゃんぽん＆皿うどん、卓袱料理にトルコライス…名物料理が多彩です。素敵なカフェもありますよ。

具だくさんのちゃんぽんや、トロリとしたあんかけとパリパリ細麺の皿うどんはぜひ食べておきたい長崎グルメ。ちょっぴり奮発して和洋中の食文化から生まれた卓袱料理、それとも長崎発祥の洋食トルコライスはいかが？ 長崎には、おいしい名物料理が盛りだくさん。

グラバー園内にあるレトロな喫茶店、自由亭喫茶室で長崎名物のカステラをいただきます。P.26

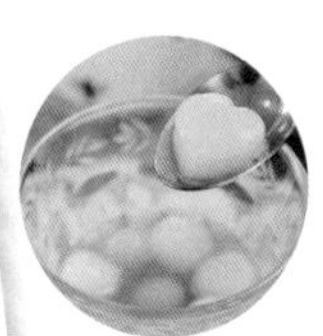

check list

- ☐ 洋館でまったりカフェタイム P.26
- ☐ ちゃんぽん＆皿うどん P.40
- ☐ トルコライスを食べに P.42
- ☐ 料亭で卓袱料理を P.44
- ☐ ご当地スイーツは別腹 P.50
- ☐ 夜景が素敵なレストラン P.55
- ☐
- ☐

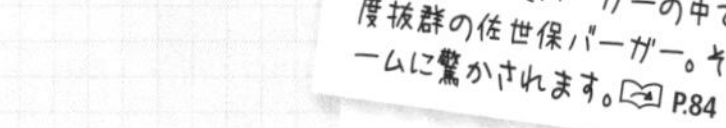

全国のご当地バーガーの中でも、知名度抜群の佐世保バーガー。そのボリュームに驚かされます。P.84

なにを買いましょうか？

ザラメ糖がやさしい甘さのカステラ、透明できらきら輝くビードロ、地元作家のクラフト、雑貨もおすすめです。

長崎のおみやげで忘れてはならないのが、しっとりとした食感と甘い香りのカステラ。長崎生まれの伝統工芸ビードロやユーモアあふれる中国雑貨も定番のおみやげです。近年、おしゃれなカフェや雑貨店に多く並ぶ波佐見焼の器や、地元作家によるアートな雑貨もおすすめ。

栗王子のパッケージが人気の田中旭榮堂の栗饅頭。ミルクきなこ味、そのぎ和紅茶のレモンティー味、黒ゴマショコラ味があります。P.58

長崎の伝統工芸ビードロ。色鮮やかで美しいグラスの輝きに魅了されます。P.60

check list

- ☐ 長崎新地中華街で雑貨探し P.38
- ☐ 旅先で見つけたひとめぼれ雑貨 P.60
- ☐ かわいい＆おいしいおみやげ P.58
- ☐ 長崎生まれのカステラ P.56
- ☐ ハウステンボス限定アイテム P.72
- ☐
- ☐
- ☐

小さな旅のしおり

今週末、2泊3日で長崎へ

JR長崎駅をスタート地点に、長崎市内の主要観光スポットをめぐります。
2日めは早朝に出発してハウステンボスへ。
3日めは佐世保市内で九十九島をクルージングしましょう。

1日め

11:00

JR長崎駅から長崎電気軌道の路面電車で長崎新地中華街へ。

中華街で本場のちゃんぽんを

11:30

長崎新地中華街 P.38・40でランチ。どのお店も行列ができる人気店のため、早めに行くのがおすすめです。

おみやげは中国雑貨

13:00

世界文化遺産の旧グラバー住宅がある**グラバー園** P.18・22、国宝の**大浦天主堂** P.18・20を見に南山手へ。

上から見ると扇形だった頃の面影が

15:30

鎖国時代に日本で唯一西欧に開かれた**出島** P.19・28へ。復元建造物や出土品、さまざまな資料を通して当時の様子を知ることができます。

16:30

歩いて3分ほどで長崎出島ワーフに到着します。**Attic** P.19のテラス席でカフェタイム。

18:30

1000万ドルの夜景といわれる長崎の夜景を見に、**稲佐山山頂展望台** P.54をめざしましょう。

2日め

8:30

2日めは、少し早起きしてJRの快速シーサイドライナーでハウステンボスに向かいましょう。

10:40

ハウステンボス **P.66**に着いたら、運河をめぐるカナルクルーザーで場内を遊覧。水上から眺める風景は、本物のヨーロッパを見ているよう。どんな旅になるのか、期待がふくらみます。

11:00

フラワーグッズがいろいろ

オランダの王宮を忠実に再現した**パレス ハウステンボス** **P.66**。バロック式の庭園や館内のハウステンボス美術館が見どころです。

12:30

(写真はイメージ)

ランチで迷ったらタワーシティへ。**ドムトールン** **P.67**の周辺は、テラス席で食事ができる店舗もあります。軽食をテイクアウトしてテラスで味わうのもいいですね。

お買いものも楽しみ

14:00

グルメや雑貨などのショップが軒を連ねるアムステルダムシティで、ゆっくりお買い物タイム。

15:00

ハウステンボスはアトラクションが豊富です。なかでも、幻想的な光のファンタジアシティの**フラワーファンタジア** **P.69**はおすすめ。

きらびやかな光のパフォーマンスに目は釘付け

18:30

ライトアップされた夜は、昼間と違った姿が楽しめます。日本一の夜景と評されるイルミネーションをはじめ、季節に沿ったイルミネーションスポットは、どれもロマンチックで感動ものです。

3日め

9:00

3日めは、日本有数の景勝地といわれる佐世保の九十九島をめぐります。**九十九島パールシーリゾート** P.82に着いたら、遊覧船の時間までは、**九十九島水族館海きらら** P.83へでかけましょう。

水中に差し込む光が幻想的

11:00

九十九島を遊覧船でめぐりましょう。白く優雅な**九十九島遊覧船パールクィーン**と**カタマランヨット「99TRITON」** P.82が運航しています。

お好みの船でクルーズを

12:30

ランチは九十九島パールシーリゾートのレストランで。佐世保名物のハンバーガーやレモンステーキなどが味わえます。

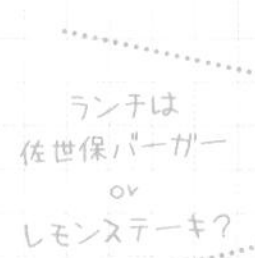

ランチは佐世保バーガー or レモンステーキ?

14:00

ランチのあとは、九十九島パールシーリゾートからタクシーで15分ほどの**展海峰（てんかいほう）** P.81へでかけましょう。九十九島がもっとも美しく見えるビュースポットとして知られています。

©SASEBO

カステラや角煮まんじゅうをおみやげに!

16:00

長崎の旅を終えておうちに帰りましょう。佐世保から長崎空港までは西肥バスで1時間45分ほど、乗合ジャンボタクシーで1時間ほど。空港のターミナルビル2階には総合売店のエアポートショップがあり、おみやげのまとめ買いができます。

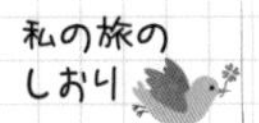

my memo

プランづくりのコツ

長崎市内は観光名所が集中しているため、ほぼ歩いて移動することができます。公共交通機関は長崎電気軌道、バスともに便利。2日めのハウステンボスへはJRもしくは直行バスを利用。3日めも公共交通機関でめぐることができます。

1日め

JR長崎駅
↓
長崎新地中華街でちゃんぽんを食べる
↓
グラバー園や大浦天主堂を観光
↓
出島を訪ねる
↓
海沿いのテラスでカフェタイム
↓
キラキラ輝く長崎の夜景を楽しむ

2日め

JR快速でハウステンボスへ
↓
カナルクルーザーで水上遊覧
↓
ハウステンボスの花畑で記念写真
↓
ランチ&スイーツでグルメを楽しむ
↓
日本一と評判の夜景を観賞

3日め

九十九島パールシーリゾートへ
↓
九十九島をクルージング
↓
佐世保名物をランチに
↓
展海峰から九十九島を見渡す
↓
佐世保から長崎空港へ
↓
旅の最後に、長崎空港でおみやげをまとめ買い

ことりっぷ co-Trip **長崎 ハウステンボス・五島列島**

CONTENTS

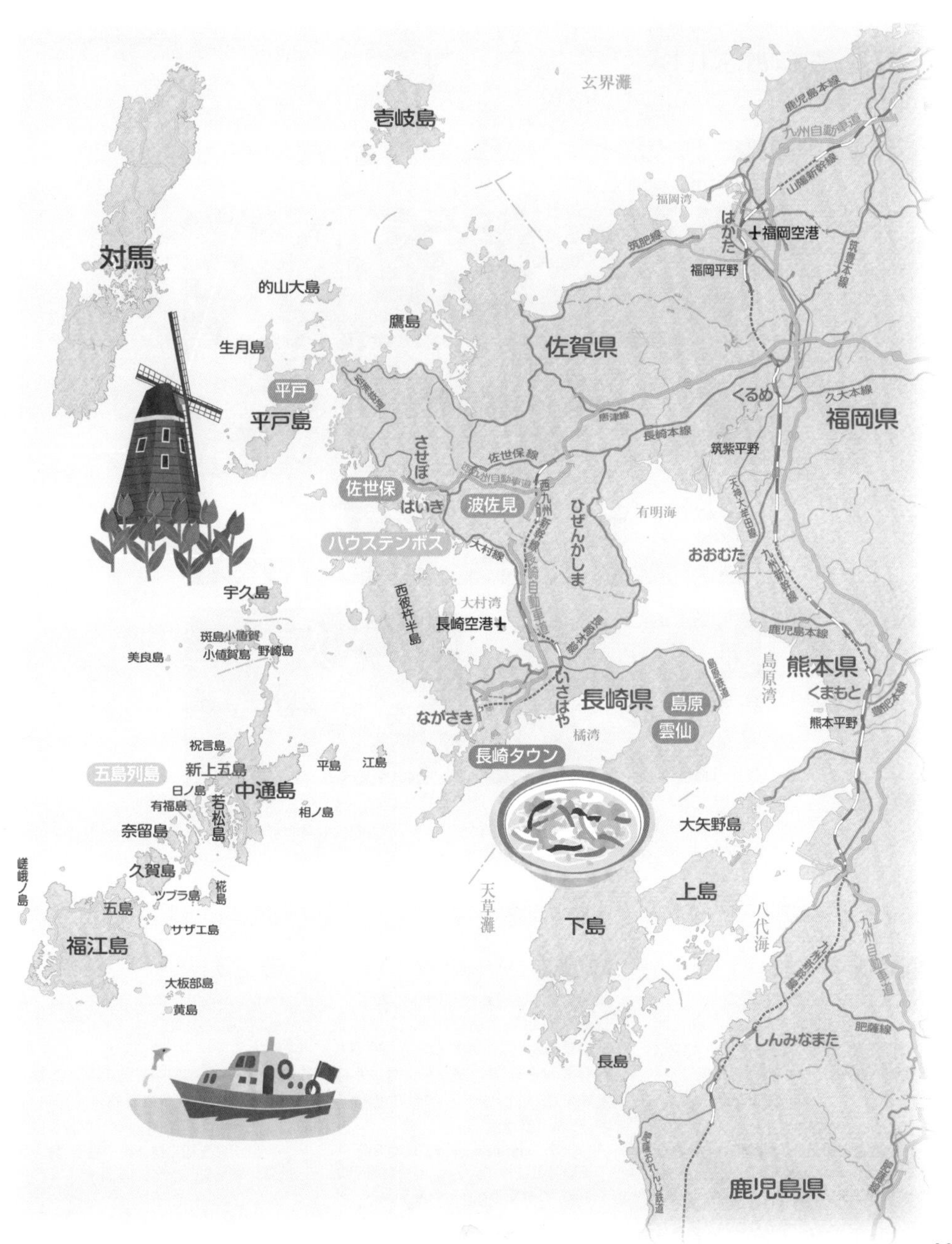
玄界灘
壱岐島
対馬
的山大島
鷹島
生月島
平戸
平戸島
佐賀県
福岡湾
はかた
福岡空港
福岡平野
筑肥線
鹿児島本線
九州自動車道
山陽新幹線
筑豊本線
くるめ
久大本線
福岡県
唐津線
長崎本線
筑紫平野
させぼ
佐世保線
佐世保
はいき
波佐見
ハウステンボス
大村線
ひぜんかしま
有明海
おおむた
西彼杵半島
大村湾
長崎空港
宇久島
斑島小値賀
小値賀島
野崎島
美良島
鹿児島本線
島原湾
熊本県
くまもと
熊本平野
いさはや
長崎県
島原
雲仙
ながさき
橘湾
長崎タウン
祝言島
五島列島
新上五島
中通島
日ノ島
有福島
若松島
平島
江島
相ノ島
奈留島
久賀島
嵯峨ノ島
ツブラ島
椛島
五島
サザエ島
福江島
大板部島
黄島
大矢野島
天草灘
上島
下島
八代海
九州自動車道
肥薩線
しんみなまた
長島
肥薩おれんじ鉄道
鹿児島県

長崎らしさにあふれた 3つのイベントを楽しみましょう

1大型のオブジェが登場するほか、特設舞台では龍踊や中国雑技などのパフォーマンスが見られる「長崎ランタンフェスティバル」 2「長崎くんち」の有名な龍踊。演し物は毎年異なり、長崎伝統芸能振興会のホームページで確認できる 3竹、板、ワラなどで作った「精霊流し」の精霊船

長崎ランタンフェスティバル
ながさきランタンフェスティバル

開催期間 旧暦の元日から15日間

期間中、およそ1万5000個ものランタン(中国提灯)などでつくられた大型オブジェが市内を彩る。期間中は「皇帝パレード」や「媽祖行列」など華やかなイベントが開催される。

☎095-822-8888(長崎市コールセンター) 住長崎市新地町 湊公園ほか 交湊公園までは新地中華街電停から徒歩3分 MAP付録7 B-2

長崎くんち
ながさきくんち

開催期間 10月7~9日(雨天・荒天順延)

長崎の氏神、諏訪神社の秋の大祭で、三百八十余年の歴史がある。演し物は毎年異なり、異国趣味のものが多く取り入れられている。アンコールを意味する「モッテコーイ」の掛け声が、踊場に響き渡る。

☎095-822-0111(長崎伝統芸能振興会) 住諏訪神社ほか市内各所 交諏訪神社までは諏訪神社電停からすぐ MAP付録4 C-1

精霊流し
しょうろうながし

開催期間 8月15日

夕闇迫る頃から個人や地区で造った船に初盆の霊を乗せ、極楽浄土へ送り出す。爆竹や花火の大音響の中、精霊船が連なって通る光景は、祭りのような華やかさを見せる。

☎095-822-8888(長崎市コールセンター) 住大波止周辺ほか市内各所 交大波止電停からすぐ MAP付録5 B-4

※情報は例年のものです。各イベントの開催については確認を

長崎タウン

石畳を敷き詰めた坂道、クラシカルな洋館、
雑多でにぎやかな中華街…。
日本、中国、南蛮の国々の香りが混じり合い、
調和した「和華蘭（わからん）文化」は、
長崎ならではの魅力。
今も暮らしの中の祭りや行事、食に
各国の文化が息づいています。
西洋と東洋がクロスするエキゾチックな港町。
異国情緒漂う旅に出かけませんか。

長崎タウンを さくっと紹介します

日本、中国、南蛮の文化が絶妙に調和した長崎は、
ほかの地域では見られない独自の観光スポットが盛りだくさん。
特にグラバー園、大浦天主堂、平和公園は見どころです。

平和の象徴が鎮座

平和公園周辺 P.34

へいわこうえんしゅうへん

平和祈念像が見られる平和公園周辺には、平和関連の施設が点在している。

JR長崎駅で、旅の支度をしましょう

長崎市総合観光案内所へ

JR長崎駅の新幹線改札口横の案内所では、観光地までの道案内や手ぶら観光の受付、車椅子やベビーカーのレンタルサービスなどが受けられます。電車やバスの一日乗車券が買えるのもココ。無料の観光パンフレットもあります。

🕒8:00～19:00 休 無休

長崎街道かもめ市場のファストフード店は朝7時、アミュプラザ長崎本館の1階にあるフードコートは9時にオープン

長崎ストーリーズ

本を読むように楽しむ長崎のまち歩き観光「長崎ストーリーズ」は、全10コースの中から気になるコースを選び、語り手約のガイドとともに歩く約2時間のおさんぽツアー。詳細は公式ホームページhttps://story.nagasaki-visit.or.jp/をチェックしましょう。

☎095-818-3430（長崎国際観光コンベンション協会長崎ストーリーズ受付）

朝・昼ごはん&作戦会議

観光に繰り出す前に、当日の行程の再チェックを兼ねて腹ごしらえ。駅構内の長崎街道かもめ市場と駅ビルのアミュプラザ長崎本館には、フードコートや各種レストランがあります。

忘れ物はコンビニで調達

24時間営業のコンビニエンスストアは、長崎街道かもめ市場内と駅西口側、アミュプラザ長崎本館の1階にあります。アミュプラザ長崎本館4階のハンズは10時から営業、1階には7時オープンのスーパーマーケットも。ATMは長崎街道かもめ市場の奥にあり、7時または8時から利用できます。

旅のスタート地点

JR長崎駅

ジェイアールながさきえき

スタートはJR長崎本線と西九州新幹線の終着駅であるJR長崎駅から。路面電車の長崎駅前電停は、駅ビルのアミュプラザ長崎に直結した歩道橋を渡ってすぐの場所。

シーボルトゆかりの地

出島 P.28

でじま

オランダ商館があった江戸時代の出島の様子を復元。建物内では時代考証に基づいた調度品を配し、当時を再現している。

昔風情の趣が残る

眼鏡橋界隈

めがねばしかいわい

P.30

黒漆喰（くろしっくい）の商家、古民家を利用した雑貨店などが並ぶエリア。下町情緒が味わえる。

長崎のチャイナタウン

長崎新地中華街

ながさきしんちちゅうかがい

P.38

ちゃんぽん、皿うどんがおいしい中国料理店や中国雑貨店などが勢ぞろいしている。

観光スポットが点在

南山手・東山手

みなみやまて　ひがしやまて

P.18

グラバー園、大浦天主堂、オランダ坂など異国情緒がロマンチックなムードを盛り上げる。

坂の町、長崎での観光には、ウオーキングシューズをおすすめします。

路面電車、バス&ロープウエイで長崎を回りましょう

長崎の観光スポットは、そのほとんどが市街地に集中しています。最初の目的地までは、市内を走る長崎電気軌道の路面電車を使ってアクセス。各スポット間は徒歩での移動が便利です。

インフォメーション

旅の起点は「長崎駅」

JR長崎駅は、長崎本線と西九州新幹線の終着駅。東口の先の大通りを渡ったところには、長崎空港からの直通バスの発着所もあり、多くの旅行者の旅の起点になります。長崎観光のおもな移動手段となる長崎電気軌道の路面電車の電停も東側に。長崎駅構内には長崎市総合観光案内所があります。

路面電車は乗車1回140円

長崎電気軌道の路面電車は、市内の主要観光スポットのほとんどをカバーしていて便利。運賃は全線均一の140円で、交通系ICカード利用なら2区間内が100円になる割引も。

電車一日乗車券

路面電車を一日に何度も乗り降りする予定があれば、1枚600円の「電車一日乗車券」を購入するとお得です。JR長崎駅構内の長崎市総合観光案内所、もしくは長崎電気軌道の営業所、市内の取り扱いホテルなどで販売。車内では販売していないためご注意ください。

モバイル乗車券

路面電車は、スマートフォンの画面を利用した一日乗車券や24時間乗車券も利用できます。長崎電気軌道の公式サイトから、アプリをダウンロードして購入。一日乗車券は600円で、購入日当日のみ有効、24時間乗車券は700円、購入後24時間有効です。

稲佐山までは

長崎駅前から長崎バス下大橋・相川行きなどで5～8分、ロープウェイ前で下車。その後は長崎ロープウェイで稲佐山山頂へ。ロープウェイ乗り場の淵神社駅へはバス停から徒歩すぐ。稲佐岳駅まではロープウェイで5分。

スケルトンのゴンドラがおしゃれ

ロープウェイで山頂の展望台へ

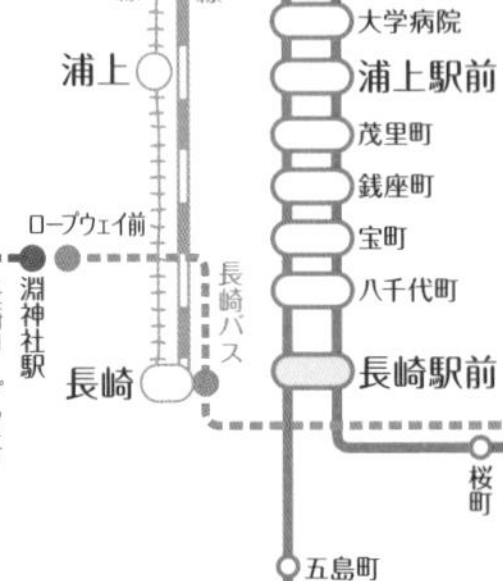

出島までは

長崎駅前から長崎電気軌道1号系統崇福寺行きで6分、出島下車。

現在の出島。かつては扇の形をした人工島だった

グラバー園・大浦天主堂までは

長崎駅前から長崎電気軌道1号系統崇福寺行きで7分、新地中華街で下車後、5号系統石橋行きに乗り換えて4分、大浦天主堂下車、徒歩7分。

教会や洋風建築が建ち並ぶ

平和公園までは

長崎駅前から長崎電気軌道1号系統または3号系統赤迫行きに乗車。平和公園までは、所要13分で平和公園下車すぐ。

鳩と鶴をモチーフにした平和公園の平和の泉

長崎市内観光1日乗車券

長崎バスが発売している市内中心部用の1日乗車券で、1枚500円、1日に限り有効。平和公園、グラバー園、ロープウェイ乗り場、風頭山公園（亀山社中）など人気の観光地はもちろん、長崎市内の主要な観光地は、この1枚で行くことができ、便利でお得ですよ。

<ここで買えます>

JR長崎駅構内の総合観光案内所、新地総合サービスセンター、ココウォークバスセンターなど

※車内販売なし

蛍茶屋
新中川町
新大工町
諏訪神社
3 5 4
市役所
市役所
めがね橋
風頭山
浜町アーケード
西浜町
新地中華街
観光通
思案橋
崇福寺
メディカルセンター
大浦天主堂
大浦海岸通
5
石橋
※ ⬭…「IC乗換え」可

眼鏡橋までは

眼鏡橋までは、長崎駅前から長崎電気軌道3号系統蛍茶屋行きで4分、市役所下車、徒歩5分。浜んまちまでは、長崎駅前から1号系統崇福寺行きに乗車し11分、観光通下車。その1停先の思案橋電停までは12分。

長崎新地中華街までは

長崎駅前から長崎電気軌道1号系統崇福寺行きで7分、新地中華街下車。長崎新地中華街まではすぐ。

鮮やかな朱色の門が迎えてくれる

風頭公園までは

長崎駅前東口から長崎バス風頭山行きで21分、終点下車、徒歩5分。

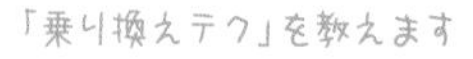

「乗り換えテク」を教えます

グラバー園がある南山手方面へ行く場合、長崎駅前から1号系統崇福寺行きに乗り、いったん新地中華街で下車後、5号系統石橋行きに乗り換えます。その際、交通系ICカードを利用すれば、乗り換え前後を通して140円で乗車できます。長崎駅前・西浜町・市役所の各電停でもＩＣ乗換え割引が可能ですが、割引有効扱いには適用条件があるので、公式ホームページhttps://www.naga-den.com/pages/584/で確認を。

長崎市内は長崎県営バスと長崎バスの2社が運行。便数が多いため、使いこなせばかなり便利。

坂道や石畳の景色が広がる「坂段のまち長崎」をおさんぽ

市街地の約７割が傾斜地とされる長崎市は、名所旧跡の多くが坂の上にあります。
グラバー坂を上った先にある大浦天主堂やグラバー園からの眺めは格別。
日本ことはじめの出島も長崎散策には欠かせないスポットです。

1雨が降ると三角溝と呼ばれる排水溝に、雨水がドンドンと音を立てて流れることから名が付いた「どんどん坂」 2 1933（昭和8）年と原爆の被災を乗り超えた1953（昭和28）年に二度の国宝指定を受けた大浦天主堂。世界遺産の構成資産のひとつ 3大浦天主堂のステンドグラスの一部は約150 年前のフランス製で日本最古 4日本瓦や土壁など日本の建築技術が随所に見られるグラバー園の「旧グラバー住宅」 5グラバー園の「旧リンガー住宅」前のベンチに座って長崎港の眺めを満喫 6長崎で活躍した異国人たちの優雅な生活がしのばれるグラバー園の洋風建築

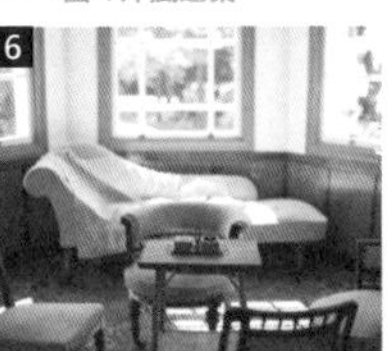

「坂段のまち」を象徴する坂道

どんどん坂

どんどんざか

全長約120m、下りはじめると足が止まらないほどの急勾配。両側に赤煉瓦や木造の洋風建築や古い日本家屋が建ち、なんとも長崎らしい和洋混在の風景が見られる。

☎095-822-8888（あじさいコール） 長崎市南山手町 Pなし 大浦天主堂電停から徒歩12分 MAP付録3 C-6

丘の上にある洋風建築

グラバー園

グラバーえん

長崎港を見下ろす場所に、居留地時代に建てられた9棟の洋風建築が集まる。スコットランド出身の貿易商人トーマス・B・グラバーの邸宅「旧グラバー住宅」は、現存する木造洋風建築としては日本最古で世界文化遺産。

P.22 MAP付録7 B-4

ステンドグラスの光が幻想的

大浦天主堂

おおうらてんしゅどう

潜伏キリシタンが信仰を告白した「信徒発見」の舞台。日本に現存するカトリック教会としては最古。漆喰の壁に華麗なバラ窓を設けるなど、和洋折衷の造りが見どころ。日本のキリシタン史について紹介したキリシタン博物館を併設。

P.20 MAP付録7 B-4

「Attic」はカステラも販売しています

コーヒー豆を焙煎から3日以内にひき、カステラの生地に練り込んだ「プレミアム出島珈琲カステラ」は1本880円。

1店内には松翁軒に代々伝わる調度品などを展示している 2喫茶セヴィリヤのカステラセット850円。松翁軒の八代目が明治時代に珍重されたチョコレートを使って開発した「チョコラーテ」とカステラ、飲み物のセット。飲み物は数種類から選べる 3美しい流線形をした出島表門橋。史跡を傷つけないために、対岸の片側のみで荷重を支えた特殊な橋

路面電車を見ながらカステラを

喫茶セヴィリヤ

きっさセヴィリヤ

カステラの老舗「松翁軒（しょうおうけん）」P.56の2階にある喫茶室。重厚な雰囲気の店内では、路面電車が走る長崎らしい風景を眺めながら、カステラとコーヒーが楽しめる。

☎095-822-0410（松翁軒） 長崎市魚の町3-19 11:00〜17:00（1階は9:00〜18:00） 休 無休 P あり 市役所電停からすぐ MAP 付録4 C-2

19世紀初頭の街並みを復元

出島

でじま

鎖国時代に唯一西洋との窓口としての役割を果たした「出島」。当時の復元建造物と、明治時代の洋風建築を合わせて21棟を公開。そのころの暮らしを伝える調度品、生活用品、日本の事始めを伝える資料などを展示している。

P.28 MAP 付録5 A-4

ここでひと休み

長崎港を望むテラスで
アートなカプチーノを

Attic アティック

複合施設「出島ワーフ」の1階にあるスペシャルティコーヒーの専門店。ミルクの泡で描くラテアートは人気の的。繁忙時を除けば、図柄によってはリクエストにもこたえてくれる。フードやスイーツも充実している。

☎095-820-2366 長崎市出島町1-1 長崎出島ワーフ1F 11:30〜22:00 休 水曜 P あり 出島電停から徒歩3分 MAP 付録5 A-4

1長崎にゆかりのある坂本龍馬や岩崎彌太郎などをラテアートしてくれるカフェ カプチーノはsingle450円、large500円 2店の前にテラス席があり、大きいガラス窓を設けた店内からの眺望もいい

大浦天主堂やグラバー園から出島までは、大浦海岸通りをのんびり歩いて20分ほどです。

ステンドグラスが美しい教会で祈りを捧げましょう

街に点在する教会は、長崎らしさを感じさせる場所。世界遺産の大浦天主堂や美しい聖フィリッポ教会でおごそかな雰囲気の中、祈りを捧げてみませんか。

ステンドグラスの一部は150年前のフランス製で、日本最古ともいわれる

現存する日本最古のゴシック様式の教会

大浦天主堂

おおうらてんしゅどう

江戸末期に建てられた教会で、中世ヨーロッパ建築を代表するゴシック調の建造物。1879（明治12）年に大規模な改築をし、現存するゴシック様式の教会のなかでは最古で、国宝に指定されている。世界遺産にふさわしいたたずまいが多くの人をひきつけている。

☎095-823-2628 ⌂長崎市南山手町5-3 ⏰8:30～17:30（11～2月は～17:00） 休無休 ¥1000円（博物館と共通） Pなし 👣大浦天主堂電停から徒歩6分 MAP付録7 B-4

1 小山秀之進が建築を担当した創建時にはなまこ壁を採用。1879（明治12）年の増改築の際にも日本人棟梁がかかわり、現在のしっくい塗りという斬新なスタイルになった 2 主祭壇奥の「十字架のキリスト」は、幅1.5m、高さ3m。堂内は撮影禁止 3 天主堂の正面にはフランスから贈られた「日本之聖母像」が立つ（写真は堂内から見た様子）

教会見学のマナー

● 神聖な場にふさわしい服装で、脱帽のこと ● 中央正面のドアは、おもに儀礼用。左右の扉から出入りする ● ミサ、冠婚葬祭時の内部の見学は不可 ● 聖堂内の写真撮影は禁止 ● 内陣(祭壇)は立ち入り禁止 ● 教会内での飲食、喫煙、大声は禁止 ● 祭礼品や装飾品には、触れないように注意 ● 寸志を渡す場合は「献金箱」に寄付を

カラフルな光の中で
神聖なるひとときを過ごす

聖フィリッポ教会

せいフィリッポきょうかい

1962(昭和37年)築、キリスト教殉教者である二十六聖人のひとり、フェリペ・デ・ヘススに捧げられた教会。陶片モザイクを嵌め込んだ高さ16mの2つの塔がそびえる姿は遠くからも目をひく。塔の避雷針には左に聖母マリアを象徴する「王冠」と「12の星」、右に聖霊を表わす「焔と鳩」が光り輝く。

☎095-822-6000(日本二十六聖人記念館)
住長崎市西坂町7-8 🕒8:00~18:00 休無休
¥無料 Pあり 👣JR長崎駅から徒歩5分
MAP付録5 A-1

1アントニオ・ガウディの研究者で建築家の今井兼次が設計した前衛的なデザインの建物 2正式名は「日本二十六聖人祈念聖堂聖フィリッポ教会」。ステンドグラスのやわらかな光が神聖な気持ちにさせてくれる 34聖霊の象徴とされる鳩や椿をあしらったステンドグラスはドイツ人画家アントン・ウェンドリング作

大浦天主堂の敷地内の「大浦天主堂キリシタン博物館」では、日本におけるキリスト教の歩みを紹介しています。

港の見える南山手の丘に洋風建築が点在するグラバー園

長崎ゆかりの偉人たちの洋風建築が集まるグラバー園。
南山手の丘陵地にあり、眼下に長崎港が広がります。
敷地内にあるハート形の敷石は、なでると恋がかなううというわさが。

物語を秘めた洋風建築をめぐる

グラバー園

グラバーえん

長崎港を望む丘の上にある人気の観光スポット。スコットランド人商人のトーマス・B・グラバーの旧宅をはじめ、幕末から明治にかけて建てられた9棟の洋風建築が集まる。

☎095-822-8223 ⌂長崎市南山手町8-1 ⏰8:00～17:40（GW・夏期・冬期は延長あり、要確認）休無休 ¥620円 Pなし 🚶大浦天主堂電停から徒歩7分 MAP付録7 B-4

1レトロな異国情緒が漂う旧グラバー住宅 2旧ウォーカー住宅の室内 3長崎港と夜景の名所の稲佐山を望む旧三菱第2ドックハウス 4旧リンガー住宅前のベンチでひとやすみ。長崎港や稲佐山が見える絶景 5オペラ『マダムバタフライ』は長崎が舞台。園内には作曲者プッチーニの像が立つ

※建物の耐震保存修理工事にともない、園内の見学可能範囲が一部変更になっている

トーマス・B・グラバーってどんな人？

1838年生まれ、イギリス北部スコットランド出身。21歳のときに来日し、グラバー商会を設立。貿易業のかたわら幕末の志士たちを支援し、明治以降は炭鉱などの経営を通してさまざまな近代技術の導入に貢献しました。

※旧長崎地方裁判所長官舎は建物の耐震保存修理工事のため、2024年秋頃（予定）まで見学中止、旧オルト住宅は建物の耐震保存修理工事のため、2025年11月（予定）まで見学中止

旧グラバー住宅

キリンビールの生みの親の一人とされるトーマス・B・グラバーの旧宅で重要文化財。現存する日本最古の木造洋風建築で、世界文化遺産。

グラバーガーデンショップ

グラバー園の出口手前にあり、オリジナルの雑貨や菓子のほか、長崎らしいみやげ物が並ぶ。園内に隠れたハートストーン関連のみやげは人気が高い。

グラバーハートストーンラスク 660円

旧ウォーカー住宅

初期の日本海運業界に多大な功績を残した英国人ロバート・N・ウォーカー。その次男、ロバート2世の旧宅。

旧三菱第2ドックハウス

1896（明治29）年に三菱重工長崎造船所が船の船渠建設に際して建てた洋風建築。入港した外国船乗組員の休憩・宿泊施設として利用されていた。2階のベランダからは長崎港を一望することができる。

旧三菱第2ドックハウスでは、VR映像を通して旧グラバー住宅の主人であるトーマス・グラバーから息子の富三郎までの時代を紹介している。<料金>500円

旧リンガー住宅

1865（慶応元）年頃に来日したフレデリック・リンガーは、製茶、新聞、ホテル業など多岐にわたる事業を手がけた人物。建物は外壁が石の木造住宅。

旧オルト住宅

英国の貿易商人として来日したウィリアム・オルトの旧宅。1865（慶応元）年頃の施工で、大浦天主堂を手がけた小山秀之進の作。重要文化財。

※建物の耐震保存修理工事のため、2025年11月（予定）まで見学を中止

グラバー園へは、第2ゲートへ通じる斜行エレベーターのグラバースカイロード MAP 付録7 B-4を利用するとらくちんです。

オランダさんが往来した南山手や東山手へ

かつて西洋人(オランダさん)が往来した南山手、東山手は
長崎で異国情緒を最も色濃く感じられるエリア。
洋館が建ち並び、オランダ坂があるのもこの一帯です。

1「長崎近代交流史と孫文・梅屋庄吉ミュージアム」を併設する長崎市旧香港上海銀行長崎支店記念館 2東山手「地球館」cafe slowの長崎居留地パフェ 650円 3長崎孔子廟では毎年9月第2または第3土曜に「孔子祭(こうしさい)」を実施 47棟の住宅からなる東山手洋風住宅群 567貴重な品々を収めた長崎孔子廟中国歴代博物館

明治期の面影が残る洋館

長崎市旧香港上海銀行長崎支店記念館

ながさきしきゅうほんこんしゃんはいぎんこうながさきしてんきねんかん

1904(明治37)年築の国の重要文化財を活用した博物館。長崎の近代史と、中国革命の父・孫文を支援した長崎出身の実業家・梅屋庄吉に関する資料を展示している。

記念館 ☎095-827-8746 長崎市松が枝町4-27 9:00~17:00 休第3月曜(祝日の場合は翌日休) ¥300円 Pなし 大浦天主堂電停から徒歩3分 MAP付録7 B-3

オランダ坂の途中に建つ

東山手十二番館

ひがしやまてじゅうにばんかん

ベンチでひと休みできる

1868(明治元)年に建設されたと推定される初期洋風建築物。ロシア領事館、アメリカ領事館などとして使われた。今は居留地時代に創設されたミッション系私学の歴史などの資料を展示。

資料館 ☎095-827-2422 長崎市東山手町3-7 9:00~17:00 休無休 ¥無料 Pなし 大浦海岸通電停から徒歩5分 MAP付録7 B-3

国際交流や観光の拠点

東山手「地球館」cafe slow

ひがしやまてちきゅうかん カフェスロー

木造2階建ての洋風建築

国籍を問わず、さまざまな人がくつろげるカフェ。長崎の産物やフェアトレードなどを心がけた「やさしい」料理が味わえる。

カフェ ☎095-822-7966 長崎市東山手町6-25 11:00~16:00(金・土曜は17:00~20:00も営業) 休月・水曜 Pなし 石橋電停から徒歩3分 MAP付録7 B-3

ぐるっと回って **3時間**

おすすめの時間帯 12 15 17 9

スタートは長崎電気軌道の大浦天主堂下電停から。長崎でいちばんの観光スポットであるグラバー園 P.22も南山手にあり、いっしょに見て回ると効率的に観光することができます。

赤いロウソク

長崎孔子廟中国歴代博物館でお参りする際は、中国風に拝殿に赤いロウソク（200円）を立てて願いごとをしましょう。

外国人居留地の面影を残す7棟の洋館

東山手洋風住宅群

ひがしやまてようふうじゅうたくぐん

国が選定した重要伝統的建造物群保存地区にある7棟の洋風住宅群。社宅や賃貸住宅として使っていたとされる建物で、現在、内部は長崎の居留地や町並みを伝える東山手地区町並み保存センター、資料館などになっている。長崎市の有形文化財。

伝統的建造物

☎095-820-0069（東山手地区町並み保存センター） 住長崎市東山手町6-25ほか Pなし 石橋電停から徒歩3分 MAP付録7 B-3

7棟あるうち1棟を除いて見学可能。開館時間、休館日などは施設により異なる

長崎でいちばん有名な坂

オランダ坂 オランダざか

昔、長崎の人は西洋人を「オランダさん」と呼び、居留地の坂をすべてオランダ坂と呼んでいた。その中でも最も有名なのが、活水学院へと続く坂。雨に濡れた石畳は風情があり、絵になる。

坂 ☎095-822-8888（長崎市コールセンター） 住長崎市東山手町・大浦町 時見学自由 大浦海岸通電停から徒歩4分 MAP付録7 B-2

1活水学院近くの東山手町のオランダ坂 2長崎孔子廟中国歴代博物館の裏手にある大浦町のオランダ坂

中国の建築美と国宝級の文化財

長崎孔子廟中国歴代博物館

ながさきこうしびょうちゅうごくれきだいはくぶつかん

1893（明治26）年、清朝政府の提唱により、中国国外で唯一中国人によって建立された孔子廟。敷地奥の博物館では中国国内の博物館から借り受けた貴重な文化財を展示している。

廟・博物館 ☎095-824-4022 住長崎市大浦町10-36 時9:30～17:30 休無休 ¥660円 Pなし 大浦天主堂電停から徒歩3分 MAP付録7 B-3

1華南と華北の建築様式が融合した廟 2等身大の七十二賢人像

電停から大浦天主堂へ向かう途中にあるグラバー通りは、おみやげ店が軒を連ねる、寄り道が楽しい石畳の坂道です。

異国情緒漂う洋館カフェのカステラ&スイーツでひとやすみ

南山手や東山手の洋風建築をそのまま活用したカフェは街に漂う「異国情緒」をより身近に感じられます。カステラやスイーツでひとやすみするのもいいですね。

1長崎市の花、紫陽花をイメージした「紫陽花ゼリーソーダ」800円と、大粒のザラメ糖を底に敷き詰めた長崎堂の「カステラ」550円 2ステンドグラスを嵌め込んだ窓からは長崎港が望める 31974（昭和49）年にグラバー園に移築復元された 41滴ずつ抽出するダッチコーヒーは香り豊か 5トーマス・B・グラバーの故郷スコットランドの伝統菓子をアレンジしたクランベリータルトパイ750円 6窓際の席は、長崎港と長崎市街が眺められる一等席

レトロな喫茶店でティータイム

自由亭喫茶室

‖南山手‖じゆうていきっさしつ

草野丈吉が開いた日本人シェフによる明治期の西洋料理店「自由亭」跡。建物は現在、旧グラバー住宅の近くに移築復元され、中は喫茶室として利用されている。長崎にゆかりの深いオランダ人が考案したダッチコーヒー（水出しコーヒー）やカステラ、ケーキなどが楽しめる。

095-822-8223（グラバー園） 長崎市南山手町8-1 グラバー園内
9:30〜16:45 休無休 Pなし
大浦天主堂電停から徒歩7分 MAP付録7 B-4

西洋のレディに変身しましょう

東山手甲十三番館では、洋館の雰囲気にぴったりなドレスを有料でレンタルできます。洋館の前で記念撮影してタイムトリップした気分を味わいましょう。

1カステラアイスと居留地コーヒーのセット550円 2長崎らしい尾曲り猫やハート形の箸置き(300円〜)などがある 3ピザトーストなどの軽食もある 4テラスや前庭には自由に利用できるベンチやテーブルがある

オランダ坂に佇む洋館で居留地コーヒーを味わう

東山手甲十三番館

‖東山手‖ ひがしやまてこうじゅうさんばんかん

1894(明治27)年頃に建てられたオランダ坂の途中に建つ洋館。入館無料で、観光ガイドが常駐している。1階に居留地時代の味を再現したコーヒーや軽食が味わえる喫茶室がある。

☎095-829-1013 ⌂長崎市東山手町3-1 ⏰10:00〜17:00 休月曜(祝日の場合は翌日休) ¥入館無料 Pなし 🚶大浦海岸通電停から徒歩4分 MAP付録7 B-2

洋館カフェの手作りスイーツにほっこり

南山手メッセージカフェ 5CLOVERS

‖南山手‖ みなみやまてメッセージカフェファイブクローバーズ

グラバー園の近く、路地裏にある洋館カフェ。地元産の材料で手作りするメニューは、豆乳プリンやチョコレートケーキなど日替わりスイーツのほかに、玄米のだし茶漬けがメインの「天味喰膳」をはじめとするフードメニューもそろう。庭には店のモチーフで「個性の開花」を表す五つ葉のクローバーが生えている。

☎095-893-5123 ⌂長崎市南山手町4-39 センターヴィレッジビル1F ⏰11:00〜18:00 休不定休 Pなし 🚶大浦天主堂電停から徒歩6分 MAP別冊7 B-4

1本日のスイーツセット1000円。2種のスイーツにドリンクが付く 2白を基調にした店内 3南山手の散策途中に便利な立地 4ハーブの一種エルダーフラワーのシロップを使ったスカッシュ700円

自由亭喫茶室は水出しのダッチコーヒーとともに、注文を受けてから豆をひき、ハンドドリップでいれるコーヒーもおいしいですよ。

「日本ことはじめの地」出島から潮風がそよぐベイサイドへ

かつて日蘭交流に大きく貢献した「出島」は今、19世紀当時の様子を垣間見ることができる観光スポットへと生まれ変わっています。長崎港に面したベイエリアまでは徒歩圏内で、クルージングも楽しめます。

唐紙を使ったカードセット。左は495円、右は781円

味わいのあるレトロな置時計

1カピタン部屋の中にある商館長の引き継ぎ式の様子を再現した「17.5畳の部屋」 2オランダ人が晩餐会を開いた大広間 3メインゲートに至る「出島表門橋」 4壁紙には唐紙を使っている

出島

でじま

鎖国時代、ヨーロッパに開かれた唯一の窓口だった出島。「カピタン部屋」など16棟の復元建造物を含め、21棟の建物を公開・展示している。中島川に出島表門橋が架かり、当時と同じように橋を渡って出島に入ることができる。

史跡 ☎095-821-7200(出島総合案内所) 長崎市出島町6-1 8:00～20:40 休無休 ¥520円 Pなし 出島電停から徒歩4分 MAP付録5 A-4

出島発信の「ことはじめ」

17世紀初頭、出島にはいち早く西洋の文化や情報が入ってきました。ビールやコーヒー、バドミントンなど、多くのものが日本で初めて伝わりました。

長崎出島ワーフ

海を望む
テラスでひと休み

目の前はヨットハーバーで、夜はライトアップされ、向かい側に稲佐山が眺められる

ながさきでじまワーフ

長崎港に面した複合施設。ウッドデッキの広場に、和食、洋食、中国料理、海鮮市場など20軒ほどの個性豊かなショップが集まる。テラス席は潮風がここちよく、夜はライトアップされてきらびやか。周囲の夜景も美しい。

複合施設 ☎095-828-3939
長崎市出島町1-1 店舗により異なる 休 店舗により異なる P あり
出島電停からすぐ MAP 付録5 A-4

長崎水辺の森公園

運河がめぐる
水と緑の癒やしの場

園内を流れる運河には「あじさい橋」「オランダ橋」「南山手橋」など、10か所に長崎にちなんだネーミングの橋が架かる。季節ごとの花も見どころ

行き交う船を眺めて、の〜んびり

ながさきみずべのもりこうえん

約7.6haの敷地に全長900mの運河がめぐる長崎港に面した公園。芝生公園、水の庭園のほか、野外劇場を配した造りは、グッドデザイン賞金賞を受賞している。水と緑が身近に感じられる癒やしの場。

公園 ☎095-818-8550（管理事務所）
長崎市出島町268-10ほか 入園自由 P あり 出島電停から徒歩5分
MAP 付録7 A-1

新・観光丸

クラシカルな帆船で
長崎港をクルージング

全長65.8m、メインマストの高さは32m。「観光丸」は勝海舟が船の航海術を学んだといわれる船で、全国から龍馬ファンが訪れる

約1時間の長崎港遊覧へ

しんかんこうまる

1855（安政2）年に、オランダが江戸幕府に贈呈した帆船「観光丸」の復元船。この船で長崎港内をクルージングする。船上ガイドの説明を聞きながら、海上からグラバー園、三菱長崎造船所などの名所を遊覧。

観光船 ☎095-822-5002（やまさ海運）
長崎市元船町17-3 出航16:00（要予約、要確認） 休 火・水曜（祝日は運航、荒天時・点検時は要確認） ¥3000円 P あり
大波止電停から徒歩5分 MAP 付録5 A-4

長崎出島ワーフから新・観光丸の発着所までは歩いて3分ほど。ウッドデッキからも新・観光丸を見ることができます。

ノスタルジックな時間が流れる眼鏡橋界隈をふらり散策

興福寺 P.33の参詣者のために架設されたといわれる眼鏡橋の界隈は、古くからの商店や民家が並び、昔ながらの下町情緒が残るエリアです。隠れ家的な店が多いのも魅力で、目的なしにぶらぶら歩くだけでも楽しめます。

1日本初の石造りアーチ橋の眼鏡橋 2「ママン・ガトー ノスドール」のスフレセット1500円 3猫雑貨専門店の「長崎の猫雑貨nagasaki-no neco」 4ビンテージのソファを置く「elv cafe」 5眼鏡橋の前には飛び石があり、これを伝っても対岸に行ける

川に映る姿が眼鏡に見える

眼鏡橋 めがねばし

1634(寛永11)年に興福寺の2代目住職、中国江西省(こうせいしょう)出身の黙子如定(もくすにょじょう)によって架けられたといわれる橋。アーチ形石橋としては現存最古。川面に映る姿が眼鏡のように見えることから名が付いた。

石橋 ☎095-822-8888(長崎市コールセンター) 長崎市魚の町 見学自由 Pなし めがね橋電停からすぐ MAP付録4 C-3

眼鏡橋の近くの石垣にはハートの形をした石が埋め込まれている。見つけたら、恋の願いごとがかなうといううわさがある

缶ごと焼いた熟成ケーキが看板商品

ママン・ガトー ノスドール

独自に考案した窯焼き熟成缶ケーキ「ボワット」が名物。焼いてから熟成させ、もっともおいしい状態を見極めて提供する。冷蔵保存で1か月楽しむことができる。

ケーキ ☎095-827-6766 長崎市古川町8-7 11:00〜17:30(イートインは11:30〜17:00) 休水曜 Pなし めがね橋電停から徒歩4分 MAP付録4 C-3

洋酒に漬けたいちじくと発酵バターを使った「ケーク・オ・フィグ」3500円。店内でイートインもできる

リヤカー屋台のアイス

長崎市内の主要観光地にスタンバイしている前田冷菓のちりんちりんアイスの屋台は、長崎名物。シャリシャリとしたバニラ風味のシャーベット状のアイスは1個300円。
MAP 付録4 C-3

アンティークカフェでランチを

elv cafe エルブカフェ

人気のランチは、スパイスカレードリンクセットと天然酵母チーズベーグルドリンクセットの2種類。アンティークな調度でまとめた店内は、落ち着いた雰囲気が漂う。

カフェ ☎095-823-5118 ⌂長崎市栄町6-15 ⏰12:00～18:00（19:00～は要予約）休 月曜、第2日曜 P なし 🚶めがね橋電停からすぐ MAP 付録4 C-3

眼鏡橋の前に建つ小さなカフェ。elv濃厚チョコレートケーキとドリンクのセットは1240円

長崎にまつわる「読む、書く、語る」書店

ブック船長 ブックせんちょう

長崎文献社という地元出版社のアンテナショップ。自社の出版物を中心に、長崎の書籍やタウン誌、オリジナルポストカードなどがそろう。本にまつわるイベントも開催。

書店 ☎095-895-9180 ⌂長崎市古川町3-16 ⏰10:30～18:15 休 無休 P なし 🚶市役所電停から徒歩5分 MAP 付録4 C-3

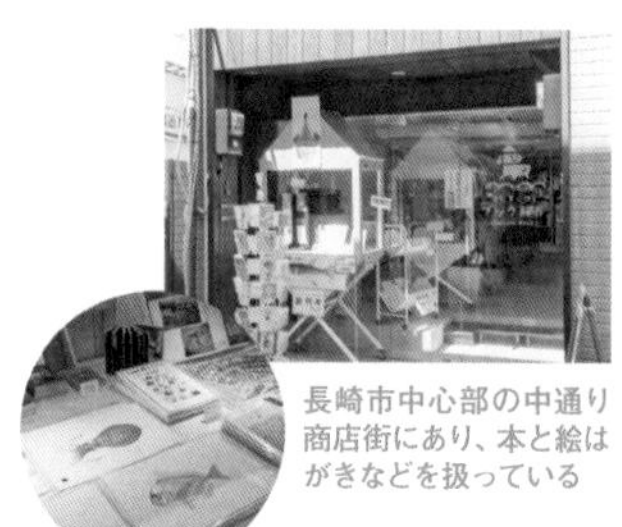

長崎市中心部の中通り商店街にあり、本と絵はがきなどを扱っている

バラエティに富んだネコグッズ

長崎の猫雑貨nagasaki-no neco

ながさきのねこざっかナガサキノネコ

眼鏡橋の近くにある雑貨店。長崎に多いしっぽに特徴のある「尾曲がり猫」などの猫をモチーフに、デザイナー集団が手がけたアイテムがそろう。

雑貨 ☎095-823-0887
⌂長崎市栄町6-7 服部ビル1F ⏰11:00～17:00 休 不定休 P なし 🚶めがね橋電停から徒歩3分
MAP 付録4 C-3

尾曲がりねこや、オリジナルキャラクターがある「長崎のねこミャスキングテープ」各550円

曲がった尾がチャームポイントの木製のブローチ。nagasaki-no necoブローチ ハチワレ 各660円

(n) eco bag Natural（2750円）は、エコバッグの頭にnを付けた(n) eco bag

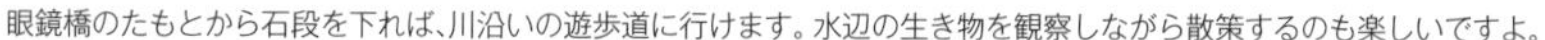

眼鏡橋のたもとから石段を下れば、川沿いの遊歩道に行けます。水辺の生き物を観察しながら散策するのも楽しいですよ。

坂本龍馬ゆかりの風頭山・伊良林から寺院が建ち並ぶ寺町へ

幕末時代に坂本龍馬が長崎の拠点とした風頭山(かざがしらやま)・伊良林(いらばやし)地区。
そこから民家の間にのびる345段の石段をどんどん下って寺町へ向かうコース。
ノスタルジックな雰囲気に包まれたエリアを旅しましょう。

若々しく、精気に満ちた表情の風頭公園の坂本龍馬之像。春は花見客でにぎわう

日暮れどきの風頭公園。坂本龍馬之像が立つ展望台は市街を望めるビュースポットでもあり、夜景も美しい

坂本龍馬、上野彦馬ゆかりの公園

風頭公園

かざがしらこうえん

高さ4.7mの坂本龍馬之像が立つ公園で、展望台からは長崎港を望むことができる。そばには日本写真の祖、上野彦馬の墓と小説『竜馬がゆく』の一説を刻んだ司馬遼太郎文学碑がある。

公園 ☎095-822-8888(長崎市コールセンター) 住長崎市風頭町 ⏰入園自由 Pなし 🚶バス停風頭山から徒歩5分 MAP付録4 D-3

海運、海軍で活躍した龍馬にちなみ、手の高さに船の舵輪が付いている。舵をとるポーズで記念写真をパチリ

ブーツを履いて龍馬になりきる

龍馬のぶーつ像

りょうまのぶーつぞう

龍馬といえば、袴にブーツを履いた姿が有名。そのブーツをモチーフにした銅製の像で、靴のサイズはおよそ60cm。ブーツに両足を入れて記念撮影ができる。

銅像 ☎095-822-8888(長崎市コールセンター) 住長崎市伊良林 ⏰見学自由 Pなし 🚶新大工町電停から徒歩11分 MAP付録4 D-2

龍馬の紋付のレプリカや昔ここで作られていた古い亀山焼などを展示

日本初のカンパニー跡

長崎市亀山社中記念館

ながさきしかめやましゃちゅうきねんかん

1865(慶応元)年に坂本龍馬が結成した日本最初の商社「亀山社中」跡。間取りを当時の姿により近い形で復元し、館内には龍馬ゆかりの品々を展示。龍馬が身を隠したといわれる中2階もある。

記念館 ☎095-823-3400 住長崎市伊良林2-7-24 ⏰9:00〜16:45 休無休 ¥310円 Pなし 🚶新大工町電停から徒歩15分 MAP付録4 D-3

ぐるっと回って **3時間**

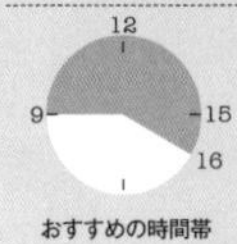

おすすめの時間帯

スタート地点となる風頭山バス停までは、長崎駅前東口から長崎バス風頭山行きが1時間に2～3本ほど運行しています。眼鏡橋P.30界隈とあわせて散策するのもおすすめです。

龍馬通り

坂本龍馬ゆかりのスポットがある伊良林から、345段の石段からなる「龍馬通り」MAP付録4 D-2を下ったところが寺町。通り沿いには亀山社中にちなんだ標識や龍馬像が点在しています。

隠元さんゆかりの
日本最古の唐寺

興福寺

こうふくじ

1620(元和6)年建立の日本最古の唐寺。眼鏡橋を架設した黙子(もくす)や長崎南画の祖・逸然(いつねん)、明の高僧・隠元(いんげん)などの名僧が住持を務めた。インゲン豆や明朝体文字などの発祥地でもある。境内の建造物は見ごたえがある。

寺院 ☎095-822-1076
長崎市寺町4-32
8:00～17:00 休無休
¥300円 Pあり 市役所電停から徒歩8分 MAP付録4 D-3

手入れの行き届いた庭を眺めながら、和菓子と抹茶でひと休み

かすてぃらみすのドリンクセット950円。長崎カステラ糖庵崇福寺通り店を併設している

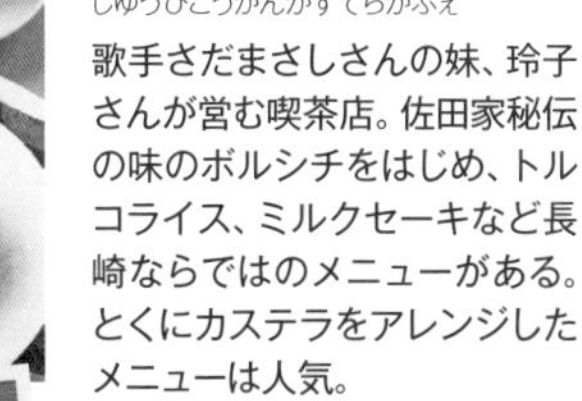

ボルシチやカステラの
アレンジメニューがいち押し

☆自由飛行館.かすてら珈琲.

じゆうひこうかんかすてらかふぇ

歌手さだまさしさんの妹、玲子さんが営む喫茶店。佐田家秘伝の味のボルシチをはじめ、トルコライス、ミルクセーキなど長崎ならではのメニューがある。とくにカステラをアレンジしたメニューは人気。

喫茶店 ☎095-823-4134 長崎市鍛冶屋町6-32 三浦ビル1F 10:30～16:30(変更の場合あり) 休木曜(祝日の場合は営業) Pなし 崇福寺電停から徒歩3分 MAP付録6 D-1

明末期から清初期の南支建築様式で造られた崇福寺。安置された仏像など見どころが多い

長崎市内の
唐寺を代表する寺院

崇福寺

そうふくじ

桃色をした竜宮門が目を引く黄檗宗(おうばくしゅう)寺院。1629(寛永6)年に長崎に在留していた福州人たちが故郷の僧・超然を迎えて開いた。本堂と第一峰門の2つの国宝と、山門など4つの国の重要文化財がある。長崎市内にいくつかある唐寺の代表的な存在として注目を集める。

寺院 ☎095-823-2645 長崎市鍛冶屋町7-5 8:00～17:00 休無休 ¥300円 Pあり 崇福寺電停から徒歩5分 MAP付録6 D-1

崇福寺から繁華街の浜んまちや思案橋MAP付録6 D-1までは歩いてすぐ。長崎新地中華街P.38も徒歩圏内です。

戦争のない世界を願いながら平和公園周辺を散策

原爆が投下された浦上には、平和公園や長崎原爆資料館など
戦争や平和に関するスポットが集まります。
平和とは何か、あらためて考える機会にしたいですね。

1長崎県出身の彫刻家、北村西望作の平和祈念像 2平和を願い建立された平和公園の折鶴の塔 34長崎原爆資料館では、被爆時の惨状を再現。被災地から回収した品々もリアル 5原爆落下中心地に建つ標柱

被爆の惨状と平和の尊さを伝える

長崎原爆資料館

ながさきげんばくしりょうかん

被爆の惨状を示す多くの資料のほか、原爆が投下されるに至った経緯、被爆時から現在までの長崎の復興の様子、核兵器開発の歴史などをわかりやすく展示していて、原爆の脅威が実感できる。

原爆落下中心地の近くに建つ

資料館 ☎095-844-1231 住長崎市平野町7-8 ⏰8:30～17:00（5～8月は～18:00、8月7～9日は～19:30） 休12月29～31日（図書室・ホールは12月29日～1月3日） ¥200円 Pあり 原爆資料館電停から徒歩5分 MAP付録2 B-1

原爆の歴史を刻む

原爆落下中心地

げんばくらっかちゅうしんち

長崎に投下された原子爆弾は、1945（昭和20）年8月9日、午前11時2分に松山町の上空およそ500mで炸裂。原爆落下中心地に立つ黒御影石の標柱は、この上空で原爆が炸裂したことを示している。

1968（昭和43）年に碑が建てられた

史跡 ☎095-822-8888（長崎市コールセンター）
住長崎市松山町 ⏰見学自由 Pなし 平和公園電停からすぐ MAP付録2 B-1

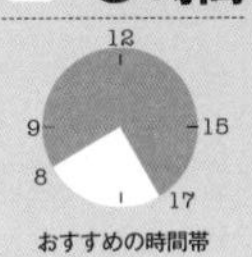

各スポット間は歩いて移動できますが、ゆるやかな坂道が続き道のりが長いので、途中でタクシーを使うのもかしこい方法です。でかける際は、歩きやすい靴と飲み物のご用意を忘れずに。

原爆で廃墟になった町が今は桜の名所

浦上周辺は多くの植物が植えられ、今は市内有数の緑豊かなエリアに生まれ変わり、たくましい復興の力を感じることができます。平和公園近くの原爆落下中心地の周辺は、桜の名所としても有名です。

平和祈念像がそびえ立つ

平和公園

へいわこうえん

平和祈念像をシンボルとする恒久平和を祈るための公園。戦争直後は「70年、草木生じることなし」とまでいわれたが、現在では青々とした緑に包まれた公園として知られる。

公園 ☎095-822-8888（長崎市コールセンター）住長崎市松山町 時入園自由 Pあり 徒平和公園電停から徒歩3分 MAP付録2 B-1

公園には羽ばたく鳩をモチーフにした平和の泉や世界各国から贈られた像が立つ

『この子を残して』の著者をしのぶ

長崎市永井隆記念館

ながさきしながいたかしきねんかん

原爆の後遺症に苦しみながらも、被爆者の救護に尽力した永井博士。『この子を残して』の著者でもあり、自宅横に私財を投じてつくった子供たちのための図書館が、この記念館の前身。館内には博士の遺品を展示している。

記念館 ☎095-844-3496
住長崎市上野町22-6
時9:00～17:00 休無休
¥100円 Pなし
徒大橋電停から徒歩10分
MAP付録2 B-1

永井博士の精神と偉業を永く記念し、その遺徳を顕彰する施設

長崎市永井隆記念館の隣には「己の如く隣人を愛す」という意味を込めた永井博士の研究室「如己堂」が残る

カラフル果実のスイーツ

フルーツいわなが

果実店が営むカフェ。季節のフルーツを使ったパフェや、フルーツと寒天を組み合わせたデザートは人気が高い。フレッシュジュースや土曜限定のサンド、水曜限定のパイなどもおすすめ。

カフェ ☎095-844-4311
住長崎市平和町9-8 岩永ビル1F
時9:00～18:00（カフェコーナーは10:00～15:30）休日曜（臨時休業あり）
Pあり
徒平和公園電停から徒歩8分
MAP付録2 C-1

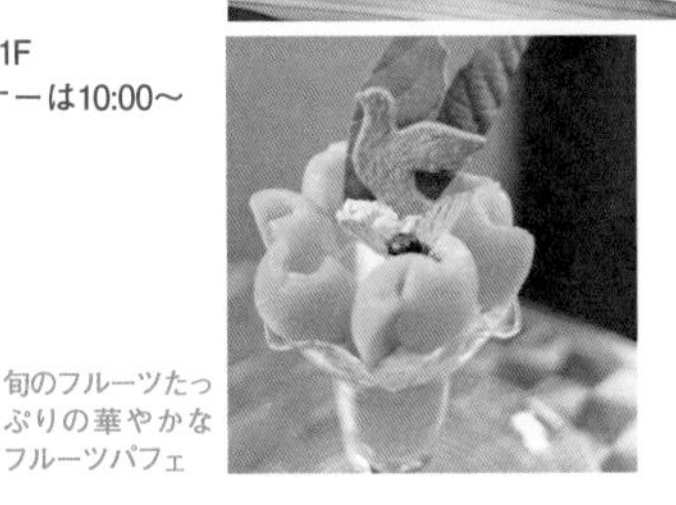

店自慢の果実を、フルーツをふんだんに使ったシロップで満たしたフルーツポンチ1180円

旬のフルーツたっぷりの華やかなフルーツパフェ

さまざまなデザートで、ほっとひと息

長崎原爆資料館に隣接する国立長崎原爆死没者追悼平和祈念館では、被爆体験記や証言の閲覧、視聴ができます。入館は無料。

長崎に伝わるアート作品を訪ねて ミュージアムめぐり

**長崎に伝わるアート作品やゆかりの品々を展示した
4つのミュージアムを紹介します。
付設するおしゃれなカフェやミュージアムショップもチェックしてみて。**

スペイン美術コレクションは
東洋屈指

長崎県美術館

‖出島‖ ながさきけんびじゅつかん

明治以降の長崎ゆかりの美術と、ピカソ、ミロ、ダリなど、東洋有数といわれる規模のスペイン美術を収蔵。ミュージアムショップやカフェのみの利用もできる。中央に運河を配した2棟からなる建物は、日本を代表する建築家、隈研吾によるデザイン。

☎095-833-2110 ⌂長崎市出島町2-1 ⏰10:00～20:00（展示室は～19:30、カフェは11:00～16:00）㊡第2・4月曜（祝日の場合は翌日休）¥コレクション展420円（企画展は別途）Ⓟあり 🚶出島電停から徒歩3分 MAP付録7 B-1

ミュージアムショップへ

美術館のイラストが描かれたオリジナルトートバッグ495円

長崎出身のクリエイターユニット「マリーニ＊モンティーニ」が描いた長崎名物の食べ物の絵はがきセット660円（5枚）

1 2 ガラスを多用していてスタイリッシュ 3 山本森之助《フランスの田舎》1922～23年 4 ペレーアの画家《洗礼者聖ヨハネ》1500年頃

穴場のビュースポット

館内は展示室を除いて入館無料。3階の屋上庭園は、女神大橋、世界文化遺産のジャイアント・カンチレバークレーンなどを望む穴場のビュースポット

展示品は3、4か月ごとに入れ替わる

名家に代々伝わる
美術品を一般に公開

長崎南山手美術館

‖南山手‖ ながさきみなみやまてびじゅつかん

代々海運業を営んでいた常川家の古美術品を展示。勝海舟や西郷隆盛の書、川原慶賀の絵画など一級品ばかり。1階に喫茶店を併設。

☎095-870-7192 ⌂長崎市南山手町4-3 ⏰10:00～16:00 ㊡木曜・毎月16日（4月は11日）¥入館料500円 Ⓟなし 🚶大浦天主堂電停から徒歩6分 MAP付録7 B-4

龍馬ゆかりの亀山社中の近くで焼かれていた亀山焼の四段重

ほっとティータイム

幕末珈琲は日本初のコーヒーカップといわれる古い器で出される

日本二十六聖人殉教地

日本二十六聖人記念館の周辺は、日本カトリック司教団指定の公式巡礼地。舟越保武の手になる日本二十六聖人記念碑が立ち、西坂公園として整備されています。MAP付録5 A-1

長崎奉行所の建物がミュージアムに

長崎歴史文化博物館

‖立山‖ ながさきれきしぶんかはくぶつかん

南蛮貿易や出島など、教科書にも出てくる江戸時代から近代長崎の海外交流に関する資料を多数所蔵。建物の一部は長崎奉行所を復元し、毎週日曜は江戸時代の資料を元にした寸劇を上演している。

☎095-818-8366 ⌂長崎市立山1-1-1
🕒8:30～18:30 休第1・3月曜
¥常設展630円（企画展は別途） Pあり
🚶桜町電停から徒歩5分 MAP付録4 C-1

1長崎奉行所立山役所跡を復元 2長崎の歴史を大画面映像で紹介 3 4南蛮人来朝之図（部分）と上野彦馬の写真機

売れ筋人気アイテム

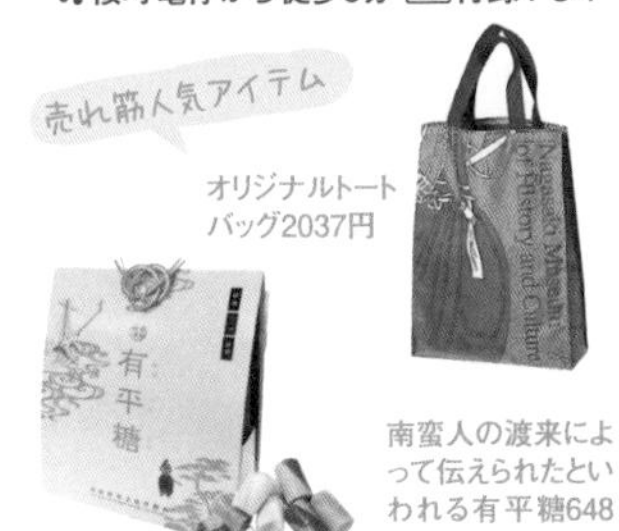

オリジナルトートバッグ2037円

南蛮人の渡来によって伝えられたといわれる有平糖648円

ほっとティータイム

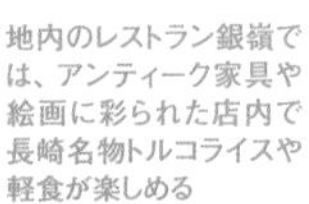

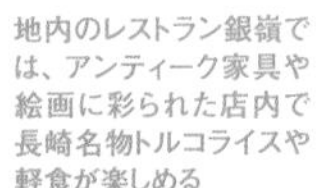

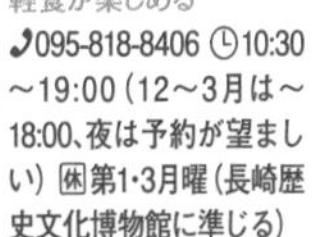

地内のレストラン銀嶺では、アンティーク家具や絵画に彩られた店内で長崎名物トルコライスや軽食が楽しめる

☎095-818-8406 🕒10:30～19:00（12～3月は～18:00、夜は予約が望ましい） 休第1・3月曜（長崎歴史文化博物館に準じる）

貴重なキリシタンの資料と美術品を多数展示

殉教したキリシタンの哀史を伝えるミュージアム

日本二十六聖人記念館

‖長崎駅周辺‖ にほんにじゅうろくせいじんきねんかん

禁教時代に二十六聖人が殉教した地に建つ。アントニオ・ガウディの研究者で建築家の今井兼次が設計したもので、建物自体も見ごたえがある。

☎095-822-6000 ⌂長崎市西坂町7-8
🕒9:00～17:00 休年末年始 ¥500円 Pあり 🚶JR長崎駅から徒歩5分 MAP付録5 A-1

1600年頃、日本人によって描かれたとされる『雪のサンタ・マリア』は、400年もの間、大切に受け継がれてきた貴重な聖画

寄り道しましょ

隣接地に建つ聖フィリッポ教会（P.21）も今井兼次によるもの

長崎歴史文化博物館内の「陶彩 花と風」ではハンドメイドのオリジナル陶器が買えます。

長崎新地中華街で食べ歩きや雑貨店めぐり

朱塗りの楼門の向こう側は小さなチャイナタウン。
石畳の十字路には料理店、雑貨店、菓子店など
「中国」が体験できる30ほどの商店が軒を連ねます。

長崎新地中華街は、さほど広くありません。早足でショップを一軒ずつのぞけば30分ほど。休日のランチ時は、各店とも行列ができる盛況のため、正午前の入店がおすすめです。

中華門が迎えてくれるリトルチャイナ

長崎新地中華街

ながさきしんちちゅうかがい

江戸時代に、中国からの貿易品を置く倉庫を建てようと整備されたところ。東西南北に立つ鮮やかな中華門は、中国から資材を取り寄せ、昭和61(1986)年に完成。横浜、神戸と並んで日本三大中華街の一つに数えられる。

長崎市新地町 新地中華街電停から徒歩3分 MAP 付録6 C-1

1およそ100m四方の十字路に、中国料理店や雑貨店など約30店舗が軒を連ねる 2東西南北に朱塗りの中華門が立つ

蓮華 1個85円
表面にはゴマがびっしり。干しブドウやピーナッツを練り込んだ黒餡は風味がいい

ミラクルソフト唐人巻 5本入 480円
超ソフトタイプで新食感の「よりより」。かたいものが苦手な人でも、サクサクと食べられる

ハート形の月餅が人気

福建 ふくけん

中国菓子を中心に麺類、点心など中国食材の品ぞろえが豊富。医食同源の思想を取り入れた菓子は20種ほど。クルミやレーズン入りの餡が入った月餅のなかでも、とくにハート形の「蓮華(れんか)」は、人気が高い。

中国食品 095-824-5290
長崎市新地町10-12 10:00〜20:00
休 無休 P なし 新地中華街電停からすぐ MAP 付録6 C-1

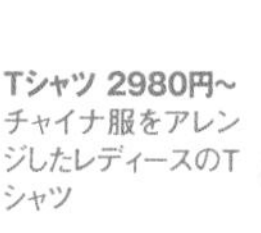

Tシャツ 2980円〜
チャイナ服をアレンジしたレディースのTシャツ

茉莉黄菊仙桃(マツリコウギクセントウ) 1個 350円
湯を注ぐと、千日紅の赤と黄色い菊の花が咲くジャスミンティー

中国食材からチャイナドレスまで

泰安洋行 たいあんようこう

凍頂烏龍茶(トウチョウウーロンチャ)をはじめとする中国茶、よりよりや月餅などの中国菓子、中国食材、中国酒、チャイナドレスなど、さまざまな中国の品物が豊富にそろう。2階に茶房を併設。

中国雑貨・食品 095-821-3455
長崎市新地町10-15 10:00〜20:00
休 不定休 P なし 新地中華街電停からすぐ MAP 付録6 C-1

サテンポーチ 大770円・中660円・小550円
主材料はチャイナドレスなどの端布。ボタンは縁起がいい中華結び

茶こし付きマグカップ 1個1400円
茶葉を入れて蒸らし、茶こし部分をはずしてそのまま飲めるすぐれもの

ウケねらいの雑貨を買うならここ

中国貿易公司 ちゅうごくぼうえきこんす

パンダ、ブルース・リーなどユニークなキャラクター商品をはじめサテン生地の雑貨や中国茶などが山積み。数ある雑貨のなかから、友達や家族へのウケねらいのみやげが買える。

雑貨 095-823-3222
長崎市新地町10-14 10:00〜19:00
休 無休 P なし 新地中華街電停からすぐ MAP 付録6 C-1

ライトアップした夜も素敵です

日が暮れると長崎新地中華街はイルミネーションが輝き、いちだんと華やかな雰囲気になります。とくに、旧正月の長崎ランタンフェスティバルP.12の期間中は美しいランタンに彩られ、多くの人でにぎわいます。

フルーツ大福がねらいめ

双葉屋 ふたばや

看板商品はフレッシュフルーツがゴロリと入った「フルーツ大福」。中身だけでなく、見た目もフルーツを模していてかわいい。リンゴ、巨峰、ビワなど18種ほどの味がそろう。

フルーツ大福 各300円
見た目がかわいいフルーツ大福は全国発送もOK(イチゴ・バナナ・チェリーを除く)

和菓子 ☎095-823-8581
長崎市新地町8-12 9:30～19:30(売り切れ次第閉店)
休 不定休 P なし 新地中華街電停から徒歩3分 MAP 付録6 C-1

美しく輝くビードロ細工

長崎びーどろ幸瓶

ながさきびーどろこっびん

長崎ビードロをはじめ、ステンドグラス製品やアクセサリーなどがある。ラインストーンやフラワーパーツで装飾したビードロ「デコびー」は、とくに女性に人気。

ガラス製品 ☎095-822-9799(アイエス) 長崎市新地町12-4
9:00～21:00 休 無休 P なし
新地中華街電停から徒歩3分
MAP 付録6 C-1

びーどろ各900円～
大浦天主堂、オペラ『マダム・バタフライ』などがモチーフ。作品はすべて手製で、柄や色が微妙に違う

金豚おきもの
400円
中国では縁起がいいとされる金色の豚。部屋に置くと、金運アップに一役買ってくれそう

チャイナタオル 880円
めずらしいチャイナ服形のタオル。ハンガー付きでタオルははずして洗える

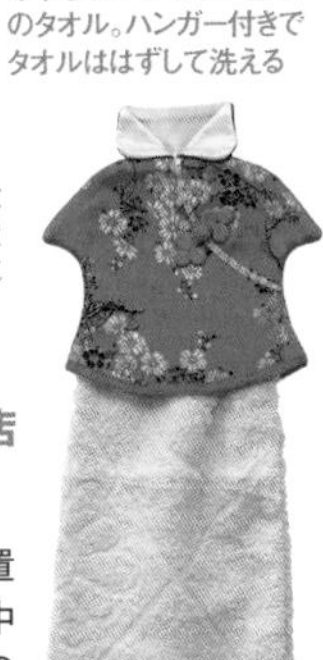

おもちゃ箱のような
カラフル&キッチュな中国雑貨店

ミンミン

中国から仕入れたストラップや置物、小物入れなどの雑貨が豊富。中国雑貨の多くは魔除けや招福などの縁起物のため、それぞれの意味をわかりやすく説明したポップを読むのも楽しい。

中国雑貨 ☎095-823-3588
長崎市新地町8-10 9:30～21:00
休 無休 P なし 新地中華街電停から徒歩3分 MAP 付録6 C-1

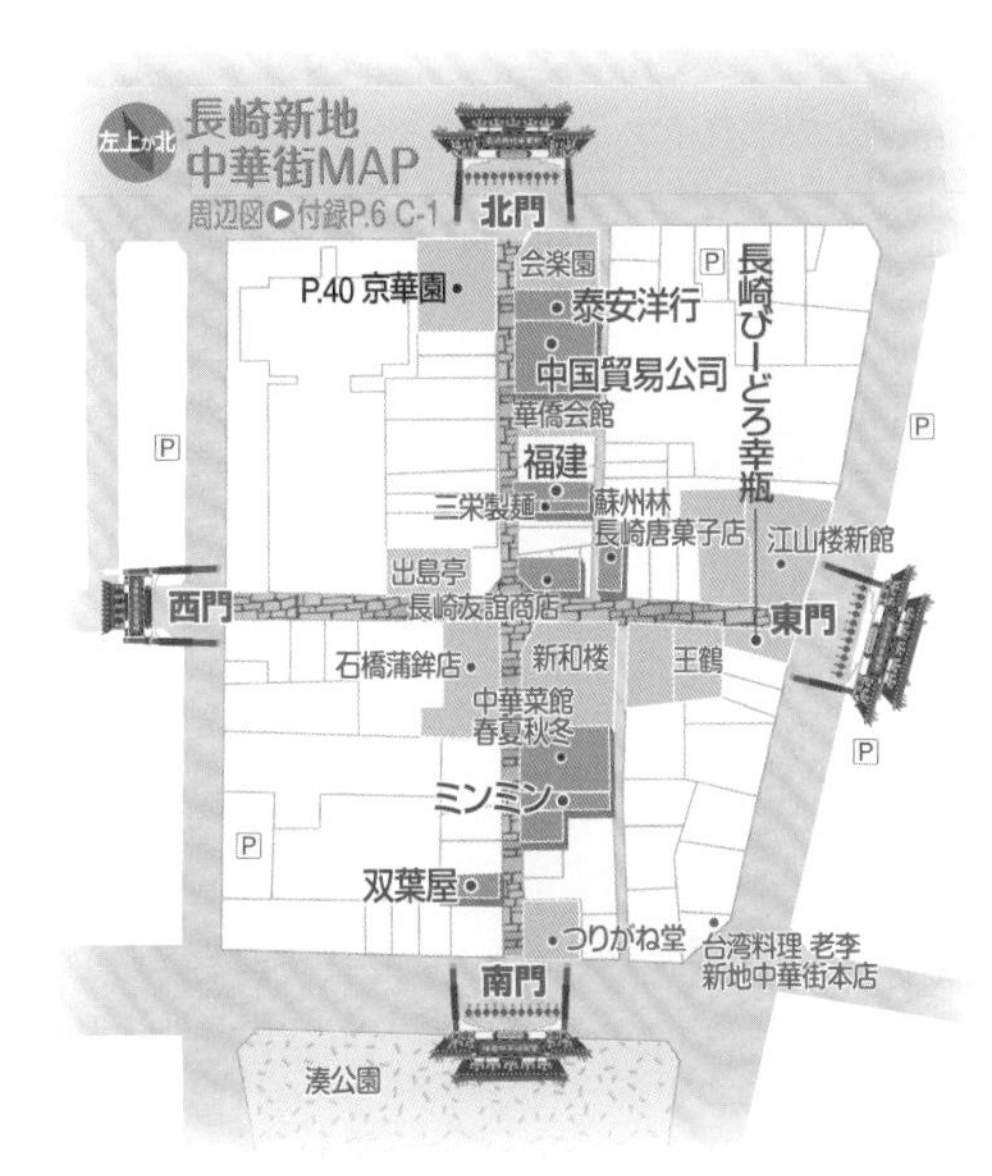

長崎新地中華街から歩いて5分ほどのところに、江戸時代に中国人の居留地とされていた唐人屋敷跡があります。

名店のちゃんぽんと皿うどんをいただきます

長崎グルメの代表格であり、地元っ子が愛してやまない
ソウルフードといえば、ちゃんぽんと皿うどん。
海の幸、山の幸がたっぷり入った本場の味を堪能しましょう。

初代はちゃんぽんの生みの親

ちゃんぽん 1320円
製法やスープの味は、
創業当時のまま

中華料理 四海樓

‖南山手‖ちゅうかりょうりしかいろう

創業1899(明治32)年。初代の陳平順氏は長崎名物のちゃんぽんを発案した人物。肉厚のイカゲソやエビなど数種類の魚介のうまみが溶け込んだ白濁スープは、滋味豊か。

☎095-822-1296 住長崎市松が枝町4-5 時11:30～14:30、17:00～19:30 休不定休 Pなし 交大浦天主堂電停からすぐ MAP付録7 B-3

鶏ガラ+豚骨の黄金比スープ

ちゃんぽん 990円
いか、あさりに加え、はんぺんやちくわなどの練り物が入って具だくさん

会楽園

‖長崎新地中華街‖かいらくえん

1927（昭和2）年に、福建省出身の先代が開いた中国料理店。スープは黄金比といわれる鶏ガラ7、豚骨3の割合。麺や醤油なども、ちゃんぽん専用の材料を特注し、オリジナルの味を追求。

☎095-822-4261 住長崎市新地町10-16 時11:00～14:45、17:00～19:50 休月3回不定休 Pなし 交新地中華街電停からすぐ MAP付録6 C-1

こくのあるスープは風味豊か

ちゃんぽん 950円
上品でこくのあるスープは、唐灰汁麺の風味を際立て、味のバランスがいい

京華園

‖長崎新地中華街‖きょうかえん

ちゃんぽんをはじめ皿うどん、角煮丼など100種を超えるメニューがある。鶏ガラと豚骨のブレンドスープに特製の醤油を加えたちゃんぽんは、上品な味でこくがある。

☎095-821-1507 住長崎市新地町9-7 時11:00～14:30、17:00～19:30 休不定休 Pなし 交新地中華街電停からすぐ MAP付録6 C-1

唐灰汁（とうあく）とは…

唐灰汁とは、ちゃんぽんの麺に入っている薬品のこと。厚生労働省が許可を下ろす唐灰汁麺を作る製麺所は希少です。味わいもさることながら、防腐・殺菌の作用もあります。

コラーゲンたっぷりの濃厚スープ

特製皿うどん 1200円
肉やえびなどの具は下味をつけ、鶏ガラと豚骨でだしをとったコラーゲンたっぷりのスープによくなじむ

天天有

‖思案橋‖てんてんゆう

中国福建料理の専門店。皿うどんとちゃんぽんは、並も特製も麺とスープは同じもの。特製は具をグレードアップして、えび、砂肝など種類が増えるぶん、うまみが増し、甘みが溶け出す。

☎095-821-1911 ⌂長崎市本石灰町2-14 ⏰11:00～14:30、17:00～22:00 休 水曜 P なし 👣思案橋電停からすぐ MAP 付録6 C-1

「長崎一」と評判の極細麺

皿うどん 1100円
具それぞれのおいしさがわかるあんかけ。麺はサックサク

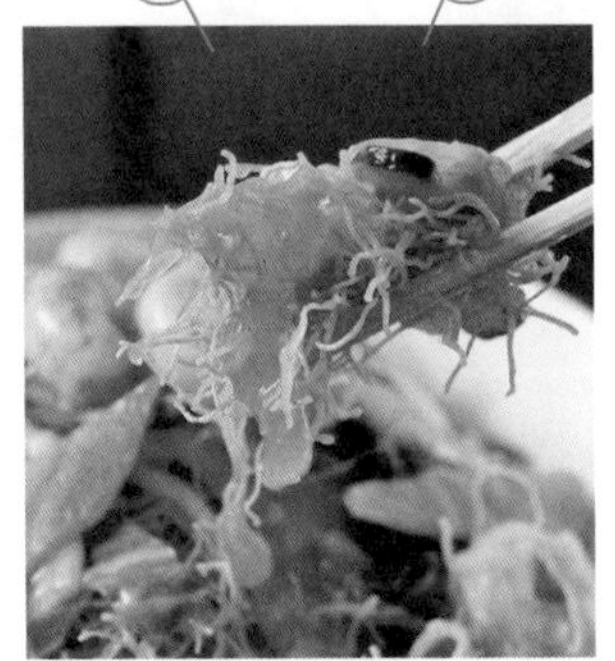

ちゃんぽん蘇州林

‖長崎駅‖ちゃんぽんそしゅうりん

長崎一の麺の細さだと自認する皿うどんの評判が高い。細いため、芯までしっかり揚がって香ばしい。とろみのあるあんの具は野菜が多めでヘルシー。

☎095-801-1062 ⌂長崎市尾上町1-67 長崎街道かもめ市場内 ⏰11:00～21:15 休 無休 P あり 👣JR長崎駅からすぐ MAP 付録5 A-1

ボリューム満点がうれしい

皿うどん 900円
イカ、キクラゲ、豚肉などのほか、夏はアサリ、冬はカキが入る

めがね橋 共楽園

‖浜町‖めがねばしきょうらくえん

眼鏡橋のほど近くにある中国料理店。料理の味はもちろん、満足のゆくボリュームと手ごろな値段のため、特に地元っ子からの評判が高い。週末は待ち時間ができるほどの人気ぶり。

☎095-822-8257 ⌂長崎市古川町5-4 KYOビル1F ⏰11:00～14:30、17:00～19:30 休 火曜 P なし 👣めがね橋電停からすぐ MAP 付録4 C-3

中華料理 四海樓の2階には、ちゃんぽんの史料を集めたちゃんぽんミュージアムがあります。入館は無料です。

長崎生まれの洋食メニュー トルコライスをどうぞ

ピラフ、とんかつ、スパゲティの上に、特製ソースがとろ〜りとかかるトルコライスは、長崎生まれの洋食。ワンプレートにいろいろのせた欲張りメニューに、おなかも心も満たされます。

発案者の父の味を欧風料理のシェフがアレンジ

1カツ、ハンバーグ、エビフライがのる「スペシャルトルコライス」1780円 2洋食メニューとともにワインが楽しめるワインサロン 3浜町アーケード内のビルの2、3階にある。2階はレストランフロア

ビストロ ボルドー

‖浜町‖ビストロボルドー

シェフの父は、長崎名物トルコライスを考案した料理人。元祖の味をアレンジしたトルコ風ライスと、現代に合った新しいトルコライスが味わえる。3階は大人向けのワインサロンになっている。

☎095-825-9378
長崎市浜町8-28 インポートビル2・3F
11:00〜23:00
休 無休 P なし
思案橋電停からすぐ
MAP 付録4 C-4

古きよき喫茶店の趣とあたたかさを感じさせる家庭の味

1ホワイトソースがかかった煮込みハンバーグやコロッケ、ドライカレースパゲティなどがワンプレートにおさまった403番1251円 2カウンター席があり、一人客も利用しやすい 3浜町アーケード電停近くの創業40年を超える人気店

ニッキー・アースティン 万屋町店

‖浜町‖ニッキーアースティンよろずやまちてん

地元っ子の支持を集める路地裏の洋食店。200種を超えるメニューのうち、トルコライスは、ライス、ソース、トッピングなど組み合わせが多彩で180種ほど。メニュー数が多いため、名称は番号で表記している。

☎095-824-0276
長崎市万屋町4-11 2F
11:00〜20:20
休 不定休 P なし
浜町アーケード電停から徒歩4分
MAP 付録4 C-4

長崎生まれなのに、なぜトルコ?

トルコライスの名の由来については諸説あります。中国の焼き飯、西洋のスパゲティの中央にとんかつがのり、ワンプレートで出されるため、東西文化が混在する地「トルコ」になったなど。

九州最古の喫茶店 トルコライスのレパートリーは11種

1 Ryomaトルコ1580円。ビーフカツにブラックペッパーやハーブを使ったスパイシーなデミグラスソースがかかる 2 レトロな調度品が、店の歴史を物語る 3 レンガ造りで崇福寺P.33の近くにある

ツル茶ん

‖浜町‖ツルちゃん

創業1925(大正14)年の九州最古の喫茶店。トルコライスはビーフカツとカツオ風味のシーフードスパがのるRyomaトルコ、ピリ辛ソースがかかるランタントルコなど個性豊かな11種がそろう。

☎095-824-2679
住 長崎市油屋町2-47 リバソンクレインビル1・2F
時 10:00～21:00
休 無休 P なし
交 思案橋電停からすぐ
MAP 付録4 C-4

長崎っ子御用達の洋食店の欲張りな自信作

1 カツの上に、さらにハンバーグがのったよくばりトルコライス1200円。カレーピラフの辛さがほどよく、ボリュームもたっぷり 2 繁華街のど真ん中にあり、長崎っ子であれば知らない者はいない老舗の洋食店 3 呉服店の2階にある

レストラン メイジヤ

‖浜町‖

浜んまちの中心部、アーケードのど真ん中にある洋食店。味はもとより、その立地から地元の人の間では有名。長崎名物のトルコライスは「スタンダード」と「よくばり」の2種がある。

☎095-827-1129
住 長崎市浜町3-18 2F
時 11:00～19:50
休 無休
P なし
交 観光通電停からすぐ
MAP 付録4 C-4

トルコライスの特色のひとつは、とにかくボリュームがあることです。おなかを空かせてでかけましょう。

坂本龍馬も好んだ卓袱料理と「じげもん」の夜ごはん

長崎には、和華蘭の食文化が混ざり合って生まれた卓袱(しっぽく)料理をはじめ
「じげもん」という「地のもの」料理がたくさんあります。
古くから親しまれているご当地ならではの味を夜ごはんに。

老舗の卓袱料理を堪能

料亭 一力 ‖寺町‖ りょうていいちりき

閑静な寺町通りにのれんを掲げる創業1813(文化10)年の料亭。維新の志士たちも訪れたといわれる。手入れのゆき届いた庭を眺めながら味わえる卓袱料理をはじめ、食事はすべて予約制。卓袱料理は昼1万560円〜、夜1万5840円〜。

卓袱料理 ☎095-824-0226 ⌂長崎市諏訪町8-20
🕒11:30〜13:30、17:00〜19:30(予約制) 休 不定休
P あり 市役所電停から徒歩5分 MAP 付録4 C-3

夜の卓袱料理、会席料理はすべて15840円〜

ランチメニュー

卓袱料理の代表的なメニューを三段重に詰めた13時30分までの姫重しっぽくは、6050円。

予算 昼 **6050円**(コースの場合は11000円)
夜 **16000円**

花街、丸山の高台に建つ

料亭 青柳 ‖思案橋‖ りょうていあおやぎ

長崎ならではの卓子(しっぽく)料理と鰻料理が有名な料亭。角煮のかわりに鰻が入る青柳鰻卓子はオリジナル。平和祈念像の作者、北村西望(きたむらせいぼう)が常連だったことから、亭内には西望展示室がある。カードでの支払いは不可。

卓袱料理 ☎095-823-2281 ⌂長崎市丸山町7-21
🕒12:00〜15:00、18:00〜22:00(予約制) 休 不定休
P なし 思案橋電停から徒歩3分 MAP 付録6 D-1

豪華な料理が円卓を埋める

ランチメニュー

ランチについては要問い合わせ。

予算 昼 **要問い合わせ**
夜 **15000円**

東坡煮が名物の料亭

料亭 坂本屋 ‖長崎駅周辺‖ りょうていさかもとや

卓袱料理のメインディッシュともいえる東坡煮(とうばに)(豚の角煮)で有名な料亭。醤油使いの匠に与えられる「醤油名匠」に輝いた料理人がつくる東坡煮は、ホロホロととろけるようにやわらかい。真空パック入りもあり、おみやげに買える。

卓袱料理 ☎095-826-8211 ⌂長崎市金屋町2-13
🕒11:30〜13:00、17:30〜19:30 休 無休 P あり
JR長崎駅から徒歩7分 MAP 付録5 B-3

夜の卓袱料理は1人前11000円〜。内容は季節により異なる。写真は16500円のコース(5人前)

ランチメニュー

昼のミニ卓袱料理は3960円。6時間かけて煮込む名物の東坡煮も味わえる。

予算 昼 **5000円**
夜 **14000円**

卓袱料理のお作法

卓袱料理を食べるときは、おかっつぁま（女将）の「御鰭（おひれ）をどうぞ」の言葉から。乾杯はそのあとです。また、食事に使う取り皿は基本的には2枚まで。じょうずに使いこなせるようになれば、一人前です。

ヘルシーでおいしい名物おじや

しあんばし一二三亭 ‖思案橋‖ しあんばしひふみてい

1896（明治29）年にすきやきの店として開業。思案橋の路地裏に建ち、現在は角煮や牛かんなどの郷土料理、水炊き、鴨鍋、牛かん鍋の3種類の鍋料理が味わえる。ごまがたっぷり入ったおじやは、舌ざわりのなめらかさが絶妙。

おじや ☎095-820-9191 長崎市本石灰町2-19 ⏰11:30～14:00、18:00～23:00（土曜は夜のみ営業） 休日曜（祝前日の場合は翌日休） Pなし 思案橋電停からすぐ MAP付録6 C-1

menu

鍋料理（1人前） 3000円
※2人前から受け付け
牛かん 800円
角煮 800円
鯨刺（赤身） 1100円

釜炊きのごはんをお粥にして半日ねかせ、昆布とカツオ節のだしでのばしたおじや750円。昼はおじや定食で、唐揚げとサラダが付いて950円

大きな丼に入った茶碗蒸し

吉宗 本店 ‖浜町‖ よっそうほんてん

創業1866（慶応2）年。創業時から受け継がれる上品な薄味のだしでやわらかく蒸し上げた茶碗蒸しが看板メニュー。エビ、アナゴ、鶏肉タケノコなど10種の具が大きな丼に入る。蒸し寿司とのセットが人気。

和食 ☎095-821-0001 長崎市浜町8-9
⏰11:00～14:30、17:00～20:00 休月・火曜 Pなし
観光通電停から徒歩3分 MAP付録4 C-4

menu

茶碗蒸し（単品） 880円
蒸しずし（単品） 660円
吉宗定食 2750円
特製 幕の内 3190円

茶碗蒸しと蒸しずしのセット1540円。アナゴをそぼろ状にしたものと、でんぶ、錦糸卵をのせた蒸しずしとのセット

北京の本場の味を堪能

餃子菜館 万徳 ‖浜町‖ ぎょうざさいかんまんとく

長崎新地中華街の北門近くに建つ。オーナーは北京出身で、店で使う調味料や材料の多くは現地から仕入れている。晩ごはんなら人気の水餃子を中心に、担々麺やエビチリマヨネーズなどあれこれ味わって。

中国料理 ☎095-826-2600 長崎市銅座町2-2
⏰11:30～13:30、17:30～20:45 休日曜（ほかに不定休あり） Pなし 西浜町電停からすぐ MAP付録5 B-4

menu

焼餃子 550円
担々麺 1000円
エビチリマヨネーズ
1200円
冷やし中華（夏期限定）
850円

おすすめは注文を受けてから作る水餃子6個550円。肉汁がしたたる

卓袱料理は格式張った料理ではなく、円卓を囲み、大皿料理を大勢で楽しむ「おもやいで（分け合って）」の料理といわれます。

まだまだあります、長崎のおいしいもの
とびきりの鮮度が魅力の海の幸

三方を海に囲まれ、離島の数が日本最多の長崎は海の幸が豊富。
季節ごとの旬の魚介は、長崎を代表するグルメの一つです。
鮮度の高いおいしい魚が食べられるお店はこちら。

旬の魚介をお手ごろに

長崎近海でとれる魚介と、その鮮度を重視し、利益度外視の手ごろな値段で提供している。仕入れ次第で内容が変わるあら汁付きの海鮮丼は、大きめのネタが8種ほどのってボリュームたっぷり。ランチの予算は1000～1500円ほど、夜は3000円台から。

あら汁付きの朝とれ海鮮丼1280円。だしと醤油を合わせた甘めのタレをまわしかけ、温泉卵を割って、さらに好みでわさび醤油をかけて食べる

魚菜創作ダイニング 魚たつ 五島海山

さかなそうさくダイニングうおたつごとうかいさん

☎095-825-6455 住長崎市五島町3-22タケイビル1F 時11:30～13:30、17:00～22:00（金・土曜は～23:00） 休日曜（翌日が祝日の場合は営業して月曜休） Pなし 交五島町電停からすぐ MAP付録5 B-2

お客さんに喜んでもらうことがモットーの人気店

「じげもん」を使った丼ものが人気

長崎出島ワーフP.29の1階にある食事処。キビナゴ、ヒラス、鯛など長崎産の魚介が盛られた丼ものが味わえる。天気のよい日は長崎港を望むテラス席で、景色とともに楽しんで。長崎産にこだわらず、ぜいたくに海の幸を盛り付けた海鮮丼も人気メニュー。

地げ丼2145円。「地げ」とは「地元の」という意味。ごはんが見えないほど、長崎県五島や野母崎に揚がった魚介がぎっしり

海鮮市場 長崎港 出島ワーフ店

かいせんいちばながさきこうでじまワーフてん

☎095-811-1677 住長崎市出島町1-1 時11:00～21:15 休無休 Pあり 交出島電停から徒歩5分 MAP付録5 A-4

長崎港沿いの複合施設「長崎出島ワーフ」内にある

本格的な寿司をカジュアルに

長崎県諫早市に本店を構える居酒屋が手がける寿司店。長崎近海で水揚げされた旬の地魚の寿司のほか、焼き魚、煮魚などもある。一番人気は「おまかせにぎり」。魚だけでなく、米や野菜も長崎産を使う。料理の味を引き立てる長崎を中心とした九州の地酒もそろう。

おまかせにぎり4700円は、握り寿司と巻き物、長崎産の赤うに、味噌汁、デザートが付く。長崎らしくヒラスを使った鉄火巻きなどもある

鮨場 いぶき地

すしばいぶきち

☎095-826-5353 住長崎市本石灰町5-6 本石灰ビル1F 時17:00～24:00 休不定休 Pなし 交思案橋電停からすぐ MAP付録6 C-1

細長い店内はカウンターのみ

長崎の水揚量は全国3位

長崎は全国3位の水揚量を誇る海の幸の宝庫です。水揚量全国1位のアジ、イサキ、ブリなどをはじめ、長崎周辺の海では四季折々にさまざまな魚介が水揚げされています。

刺身の盛り合わせ1人前1250円～。内容は日によって異なる

刺身の盛り合わせは、ぜひ

刺身の盛り合わせを見れば、海の幸の宝庫長崎の実力とともにコスパの高さがわかる。日によって替わる刺し盛りは8種を盛る。「角煮チーズパイ」や「海老マヨじゃが芋のパリパリ」など、洋風や中国風の料理もそろうレパートリーの広さも人気の秘密。

長崎DINING 多ら福 亜紗

ながさきダイニングたらふくあさ

☎095-832-8678 ⌂長崎市油屋町2-6 ⏱17:00～24:00 休不定休 Pなし 思案橋電停からすぐ MAP付録4 C-4

木のぬくもりが感じられるモダンな雰囲気

刺盛り2750円、くじら三品盛り2310円。刺盛りは、その日の仕入れによって異なるが、7、8種

地魚の味を生かした料理

近海でとれた魚介は鮮度も質も抜群。鮮度のよいものをそのまま、あるいは熟成させてうまみを凝縮させるなど、シンプルながらも魚の味を最大限に生かした調理法で味わえる。料理とともに楽しみたいお酒は、焼酎から日本酒、ワインまで豊富な品ぞろえ。

鮮肴炭焼 炙

せんこうすみやきあぶり

☎095-818-9888 ⌂長崎市万屋町6-24 ⏱18:00～24:00 休不定休 Pなし 思案橋電停から徒歩3分 MAP付録4 C-4

予約は、おまかせコースがおすすめ

野母んあじの活き造り2人前2800円～。野母崎沖で一本釣りされた野母んあじは、脂ののりが抜群

長崎のおいしい魚を主人が目利き

主人がその日仕入れた魚介を刺身や塩焼きにしてくれる。長崎半島の先端部、野母崎沿岸で漁師が釣り上げた長崎ブランド魚の「野母(のも)んあじ」をぜひ。クジラの刺身、生鯖の刺身、イカの活き造り、あご（飛び魚）の一夜干しなども長崎らしい海の幸。

居酒屋 海の幸

いざかやうみのさち

☎095-821-3693 ⌂長崎市大黒町8-2 ⏱17:00～22:30 休土曜（連休の場合は最終日休） Pなし 長崎駅前電停からすぐ MAP付録5 B-1

長崎駅前電停の近くにのれんを掲げる

魚菜創作ダイニング 魚たつ 五島海山では、平日と祝日のランチタイムに10食限定の「握り15貫セット」770円も人気です。

「コーヒーことはじめの地」で香り高いコーヒータイム

長崎は日本におけるコーヒー発祥の地です。
往時に思いを馳せながら
くつろぎのコーヒータイムを過ごしましょう。

個性派ショップ、昔ながらの商店、民家が混在するししとき川沿いにある

1ぽってりと温かみのある土ものの器は、陶芸家の奥さまの作品 2自家焙煎の豆をサイフォンでいれるコーヒーは浅煎り、中煎り、深煎りの3種類ともに450円。手作りの「バタークッキー」3枚230円 3綿ネルの濾過器を使ってゆるやかにコーヒーの油を通し、油分に溶け込んだ香りや甘味をカップに落とす 4店内の一角では書籍も扱っている

長崎風情が漂う路地裏のコーヒースタンド

珈琲人町 ‖眼鏡橋‖こーひーひとまち

古い寺院が建ち並ぶ寺町通りからすぐの路地裏にあるコーヒー専門店。豆の個性を引き出すよう、店主の舌と感性で焙煎したコーヒーは、ブレンド3種類に、2か月に1回ほど入れ替えながら提供するストレート3種類、カフェラテ、水出しコーヒー、あとはコーヒーに合うライトミール、スイーツなどを少しずつ。コーヒー豆の販売もしている。

090-7291-0467
長崎市東古川町4-25 1F
11:00〜19:00
(土・日曜は〜18:00)
休 月曜 P なし
思案橋電停から徒歩4分
MAP 付録4 C-4

ふと足を止めたくなる味わいのある看板

オンラインでもコーヒー豆が買えます

KARIOMONS COFFEEでは、2種類の豆が選べる「選べるコーヒー豆セット」をオンラインで販売しています。詳しくはhttps://kariomons.com/onlineshop/1303をチェックしましょう。

❶コーヒー豆の種類は8～9種類 ❷2023年2月からオリジナル焼き菓子ブランド「菓子hibi」がスタート。店頭やオンラインでも購入できる

スペシャルティコーヒーを好みの抽出法で

KARIOMONS COFFEE NAGASAKI

‖樺島町‖カリオモンズ コーヒー ナガサキ

中米から直接買い付けるスペシャルティコーヒーが看板。エスプレッソドリンクや水出しコーヒー、そしてペーパードリップかフレンチプレスの2種類のいれ方から選べるホットコーヒーが楽しめる。

☎095-870-3140 住長崎市樺島町2-11 造船組合ビル1F
時10:00～17:45 休無休 Pなし
交長崎電気軌道大波止電停から徒歩4分
MAP付録5 B-3

江戸時代の南蛮茶の味と香りを楽しむ

南蛮茶屋

‖眼鏡橋‖なんばんちゃや

コーヒーがオランダ船から伝わった江戸期初頭、「南蛮茶」と呼ばれたころの味をストロングコーヒー（500円）の名で再現。店内には南蛮渡来を思わせるアンティークが並ぶ。

一杯だてのコーヒーのよい香りに包まれた建物は、江戸期の民家を利用したもの

店内には1950年代のジャズが流れる

☎095-823-9084
住長崎市東古川町1-1
時14:00～21:00
休無休 Pなし
交めがね橋電停からすぐ
MAP付録4 C-3

❶珈琲490円は、豆ごとに焙煎の加減を変えたアフターミックスの製法による。エッグサンドとのセットは890円 ❷創業1946（昭和21）年。今の店舗は1967（昭和42）年にできたもので、当時の写真や絵画、アンティークのシャンデリアを飾る

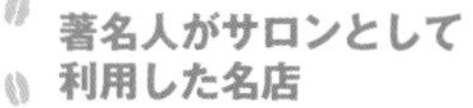

著名人がサロンとして利用した名店

珈琲 冨士男

‖浜町‖こーひーふじお

長崎の歴史を題材にした小説で有名な遠藤周作が、この地を訪れるたびに通った喫茶店。コーヒーは、ネルドリップでいれる一杯だて。香り豊かで、深い余韻がここちよく、リラックスさせてくれる。人気のエッグサンドとともに。

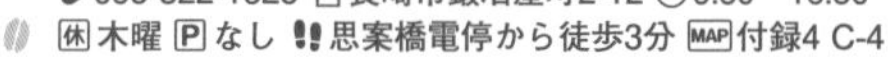

☎095-822-1625 住長崎市鍛冶屋町2-12 時9:30～16:30
休木曜 Pなし 交思案橋電停から徒歩3分 MAP付録4 C-4

日本初のコーヒーの伝来地は江戸時代の長崎・出島。当初日本人の口に合わなかったようですが、明治以降に普及しました。

甘い誘惑には勝てません 長崎名物のミルクセーキ

坂道や階段が多い長崎の街は、休憩しながらの散策がおすすめです。
牛乳、卵、砂糖、氷と材料はシンプルながら、
店ごとのレシピによって味が異なる名物のミルクセーキで、ひと休みしませんか。

卵黄2個と練乳を使ったミルクセーキ(890円)はミルキーで濃厚な味わい。プレーンは薩摩切子のグラスで出される

店内には長崎びーどろや亀山焼などを飾っている

6種類のミルクセーキからお好みを

アンティーク喫茶&食事 銅八銭

‖長崎駅周辺‖アンティークきっさアンドしょくじどうはっせん

アンティークに彩られた喫茶店。ミルクセーキは定番のミルク味のほか、抹茶、オレンジ、バナナ、パイン、ココアの計6種。グラスからはみ出すほど大盛りで出てくる。

095-827-3971
長崎市上町6-7
10:00〜22:30
休 第1·3·5土曜
P なし
桜町電停から徒歩3分
MAP 付録5 B-2

自家製の蜜と氷を混ぜて作るミルクセーキ700円

菓子店の奥に喫茶スペースがある

和菓子の老舗がプロデュース

和風喫茶 志らみず

‖浜町‖わふうきっさしらみず

創業1887(明治20)年の和菓子店「白水堂」が併設する甘味処。スプーンで食べる長崎独自のミルクセーキ、もっちりとした食感の白玉が入ったクリーム白玉などの人気が高い。

095-826-0145(白水堂) 長崎市油屋町1-3
11:00〜16:30(菓子店は9:30〜18:00)
休 不定休 P なし
思案橋電停からすぐ
MAP 付録6 D-1

長崎のミルクセーキは「食べる」もの

飲むものではなく、食べるものなのが長崎のミルクセーキ。スプーンですくって食べるフローズンデザートで、シャリシャリとした食感が特徴です。

卵の味と香りが濃厚なミルクセーキ750円

JR長崎駅に直結するアミュプラザ長崎の5階にある

レモン風味のミルクセーキは創業当時の味

Cafe & Bar ウミノ

‖長崎駅‖カフェアンドバーウミノ

「ウミノのミルクセーキ」は卵、砂糖、練乳などに氷を加え、創業からの変わらぬ味を守りながら一杯ずつつくる。甘いだけでなく、ほのかにさわやかさが広がるのがウミノ流。コーヒーもおいしいと評判。

☎095-829-4607
住 長崎市尾上町1-1 アミュプラザ長崎5F
時 11:00～21:15
休 無休 P あり
交 JR長崎駅からすぐ
MAP 付録5 A-2

ミルクセーキカクテル1300円。アルコールは弱めで、デザートとして楽しめる。終日注文できる

アンティーク調の家具で統一し、落ち着いた雰囲気が漂う

大人のミルクセーキにほろ酔い気分

Cafe & Bar バンテアン

‖長崎新地中華街‖カフェアンドバーバンテアン

ホテルの1階にあるカフェバーで、ミルクセーキをカクテルで味わえる。カスタード風味のリキュールを使った酒をフローズン状にしたもので、シャリシャリとした食感。

☎095-828-1234（ビクトリア・イン長崎）
住 長崎市銅座町6-24 ビクトリア・イン長崎1F
時 16:00～23:30 休 月曜
P なし 交 観光通電停からすぐ MAP 付録5 B-4

「Cafe & Bar ウミノ」があるアミュプラザ長崎は、JR長崎駅に隣接した複合施設です。

ひと休みするなら こちらのカフェもおすすめです

長崎タウンの散策途中に、ほっとひと息つけるおすすめのカフェ。
スイーツのやさしい味といごこちのよい空間でリフレッシュしましょう。
長崎らしく、中国茶や特産のびわを使ったスイーツもあります。

Lサイズの長崎県産の銘柄いちごがメインの「苺づくしパフェ」

1浜市アーケードの鍛冶屋町側出入り口付近にある 2季節ごとのみずみずしいフルーツも買える

ボリューミーな長崎県産いちごのパフェを堪能

Fruit & Cafe HAMATSU 浜町店

‖浜町‖フルーツアンドカフェハマツはまのまちてん

青果卸売店が手がけるフルーツパーラー。「四季折々のフルーツが演出する彩りと感動」をテーマに、旬のフルーツを使ったパフェやケーキの評判が高い。春は長崎県産いちごを13～14粒積み上げた「苺づくしパフェ」が登場。

☎095-821-0009 住長崎市油屋町2-1 時11:00～18:00（変更の場合あり）、物販10:30～19:00（金・土曜は～20:00、変更の場合あり） 休月曜（祝日の場合は翌日休） Pなし 交思案橋電停からすぐ MAP付録4 C-4

1民家の間に長崎港が眺められる明るい店内 2抹茶ミルクセーキ780円。抹茶味のざくざく食感のミルクセーキの中には小豆餡が

健康にいいびわ茶でブレイクタイム

カフェレストラン KIZUNA

‖南山手‖カフェレストランキズナ

大浦天主堂近くの路地にあるカフェ。ミルクセーキなどのスイーツのほか、トルコライス、長崎ちゃんぽんなどのご当地メニューもある。長崎特産のびわを使った「びわ茶」は、美白やダイエットにも効果的と評判。

☎095-822-8211 住長崎市南山手町4-28 時11:30～14:00 休日曜 Pなし 交大浦天主堂電停から徒歩5分 MAP付録7 A-3

「長崎びわたると」とびわ茶のセット700円

初夏を告げる「長崎びわ」

「長崎びわ」は長崎県を代表する特産品のひとつで、日本一の生産量を誇ります。収穫時期はハウス栽培が2～4月、露地栽培は5～6月。長崎の初夏の味として人気があります。

1店内にはオリジナルデザインの雑貨が並ぶ 2本棚の本を目当てに通う常連もいる

屋根裏部屋みたいなカフェ

dico.appartement

‖浜町‖ディコアパルトマン

老舗ミニシアター「長崎セントラル劇場」の上階にある。山積みの本、映画のポスター、植物や楽器が無造作に置かれ、友人の部屋を訪ねたようなここちになれる。メニューはサンドイッチとドリンクが中心。

なし 長崎市万屋町5-9 セントラルビル401号
12:00～17:30 休火曜 Pなし 観光通電停から徒歩4分
MAP付録4 C-4

「フレンチトースト+アイスクリーム」780円。食感も香りも楽しめるオリジナルのグラハムパンを使う。ハニーシナモンミルクティーは650円

5月から10月頃の限定メニューの「季節の美肌豆腐パフェ」750円（※写真はイメージ）

1店の2階が喫茶。カウンターとテーブル席がある 2湯を注ぐとゆっくりと花が開いてゆく工芸茶500円、黒ゴマあん入りの芝麻湯圓は480円

中国茶や美肌パフェで、ほっとひと息

茶房 泰安洋行

‖長崎新地中華街‖さぼうたいあんようこう

中国製の雑貨を販売する「泰安洋行」P.38に併設する喫茶。すっきりとしたあと味の中国茶、湯を注ぐと茶葉が開いて花が咲く工芸茶「花咲くお茶」、美肌によいとされる期間限定の亀ゼリーのパフェなどがある。

095-821-3455 長崎市新地町10-15 12:00～14:45
休不定休 Pなし 新地中華街電停からすぐ
MAP付録6 C-1

dico.appartementでは、カフェや映画をモチーフにしたTシャツやポストカードなども販売しています。

街中に宝石をちりばめたような世界新三大夜景にうっとり

1000万ドルと評される長崎の夜景。
夕闇が街を包めば、昼間とはひと味違った幻想的な世界が広がります。
長崎を代表する夜景スポットを紹介します。

稲佐山山頂展望台から長崎市街を見下ろす

長崎一の夜景はここから

稲佐山山頂展望台

いなさやまさんちょうてんぼうだい

世界新三大夜景都市・長崎を代表する夜景スポット。標高333mの稲佐山山頂にあるガラス張りの展望台からの眺めは格別。長崎港や長崎市街を一望する「1000万ドルの夜景」は見もの。

☎095-822-8888
(長崎市コールセンター)
長崎市稲佐町稲佐山山頂
入場自由 Ⓟあり
長崎ロープウェイ稲佐岳駅からすぐ
MAP 付録3 A-4

世界新三大夜景のひとつに数えられている「1000万ドルの夜景」

稲佐山山頂への行き方

山頂の展望台までは、山麓付近の淵神社駅から出ているロープウェイが便利。午前9時から午後10時まで、およそ15分から20分間隔で運行している。片道730円、往復1250円。淵神社駅へは、JR長崎駅前から長崎バスで7分、ロープウェイ前バス停下車、徒歩すぐ。
※料金は変更の場合あり
長崎ロープウェイ
☎095-861-3640

長崎駅から車で約10分ほど

長崎港と女神大橋を望む

立山公園

たてやまこうえん

長崎市中心部のほど近くにある。女神大橋を正面に、市街地の夜景が広がる。桜の名所としても知られ、およそ700本の桜と夜景が楽しめる3月下旬から4月上旬は、特におすすめ。

☎095-822-8888
(長崎市コールセンター)
住 長崎市立山5
時 入園自由 P あり
交 バス停立山公園口からすぐ
MAP 付録2 D-3

地元っ子からの人気が高い閑静な展望地

知る人ぞ知る夜景の名所

鍋冠山公園

なべかんむりやまこうえん

グラバー園の第2ゲートから歩いて10分ほど。長崎港を見渡す展望台からは、行き交う船や女神大橋などを間近に望むことができる。

☎095-822-8888
(長崎市コールセンター)
住 長崎市出雲2-144-1ほか
時 入園自由 P あり
交 JR長崎駅から車で12分
MAP 付録3 C-6

無料循環バスが便利です

稲佐山の山頂へ向かう長崎ロープウェイの淵神社駅までは、毎日4か所のホテルとJR長崎駅を回遊する無料の循環バスが運行しています。完全予約制で、利用当日の午後12時から長崎ロープウェイのホームページで受け付けています。

夜景を眺めながらディナー

世界に誇る夜景を見ながらディナー

稲佐山レストラン ITADAKI

‖稲佐山‖いなさやまレストランイタダキ

稲佐山山頂展望台の2階にあり、ガラス張りの店内はパノラマ状に夜景が広がる。長崎の山海の幸など産物を生かしたカジュアルフレンチが味わえる。予約は公式ホームページを参照。

フレンチ ☎050-3317-0100 住 長崎市稲佐町364 稲佐山山頂展望台2F 時 11:30～14:00、17:00～20:30 休 第2火曜 P あり 交 長崎ロープウェイ稲佐岳駅からすぐ MAP 付録3 A-4 HP https://www.inasayama.com/itadaki/

窓際のボックス席からの眺め

長崎産の食材が主役の季節限定コース8500円

絵画のような夜景に感動

鮨ダイニング 天空

‖稲佐山‖すしダイニングてんくう

稲佐山の中腹に建つガーデンテラス長崎 ホテル＆リゾートにある。柚子ごしょうや鯛腸の塩辛などをトッピングした創作すしが味わえる。コース料理のランチは3800円～、ディナーは9500円～。

寿司 ☎095-864-7717
住 長崎市秋月町2-3
時 11:00～14:00、17:00～21:00 休 木曜 P あり
交 バス停シンフォニー稲佐の森からすぐ
MAP 付録3 A-4

世界新三大夜景がより美しく見えるよう照明に配慮した設計

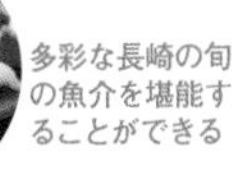
多彩な長崎の旬の魚介を堪能することができる

稲佐山山頂展望台の床面のイルミネーションの中に、ひとつだけハートの形をしたものがあります。探してみましょう。

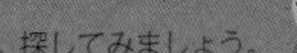

長崎みやげの定番です カステラくらべっこ

**ポルトガル伝来の南蛮菓子カステラは、長崎みやげの定番です。
卵、小麦粉、砂糖、水飴を原料に、昔ながらの製法で作る焼き菓子は、
原料、製法ともシンプルながら、店ごとに微妙に味が異なるから不思議です。**

創業寛永元年のカステラの老舗

福砂屋本店

‖思案橋‖ふくさやほんてん

創業1624(寛永元)年、ポルトガル人直伝の製法を代々継承している老舗。卵と砂糖をたっぷり使った特製五三焼カステラ、クルミ、レーズンをのせ、香ばしく焼き上げたココア味のオランダケーキもおすすめ。

☎095-821-2938 住長崎市船大工町3-1
営9:30～17:00 休水曜 Pあり 交思案橋電停から徒歩3分 MAP付録6 C-1

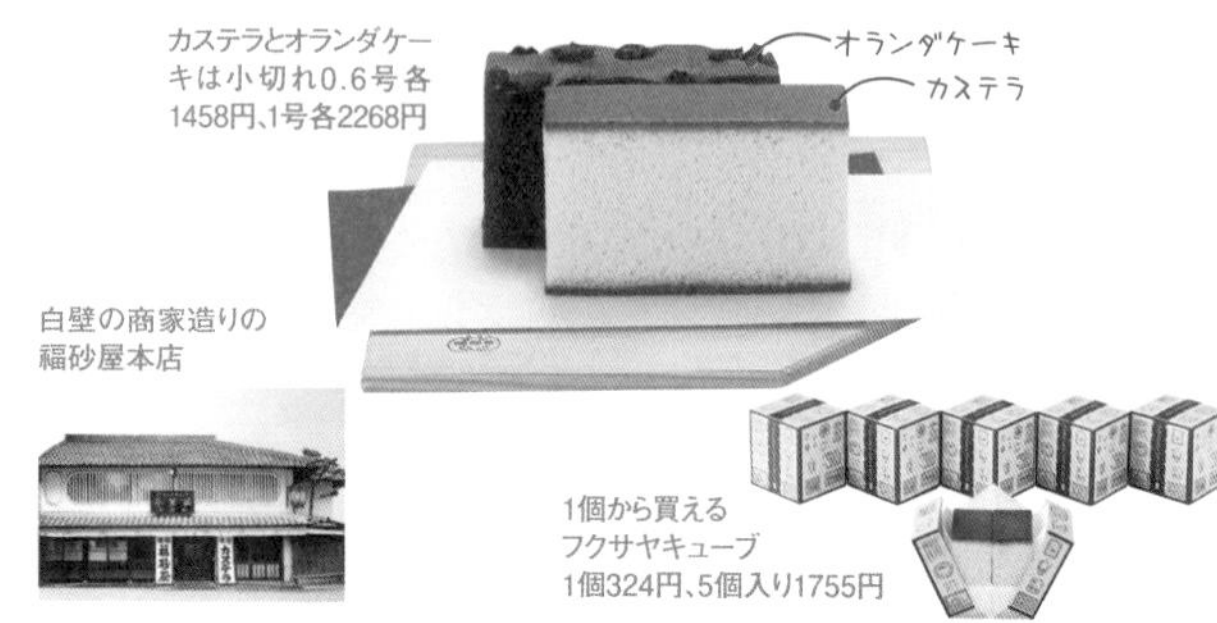

カステラとオランダケーキは小切れ0.6号各1458円、1号各2268円

白壁の商家造りの福砂屋本店

1個から買えるフクサヤキューブ 1個324円、5個入り1755円

明治期に考案した香り高いチョコラーテ

松翁軒

‖眼鏡橋界隈‖しょうおうけん

創業1681(天和元)年。チョコレートが珍重されていた明治期に、チョコレートをブレンドしてつくったカステラチョコラーテが好評。2階には「喫茶セヴィリヤ」がある。

☎095-822-0410 住長崎市魚の町3-19
営9:00～18:00(喫茶は11:00～17:00)
休無休 Pあり
交市役所電停からすぐ MAP付録4 C-2

ショップは1階、2階は喫茶

8代目が考案したチョコラーテ0.3号648円、0.6号1296円

熟練の職人がそれぞれの窯で一枚ずつていねいに焼き上げる

全国に名を知られるカステラの名店

文明堂総本店

‖江戸町‖ぶんめいどうそうほんてん

独自の製法と伝統を守り、全国的に名を知られるカステラの名店。本店ではカステラはもちろん、三笠山184円やカステラ巻130円などを販売している。

☎095-824-0002 住長崎市江戸町1-1
営9:00～18:00 休無休 Pなし
交大波止電停からすぐ MAP付録5 A-4

黒塗りの建物は1952(昭和27)年築

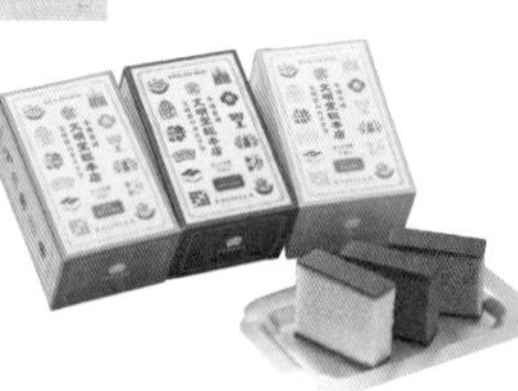

抹茶、チョコレート、プレーンの3種がそろうカットカステラ包装1箱5個入り各972円

「和三盆」「黒糖」「お濃茶」の3種がある特撰カステラ各1本1512円

祝いの席に「桃カステラ」

カステラ生地に、砂糖菓子で細工した桃をのせた桃カステラ。長崎に古くから伝わる菓子で、桃の節句などの祝いの席に添えられます。思案橋電停近くの白水堂 本店 MAP 付録6 D-1では、小さいサイズの「こもも」や「チョこもも」も販売しています。

数量限定のカステラ

岩永梅寿軒

‖諏訪町‖いわながばいじゅけん

創業1830(天保元)年の老舗和菓子店。予約注文を受け付けている銘菓「寒菊」が有名。カステラは数量限定で、時期によっては予約を休止していることもあるため、開店前から買い求める人が並んでいることがある。

☎095-822-0977 住長崎市諏訪町7-1 営10:00～16:00 休日曜(火・木曜は不定休あり) Pなし
交市役所電停から徒歩5分 MAP 付録4 C-3

黒い漆喰の壁が創業百九十余年の歴史を感じさせる

古くから地元の人たちに親しまれる菓子舗

卵の風味がやさしく、ほどよい甘さのカステラは1号1782円

吟味した材料を使ったカステラ5種

清風堂 グラバー坂店

‖南山手‖せいふうどうグラバーざかてん

カステラのバリエーションは、甘さ控えめの長崎カステラ、北海道産の3種のチーズをブレンドしたチーズカステラ、長崎産のざぼんを使ったざぼんカステラなど全5種がある。いずれも手ごろな値段。

☎095-825-8541 住長崎市南山手町2-6
営9:00～18:00 休無休 Pなし
交大浦天主堂電停から徒歩5分 MAP 付録7 B-3

アールグレイのさわやかな香りが漂うアールグレイチーズカステラ1箱1300円

ミニカステラのなかでもいちばん人気のチーズ味500円。凍らせて食べてもおいしい

グラバー園へと続く坂道「グラバー通り」の途中にある

多彩なカステラとアレンジ菓子

長崎元亀堂本舗

‖南山手‖ながさきげんきどうほんぽ

大浦天主堂の近くにあるカステラ屋。イチゴ、チーズ、黒糖、ハニーなどいろいろな味のカステラが買える。カステラをアレンジした「いしだたみ」や「本日の切れ端」は手軽に買えるおみやげとして人気。

☎095-820-0813 住長崎市南山手町4-39 センターヴィレッジビル3F 営9:00～17:30 休無休 Pなし
交大浦天主堂電停から徒歩6分 MAP 付録7 B-4

ホワイトチョコと黒糖があるいしだたみ各300円

南山手散策とあわせて店をのぞいてみたい

カステラを裁断したあとの切れ端を手ごろな値段で販売。本日の切れ端350円

福砂屋本店を訪れた際は、ぜひ店内奥にある福砂屋ギャラリーものぞいてみて。ギアマン、ビードロのコレクションが無料で鑑賞できます。

長崎の旅を彩る とっておきのおいしいおみやげ

おいしくて見た目がかわいい
長崎ならではのおみやげをセレクト。
旅の思い出とともに、持ち帰りましょう。

a ルピシア 長崎店

‖長崎駅‖ルピシアながさきてん

紅茶や緑茶、烏龍茶などを扱うお茶専門店。長崎をイメージしたオリジナルのフレーバードティーがある。

☎095-826-0045 住長崎市尾上町1-1 アミュプラザ長崎1F(要確認) ⏰10:00～20:00 休アミュプラザ長崎に準じる Pあり 🚶JR長崎駅からすぐ MAP付録5 A-2

b 田中旭榮堂

‖上町‖たなかきょくえいどう

1898(明治31)年に初代が考案した栗饅頭が看板商品。形だけでなく、中身も栗入りの餡が詰まっている。

☎095-822-6307 住長崎市上町3-6 ⏰9:00～18:30(日曜、祝日は～17:00) 休不定休 Pあり 🚶桜町電停から徒歩5分 MAP付録4 C-2

c 梅月堂本店

‖浜町‖ばいげつどうほんてん

2024年で創業130年の老舗和洋菓子店。この店発祥の洋生菓子「シースクリーム」、焼き菓子などを販売。

☎095-825-3228 住長崎市浜町7-3 ⏰10:00～19:00(カフェは11:00～17:00) 休無休 Pなし 🚶観光通電停からすぐ MAP付録4 C-4

d チョコレートハウス JR長崎トレイン店 ‖長崎駅‖

チョコレートハウスジェイアールながさきトレインてん

JR長崎駅の長崎街道かもめ市場にあるチョコレート専門店。和のボンボンショコラが看板商品で、12個入りのパッケージは板チョコの文様をデザインした箱で提供している。

☎095-893-8027 住長崎市尾上町1-67 長崎街道かもめ市場内 ⏰8:30～20:00 休無休 Pあり 🚶JR長崎駅からすぐ MAP付録5 A-1

長崎銘菓をイメージした限定紅茶
a

かすてぃーりぁ 50g缶入り1050円
カステラをイメージした甘い香りの紅茶。
ミルクティーにしても◯

栗王子のパッケージがかわいい
b

王子印の栗饅頭(ミルクきなこ味、そのぎ和紅茶のレモンティー味) 黒王子(黒ゴマショコラ味) 各297円
生地に九州産の発酵バターとハチミツを使い、
ふんわりとした食感の栗饅頭

「深くリッチな味わい」の銘菓
c

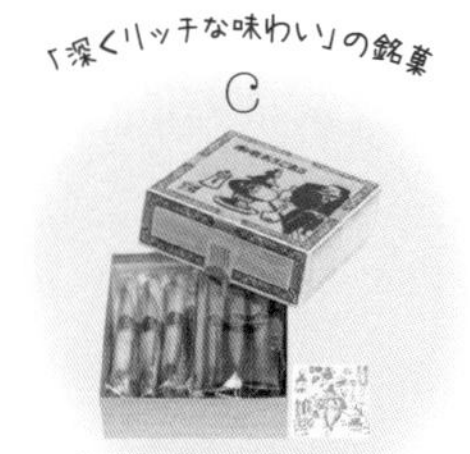

南蛮おるごおる ミックス 20本1600円
原型は「シガレット」というヨーロッパに
古くから伝わる菓子。サクサクとした食感

マドレーヌ+焼きモンブランのセット
c

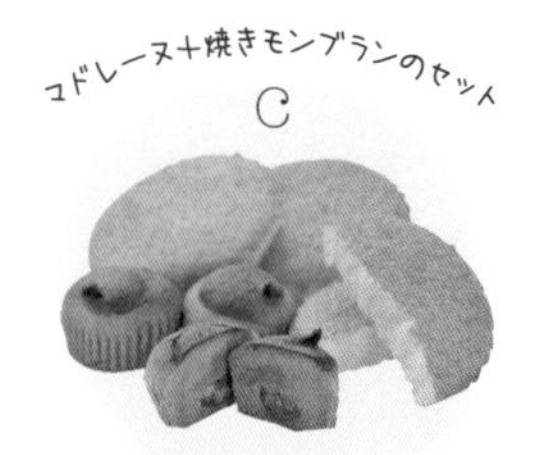

長崎マドレーヌ・長崎焼きモンブラン 詰め合わせ 1890円～
ラム酒がふんわりと香るマドレーヌと、
しっとりとした栗餡を使った焼きモンブラン

和とチョコレートのコラボレーション
d

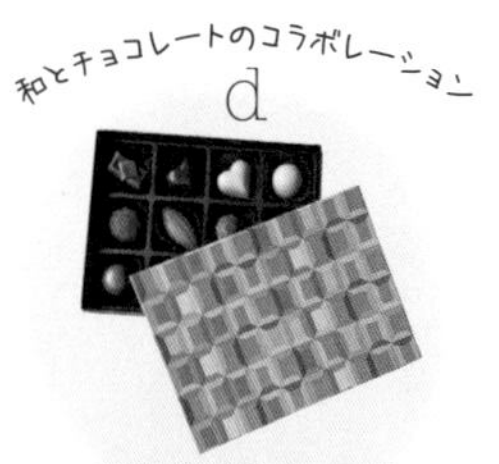

和のボンボンショコラ 8個入り2260円・12個入り3340円
五島の塩や彼杵茶など
地元の食材を使ったチョコレートは全19種類

チョコレート入りのレトルトカレー
d

チョコリー 880円
角煮カレーにカカオ55%のチョコレートをプラス。
スパイスと甘い香り、濃厚なこくがある

JR長崎駅のみやげ処「長崎街道かもめ市場」

「長崎街道かもめ市場」は、長崎散策の起点となるJR長崎駅の高架下にある商業施設。おみやげゾーンやご当地グルメのレストラン、地酒が楽しめる「かもめ横丁」があります。MAP付録5 A-1

ひと口サイズの小さい「よりより」

e

ちより 各540円
長崎で親しまれる唐菓子のよりよりが、約3cmの食べやすいサイズに

食べるのがもったいニャいかわいらしさ

f

オマガリにゃまがし 3個1100円
長崎の尾曲がり猫をモチーフにした練りきり。上品な甘さ。要予約

じっくり煮込んだ角煮がとろける

g

長崎角煮まんじゅう 1個486円
角煮まんじゅうは1個から購入できる。箱入りは3個から

長崎の景色がそのまま砂糖菓子に

f

長崎ふうけい 各432円
長崎の伝統菓子の口砂香が軍艦島や教会、眼鏡橋などの形に

5つの味があるアイスモナカ

h

ながさきアイス 1個140円
パッケージは教会のステンドグラスをイメージ。チョコ、バニラ、ヨーグルト、小倉、抹茶の5種がある

カステラとアイスがふんわりしたら食べごろ

h

長崎カステラアイス 各350円
手焼きのカステラにアイスクリームをサンド。ザラメの食感がいい

e 萬順 めがね橋店

‖眼鏡橋‖まんじゅんめがねばしてん

手製の中国菓子を直売している。かりんとう風のよりより、金銭餅などできたての商品が店頭に並ぶ。

☎095-893-8804 住長崎市諏訪町6-3 彩ビル1F 営10:00〜19:00 休無休 Pなし 交めがね橋電停から徒歩3分 MAP付録4 C-3

f 千寿庵 長崎屋

‖新大工‖せんじゅあんながさきや

創業1929(昭和4)年の和菓子店。長崎の尾曲がり猫をモチーフにした創作和菓子やカステラなどが並ぶ。

☎095-822-0543 住長崎市新大工町4-10 営9:00〜18:30 休日曜 Pなし 交諏訪神社電停から徒歩3分 MAP付録4 D-1

g 岩崎本舗 長崎駅店

‖長崎駅‖いわさきほんぽながさきえきてん

秘伝のたれでじっくり煮込んだ角煮をふわふわの生地で挟んだ長崎角煮まんじゅうが名物。店頭で試食できる。

☎095-801-0609 住長崎市尾上町1-67 長崎街道かもめ市場内 営8:30〜20:00 休無休 Pあり 交JR長崎駅からすぐ MAP付録5 A-1

h ニューヨーク堂

‖眼鏡橋‖ニューヨークどう

創業1937（昭和12）年の洋菓子店。看板商品のアイスクリームには、長崎県産の材料をふんだんに使う。

☎095-822-4875 住長崎市古川町3-17 営11:00〜17:00 休不定休 Pなし 交めがね橋電停から徒歩3分 MAP付録4 C-3

全国発送ができる商品もあります。旅の思い出の味をお取り寄せするのもいいですね。

長崎ビードロやステーショナリーetc.
旅先で見つけたひとめぼれ雑貨

**きらきらと輝くガラス細工やなごめる和雑貨など、
思わず手に取りたくなる雑貨を集めました。
長崎での旅の記念になるものばかりです。**

まあるい塩 各637円
長崎県新上五島町産のハーブ塩とプレーン塩

「natural69」の豆皿 各715円
使い勝手のいい波佐見焼。動物の絵柄がかわいらしい

長崎の栞 各880円
長崎らしい教会がモチーフの栞。グラスロード1571のオリジナル

グラス 1個3300円～
吹きガラスによるオリジナルのグラス

ルリイロ ピッチャーセット 12100円
鮮やかな瑠璃色のピッチャーセット

チロリ 単品49500円～
チロリは日本酒を温めて味わうための酒器。盃2個付きのセットは57200円

長崎各地のおみやげを集めたセレクトショップ

いろはや出島本店

‖出島‖いろはやでじまほんてん

パッケージも中身もセンスのよい品が並ぶ。長崎県五島産の塩、島原そうめんなどの食品のほか、波佐見焼のテーブルウエアや地元作家の雑貨など、バラエティに富んだ品ぞろえ。

☎090-3071-1688 ⌂長崎市出島町15-7 NK出島スクエアビル1階 ⏲10:00～19:00 休無休 Pなし ‼新地中華街電停からすぐ MAP付録7 B-1

グラバー坂の途中にあるガラス雑貨屋さん

グラスロード1571

‖南山手‖グラスロードいちごなないち

グラバー園に向かう坂の途中にあるガラスの専門店。オリジナルを含め、ガラス器、置物、雑貨、ランプなどを扱う。前日までに予約が必要なハンドペイント体験は送料別途で1500円。

☎095-822-1571 ⌂長崎市南山手町2-11 ⏲9:30～18:00 休無休 Pなし ‼大浦天主堂電停から徒歩5分 MAP付録7 B-3

現代の名工が手がけるアートのようなビードロ

瑠璃庵

‖南山手‖るりあん

17世紀頃、ポルトガルから伝わったというビードロは、長崎の伝統的な工芸品。オーナーの竹田克人さんはその第一人者として知られる。予約制の吹きガラス体験も人気がある。

☎095-827-0737 ⌂長崎市松が枝町5-11 ⏲9:00～17:00 休火曜 Pあり ‼大浦天主堂電停から徒歩3分 MAP付録7 A-3

吹きガラス体験

瑠璃庵では予約制で吹きガラスの体験ができます。対象は小学生高学年以上で、体験時間は約20分。料金は3240円（梱包代・送料別途）。

箸置き
各1200円
眼鏡橋、路面電車がモチーフ

オリジナルバッグ 各5500円
手ぬぐいで作られたバッグは、軽くて使い勝手がいい

ナガサキ
レタートリップ 550円
便せん12枚と封筒4枚入り。ハーフは308円

切手のこびと
てがみはとバージョン
1個880円
切手に添えて使うスタンプ

手ぬぐい 各990円
長崎の観光スポットや名物グルメをちりばめている

桃かすてら手拭 1100円
豆トートバッグ 1540円
長崎で祝いごとに登場する桃カステラをモチーフにした手拭とトートバッグ

長崎の歴史や風景がポップな和雑貨に

長崎雑貨 たてまつる

‖江戸町‖ながさきざっかたてまつる

長崎奉行所があった場所に建つオリジナル雑貨店。長崎の歴史や風景をモチーフにした雑貨、器、書籍などを販売。60の図柄がそろう手ぬぐい「たてま手ぬ」シリーズは人気が高い。

☎095-827-2688 ⌂長崎市江戸町2-19 ⏰10:00～18:30 休火曜 Pなし ‼大波止電停から徒歩5分 MAP付録5 B-4

ついつい手にとりたくなるステーショナリー

てがみ屋

‖南山手‖てがみや

グラバー園や大浦天主堂の近くにある文房具店。レターセットやポストカード、マスキングテープなど「書く、読む、送る」をコンセプトにセレクトしたステーショナリー雑貨を置く。

☎095-825-7519 ⌂長崎市大浦町7-22 ⏰11:00～18:00 休水・日曜（ほかに不定休あり） Pなし ‼大浦天主堂電停からすぐ MAP付録7 B-3

染色製品や和雑貨の品ぞろえが豊富

中の家旗店

‖浜町‖なかのやはたてん

創業1921（大正10）年の染色加工品店。自社製染色布の製品を含め、手ぬぐいや人形などの和雑貨が並ぶ。ハタ作りの名人、小川暁博さんのハタも購入できる。

☎095-822-0059 ⌂長崎市鍛冶屋町1-11 ⏰9:00～18:30（日曜・祝日は10:30～17:00） 休無休 Pなし ‼思案橋電停からすぐ MAP付録4 C-4

ガラス細工は、出島を窓口に海外から伝わったものの一つ。長崎のガラス製品は「長崎びいどろ」と呼ばれ、長崎みやげとして人気があります。

世界遺産登録で話題 軍艦島上陸ツアーに参加しましょう

島の形が戦艦に似ていることから「軍艦島」と呼ばれる端島。
世界遺産「明治日本の産業革命遺産」の構成資産のひとつで、
石炭産業で栄えた当時の面影を間近に見る上陸ツアーが人気です。

1974（昭和49）年の閉山後、無人島になった軍艦島（端島）

日本の近代化を支えた小さな海底炭坑の島

軍艦島（端島炭坑）

‖長崎市‖ ぐんかんじまはしまたんこう

長崎港から南西約18kmの沖合に浮かぶ無人の人工島で、かつて石炭産業で活況を極めた。2015年に「明治日本の産業革命遺産」の構成遺産としてユネスコの世界文化遺産に登録されたことから、注目を集めている。

☎095-829-1152（長崎市観光政策課） 住長崎市高島町
MAP 付録12 A-4

＼ツアー会社をピックアップ／

やまさ海運
軍艦島上陸周遊コース

上陸後に島を一周し、見学通路からは見えない西側を船上から見学。船が大きく、揺れが少ない。

☎095-822-5002 住長崎市元船町17-3 長崎港ターミナル1F 7番窓口 ⏰出航9:00、13:00【所要時間】2時間30分 ¥4510円
!!大波止電停から徒歩5分
MAP 付録5 A-4

シーマン商会
軍艦島上陸・周遊ツアー

NPO法人「軍艦島を世界遺産にする会」の理事長や、その会員がガイドを務める。

☎095-818-1105 住長崎市常盤町常盤2号桟橋 ⏰出航10:30、13:40【所要時間】2時間30分 ¥3900円（変更の場合あり）
!!大浦海岸通電停からすぐ
MAP 付録7 B-2

＼かつての軍艦島／

戦艦土佐に似ているといわれる

島の上から下までを結んだ地獄段

屋上は青空庭園

軍艦島上陸のルール

軍艦島に上陸するには、上陸ツアーへの参加が必要です。ハイヒール、ピンヒール、サンダル、草履での上陸は不可のため注意。

写真協力：長崎県観光連盟

軍艦島デジタルミュージアムへ

雨の日は、大浦天主堂電停からすぐの軍艦島デジタルミュージアムMAP付録7 B-3がおすすめ。最新の技術を駆使して、当時の軍艦島の様子を紹介。

第3見学広場

7階建ての高層アパートである30号棟と31号棟を見学。左側にある31号棟は防波堤の役割も担っている。

30号棟 鉱員社宅

1916（大正5）年築で、日本最古の鉄筋コンクリート造りのアパート。下請けの鉱員住宅として使われた。

65号棟 報国寮

太平洋戦争末期、最も日本が物資不足にあえいだ時代につくられた鉱員社宅で「報国寮」と呼ばれた。

プール
下請住宅
倉庫
仕上工場
見学通路
第二抗捲
会社事務所
巻揚げ槽
総合事務所
貯炭場
端島小中学校
グラウンド

第2見学広場

鉱山の中枢だった赤レンガ造りの第3堅坑捲座を見る。現存する中でも初期の建物で、内部には鉱員のための共同浴場があった。

第二堅坑入坑桟橋跡

地下600mとされる海底炭坑の坑道へ降りるための桟橋を設置していた場所。現在は桟橋への階段部分のみが残る。

第1見学広場

居住地域だった島の東部の様子を紹介。端島小中学校、石炭を貯炭場まで運んだベルトコンベヤーの支柱が残る様子を遠望する。

69号棟 端島病院

炭坑の仕事は危険を伴うため、島には炭鉱会社が経営した病院、隣には隔離病棟の68号棟がある。

ツアー業者によって上陸ツアーの内容が異なります。詳細を確認して予約しましょう。

フルーツバス停で「童話の世界」行きのバスを待ってみませんか

#メロン

※写真のメロンは、上りの井崎バス停

国道207号を諫早市小長井地域に入ると、
海岸通りに5種16基のフルーツの形をした
休憩所付きのバス停があります。
通称「ときめきフルーツバス停通り」と呼ばれ、
アイデアの元はグリム童話の『シンデレラ』。
SNSでも話題のバス停で、あなただけの
フォトジェニックな写真を撮ってみませんか。

MAP 付録12 C-3

#イチゴ

（井崎バス停／下り）

#スイカ

（築切バス停／上り）

#ミカン

（阿弥陀崎バス停／上り）

#トマト

（大久保バス停／上り）

ハウステンボス

ヨーロッパの街並みを再現したハウステンボス。
年中、花の香りに包まれたこの街へ
散歩に出かけませんか。
運河をめぐるカナルクルーザーでの遊覧に
ショッピング、
優雅な時間が流れるカフェで
のんびりと過ごすのも素敵です。
一日の締めくくりは夜の光のパフォーマンス。
世界最大級のイルミネーションが
幻想的な世界へと誘います。

ヨーロッパの世界に心躍らせながら人気スポットをめぐりましょう

中世ヨーロッパの街並みを忠実に再現したハウステンボス。
季節ごとに移り変わる花々やイベントを楽しみながら
クラシカルな街を歩きましょう。

幻想的な7つの体験

光のファンタジアシティ

宇宙のファンタジア、フラワーファンタジアなど、異なる7つの体験ができるエリア。最新デジタルテクノロジーと音響技術で、現実を超えた「感動・癒やし・学び」体験が待っている。

日本初の「花」と「光」をテーマにしたエリア

オランダ宮殿がそのままハウステンボスに

パレス ハウステンボス

オランダの宮殿を忠実に再現。本苑のバロック式庭園は、18世紀に設計されていながら実現しなかった「幻の庭園」。幾何学文様のシンメトリーが美しい。

ハウステンボス美術館を併設する

DATA
総合案内ナビダイヤル
☎0570-064-110
HP https://www.huistenbosch.co.jp
佐世保市ハウステンボス町1-1
9:00～21:00※季節により変更あり 休 無休 P 5000台／1回1000円～(場内宿泊者は無料、特別日は除く) JRハウステンボス駅からすぐ
MAP 付録9 C-4

料金表

（2023年11月現在）

券種	大人（18歳以上）	中人（中・高校生）	小人（小学生）	未就学児（4歳～小学生未満）	内容
1DAY パスポート	7000円	6000円	4600円	3500円	入場＋パスポート対象対象施設利用
アフター5 パスポート	4000円	3400円	2600円	2000円	入場＋パスポート対象対象施設利用

※このほかの券種あり。内容は予告なく変更する場合あり。詳しくは公式サイトで確認を。

優雅に水上散歩

カナルクルーザー

パーク内をめぐる全長6kmの運河を運航するクラシカルな運河船。ウェルカムエリアとタワーシティの乗り場「カナルステーション」を結ぶ。

街並みにあった乗り物。所要時間はおよそ13分

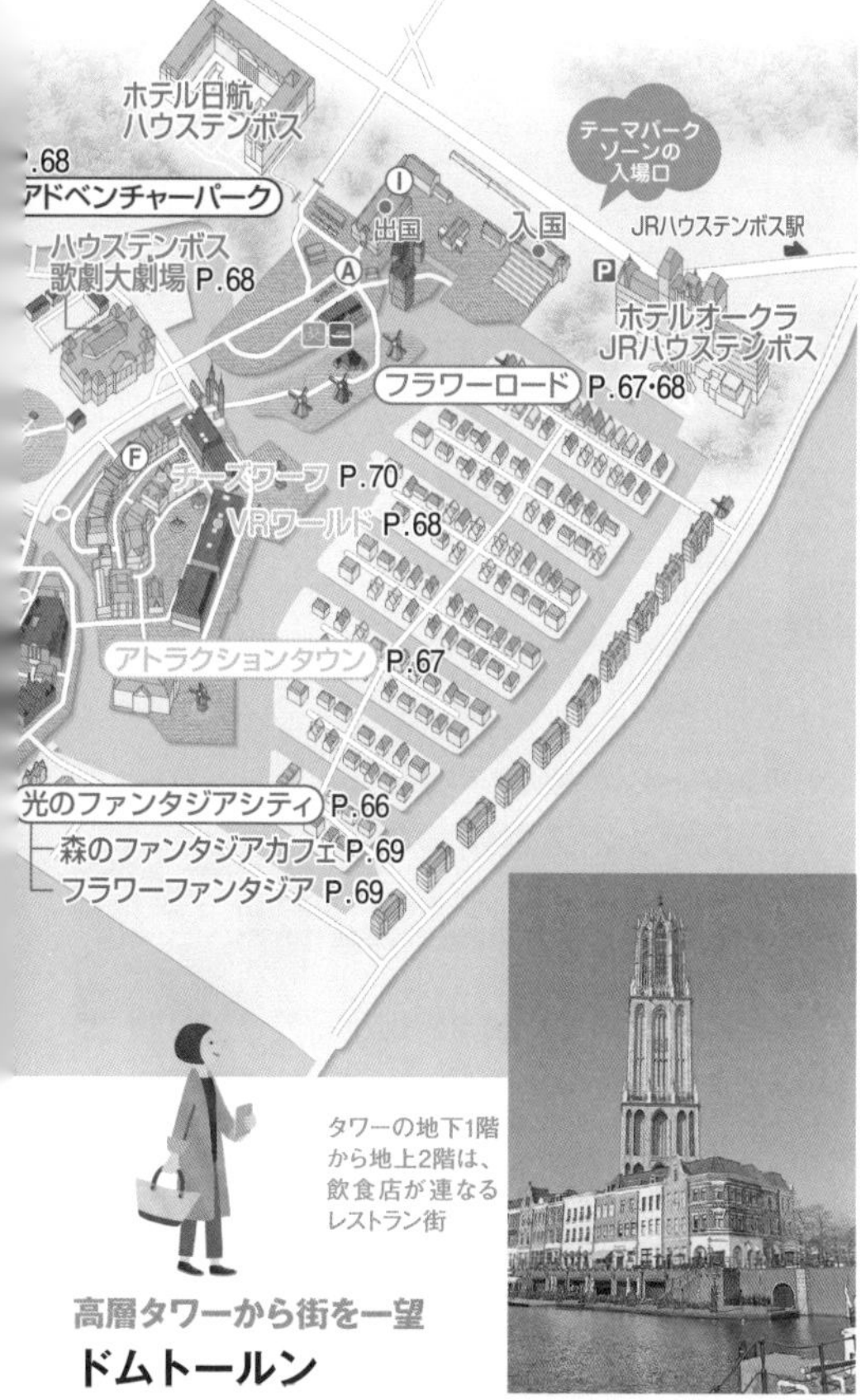

タワーの地下1階から地上2階は、飲食店が連なるレストラン街

高層タワーから街を一望

ドムトールン

場内のどこからでも見ることができるランドマーク。高さ105mで、ハウステンボスの街並みや大村湾を一望する。地上80mの5階にある展望室からの景色はまるでジオラマのよう。

初夏は、場内に2000品種100万本のバラが咲き誇る

花と緑のエリア

アートガーデン

ヨーロッパの庭園様式がみごとな庭園。広大な敷地が初夏はバラ、冬は世界最大級のイルミネーションで埋めつくされ、季節に応じた景観を楽しむことができる。アートガーデンが一望できる光のカフェ&バーもある。

屋内で楽しめるアトラクションが充実

アトラクションタウン

常設施設として西日本初の激流ラフティングやウルトラ逆バンジーを体験することができる「VRワールド」

仕掛けが楽しいアトラクションが集まるエリア。「VRワールド」など最新技術を駆使したVRアトラクションがあるのもここ。

のどかな田園風景が広がる

フラワーロード

春のチューリップをはじめ、四季折々の花が咲き誇る

入国ゲートからすぐの花畑。運河に囲まれた三連風車とストライプに植えられた季節の花でオランダの田園風景を演出。一年中絶好のフォトスポットでもある。

ハウステンボスのチケットは公式WEBサイトでも買えます。WEB特典の「早トクサービス」などの割引チケットもあり、事前の購入がおすすめです。

昼も夜もいつも楽しい ハウステンボスのおすすめスポット

童心に戻って夢中になれるアトラクションや体を動かして遊べる遊具、
ファンタジックな演出で魅せるパフォーマンスなど、
ハウステンボスは、楽しみが尽きないアクティビティが満載。

風車と季節の花々がいっしょに撮れるベストスポット

風車と花畑の風景に感動！

フラワーロード

ウェルカムゲートから歩いて5分ほど。橋を渡って、花畑の中で風車が回るフラワーロードを散策。運河沿いに建つ3基の風車は、世界遺産のオランダ・キンデルダイクの風車群を思わせる。フォトスポットとしても人気が高い。

⌂フラワーロード

一角には「BLUEPRINT」があり、花と風車を眺めながらコーヒーやカフェ・フラッペなどでカフェタイムが過ごせる

日本最大スケールのスリルを味わう

アドベンチャーパーク

高さ11mのスタート地点から一気に滑走する1人乗りコースターアトラクション「天空レールコースター 疾風」、高さ9mの空中アドベンチャー「天空の城」、ミッション遂行型トライアルゲーム「恐竜の森」などがある。スリルと興奮で思わず声が上がる。

⌂アドベンチャーパーク ※利用制限あり

1スリリング度100%の「天空レールコースター 疾風」2空中アドベンチャーの「天空の城」3知力、体力を発揮して「恐竜の森」を脱出

ハウステンボス歌劇団によるレビューショーが見られる

ハウステンボス歌劇大劇場

ハウステンボス歌劇団の新しい専用劇場。ヨーロッパのオペラハウスを思わせる圧倒的な音響と照明を兼ねそなえた空間には、クッション性の高い約1000席の座席を設け、ゆったりとショーを鑑賞することができる。

上品で荘厳なホールで華やかなショーを堪能

⌂アートガーデン ¥ロイヤルシート2000円、プレミアムシート1000円、SSシート500円（Aシートは無料）

超リアルな西日本初のVRラフティング

VRワールド ブイアールワールド

体感5Gの宇宙旅行が楽しめる「ウルトラ逆バンジー」と、常設施設として西日本初の「激流ラフティング～恐竜島の大冒険～」の2つが体験できる。

「激流ラフティング～恐竜島の大冒険～」へ、いざ

⌂アトラクションタウン ※利用制限あり

ファンタジアストリート

光のファンタジアシティは、色とりどりのレンガの街並み。場内ではここだけのカラフルさで、「映えスポット」として人気があります。

季節によってイルミネーションが変化

光のオーロラガーデン

幅60mのまるで滝のような光がガーデン一面に広がり、イルミネーションがフルカラーに変身。色彩豊かで躍動感にあふれた光の世界を堪能することができる。

アートガーデン

光の滝に美しい世界が映し出される

この森の象徴である大樹。さまざまな光を放ちながら様相を変えていく

フードやドリンク類は有料。テイクアウトもできる

四季が移ろう秘密の森で、不思議なカフェタイム

森のファンタジアカフェ

ドリンクをオーダーしたら、幻想的な空間が広がる店内へ。大樹を囲むように設置したテーブルでは、次々と花が咲く不思議な体験ができる。

光のファンタジアシティ

自分だけの特別な花を咲かせよう

フラワーファンタジア

壁の前に立つと四季折々の花の中から自分にぴったりな花が咲き、その花言葉に出会ったり、質問に答えると自分に合った花をチョイスしてくれ、その花に囲まれて写真が撮れたりするなど、五感で楽しめる花の癒やし空間が広がる。

光のファンタジアシティ

一期一会の出逢いで咲く花畑。訪れた人によって変化しつくり出される光の花畑がどこまでも続くように広がっていく

花占いを現代的に解釈したアート「MOSAIC FLOWERS」

ハウステンボス場内を舞台にした街歩き型の謎解きゲーム「探偵テンボスと謎じかけの王国」にもチャレンジしてみましょう。

ゆるりと流れる時間とともに楽しみたいランチ&スイーツ

いつも大勢の人でにぎわうハウステンボスだからこそ、ゆったりと時間が過ごせるレストラン、カフェは事前にチェックを。ご当地ならではのグルメやスイーツも見逃せません。

1好みの紅茶を選び、ホテル特製のサンドイッチやスイーツとともに午後のひとときを。アフタヌーンティーセット4000円 2開放的なティーラウンジで至福の時間が過ごせる 3ティータイムとナイトタイムには、一流の音楽家による生演奏も

名門ホテルヨーロッパのティールーム

アンカーズラウンジ

名門として知られるホテルヨーロッパ内にあるティーラウンジ。格調高いヨーロピアンスタイルのインテリアで統一していて、窓辺から運河を望むことができる。水面で戯れる白鳥やカナルクルーザーが行き交う様子を眺めながら、アフタヌーンティーやホテルパティシエが腕によりをかけた特製ケーキを楽しむのもおすすめ。

スイーツ

ホテルヨーロッパ 10:00〜19:00(変動あり)

1ワーフフォンデュ1人前2000円。フォンデュ鍋の溶かしたチーズをパンや温野菜にからめて食べる。注文は2人前から 2 1階はチーズ売り場のほかファストフード店がある 3人気のフォンデュの具材に、長崎和牛などをプラスしたスペシャルフォンデュ

本格的なチーズフォンデュが楽しめる

チーズワーフ

オランダホールン市のチーズ計量所をモデルにしたチーズ専門店。2階のレストランでは、本場スイスチーズを使ったチーズフォンデュが楽しめる。魚介、温野菜、パンがセットになった看板メニューのワーフフォンデュのほか、チーズハンバーグステーキや長崎和牛の焼きキーマカレーなどのメニューがある。

チーズフォンデュ

アトラクションタウン 11:00〜15:00、17:00〜20:30(フードコートは10:00〜19:30、ショップは9:00〜21:00)

海鮮市場「魚壱」

長崎の海の幸を味わうなら海鮮市場「魚壱」へ。大きな穴子が目を引く「対馬産穴子の海鮮丼 竹」（1900円）は食べごたえ十分。15:00～17:00は喫茶利用ができます。

1 人気の高いグランドモンブラン1800円。エスプレッソクリームのほろ苦さが大人の味 2 どこを撮っても画になるピンクのフォトスポット 3 濃厚なチーズソースと甘酸っぱいベリーの相性が抜群な「ショコラ伯爵の愛したパンケーキ」1200円

世界のデザートを楽しむスイーツな時間

ショコラ夫人の旧邸

ショコラふじんのきゅうてい

鮮やかなピンクを基調とした店内は、かわいいアイテムだけが集まったSNS映えスポットの宝庫。ラブリーな世界観の中で、ショコラ夫人が厳選したおいしいスイーツが味わえる。チョコレートを生かしたパンケーキやパフェ、ドリンクなど見た目も華やかなメニューがそろう。一番人気は数量限定のモンブラン。

スイーツ

アムステルダムシティ

11:00～18:00（変動あり）

1 夜のセットコースのバレンシアセット（3800円）。魚介と季節野菜のパエリアやオランダ風車豚のコンフィなどが出る 2 白とブルーを基調とした明るく開放的な店内 3 オマール海老のパスタ。ランチのパスタセットは1400円

長崎の豊かな海の幸×地中海料理

エルマーソ

エルマーソとは「hermoso（きれいな）」と「elmar（海）」を合わせたスペイン語の造語。地元長崎のおいしい魚介や旬の産物を使った地中海料理が多彩にそろう。魚介のうまみたっぷりの濃厚なだしで仕上げた風味豊かなパエリアや特製のブイヤベースが店のおすすめ。美しい海を眺めながら、おいしいひとときが過ごせる。

地中海料理

タワーシティ

11:00～15:00、17:00～21:00（変動あり）

ハウステンボスの飲食店では、シーズンごとに期間限定のメニューが登場するので、旅する前に確認しておきましょう。

ハウステンボスで見つけた オリジナルおみやげ

ハウステンボスの思い出といっしょに持ち帰りたいおみやげは、いろいろあります。
限定スイーツに、かわいいぬいぐるみ、カラフルなグッズの数々。
さて、何をお持ち帰りしましょうか。

I ほか各エリア総合売店
ぬいぐるみ
各2800円
マスコットキャラクターの「ルーク」と「ルーナ」。ぬいぐるみをはじめ、キーホルダーやサングラスなどがある

B
Lucky Tulip
小1000円、大1800円
オランダ直輸入の木製チューリップ。7色がセット

B
ミニ木靴／各1200円
オランダで長く親しまれている木靴のミニサイズ版

C
ベーシックミッフィー
3300円
オランダの国旗を持ち、木靴とスカーフを身につけたミッフィーが買えるのは日本ではハウステンボスだけ
© Mercis bv

D
チュリエッタ
2200円
ハウステンボスの定番となった「花かんむり」。身につけて写真を撮れば、気分は花の街の住人

B
立体メモスタンド
各700円
風車やドムトールンなど、シンボル的な建物のメモスタンド

D I
AYANOKOJI
がま口、
コスメポーチ、財布
1700円～
がま口メーカー「AYANOKOJI」とのコラボ

C
ミッフィーかすてら
まんじゅう／1200円
カステラ味の生地の中に、カスタードとチョコの2種類が入る
© Mercis bv

A
限定品ベアを
要チェック
リンダ

テディベア専門店。ぬいぐるみ、ステーショナリー、お菓子などさまざまなテディベアアイテムがそろう。

‖ウェルカムエリア‖
🕘9:00～20:00（変動あり）

B
木靴モチーフの
アイテムが豊富
オランダの館
オランダのやかた

北欧の食器や置物などヨーロッパの日用雑貨を中心に品ぞろえ。オランダの木靴は、色、柄、サイズともに豊富。

‖アムステルダムシティ‖
🕘9:00～20:00（変動あり）

C
オリジナル
ミッフィーは超レア
ナインチェ

オランダで「ナインチェ」の名で親しまれるミッフィーの世界最大規模のショップ。アイテム数は約1000点。

‖アムステルダムシティ‖
🕘9:00～20:00（変動あり）

D
花の香りを
お持ち帰り
アンジェリケ

香水、バスグッズなど香りを楽しむ商品や花柄をあしらったグッズがそろう。ミストやハンドクリームが充実。

‖アムステルダムシティ‖
🕘9:00～20:00（変動あり）

E
ハウステンボス
限定商品の専門店
LOGOショップ
ロゴショップ

お菓子や雑貨、ステーショナリーなど、ハウステンボスでしか手に入らない商品を多数展開している。

‖アムステルダムシティ‖
🕘9:00～20:00（変動あり）

買い物に便利な総合売店

スキポールのほかに、パーク内にはフォンデル（アトラクションタウン）、スーベニア（アムステルダムシティ）、シーブリーズ（ハーバータウン）、そして入国口近くにBEST3の総合売店があり、おみやげのまとめ買いができます。

D E ほか各エリア総合売店

花かんむり／1600円
ハウステンボスの定番「花かんむり」。身につけて写真を撮れば、気分は花の街の住人

G

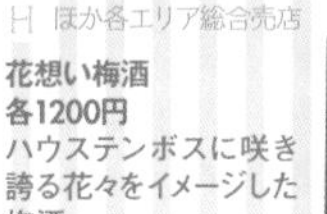

クリームチーズ＆ターフルソースセット
2000円
クリームチーズに、ターフルソース（だし入りの専用醤油）をかけ、冷奴のようにして食べる

F

千年の森カステラ
0.5斤／1100円
食べやすいサイズにカットされたカステラ

H ほか各エリア総合売店

花想い梅酒
各1200円
ハウステンボスに咲き誇る花々をイメージした梅酒

I ほか各エリア総合売店

スノードーム
各700円
風車やドムトールンなど、ハウステンボスのシンボリックな建物が入ったスノードーム

クッキー缶（チューリップ／街並み） D
各1800円（数量限定）
風車とチューリップが咲き誇るフラワーロードや色鮮やかなバラなど、ハウステンボスの街並みをイメージしたクッキー。上質なバターの香りが漂う

G

シュフォンボブ
1300円
スポンジとベイクドチーズの2層の異なる生地がおいしさの秘密

F

長崎名物のカステラが一堂に

カステラの城

カステラのしろ

老舗の逸品から新感覚、新食感のアレンジ品まで、200種を超えるカステラがずらり。レアものが狙い目。

‖アトラクションタウン‖
🕒9:00〜20:00（変動あり）

G

100種を超えるチーズをラインアップ

チーズの城

チーズのしろ

100種以上のチーズの専門店。チーズを使ったケーキやスナックなどチーズ関連商品も豊富。

‖アムステルダムシティ‖
🕒9:00〜20:00（変動あり）

H

グラスワインも楽しめるワインショップ

ワインの城

ワインのしろ

世界のワインや九州産のワインなど幅広い品ぞろえ。有料のテイスティングで好みのワインが選べる。

‖アムステルダムシティ‖
🕒9:00〜20:00（変動あり）

I

約2700種のおみやげ品

スキポール

出国前に、おみやげの買い忘れをしっかりフォローできる

オリジナル雑貨から長崎の特産品までがそろう総合売店。店内にはフェアウェルゲート（出国）があり、出国間際に立ち寄れる。

‖ウェルカムシティ‖
🕒9:00〜21:00（変動あり）

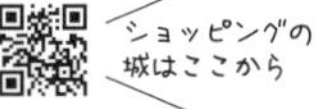

インターネットの「ショッピングの城」でも、多彩な商品が買えます。上記のQRコードからどうぞ。

ハウステンボスから車で15分 西海エリアを気ままにドライブ

海や山に囲まれた西海市は、ハウステンボスから車で15分ほど。
うず潮が見られる西海橋を渡ってドライブをスタート。
寄り道を楽しみながら、人気のオーベルジュをめざしましょう。

START

10:00

ハウステンボスからは、マイカーかレンタカーを利用。レンタカーはハウステンボス駅で借りられます。

西海へのアクセス

JRハウステンボス駅からは有料道路の西海パールライン江上ICを入って針尾ICへ。そこから国道202号へ進んで約15分。普通車の通行料金は100円。

☎0956-27-3103（西海パールライン管理事務所）

10:20

赤い欄干が海に映えるアーチ橋

西海橋 さいかいばし

佐世保と西彼杵（にしそのぎ）半島を結ぶアーチ橋。大潮時には橋から伊ノ浦瀬戸のうず潮を観覧することができる。橋の両端は西海橋公園。

景勝地 ☎0956-58-2004（西海橋公園管理事務所） 佐世保市針尾東町 Ⓟあり JRハウステンボス駅から車で15分 MAP付録9 C-4

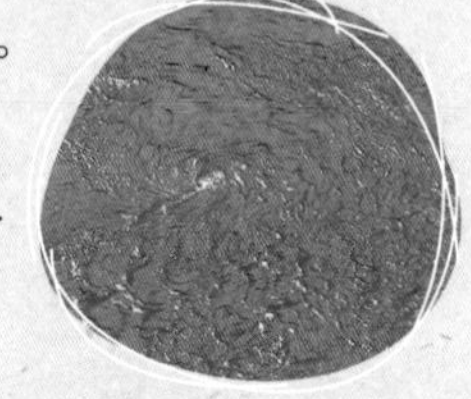

伊ノ浦瀬戸のうず潮

西海橋公園からの景観。公園は桜やツツジの名所で、シーズンには花見客でにぎわう

11:00

鯛宝楽の鯛焼き。大納言は240円、白餡と芋餡クリームは各220円

鯛焼きが名物です

魚魚市場・魚魚の宿

とといちばとゝとのやど

地元産の魚介が並ぶ市場やみやげ物店、レストランなどが集まる複合施設。館内にある鯛焼きの店「鯛宝楽」は、週末には行列ができる人気店。

物産館 ☎0959-28-0345 西海市西彼町小迎郷96-2 🕘9:00～17:00（レストランは11:30～14:00） 休無休 Ⓟあり JRハウステンボス駅から車で15分 MAP付録9 C-4

13:00

おやつにぴったり、ぴよぴよアイス

アイスクリームショップ木場

アイスクリームショップもくば

道の駅さいかいの隣にあるアイスクリーム店。もなかの中にバニラアイスとみかんシャーベットが入ったぴよぴよアイス150円は、あっさり味。

アイスクリーム
☎0959-32-1899
西海市西海町木場郷496-7
🕘10:00～18:30 休水曜
Ⓟあり JRハウステンボス駅から車で30分
MAP付録9 B-4

店内ではアイスクリームのほか、オーガニックコーヒー350円やアップルパイ220円もいただける

さいかい丼フェア

西海市では毎年秋に、地元の海の幸、山の幸がぎゅぎゅっと詰まった「さいかい丼フェア」を開催。参加店では、ご当地の新鮮な産物を使い、西海市ならではの丼を提供。特典付きのキャンペーンも実施。
☎0959-37-5833(西海市観光協会)、☎0959-37-0064(西海市ふるさと資源推進課)、☎0959-37-5400(西海市商工会)

14:00

真っ赤なトマトを収穫しよう

大島トマト農園

おおしまトマトのうえん

大島造船所農産グループが運営する観光トマト農園。2月中旬から5月中旬の期間はトマト狩りを楽しむことができる。大島トマトは糖度が高く、ビタミンCが豊富。

※トマト狩りは、トマトがなくなり次第終了

大島トマトは、糖度が高く、酸味もしっかりある。食べたあとまでおいしさが残るバランスのよいトマト

観光農園 ☎0959-34-5191(大島造船所農産グループ) 西海市大島町内浦 2月中旬~5月中旬の9:00~15:00(2月は土・日曜、祝日のみ) 休期間中無休 ¥入園料無料(土・日曜、祝日は300円、持ち帰りは100g180円) Pあり JRハウステンボス駅から車で35分 MAP付録9 A-4

天然・無添加の大島トマトジュース

糖度8度以上の大島トマトをまるごと搾った大島トマトジュース〈ゴールド〉は数量限定で1本3200円

GOAL

16:00

絶品フレンチを楽しみに

オーベルジュあかだま

西彼杵半島から大島大橋を渡ってすぐの場所にあるオーベルジュ。食事は主人が腕をふるうフレンチ。特産の伊勢エビや高級魚、新鮮な野菜など地元の産物をぜいたくに使う。離れの客室が5棟、食事のみの利用は要予約。

オーベルジュ ☎0959-34-2003 西海市大島町寺島1383-4 IN15:00 OUT10:00 室4 ¥1泊2食付24200円~ Pあり JRハウステンボス駅から車で30分 MAP付録9 A-4

1離れの客室は平屋と2階建ての2タイプ 2大島大橋を望み、周囲は樹木に囲まれた環境 3料理は素材のもち味を引き立てた味付けでヘルシー。有田焼の器で供される

ハウステンボスから、オーベルジュあかだままでは車で約30分。このお宿を起点に周辺観光をするのもいいですね。

光のきらめきと花に包まれたハウステンボス

日本一の夜景と評され、無数の光が幻想の世界へ誘う「光の街」

●2月中旬～4月中旬
色鮮やかなチューリップに彩られる
「100万本のチューリップ祭」

●5月上旬～下旬
華やかなバラの世界が広がる
「2000品種100万本のバラ祭」

●6月上旬～下旬
雨の日はアジサイがひときわ美しい
「あじさい祭」

★1月中旬～3月上旬
街が真っ白に輝く白銀の世界
「Wishes Wonderland」

★通年
滝のような光に映る華やかな世界
「光のオーロラガーデン」

★通年
にぎやかな音楽に合わせて光が踊る
「アンブレラストリート」

佐世保・波佐見

AMラジオのチャンネルを1575kHzに合わせると、
アメリカンイングリッシュの軽快なMC。
米国海軍基地がある佐世保は、日常の中に
アメリカ文化が息づいています。
海へ出れば、青い海に緑の小島が点々と浮かぶ
西海国立公園・九十九島の絶景が広がります。
佐世保市東部の波佐見町は、陶磁器を庶民に広めた焼物のまち。
とくに、おしゃれなショップが集まる「西の原」は人気を集めます。

佐世保・波佐見をさくっと紹介します

佐世保バーガーの全国的な大ヒットで注目を集める佐世保。
米国海軍基地があるこの街は、明るく陽気でアメリカナイズされた雰囲気が漂います。
波佐見は焼物のまち。窯元が集まる中尾山と西の原がおもな見どころです。

佐世保のめぐりかた

市内の移動は、JR佐世保駅直結の松浦鉄道（市内北部から平戸口を経て、北松浦半島をめぐり佐賀県有田へといたる）も利用できますが、市街地であれば便数、路線が多い西肥バスが便利。

佐世保駅で、旅の支度をしましょう

駅構内にある佐世保観光情報センターへ

JR佐世保駅に到着したら、まずは駅構内の佐世保観光情報センターへ。観光地までの道案内、無料の観光パンフレットの配布、着地型ツアーの受け付けなどをしています。

☎0956-22-6630
🕘9:00～18:00 休無休

荷物はコインロッカーに

身軽に観光するために、不要な荷物は、JR佐世保駅構内にあるコインロッカーを利用するのがおすすめ。場所は改札を出て左側にあります。

朝・昼ごはん＆作戦会議

観光に出かける前に、朝・昼ごはんを兼ねて、当日のプランを再チェック。駅構内の和食の軽食店のほか、駅に隣接した複合施設「えきマチ1丁目佐世保」にはコーヒーショップ、ステーキ、とんかつの飲食店があります。コーヒーショップは朝7:30のオープン。

観光タクシー「タクシーで巡る佐世保観光」

短時間に効率よく見て回りたい人には、九十九島、三川内焼（みかわちやき）、佐世保の歴史など、「海風の国」観光マイスターのドライバーが案内するタクシープランがおすすめです。コースや料金などの詳細は問い合わせのこと（施設入場料は別途）。利用の際は事前の予約が必要です。

☎0956-22-6630（佐世保観光情報センター／受付は9:00～18:00）

波佐見のめぐりかた

長崎市方面からの最寄りの駅はJR川棚駅。歩いてすぐの川棚バスセンターから西肥バスに乗り、約20分で波佐見町のやきもの公園前バス停に着きます。ここから西の原は歩いて5分ほど。町の中心部にある「やきもの公園」の一角には、波佐見町観光交流センターがあり、レンタサイクルの貸し出しや波佐見町周遊観光タクシー予約の窓口を行っています。

波佐見町観光交流センター
☎0956-85-2290（波佐見町観光協会／受付9:00 ～ 17:00）

九十九島を遊覧
九十九島パールシーリゾート
くじゅうくしまパールシーリゾート

P.82

全国でも有数の景勝地、西海国立公園九十九島を船に乗って遊覧することができる。

JR佐世保駅からハウステンボス駅までは快速シーサイドライナーを利用。20分前後で移動できます。

心を打つ風景が広がります 九十九島の絶景ポイント

紺碧の海に208の島が点々と浮かぶ九十九島（くじゅうくしま）。「九十九島八景」と呼ばれる絶景の展望台が点在しそれぞれにすばらしい眺めが味わえます。

1九十九島は長崎県屈指のビューエリア 2九十九島を180度のパノラマで一望できる展海峰。海が茜色に染まる夕景もきれい 3佐世保の夜景スポットとして人気がある弓張岳展望台 4春は約15万本の菜の花に彩られる展海峰

九十九島ってどんなとこ?

佐世保から平戸までの海上に点在する208の島々のこと。リアス海岸と海に浮かぶ大小の島が、変化に富んだ美しい景観を見せる。佐世保近海の南部と平戸寄りの北部では表情が異なり、それぞれ見ごたえがある。

九十九島北部を一望する長串山公園

佐世保市街から車でおよそ50分、九十九島北部が一望できる公園。ツツジの名所でもあり、春には10万本のツツジが山肌を真っ赤に染め上げます。MAP付録12 A-2

とっておきビュースポット

夕暮れどきは、水墨画を思わせる美しさ

石岳展望台

いしだけてんぼうだい

標高およそ190mの石岳頂上にある2つの展望台。下の展望台からは九十九島が、上の展望台からは佐世保港までが一望できる。映画『ラストサムライ』の冒頭シーンの島々の風景は、ここで撮影されたもの。

☎0956-22-6630（佐世保観光情報センター）住佐世保市船越町2277 Pあり 交バス停動植物園前から徒歩20分 MAP付録12 A-2

360度の展望がきく。海に近く、九十九島の絶景が眼下に広がる
©SASEBO

九十九島が180度のパノラマで広がる

展海峰

てんかいほう

九十九島南部全体がもっとも美しく見えるビュースポットとして有名。眼下に広がる九十九島の爽快な眺めに加え、春は菜の花、秋はコスモスが一面を彩る。ドライブにぴったりなポイントでもある。

☎0956-22-6630（佐世保観光情報センター）住佐世保市下船越町399 Pあり 交バス停展海峰から徒歩3分 MAP付録9 B-3

標高約165mの場所にあり、九十九島南部をパノラマで一望できる

昼も夜も見ごたえありの眺望

弓張岳展望台

ゆみはりだけてんぼうだい

標高およそ360mの展望台。西に九十九島の島々、南に佐世保港、東に佐世保市街の街並みが広がる。夜は、日本夜景遺産に選ばれた眺めが楽しめる。

☎0956-22-6630（佐世保観光情報センター）住佐世保市小野町 Pあり 交バス停弓張岳展望台からすぐ MAP付録12 A-2

特徴的な弦月型の屋根をもつバリアフリーの展望台

眼前に迫る島々の眺めは迫力満点

船越展望所

ふなこしてんぼうしょ

近隣の展望台のなかでもっとも標高が低く、九十九島が眼前に迫る。晴れた日は五島列島まで眺めることができる。道路沿いにあり、ドライブの途中に立ち寄りやすい。

☎0956-22-6630（佐世保観光情報センター）住佐世保市船越町147 Pあり 交バス停動植物園前から徒歩10分 MAP付録9 B-3

フラットな造りで、車椅子でも行くことができる
©SASEBO

展海峰から歩いて10分ほどの「九十九島観光公園」MAP付録9 B-3の九十九島のモニュメントは、フォトスポットとして人気があります。

九十九島パールシーリゾートで絵になる風景を探して

大小さまざまな九十九島の島々の間をめぐる
2隻の遊覧船が運航する九十九島パールシーリゾート。
デッキから眺める海と島々が描く風景は、言葉に表わせないほど。

1 2 島々の間を縫うように進む「九十九島遊覧船パールクィーン」 3 双胴船ならではの安定性があり、快適なクルーズが楽しめるカタマランヨット「99TRITON」

大型遊覧船に乗って九十九島の眺めを満喫

九十九島パールシーリゾートは九十九島の大自然が満喫できる海のリゾート。遊覧船の「九十九島遊覧船パールクィーン」や小型遊覧船に乗船して、九十九島の島々を間近に眺めることができる。

九十九島パールシーリゾート

くじゅうくしまパールシーリゾート

☎0956-28-4187 住佐世保市鹿子前町1008 時休施設により異なる Pあり バス停パールシーリゾート九十九島水族館からすぐ MAP付録12 A-2

九十九島遊覧船パールクィーン
一日6便運航、1周およそ50分。季節による臨時便あり
¥1800円

カタマランヨット「99TRITON（クジュウクトリトン）」
一日6便運航、1周およそ1時間。季節による臨時便あり
¥3000円

ランチはここで

ラッキーズ

注文が入ってから手作りする佐世保バーガー専門店。長崎県産牛を使ったパテにジャポネソースをかけた「ステーキバーガー」が人気。

☎0956-28-4470 時11:00～17:00

九十九島海遊 くじゅうくしまかいゆう

佐世保のご当地グルメのレモンステーキ膳や、九十九島近海でとれた旬の海の幸をふんだんに盛り込んだ定食などのメニューがそろう。

☎0956-28-0655 時11:00～16:00（変更の場合あり）

海カフェ&レストラン コスタ九十九島

うみカフェアンドレストランコスタくじゅうくしま

ピッツァやパスタなどを中心とした洋食や、自家製のデザートなどが味わえる。なかでも本格石窯で焼き上げたピッツァは人気が高い。

☎0956-28-4115 時11:30 ～ 20:00（土・日曜、祝日は11:00 ～）

シーカヤック体験

シーカヤックは4 ～ 10月の日曜、祝日に体験でき、夏休み期間は毎日実施。無人島上陸とエサやり体験クルーズなども実施しています。期間限定なので問い合わせが必要。

九十九島の海に生息するさまざまないきものを見ることができる「九十九島湾大水槽」

多種多様な九十九島の
海の生きものに大接近

九十九島水族館海きらら

くじゅうくしますいぞくかんうみきらら

九十九島の海を再現した地域密着型の水族館。自然光が降り注ぐ屋外型の大水槽「九十九島湾大水槽」には約120種1万3000匹の生きものを展示している。

🕒9:00～17:30（11～2月は～16:30）
休無休 ¥1470円 MAP付録12 A-2

九十九島イルカプールのハンドウイルカは水族館の人気者

「クラゲシンフォニードーム」は国内最大級のクラゲ展示コーナー

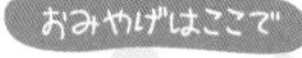

海の生きものや
水族館にちなんだ商品を販売

アクアショップきらら

水族館にちなんだぬいぐるみや菓子などの商品が集まるミュージアムショップ。海きららのオリジナルキャラクター「きらら」「くらら」のグッズや真珠のアクセサリーなどがある。

🕒9:30～18:00（11～2月は～17:00）

海きららオリジナルクラゲ
きらら（写真右）、
くらら（写真左）
各1500円～

海きららオリジナルのクラゲのぬいぐるみ

海きらら金平糖缶
1個680円

オリジナルデザインの金平糖缶。食べた後も小物入れとして使える

海きらら
オリジナルパタパタメモ
各550円

4種類の柄がある

「九十九島遊覧船パールクィーン」は、ゴールデンウイークと8 ～ 10月の週末を中心に、サンセットクルーズも楽しめます。

こだわりの佐世保バーガーや 名物グルメをいただきます

旅の気分を盛り上げるのは、その土地の名物料理。
佐世保バーガー、佐世保発祥のレモンステーキ、
入港ぜんざいなど、魅力的なメニューがめじろ押しです。

佐世保バーガー

佐世保を代表する老舗 ハンバーガーショップ

国際通り沿いにある佐世保の老舗ハンバーガー店。肉汁を包み込んでこんがりと焼いたパティはバンズとの相性がいい。

やや甘めの玉子焼きが入るジャンボチキンスペシャルバーガー 840円

ハンバーガーショップ ヒカリ 本店

ハンバーガーショップヒカリほんてん

ハンバーガー ☎0956-25-6685 佐世保市矢岳町1-1
10:00～18:00（売り切れ次第閉店） 休 水曜 P あり
バス停佐世保市総合医療センター入口から徒歩3分
MAP 付録9 A-2

昭和20年代から続く 佐世保バーガーの老舗

創業1953（昭和28）年、佐世保最古のハンバーガー専門店。味付けはケチャップとマヨネーズを使い、シンプルながらも店独自の味に仕上げている。

ハンバーガー 530円。持ち上げたときに表が上になるよう、逆さまにして出すのがブルースカイ流

ブルースカイ

ハンバーガー ☎0956-22-9031
佐世保市栄町4-3
20:00頃～翌1:30頃
休 日・月曜
P なし 松浦鉄道佐世保中央駅から徒歩4分 MAP 付録9 B-2

本場アメリカの バーガーに匹敵

オーナーが米海軍基地で食べた味を再現したスペシャルバーガーは、味、ボリュームともに本場並み。肉厚のベーコンと盛りだくさんの野菜が食欲をそそる。牛肉100%のパテは、直径約15cm。

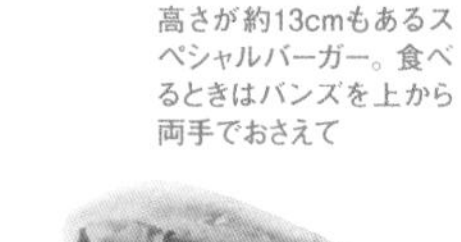

高さが約13cmもあるスペシャルバーガー。食べるときはバンズを上から両手でおさえて

ログキット

ハンバーガー ☎0956-24-5034 佐世保市矢岳町1-1
11:00～15:00 休 月・火曜 P なし
バス停佐世保市総合医療センター入口から徒歩5分
MAP 付録9 A-2

ベーコンエッグバーガー 発祥の店

自店製のベーコン、10種類以上のスパイスを使ったパテ、ビタミンとミネラルが豊富な太陽卵、オリジナルマヨネーズなどがおいしさの理由。ベーコンエッグバーガーの発祥店でもある。

桜の原木でスモークした自店製のベーコンを挟んだスペシャルバーガー 935円

Big Man 上京町本店

ビッグマンかみきょうまちほんてん

ハンバーガー ☎0956-24-6382 佐世保市上京町7-10
9:00～19:30 休 不定休 P なし
JR佐世保駅から徒歩7分
MAP 付録9 B-2

味＆サイズがアメリカン

佐世保市内には、約30軒の佐世保バーガー店があり、バンズ、パティ、ソース、マヨネーズなど店ごとに個性が光ります。食べ比べもおもしろそうです。

レモンステーキ

薄切り肉と醤油ベースのレモン風味ソースが特徴

佐世保港近くのカフェ。長崎和牛や佐賀牛のレモンステーキが味わえる。チキンかハンバーグを選ぶロコモコをはじめ、独自スタイルの洋食メニューやドリンク類も充実。

SASEBOふわふわレモンステーキ180g2580円・230g3080円・300g3880円

CAFE.5

カフェドットファイブ

レモンステーキ ☎0956-22-8505
佐世保市万津町7-6 フクヤビル101
11:30〜23:00(日曜・祝日は〜22:00)
休 木曜 P なし JR佐世保駅から徒歩10分 MAP 付録9 C-2

ブランド牛の味を引き立てる甘辛いソースが食欲をそそる

創業1971(昭和46)年のレストラン。長崎県産牛、佐賀牛を使ったレモンステーキは、醤油ベースのソースがからんで美味。テイクアウトのみのレモンステーキ弁当(1900円)は一日10食限定。

レモンステーキ(2750円)はサラダ、ライス付き。平日のランチのみ2500円で味わえる

レストハウス リベラ

レモンステーキ ☎0956-32-7977
佐世保市白南風町1-16 エスプラザ1F
11:00 〜 19:30
休 水曜 P なし JR佐世保駅からすぐ
MAP 付録9 C-2

鉄板がアツアツのうちに肉を裏返そう

レモンステーキは、火にかけた鉄板で薄切り肉の片面を焼くのみ。仕上げのレモンは、客のテーブルでしぼってくれる。通常のレモンステーキ以外に、和牛レモンステーキ、カルビレモンステーキなどがある。

レモンステーキセット2418円。100gのレモンステーキに、ハウスサラダ、本日のスープ、ライスまたはパンがセット

Lemoned Raymond 新上京店

レモンドレイモンドしんかみきょうてん

レストラン ☎0956-59-8959 佐世保市下京町7-15 一休ビル1F 11:30〜14:30、17:30〜22:00 休 無休 P なし
松浦鉄道佐世保中央駅から徒歩5分 MAP 付録9 B-2

入港ぜんざい

甘さ控えめのぜんざいに鯛焼きがぷかぷか

旧海軍時代に、船上での長い任務を終え、佐世保港へ帰る前夜に無事の帰港と慰労を兼ねてふるまわれた入港ぜんざい。この店ではアレンジを加え、自家製の鯛焼きを浮かべたぜんざいが名物。

鯛焼き入りぜんざい600円。小豆は北海道十勝産のもの

ムギハン ＋plus ムギハン プラス

うどん・甘味 ☎0956-22-0711 佐世保市島瀬町9-15
12:00〜14:00、18:00〜21:00 休 不定休 P なし
松浦鉄道佐世保中央駅からすぐ MAP 付録9 B-1

鉄板で出てくるレモンステーキは、残ったソースを、ごはんにからめて食べるのが地元流です。

東洋と西洋の町並みが混在する城下町、平戸を満喫しましょう

オランダ貿易で栄えた歴史があり、「西の都」と呼ばれた平戸。
江戸期には平戸藩６万石の城下町となり､町の随所に面影が残ります。
カメラ片手に、和洋の文化が織りなす町並みを歩きませんか。

日本初の洋風石造り建造物だった1639（寛永16）年築の倉庫を復元

ぐるっと回って 3時間

12 / 15 / 17 / 9

おすすめの時間帯

平戸の観光スポットは平戸港がある北東部に集中していて、歩いて回ることができます。高台にある一部の施設までは坂道や石段があるため、歩きやすい靴ででかけましょう。

380年余り前の姿が現代によみがえった

平戸オランダ商館 ひらどオランダしょうかん

1609（慶長14）年に平戸にオランダ船が入港して以来、オランダとの交易で栄えた当時の商館跡に建つ。館内では、莫大な利益を生んだオランダとの交易をはじめ当時の様子を伝える資料を展示。

☎0950-26-0636 平戸市大久保町2477
8:30～17:30 休6月第3火～木曜 ¥300円 Pなし
バス停平戸桟橋から徒歩5分 MAP87

平戸牛タコスは600円、平戸ひらめシーフードピザは1300円

平戸牛&平戸ひらめをカジュアルに

COFFEE & PIZZA 大渡長者

コーヒーアンドピザ
おおわたりちょうじゃ

平戸牛や平戸ひらめなど、ブランド食材を気軽に楽しむことができるレトロな雰囲気の喫茶&レストラン。ジャガイモのスライスを生地にしたピザ、平戸うちわえびを使ったスパゲティなど創作料理の評判が高い。

☎0950-23-2549 平戸市崎方町870-2 11:30～19:00
休不定休 Pあり バス停平戸桟橋からすぐ MAP87

異国情緒にあふれた松浦家秘蔵の品々を展示

松浦史料博物館 まつらしりょうはくぶつかん

1893（明治26）年に建てられた旧平戸藩主・松浦氏の住居を活用した博物館。松浦家ゆかりの武具や調度品、茶道具など、およそ300点を展示。敷地内には鎮信流茶道が体験できる茶室「閑雲亭」があり、呈茶している。

☎0950-22-2236 平戸市鏡川町12 8:30～17:30（閑雲亭9:30～17:00） 休不定休 ¥660円 Pあり バス停平戸桟橋から徒歩5分 MAP87
※料金は変更の場合あり

1第37代の松浦詮（心月）が造った閑雲亭 2菓子が選べる通常呈茶1100円。月替わりの菓子が付く特別呈茶1650円は3日前までの予約制 3高石垣の上に建つ

メインストリートにはかまぼこ店や菓子店が並ぶ

東西の文化が融合する教会と寺院の見える風景

平戸の名物料理をチェック

山海の幸に恵まれた平戸は食の宝庫。平戸牛や平戸天然ひらめなどのブランド食材のほか、あご（飛び魚）だしの平戸ちゃんぽんも名物です。

垂直性を強調したデザインが特徴的

十字架をいただく尖塔が美しい

平戸ザビエル記念教会 ひらどザビエルきねんきょうかい

薄緑色の外壁と尖塔が目を引くゴシック様式の教会。創建は1931（昭和6）年。園内には日本に初めてキリスト教を伝えたフランシスコ・ザビエルの像がある。

☎0950-23-8600（平戸観光協会）
住 平戸市鏡川町269 時 8:00～16:00（日曜は10:00～、要確認、ミサおよび冠婚葬祭時は見学不可）休 無休
¥無料 P あり 交 バス停平戸市役所前から徒歩10分 MAP 87

重要文化財のアーチ橋

幸橋（オランダ橋） さいわいばしオランダばし

橋が架かり、長年の不便が解消したことを祝って「幸橋」と命名された

平戸港にそそぐ鏡川に架かるアーチ形の石橋。1669（寛文9）年の建造当時は木造で、のちにオランダの技法で石橋に架け替えられたことから、通称「オランダ橋」と呼ばれている。

☎0950-22-9143（平戸市文化交流課）
住 平戸市岩の上町1508-3 時 見学自由 P あり
交 バス停平戸市役所前から徒歩3分 MAP 87

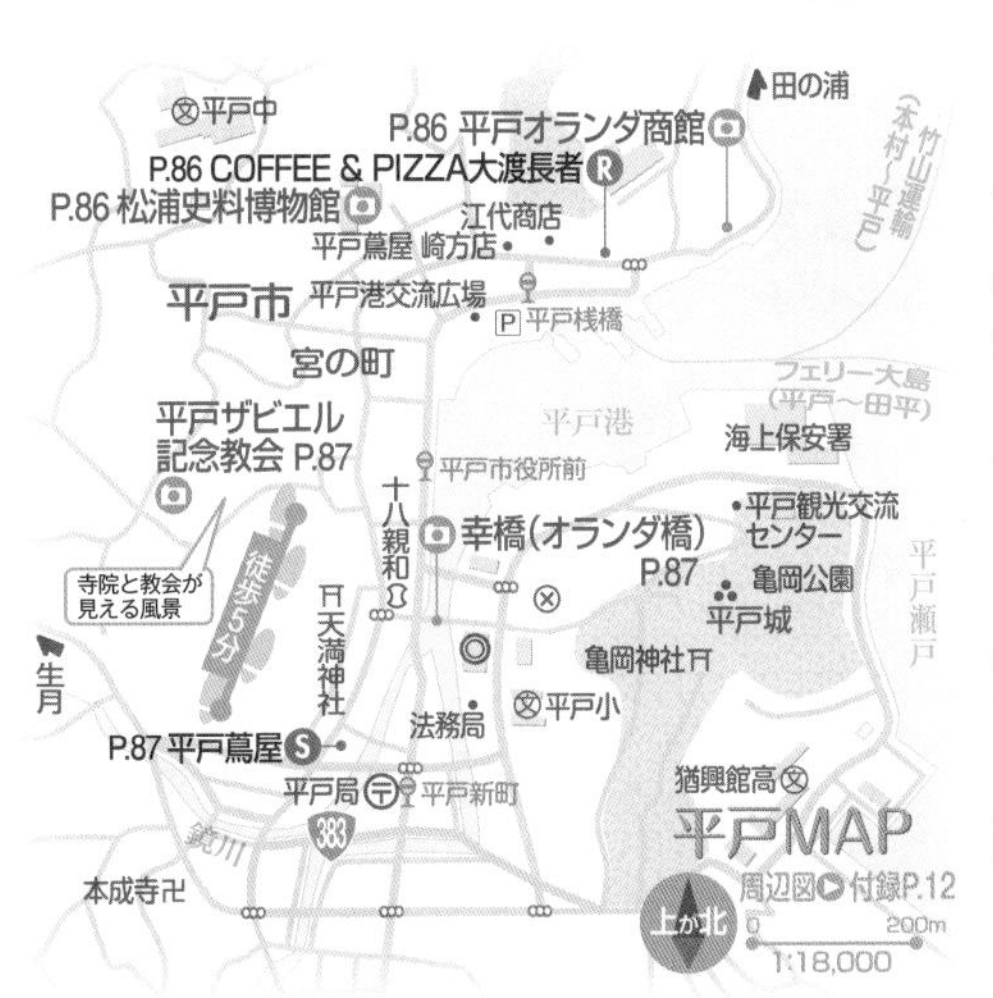

築400年の古民家で平戸の伝統菓子を

平戸蔦屋 ひらどつたや

創業1502（文亀2）年の菓子舗で、平戸藩の御用菓子司として仕えていた歴史をもつ。平戸を代表する銘菓のカスドースをはじめ、烏羽玉、牛蒡餅などの南蛮菓子を販売。

☎0950-23-8000 住 平戸市木引田町431
時 9:00～19:00 休 無休 P あり 交 バス停平戸新町から徒歩5分 MAP 87

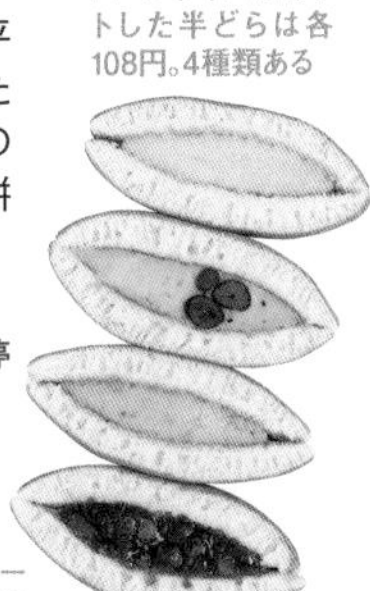

ハーフサイズにカットした半どらは各108円。4種類ある

イートインコーナーを併設。コーヒーは一杯200円

施設間の移動は15分ほど歩くところがあるため、事前にルートや所要時間を確認しておきましょう。

お気に入りの器を求めて 波佐見焼の里へ

長崎県のほぼ中央にある波佐見町は、手ごろで使い勝手のよい生活雑器で知られる焼物の里です。日々の暮らしにしっくりとなじむ器を探しに旅に出ませんか？

料理が映えるシンプルな柄

骨董のような渋さと動物のかわいらしさが特徴の染付古波佐見焼の小鉢(各1320円)

ボーダーボーダーシリーズのコンパクトサイズの丼(各1870円)

全5色あるジンベイザメの箸置き(各880円)

natural69

ナチュラルロック

波佐見焼、有田焼のセレクトショップ。柄と形がシンプルで長く愛用できるアイテムが多く、オリジナルブランドの「natural69」は、20代から30代のスタッフがデザイン。

☎0956-85-3427(松尾商店) 住波佐見町村木郷2311 時9:00～17:00 休祝日(土・日曜不定休あり) Pあり 交JR有田駅から車で10分 MAP付録8 B-3

「HASAMI」ブランドの総本山

直径15.5cmのプレートミニは1枚2200円

「House Industries」とのコラボ商品「ブロックマグ」2420円、「ブロックマグビッグ」2750円

さまざまなオリジナルの器が並ぶ

マルヒロストア

2010（平成22）年に立ち上げた独自ブランド「HASAMI」が、波佐見焼ブームを牽引したといわれる。遊び心のある色使いや機能性、耐久性などが多くのファンに支持されている。

☎0956-37-8666（HIROPPA）住波佐見町湯無田郷682 時10:00～18:00 休不定休 Pあり 交JR有田駅から車で10分 MAP付録8 B-3

波佐見焼の豆知識

400年の歴史をもつ波佐見焼の代表作が「くらわんか碗」。江戸時代、京〜大坂間の枚方宿の水上で、商売船が「酒くらわんか飯くらわんか」と振り売りした際、白磁に簡素な染付けをした波佐見焼の器が使われました。

グッドデザイン賞の器がそろう

植物をモチーフにした瑠璃色のデザインが鮮やかなブルームシリーズ

生活になじむ器を作り続けている

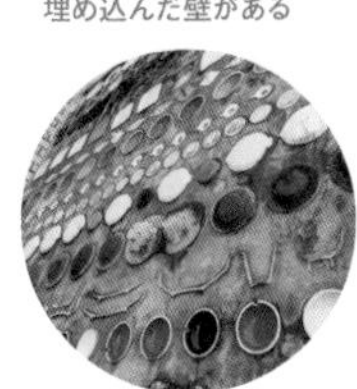

入り口には磁器の皿を埋め込んだ壁がある

白山陶器本社ショールーム

はくさんとうきほんしゃショールーム

創業1779（安永8）年の陶磁器メーカーのショールーム。シンプルながらオリジナリティの高いデザインで、使い勝手がいい。多くのシリーズがグッドデザイン賞などを受賞。

☎0956-85-3251 住波佐見町湯無田郷1334 時10:00〜17:00 休木曜・第2日曜・GW（不定休あり） Pあり 交JR有田駅から車で15分 MAP付録8 C-3

シンプルな白磁に手彫りの技法

白磁手彫りシリーズのフリーカップ。大2090円、中1650円

店名の「とっとっと」は、長崎弁で「とってありますよ」の意味

透けて見えるほどの薄さ

ギャラリー とっとっと（一真窯）

ギャラリーとっとっといっしんがま

波佐見焼の発祥の地、中尾山の坂の途中にある。白磁にカンナ彫りの技法を取り入れて削る白磁手彫りシリーズは、フォルムだけでなく手彫りによる表面の凹凸が味わい深い。

☎0956-85-5305（一真窯） 住波佐見町中尾郷639-1 時10:00〜12:00、13:00〜17:00 休不定休 Pあり 交JR有田駅から車で15分 MAP付録8 C-3

陶器は原料が粘土質の土、磁器は陶石を砕いたもの。波佐見焼は高温で焼く磁器が中心で、一般的に丈夫といわれます。

器探しを楽しみながらランチタイム 西の原もおすすめです

お気に入りの器探しの途中に立ち寄りたい
ランチスポットやカフェスポット。
焼物の里だけあって建物にも風情が漂います。

地元の野菜たっぷりの
ヘルシーランチ

陶農レストラン 清旬の郷

とうのうレストランせいしゅんのさと

波佐見町でとれた米や味噌、野菜を使った料理を波佐見焼の器に盛り付けて出す。かまどで炊き上げるご飯は、火加減が絶妙。敷地内に本格石窯ピッツァが評判の「DA TOMMY」がある。

☎0956-85-6288 住波佐見町長野郷558-3 時11:30〜14:00、17:30〜20:00 休水・木曜（祝日の場合は振替休あり） Pあり JR川棚駅から車で10分 MAP付録8 C-4

もちもち生地の
本格的な
ナポリピッツァ

menu
長崎県産アジフライ定食 1430円
ミナミ田園カレー 1210円

1彩り豊かな料理が並ぶ「季節の贅沢プレートご膳」1980円 2「DA TOMMY」の人気ナンバーワンピッツァは、マルゲリータ1716円

味わいのある窯元の工房で
スローフードランチ

文化の陶 四季舎

ぶんかのとうしきしゃ

窯元が集まる中尾山にある喫茶店。メニューは波佐見産の黒米を使ったカレー、地元の主婦たちが作る郷土食がセットになったはさみ焼御膳（2日前までに要予約）など。建物は窯元の工房だったもの。

☎0956-27-6051 住波佐見町中尾郷660 時10:00〜16:00 休木曜 Pあり JR有田駅から車で15分 MAP付録8 C-3

1地元産の黒米を使った黒米カレー600円 2店内にはインテリアの窯とピザ窯がある

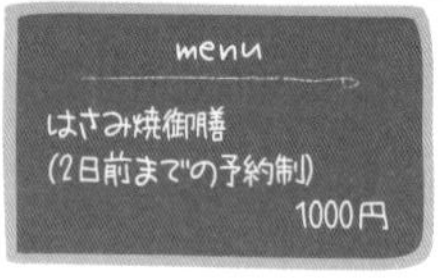

menu
はさみ焼御膳
（2日前までの予約制）
1000円

前日までの
予約制で
ピザ焼き体験も

西の原の雑貨店にも注目

西の原には飲食店のほかにも、生活道具や食料雑貨のショップ、器を通じて波佐見ならではのモノづくりを紹介するお店などがあります。

かつて製陶所だった1500坪の敷地に9軒のショップが集まる「西の原」。古い建物を活用したカフェや雑貨店が点在します。

西の原に行ってみましょう

木枠の窓辺にあたたかな陽光がさしこむカフェ

monné legui mooks モンネルギムック

古い建物に不ぞろいのソファや椅子を置いたカフェ。和洋中とりまぜたオリジナルメニューが豊富で、日替わりランチは980円から。前菜ドリンク付きは1450円から。

☎0956-85-8033 ⌂波佐見町井石郷2187-4 ⏱12:00～17:30（週末は～18:00）休火・水曜 Pあり JR有田駅から車で15分 MAP付録8 B-3

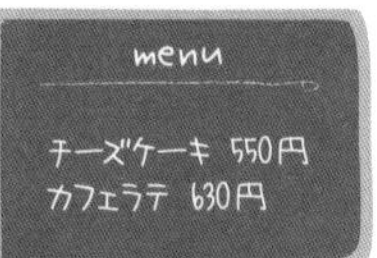

1まろやかな味わいの鶏肉と野菜のココナッツミルクカレー（単品）980円 2西の原にある人気店。散策の前に受け付けをすれば、順番が来たら案内してくれる

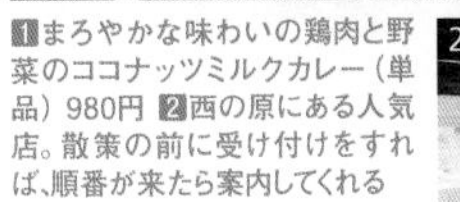

製陶所だった古い建物をリノベーション

1抹茶アイスに自家製のもち米で作るモッフルを添えて560円（メニューの一例）、抹茶は新茶の時期のみ 2店内にはイートインスペースがある

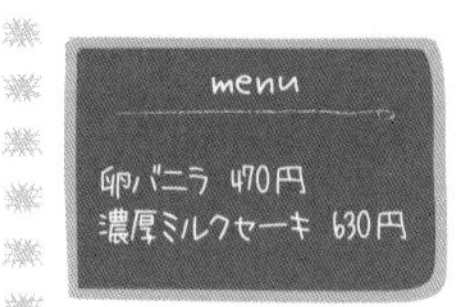

シンプルな設計のお店
テイクアウトもOK

米作りからスタートするアイスクリーム専門店

氷窯アイス こめたま こおりがまアイスこめたま

西の原にあるアイスクリーム専門店。地元川棚の土地を活用して、米や野菜、卵などの原材料は自家生産の自然派。アイス以外にもプリンやモッフルなどのスイーツを楽しむことができる。

☎0956-59-6841 ⌂波佐見町井石郷2187-4 ⏱12:00～17:30（冬期は～17:00）休水曜、火曜不定休 Pあり JR有田駅から車で15分 MAP付録8 B-3

福岡県方面から波佐見町をめざす場合、最寄りの駅はJR有田駅。駅からは車で15分ほど。駅でレンタカーを借りることができます。

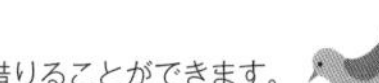

メイド・イン・波佐見焼の豆皿コレクション

手のひらサイズの小さなお皿でありながら、バリエーションの豊かさと値段の手ごろさから、あれこれ集めたくなるのが豆皿です。とりわけ、おしゃれな波佐見焼の人気はうなぎのぼり。波佐見焼の里で手に取れば、愛らしい豆皿のとりこになりそうです。

natural69 P.88の豆皿シリーズ

natural69の「ココマリン×ヤンケ」シリーズの豆皿

マルヒロストア P.88の「和文シリーズ」

雲仙・島原

緑がまぶしい山間に湯けむり漂う雲仙温泉。
昔、外国人の避暑地として栄えたここは、
赤い屋根に和洋折衷の造りの湯宿が軒を連ね、
今もクラシカルな趣が旅情を誘います。
東には水の城下町、島原。
西には橘湾を望める小浜温泉。
誰かといっしょに、気ままに一人で、
島原半島の旅を満喫しませんか。

雲仙・島原をさくっと紹介します

島原半島のほぼ中央にある雲仙は、日本最初の国立公園に指定された自然豊かな地域。一方、東岸の島原は白壁が続く路地に清水のせせらぎが涼やかな水の城下町。いずれも、温泉が楽しめるエリアです。

雲仙・島原の回りかた

雲仙から島原への公共交通機関は、島鉄バスのみ。1日9～10便の運行で、所要は41～44分。雲仙から小浜へも島鉄バスを利用します。所要は25分。JR諫早駅からであれば、近くにレンタカー会社があり、車での観光もできます。

島原半島への陸路＆海路

陸路の玄関口は諫早

陸路から島原半島を目指す場合、必ず通るのが諫早です。JR諫早駅から雲仙へは島鉄バス、島原へは島原鉄道でアプローチできます。車なら長崎自動車道諫早ICが旅の起点。

島原鉄道総合案内所
☎0957-62-4705（バス・鉄道）

熊本の3港から海路で

海路の場合は、熊本の長洲～多比良間を有明フェリー、熊本～島原間を九商フェリーと熊本フェリー、天草の鬼池～口之津間を島鉄フェリーが運航。

有明フェリー ☎0957-78-2105
九商フェリー ☎096-329-6111
熊本フェリー ☎0957-63-8008
島鉄フェリー ☎0957-61-0057

JR諫早駅で、旅の支度をしましょう

雲仙への第一歩は諫早駅前から

雲仙を目指す第一歩は、JR諫早駅東口にある諫早駅前バスターミナルから。本書では、島鉄バス雲仙方面行きのバスに乗り、途中にある「小浜」「小地獄入口」「雲仙お山の情報館」のバス停と「雲仙」からのアクセス方法を記しています。「雲仙」までの所要は1時間26分。

島原へはJR諫早駅から島原鉄道に乗り換え

島原へは島原鉄道を使って移動。JR諫早駅東口側にある専用乗り場から出発。島原駅までの所要時間は1時間10～20分ほど。

乗り継ぐ前に腹ごしらえ

雲仙、島原のいずれにしろ、公共交通機関での陸路からのアプローチはJR諫早駅が起点です。島鉄バス、島原鉄道に乗り継ぐ前に、朝食もしくは昼食をとるなら、駅東側の「iisa」内にある飲食店などを利用することができます。

橘湾を望む温泉地
小浜温泉 P.103
おばまおんせん
雲仙市西岸の湯処。湯けむりが上がる湯の町の風景が旅情を盛り上げる。

橘湾
国崎半島
251

高原リゾート
雲仙温泉 P.102
うんぜんおんせん
古くから外国人の避暑地として栄えた温泉地。建物の屋根は赤色で統一され、景観が保たれている。

城下町の面影を残す
武家屋敷
ぶけやしき

P.98

歴史の町並みで、今も昔も水路に清水が流れる。涼やかな水の音に風情を感じる。

島原のシンボル
島原城
しまばらじょう

P.98

松平7万石の城下町として栄えた島原のシンボル。

「湧水の城下町」の一風景
鯉の泳ぐまち
こいのおよぐまち

P.99

清らかな湧水が湧く島原でのワンシーン。水路に沿って散歩したい。

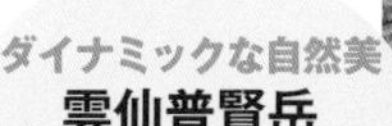

ダイナミックな自然美
雲仙普賢岳
うんぜんふげんだけ

日本で最初に国立公園に指定された山々は、季節ごとに変わる風景が心身をリフレッシュさせてくれる。

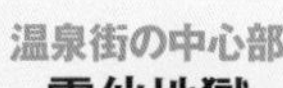

温泉街の中心部
雲仙地獄
うんぜんじごく

P.96

雲仙温泉の源泉が集中するところ。雲仙随一の観光名所でもある。

島原鉄道と島鉄バスの全線、島鉄フェリーに乗り降り自由の「Shimatetsu。Free Pass」は1日用3000円、2日用4000円。島原鉄道諫早駅ほかで発売。

高原の温泉リゾートを満喫 雲仙温泉ぶらり旅

**和洋のレトロな建物が建ち並ぶ雲仙。
雲仙地獄やミュージアム、カフェなどをめぐりながら
温泉街の町歩きを楽しみましょう。**

硫黄臭と白い噴気が立ち込める雲仙地獄

散策途中に名物の温泉たまごでひと休み

雲仙温泉街から車で20分ほどの仁田峠

仁田峠 ☎0957-73-3572（雲仙ロープウェイ） 住雲仙市小浜町雲仙551 ⓛロープウェイは要問い合わせ Ⓟあり !!諫早ICから車で1時間 MAP付録12 C-4

湯けむり上がる雲仙の象徴

雲仙地獄 うんぜんじごく

キリシタン迫害の地としても知られる源泉湧出地帯。お糸地獄、大叫喚地獄など地獄にはそれぞれ名称が付き、30分程度の散歩コースが整備されている。お糸地獄の近くには、無料の休憩所や足蒸しなどがある。

名所 ☎0957-73-3434（雲仙観光局） 住雲仙市小浜町雲仙
ⓛ見学自由（照明設備なし） Ⓟあり
!!バス停雲仙お山の情報館から徒歩3分 MAP97

1温泉の地熱を利用した雲仙地獄。足蒸しの利用は無料。すのこの上に足を置き、足の裏を温める 2雲仙地獄見台から周辺を見渡す

神秘的なガラスの輝きにうっとり

雲仙ビードロ美術館 うんぜんビードロびじゅつかん

温泉街の中心部に建つ山小屋風の美術館。長崎ではじまった江戸期の「びいどろ」や19世紀ヨーロッパのガラスなどを多数収蔵。工房ではガラスのストラップやサンドブラストなどのガラス作り体験ができる。

美術館 ☎0957-73-3133 住雲仙市小浜町雲仙320
ⓛ9:30～17:00（ガラス作り体験受付は～16:00） 休水曜 ¥700円
Ⓟあり !!バス停小地獄入口からすぐ MAP97

1ボヘミアン・ガラスやオイルランプなど世界各国のアンティークガラスを展示 2細かいレースの柄が美しいガラスの靴

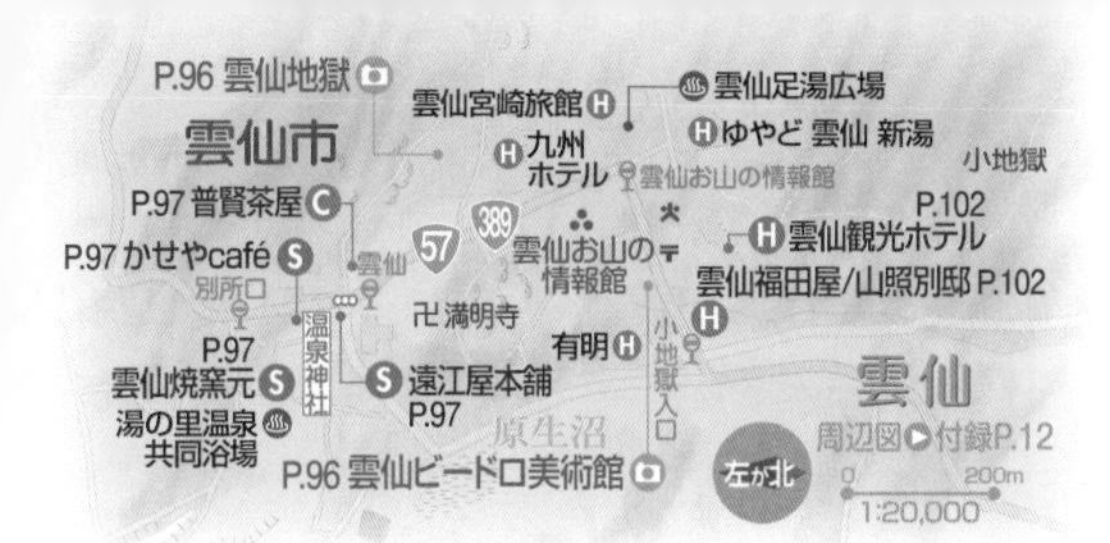

外国人の避暑地として栄えたリゾート

雲仙温泉は夏の平均気温が22℃を下まわる涼しさ。明治期は多くの外国人が来訪し、避暑地としてにぎわったそうです。

地獄めぐりの出入り口にある甘味処

普賢茶屋 ふげんちゃや

雲仙地獄へ続く散策路にのれんを掲げる茶屋。和スイーツやホットケーキ、ワッフルなどのメニューがある。かんざらしやぜんざい、夏期のかき氷などは人気が高い。

茶屋 ☎0957-73-3533（温泉神社社務所）住所 雲仙市小浜町雲仙319 営業 10:00～17:00（12～2月は～16:30）休 不定休 交通 あり P バス停雲仙からすぐ MAP 97

1焼きたてのカステラにアイスクリームと白玉餡、フルーツ、ザボン漬けなどをトッピングした「ハイカラさん」800円 2ジャズが流れる古民家風の建物。道を隔てて温泉（うんぜん）神社がある

温泉卵がまるごと入ったユニークなパン

かせやcafé かせやカフェ

雲仙地獄で蒸したゆで卵がまるごと入った「雲仙ばくだん」をはじめ、和洋折衷のアイデアパンが評判。雲仙市愛野町産の太陽卵とフランス産の塩を使っている。

パン ☎0957-73-3321 住所 雲仙市小浜町雲仙315 営業 9:00～16:00（売り切れ次第閉店）休 水・木曜（祝日は営業）交通 バス停雲仙からすぐ P あり MAP 97

1店内にはイートインのスペースがある 2雲仙ばくだんは1個194円。ケチャップをつけて食べてもおいしい

一枚ずつ手焼きの湯せんぺいをおみやげに

遠江屋本舗 とおとうみやほんぽ

雲仙銘菓の「湯せんぺい」を製造直売。雲仙温泉街で唯一、伝統の一枚手焼きを継承し、店頭では手焼きならではの軽やかな歯ざわりともちもちとした「耳」を堪能することができる。「純一枚手焼き焼立て耳付」は一枚100円。

和菓子 ☎0957-73-2155 住所 雲仙市小浜町雲仙317 営業 8:30～19:00 休 木曜 P なし 交通 バス停雲仙からすぐ MAP 97

1純手焼き湯せんぺい10枚入り1000円 2雲仙地獄のそばにある 3ソフトクリームは400円、全8種

作風が異なる陶芸一家の作品が並ぶ

雲仙焼窯元 うんぜんやきかまもと

雲仙岳の火山灰のみを釉薬に使った石川照さん、雲仙焼の直系の継承者で焼締めの作品で知られるハミさん、現代的でシンプルな作風の長男の裕基さんの作品がそろう。

窯元 ☎0957-73-2688 住所 雲仙市小浜町雲仙304 営業 9:00～18:00（陶芸体験は事前に電話で確認）休 不定休 交通 バス停雲仙から徒歩5分 P あり MAP 97

1陶芸体験は送料別途で3300円～ 2湯の里共同浴場の向かいにある 3ギャラリーでは個性的な3人の作品を展示販売する。奥にある石川裕基さん作のコーヒーカップ＆ソーサーは3500円

雲仙温泉の散策で疲れたときは、無料で利用できる雲仙足湯広場 MAP 97へ。

湧水のせせらぎを耳にしながら 水の都、島原さんぽ

島原半島東部、江戸末期に松平7万石の城下町として栄え、普賢岳の伏流水が湧出する水の都、島原へ。鯉が泳ぐ水路や湧水スポットが点在する風情ある町を散策しましょう。

5層造りの天守閣がそびえる

春の島原城は桜が満開

秋は紅葉も

城下町島原のシンボル

島原城 しまばらじょう

1618（元和4）年から松倉重政により約7年の歳月をかけ築城されて以来、およそ250年間、4氏19代の居城となった。現在の天守は1964（昭和39）年に再建され、館内はキリシタン史料をはじめとした資料館になっている。2024年で築城400年。

歴史的建造物 ☎0957-62-4766 島原市城内1-1183-1 9:00～17:00 休無休 ¥700円 Pあり 島原鉄道島原駅から徒歩10分 MAP付録8 A-2

1武家の生活がわかる 2島原の湧水が流れる水路が通る

島原藩の武士の暮らしを再現

武家屋敷 ぶけやしき

城下町の面影を色濃くとどめる武家屋敷。山本邸、篠塚邸、鳥田邸の3軒が一般公開されていて、当時の武家生活の様子を見ることができる。

歴史的建造物 ☎0957-63-1111（島原市しまばら観光課） 島原市下の丁 9:00～17:00（外観見学は自由） 休無休 ¥無料 Pあり 島原鉄道島原駅から徒歩10分 MAP付録8 A-2

清水が湧く庭園を眺めてのんびり

しまばら水屋敷 しまばらみずやしき

アーケードの中でひときわ目を引く

一日4000トンの清水が湧出する池を望む古民家喫茶。明治初期の豪商の屋敷を民芸喫茶として再生したもので、メニューはかんざらし440円など郷土の甘味やコーヒー、抹茶など。

喫茶 ☎0957-62-8555 島原市万町513-1 11:00～16:00（寒ざらしが売り切れ次第閉店、団体不可） 休不定休 Pなし 島原鉄道島原駅から徒歩8分 MAP付録8 B-2

1かんざらしに抹茶、湧水が付くかんざらしセット880円 2アーケードから中に入ると池

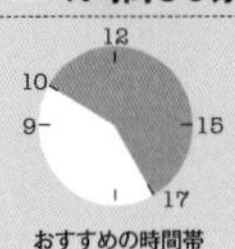

各スポット間は歩いて移動することができます。島原鉄道島原駅から島原城までは歩いて10分ほど。湧水が流れる武家屋敷を歩いたり、名物のかんざらしを食べたり。水の都を満喫しましょう。

愛の片道切符を手に入れましょう

島原鉄道の愛野駅MAP付録12 C-3と、隣接する吾妻駅の駅名をつなげて読むと「愛しのわが妻」となることからラブスポットとして注目を集めています。

水の都島原の水のある風景

鯉の泳ぐまち

こいのおよぐまち

アーケード街の裏手に延びる新町通りは、別名「鯉の泳ぐまち」と呼ばれる。水路を鯉が泳ぐ風景は、「水の都・島原」を物語る。市民や観光客の憩いの場となっている。

名所 ☎0957-63-1111（島原市しまばら観光課）島原市新町2 見学自由 Pなし 島原鉄道島原駅から徒歩10分 MAP付録8 B-2

色鮮やかな錦鯉が泳ぐ

水路近くに建つ古民家カフェ「Koiカフェ ゆうすい館」

夏は通りにある売店でエサを買って鯉にあげることができますよ

こんこんと湧水が湧き出る休憩スポット

湧水庭園「四明荘」 ゆうすいていえんしめいそう

明治後期に建てられた木造の建物を休憩所として開放。四方の眺望にすぐれていることから四明荘と呼ばれる。庭内の池には一日約3000トンの湧水が湧き、錦鯉が泳ぐ。

☎0957-63-1121 島原市新町2-125 9:00〜18:00 休無休 ¥400円 Pなし 島原鉄道島原駅から徒歩10分 MAP付録8 B-2

1座敷と庭園が一体となった景観が広がる 22014年に登録有形文化財になった

ランチは、島原の郷土料理で天草四郎ゆかりの具雑煮(ぐぞうに)がおすすめです。

モダンな空間でのんびり 島原半島のレトロなカフェ

島原や雲仙散策の途中に立ち寄りたいカフェはこちら。
築100年を超える古民家やレトロな雰囲気が漂う建物で、
ランチやティータイムを楽しみましょう。

木のぬくもりがあふれる和モダンなカフェ

刈水庵 ‖小浜‖かりみずあん

デザイン事務所「スタジオシロタニ」が手がけたカフェ。かつて大工の棟梁が住んでいた屋敷を改装。1階はギャラリー、2階はカフェになっている。ギャラリーには食器や照明、アクセサリーなど、選りすぐった品々が並ぶ。

☎0957-74-2010
住 雲仙市小浜町北本町1011
営 11:00～16:30
休 火～木曜
P なし
交 小浜バス停から徒歩10分
MAP 付録12 C-4

1 店内のインテリアからセンスのよさが感じられる 2 小浜温泉の中心部から歩いて10分ほど 3 ドリンクと茶菓子のセット700円

1 1階は喫茶店、2階はレンタルスペース 2 建物は登録有形文化財 3 ケーキセット780円～ 4 ハートの白玉が入る島原名物かんざらし410円

昔の理髪店を利用した水色の建物が目を引く

青い理髪館 工房モモ

‖島原‖あおいりはつかんこうぼうモモ

1923(大正12)年に建てられた木造2階建ての理髪店を改装。店内にある革張りの椅子や鏡面台は、当時のものがそのままインテリアになっている。環境に配慮して栽培された地元産の野菜を使ったプレートランチ、ケーキセットなどのメニューがある。

☎0957-64-6057
住 島原市上の町888-2
営 10:30～17:30(月曜は～16:30)
休 不定休 P あり
交 島原鉄道島原駅から徒歩7分
MAP 付録8 A-2

かんざらしの手作り体験

鯉の泳ぐまちの一角にある古民家喫茶「Koiカフェ ゆうすい館」MAP付録8 B-2では、かんざらしの手作り体験（1000円〜）ができます。2人以上5人まで参加でき、1日2組まで。3日前までに予約が必要。☎0957-62-8102

復活した「かんざらし」が名物の店

浜の川湧水観光交流館「銀水」

‖島原‖はまのかわゆうすいかんこうこうりゅうかんぎんすい

大正期に創業したものの、一時は閉店したかんざらしが名物の店が、2016（平成28）年夏に復活。建物は当時にできる限り近い姿に改装された。仕込む白玉は多いときには1日2000個ほど。湧水で冷やしたドリンク類も販売している。入館は午前9時から、かんざらしの提供は10時から。

☎0957-63-4610
住 島原市白土桃山2-1093
時 9:00〜18:00（飲食は10:00〜17:00）休 無休 P あり
交 島原鉄道島鉄本社前駅から徒歩5分 MAP付録8 C-1

1 地元で洗い場として利用されている浜の川湧水の隣に建つ 2 店内の水槽では絶えず流れる湧水を利用してかんざらしを冷やす 3 名物のかんざらし550円。かんざらしは白玉粉を小さく丸めた団子で、湧水で冷やしてシロップをかけて食べる

1 こんこんと湧き出る湧水の音に癒やされる 2 700年の伝統ある土佐刃物クジラナイフ各3850円は、猪原金物店の人気商品 3 島原ミルクセーキ890円 4 普賢岳の天然水が自噴する水香場

築140年の町家で楽しむ湧水仕込みのスイーツ

茶房＆ギャラリー速魚川

‖島原‖さぼうアンドギャラリーはやめがわ

島原駅から歩いて3分、森岳商店街にある猪原金物店の奥に設けられた茶房＆ギャラリー。島原名物のかんざらしやミルクセーキ、コーヒーなどのメニューは、湧水を使って仕込む。店の脇には、普賢岳の伏流水のせせらぎ速魚川が流れる。

☎0957-62-3117（猪原金物店）
住 島原市上の町912
時 11:00〜17:30 休 水曜、第3木曜（いずれも祝日は営業）
P あり 交 島原鉄道島原駅から徒歩3分 MAP付録8 A-2

茶房＆ギャラリー速魚川がある猪原金物店の建物は、国の有形登録文化財です。

温泉につかってゆったりと至福に満ちた癒やしの宿

雲仙、小浜の温泉地で厳選した温泉宿を紹介します。
おすすめポイントを参考にしながら、
旅の予算と自分の好みに合った宿を見つけてください。

1内風呂の普賢の湯。朝と夜で男女が入れ替わる 2あつ湯とぬる湯の2つの湯船が並ぶ白雲の湯 3イリー社のコーヒーが楽しめるカフェコーナー

民芸調の造りがホッと落ち着く

雲仙福田屋/山照別邸

‖雲仙‖うんぜんふくだややまてらすべってい

木の温もりが伝わる民芸調の宿。内風呂や庭園露天風呂、貸切風呂はすべてかけ流し。モダンな雰囲気の客室は、本館27室、別邸7室で、タイプもさまざま。4.5畳の和室に11.1㎡の洋室が付く「パノラマコーナースィート」の客室は、雲仙の自然を一望する展望露天風呂がある。

☎0957-73-2151 住雲仙市小浜町雲仙380-2 時IN15:00 OUT10:00 室洋1、和洋24、その他9 Pあり 交バス停小地獄入口からすぐ MAP97

料金プラン

【Private stay ープライベートステイー】
雲仙の大自然が目の前に広がるプレミアムツイン
1泊2食付き
22550円～（税別）

多彩な施設があります

館内には、食事処&バー、売店、リラクゼーションサロンなどの施設が充実。湯上がり時におすすめ。

本館のプレミアムツイン

九州唯一のクラシックホテル

雲仙観光ホテル

‖雲仙‖うんぜんかんこうホテル

創業1935（昭和10）年、東洋的な美と西洋の美が混在した建物は、「貴重な国民的財産」と評され、平成15年に国の登録有形文化財に登録された。手斧削りの手すりや壁、装飾をほどこしたドアノブなどどれも見ごたえがある。

☎0957-73-3263
住雲仙市小浜町雲仙320
交バス停小地獄入口からすぐ
時IN14:00、OUT11:00
室洋39 Pあり
MAP97

料金プラン

【雲仙美食フレンチ】
スタンダードプラン（ディナーは洋食）
1泊2食付き 39600円～

歴史あるバー

創業以来、時を刻み続けてきたバーでオリジナルカクテルをぜひ。金～日曜のみ営業。

朝食はアメリカンな洋食セット

1スイスの山小屋をイメージ。日本在来の建築技術と、丸太の骨組みが特徴的なハーフティンバー様式を組み合わせた建物は、スイスシャレー風 2プレミアムツイン。2人で利用した場合の1人の料金は2食付き51700円～ 3かつて華やかに着飾った国内外の文化人や財界人が集ったというダイニング

100℃を超える源泉がある小浜温泉

雲仙から小浜温泉までは車で25分ほど。温泉街には約30か所の源泉があり、なかには100℃の高温の湯が湧く源泉もあるというから驚きです。橘湾が目の前に広がり、海を眺めながら入浴できるお風呂が多いのも魅力です。

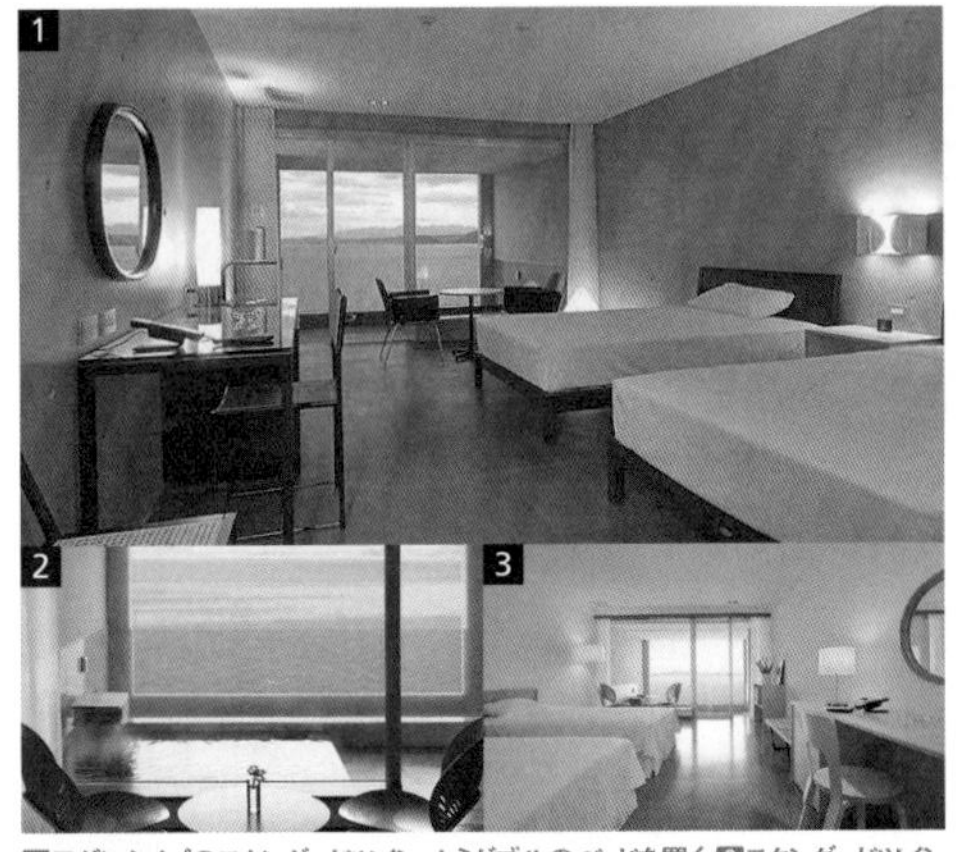

1モダンタイプのスタンダードツイン。セミダブルのベッドを置く 2スタンダードツインの客室には御影石造りの露天風呂が付く 3白を基調にしたツインルーム

スタイリッシュなデザイナーズホテル

プライベート・スパ・ホテル オレンジ・ベイ

‖小浜‖

小浜温泉の海辺に建つデザイナーズホテル。家具はイタリア製のオーダーもの。全9室の客室は、いずれもオーシャンビューで、源泉かけ流しの露天風呂を設けている。敷地内にはジェラートの店や、地元の海産物をメインにしたみやげ店がある。

☎0957-76-0881 住雲仙市小浜町マリーナ20-3 時IN15:00 OUT11:00 室和洋1、ツイン6、その他4 Pあり 交バス停西登山口からすぐ MAP付録12 C-4

料金プラン

【朝食無料サービス】海の見える温泉かけ流し露天付客室スタンダードプラン
1泊朝食付き 14500円～

夕景もきれい

客室の窓辺からは橘湾が眺められる。海に沈む夕日にうっとり。

専用の温泉が付く「離れ WELINA 101号室」

魚介をメインにした料理に舌づつみ

海辺の宿 つたや旅館

‖小浜‖うみべのやどつたやりょかん

小浜温泉街の中心部にある。鮮度の高い魚介をメインとした料理はボリューム満点。150坪の大浴場「橘風館」には男女別の内風呂と露天風呂、貸切内風呂がある。屋上に設けた5つの貸切露天風呂からは海に沈む夕日が望める。

☎0957-74-2134
住雲仙市小浜町北本町907
時IN15:00 OUT10:00
室和6、洋6、和洋3 Pあり
交バス停小浜から徒歩3分
MAP付録12 C-4

料金プラン

【オーシャンビュー和室(7.5畳or9畳)】とれたての旬魚の刺身を中心とした会席料理を眺めのよい客室で
1泊2食付き 15550円～

料理がおいしいワケ

豊富な魚介がとれる橘湾に面していて、旬の海の幸が味わえる。季節によって内容が変わるのも楽しみ。

橘湾に面した5階建ての宿

1広々とした大浴場。サウナ、ジャグジー、寝湯などがある 2海の幸が豊富な会席料理 3開放感満点の海望貸切露天風呂

宿によってさまざまな宿泊プランがありますよ。ホームページで確認しましょう。

雑貨を探したり、カフェで休んだり 緑に囲まれた「風びより」

島原市の中心部から車で20分の「風びより」には
カフェや生活雑貨のセレクトショップなどが集まります。
日々の喧騒から離れ、癒やしのひとときを過ごしませんか。

1木々に囲まれて建つ 2大きな窓から太陽光が差し込むcafeイロドリココロの店内 34生活雑貨 Quercusには機能的でデザイン性が高いアイテムを置く 5自家製ハンバーグ1450円。半熟卵付きはプラス50円 6自然素材を使った作品が鑑賞できるギャラリー「ラ・フィーユ」 7ウエディングドレスなどのレンタルショップ、ウエディングサロンMICOLLA

風びより かぜびより

木材倉庫だった建物をリノベーション。木々や草花を植えた中庭を囲むように、ランチやスイーツが楽しめるカフェ、テーブルウエアや地元の手作り商品などのセレクトショップ、エステなど4店舗が集まる。

☎0957-72-7712 ⌂南島原市深江町丁4621-1 ⓛ店舗によって異なる 休火曜(カフェは月・火曜休) Pあり 島原鉄道島原港駅から車で8分 MAP付録12 C-4

イベントスペースも注目です

風びよりにはイベントスペースがあり、不定期に写真展や絵画展などを開催しています。詳細はホームページ HP https://kazebiyori.com/で確認しましょう。

1ナチュラルな雰囲気の中、使いやすい食器やカトラリーをセンスよく配置 2島原にちなんだデザインがかわいい「てんげ堂」の手ぬぐい 3お祝いやプレゼントにぴったりのベビー&キッズ向けグッズも

女性目線でセレクト

生活雑貨 Quercus

せいかつざっかクエルクス

オーガニックや無添加など素材にこだわり、さまざまな生活雑貨を置く。テーブルウエアや服、バッグ、化粧品など、スタッフがいいと思ったアイテムを国内外からセレクト。島原の湧水を使った「てんげ堂」の手ぬぐいもある。

☎0957-72-7712（風びより）
🕒11:00〜17:00

食や住まいに関わる商品を扱う

ヘルシーで体にやさしいランチ&スイーツ

cafeイロドリココロ

カフェイロドリココロ

木の温もりを感じる店内は、明るく開放的。旬の野菜や果物をふんだんに盛り込んだランチやスイーツは、ドレッシングにいたるまですべて手作り。植物性の油、全粒粉など体にやさしい材料を使い、カロリーをおさえている。ランチは1350円から。

☎0957-72-5898
🕒11:00〜17:00（ランチは〜14:00）

フルーツを使った季節のパフェは人気

ランチメニューのひとつ、韓国風ピリ辛ユッケソースのローストビーフ1650円。半熟卵付きはプラス50円

cafeイロドリココロは、一人旅でもゆっくりできるようにカウンター席が充実していますよ。

島原の湧水に冷やされた「かんざらし」をいただきます

茶房&ギャラリー速魚川 P101の「かんざらし」

生活用水に地下から湧き出る湧水を使っている茶房&ギャラリー速魚川

島原の伝統的な涼菓である「かんざらし」。
砂糖とはちみつで作ったシロップに白玉だんごを
浮かべたもので、素朴な甘さがあります。
原料のもち米を、大寒の日に水にさらすことから
この名が付いたとか。
お店ごとにシロップの味は異なるものの、
湧水で冷やされた「かんざらし」は、
どれも清らかな味わいです。

五島列島

九州の最西端、青く輝く東シナ海に
大小140あまりの島々が連なる五島列島。
複雑に入り組んだ海岸線に縁取られた一帯は、
そのほとんどが西海国立公園の絶景ビュー。
マリンスポーツや海のリゾートはもちろん、
潜伏キリシタンの島としても知られていて、
近年は古い教会めぐりが注目を集めています。

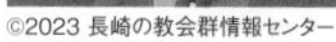
©2023 長崎の教会群情報センター

五島列島をさくっと紹介します

五つの島とその周辺の小島を合わせて大小約140の島々が連なる五島列島は、大きく分けて、福江島を中心とする南西部の「下五島（五島市）」、中通島を中心とする北東部の「上五島（新上五島町）」の2エリアからなります。

五島列島へのアクセス

下五島へは飛行機or船、上五島へは船で

福江島を中心とする下五島へは、福岡空港、長崎空港から福江空港まで飛行機が運航。長崎港、佐世保港と博多港からは下五島、上五島いずれも船が運航しています。

長崎港から

長崎港からは下五島の福江港、奈良尾港、上五島の有川港、鯛ノ浦港への船がそれぞれ運航。乗船の際は、基本的に予約が必要です。

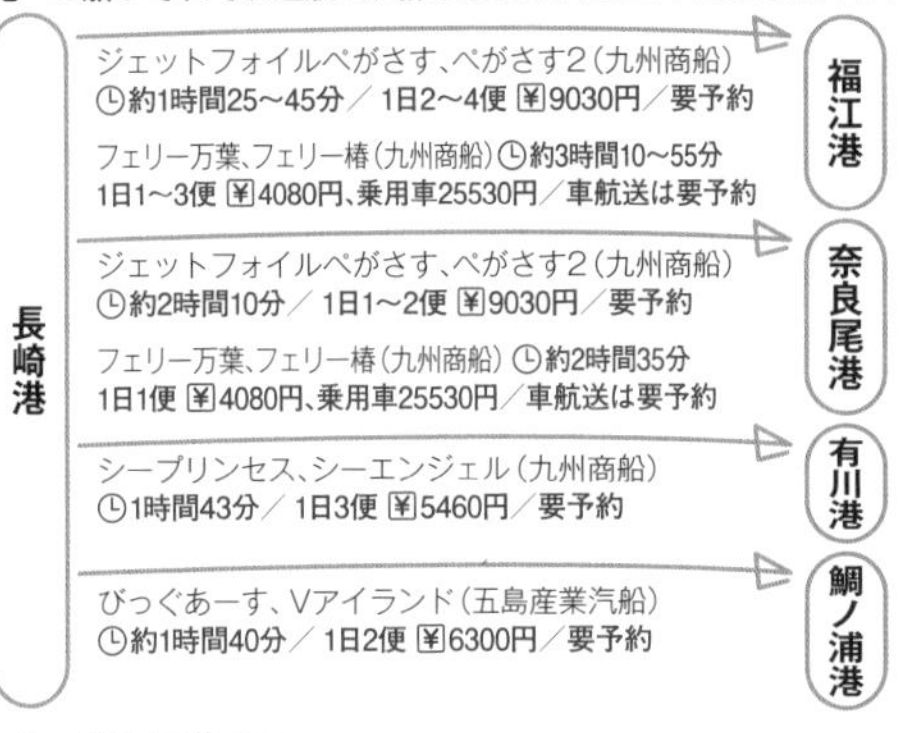

佐世保港から

佐世保港からは上五島の有川港と小値賀港行きの船が運航しています。乗船の際は、基本的に予約が必要です。

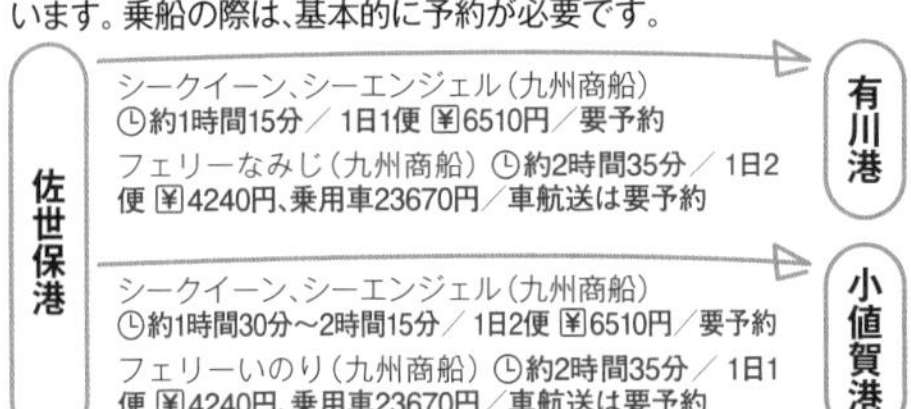

九州商船 ☎0570-017-510 五島産業汽船 ☎095-820-5588

博多港から

夜間にフェリー太古が運航。翌日夜明け前に小値賀港着、その後、上五島の青方港、下五島の福江港に到着。基本的に予約制。

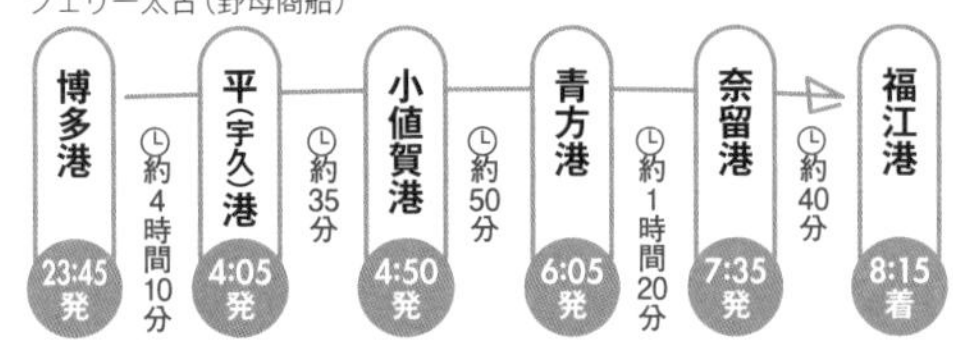

1日1便 ¥博多港～福江港4930円（乗用車34130円）／基本的に予約制
野母商船 ☎0570-010-510

空港から

全国から飛行機で五島をめざす場合は、福岡空港または長崎空港で乗り継いで下五島にある福江空港に向かいます。

全日空（ANA） ☎0570-029-222
オリエンタルエアブリッジ（ORC） ☎0570-064-380

五島列島内の交通手段

レンタカーが便利です

下五島も上五島もレンタカーの利用が便利です。公共交通機関を利用する際は、綿密な計画を立てて、事前に時刻表を調べておきましょう。

※フェリー料金は通常期の2等、乗用車は4m以上5m未満の車両の運賃、飛行機料金は、旅客施設使用料を含む通常期の普通運賃（ANAはFLEX D運賃）を記載しています（2023年11月現在）。

島暮らしに憧れて
絶海の孤島へ

P.118 **小値賀**
おぢか

遠く離れた島だからこそ、守られてきたかつての日本の風景が魅力の島。

佐世保市
宇久島
平港
小値賀町
小値賀島
野崎島
小値賀港
矢堅目公園
有川港
平島
青方港
新上五島町
中通島
鯛ノ浦港
若松島
江上天主堂
奈留島
奈良尾港
旧五輪教会堂
奈留港
久賀島
椛島
堂崎天主堂
五島列島
五島市
福江港
福江島
福江空港
大瀬崎断崖

ステンドグラスが
美しい教会めぐり

P.114 **上五島**
かみごとう

潜伏キリシタンの歴史を物語る教会が点在。島のリゾートや名物の五島うどんも楽しみ。

海の絶景ビューと
旧城下町を散策

P.112 **下五島**
しもごとう

リアス式海岸に囲まれた島で絶景ドライブ。旧城下町の散策や教会めぐりもおすすめ。

島間の移動については
付録P.10をCHECK

下五島、上五島の観光は各1泊2日以上、五島列島を縦断するなら2泊3日以上で日程を組みましょう。

海に囲まれた福江島の自然と歴史にふれる旅

長崎港からおよそ100km西に浮かぶ五島列島の南部、下五島の中心地である福江島へ。武家屋敷や教会、断崖などの見どころを訪ねます。

ぐるっと回って
5時間

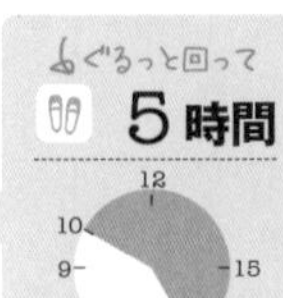

おすすめの時間帯

福江島内の公共交通機関はバス。ただし、場所によっては本数が少ないため、時間に制約されずに観光するならレンタカーがおすすめ。五島バスの定期観光バスを利用するのも手。

1 海辺に建つ五島最古のカトリック教会
堂崎天主堂 どうざきてんしゅどう

1908(明治41)年に建てられた五島最古の洋風建造物で、波静かな奥浦湾に面して建つ。長崎で殉教した二十六聖人の一人であるヨハネ五島に捧げる教会で、内部は資料館。板踏絵や母子観音像など希少なキリシタン関連の資料を展示。

教会 ☎0959-73-0705(堂崎天主堂キリシタン資料館) 住五島市奥浦町2019 時9:00~16:45(学校夏休み期間は~17:45、11月11日~3月20日は~15:45) 休無休 ¥300円 Pあり 福江港から車で20分
MAP付録11 B-4

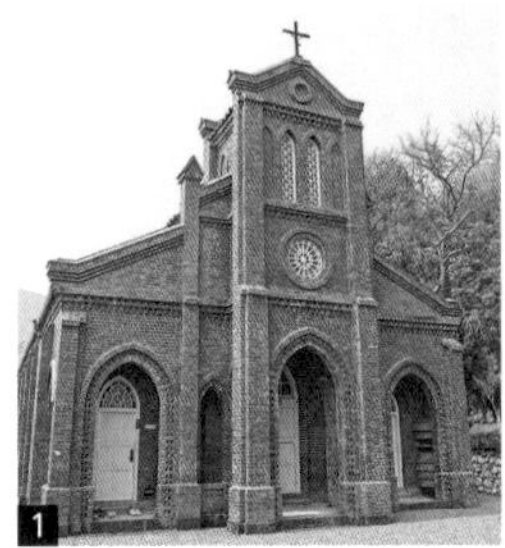

1波おだやかな奥浦湾に映える赤レンガ教会 2建物の裏手に資料館の受付がある

2 ご当地グルメの五島牛を味わう
和風レストラン 望月 わふうレストランもちづき

「五島牛を食べるならこの店」と名が挙がるレストラン。黒毛和種の五島牛のステーキは、この道40年以上のシェフが絶妙な火加減で焼き上げる。玉ねぎ、にんにく、しょうがなどを合わせた醤油ベースのタレで味わう。

レストラン ☎0959-72-3370 住五島市福江町5-12 時11:00~14:00、17:00~20:00(材料がなくなり次第閉店) 休火曜(変動あり) Pあり 福江港から徒歩13分 MAP付録11 B-5

特選五島牛ヒレステーキセット150gはサラダ、ライス付きで5000円。数量限定

五島牛はもちろん、定食などメニューが豊富な店

3 日本一ともいわれる美しいビーチ
高浜 たかはま

福江島北西部、三井楽半島の西側の付け根に頓泊海岸と隣り合う浜。白銀の砂浜と澄みきった海は、日本の渚・百選に選ばれている。夏はビーチハウスがオープンする。

浜 ☎0959-84-3163(五島市三井楽支所地域振興班) 住五島市三井楽町貝津 Pあり 福江港から車で45分
MAP付録11 A-5

白浜と青い海のコントラストが美しい

五島のシンボル、鬼岳

福江島の南東部にそびえる標高315mの鬼岳は五島のシンボル。青々とした芝生に覆われた臼状の山で、山頂からは五島市街を見渡すことができます。MAP付録11 B-5

レンタカーが便利ですよ

4 映画のロケ地として知られる断崖
大瀬崎断崖 おおせざきだんがい

約1800年前の「五島層群」という地層が、東シナ海の荒波で浸食され、高さは最高150mにもおよぶ大断崖として現存。秋には渡り鳥のハチクマが大陸に向けて旅立つ。九州本土で最後に夕日が沈むスポットとしても有名で、「日本の灯台50選」に選ばれている。

景勝地 ☎0959-87-2216（五島市玉之浦支所地域振興班）住五島市玉之浦町玉之浦 時見学自由 Pあり 交福江港から五島バスで1時間20分、バス停大瀬崎口から徒歩30分 MAP付録11 A-5

断崖の突端には、白い大瀬崎灯台が建つ

5 五島の伝統工芸と食にふれる
福江武家屋敷通り ふるさと館
ふくえぶけやしきどおりふるさとかん

藩政時代の面影が残る武家屋敷通りにある体験施設。予約制でステンドグラスや貝殻ストラップ作りなどの体験ができる。併設の喫茶は五島牛カレーや五島うどんなど、五島の産物を使った創作メニューが評判。

体験施設 ☎0959-72-2083 住五島市武家屋敷2-1-20 時8:30～17:00（7・8月は～18:00、喫茶は11:00～16:00）休月曜（7～10月は無休）¥入館無料、ステンドグラス・貝殻ストラップ体験各2000円～（体験は予約制）Pあり 交福江港から徒歩10分 MAP付録11 B-5

1丸石を積み上げた石垣が続く武家屋敷通り 2かんころ餅と五島茶のセット600円

現在は石垣と堀を残すのみの福江城跡（石田城跡）

6 江戸幕府最後に完成した城跡を訪ねる
福江城跡（石田城跡）
ふくえじょうせきいしだじょうせき

江戸末期、黒船の来航にそなえて建てられた城郭跡で、5年後に明治維新がおこり、9年後に解体された。現在は二の丸跡に天守閣を模した五島観光歴史資料館が建つ。

城跡 ☎0959-74-2300（五島観光歴史資料館）住五島市池田町1-1 時見学自由 Pあり 交福江港から徒歩10分 MAP付録11 B-5

立ち寄りスポット

五島観光歴史資料館
ごとうかんこうれきししりょうかん

福江島を中心とする五島列島の考古資料、歴史資料、美術工芸品、自然とくらし、祭りなど五島の歴史と文化が学べる総合的な資料館。

☎0959-74-2300 住五島市池田町1-4 時9:00～16:30（6～9月は～17:30）休無休 ¥300円 交福江港から徒歩5分 MAP付録11 B-5

1873（明治6）年に禁教の高札が撤去されて以降、五島初のミサが行われたのが堂崎天主堂が建つ浜辺といわれています。

上五島に点在する教会巡礼ドライブ

五島列島北部に位置する新上五島町の中通島へ。
有川港を起点に点在する教会を車でめぐります。
海の景色や名物の五島うどんも楽しみです。

ぐるっと回って **5時間**

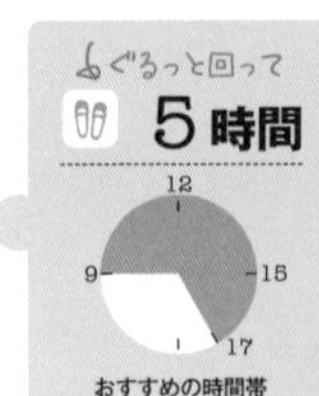

おすすめの時間帯

新上五島町の有川港へは、佐世保港から船で向かいます。島内の移動はレンタカーがスムーズ。船の便数が少ないため、綿密に計画を立てて動きましょう。鯛ノ浦港へは長崎港からも船が運航しています。

海の絶景、教会、五島うどんetc.
島旅で出会えるものは…

ステンドグラスの意匠が美しい

青砂ヶ浦天主堂 あおさがうらてんしゅどう

1910(明治43)年に3代目の教会堂として建てられたレンガ造りの建物で、重要文化財に指定されている。細部にまでほどこした意匠はみごとで、とくに色彩豊かなステンドグラスは印象的。

教会 ☎0959-42-0964(新上五島町観光物産協会) 新上五島町奈摩郷1241 見学自由(ミサ時、冠婚葬祭時の拝観は不可) 休無休 Pあり 有川港から車で20分 MAP付録10 C-3

1 鉄川与助が設計、施工
2 さまざまな色、形のステンドグラスが見られる
©2023 長崎の教会群情報センター

1 階段を上がると夕日が望める
2 磯釣りのスポットとしても人気

青く透明な海を見渡す

矢堅目公園 やがためこうえん

中通島北西部の青く透明な海と、角度によってアニメキャラクターの「トトロ」に似ていると評判の円錐形の奇岩「矢堅目」を望む。サンセットビューも有名で、周辺は夏に開花する鬼ユリの自生地。

公園 ☎0959-53-1131(新上五島町観光商工課) 新上五島町網上郷矢堅目 見学自由 Pあり 有川港から車で25分 MAP付録10 C-3

五島うどんとは

手延べしたやや細めのうどん。特産の椿油を塗布しながら、2本の棒にかけた生地を引き延ばしては熟成させる作業を繰り返して乾燥させます。コシが強く、切れにくい麺に仕上がります。

五島灘産の海水塩をおみやげに

矢堅目の駅 やがためのえき

五島の海水を釜炊きにして仕上げた海水塩を製造、販売。塩工房は予約なしで見学することもできるほか、塩づくり体験や椿油搾油体験も受け付けている。塩以外の特産品も扱っている。

物産館 ☎0959-53-1007（矢堅目の塩本舗）住所 新上五島町網上郷688-7 時間 9:00～17:00 休 無休 P あり 🚶有川港から車で25分 MAP 付録10 C-3

1 プレーンの塩（100g270円）や矢堅目のつばき茶塩（100g864円）などを販売 2 塩づくり体験と椿油搾油体験はいずれも1000円～ 3 海水を煮詰める作業

名物五島うどんを地獄炊きで味わう

うどん茶屋 遊麺三昧 うどんちゃや ゆめざんまい

1 地獄炊きは、あごだしのつけ汁や生卵をからませて食べるのが本場五島流。地獄炊き定食1300円 2 熱湯でぐらぐらとゆだった麺はコシがあり、のどごしがいい

五島手延うどん協同組合が運営する店。上五島名物の五島うどんは、日本三大うどんの一つで、ポピュラーでおいしい食べ方とされる地獄炊きは、焼きあご（とびうお）でだしをとったつけ汁が味の決め手。

五島うどん ☎0959-42-0680 住所 新上五島町有川郷428-31 時間 11:00～14:00 休 不定休 P あり 🚶有川港から徒歩5分 MAP 付録10 D-3

外壁は堅牢、内部は「花」の装飾で華やか

頭ヶ島天主堂 かしらがしまてんしゅどう

全国でもめずらしい石造りの教会堂で、2018年に世界文化遺産に登録された。信者たちが近隣から切り出された砂岩を積み上げて造ったもので、外観の重厚さとは異なり、内部は天井の随所に花柄をほどこしていて華やかな印象。

教会 ☎095-823-7650（長崎と天草地方の潜伏キリシタン関連遺産インフォメーションセンター）住所 新上五島町友住郷頭ヶ島638 時間 見学はインフォメーションセンターの公式サイト（https://kyoukaigun.jp/）より事前連絡が必要 P あり 🚶有川港から車で20分 MAP 付録10 D-3

船底のような折上天井が特徴

石を積み上げた希少な天主堂

頭ヶ島天主堂は教会保全等のため見学者数を制限しています。見学時には事前連絡が必要です。

五島灘を望む白いリゾートホテルで イタリア料理を楽しむ

上五島での旅の宿は、五島灘を見下ろす高台に建つマルゲリータ。
水平線に沈む夕日を眺めてのんびりと。
五島ならではのイタリアンを堪能して、心も体もリフレッシュさせましょう。

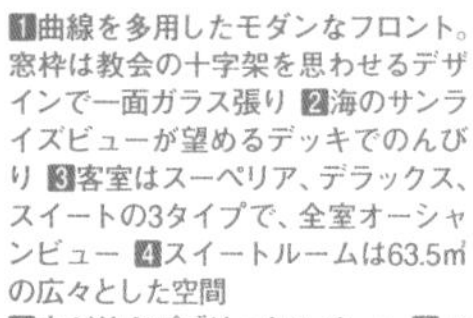

1曲線を多用したモダンなフロント。窓枠は教会の十字架を思わせるデザインで一面ガラス張り 2海のサンライズビューが望めるデッキでのんびり 3客室はスーペリア、デラックス、スイートの3タイプで、全室オーシャンビュー 4スイートルームは63.5㎡の広々とした空間
5本が並ぶパブリックスペース 6アメニティーにもこだわりが

コットン100%のホテルロゴ入りミニトートバッグ880円。ランチバッグやスパバッグ、軽いのでバッグにしのばせて、小さなエコバッグにするのもおすすめ。マーガレットの形をしたフィナンシェ（左）1728円、キャンディ（左上）378円

「29」に込められた意味

マルゲリータの客室数29は、実はホテルが建つ中通島に点在する教会と同じ数。すべての教会と同様に全室が海に面しています。

山海の幸はもちろん、調味料に至るまで「五島」を意識したイタリアン

修道院を思わせるシンプルであたたかみのあるレストラン。夕食は五島の魚介と野菜が味わえるフルコース9680円～。ランチは2420円～

ホテルのまわりには名の由来となったマーガレットの花畑が

「船と教会」をイメージした癒やしの空間

五島列島リゾートホテル マルゲリータ

ごとうれっとうリゾートホテルマルゲリータ

十字架の形をした中通島の北、海を望む高台に建つ。船をモチーフにした白壁は曲線を描き、吹き抜けのフロントは教会をイメージしたモダンな造り。やさしい肌あたりの自家源泉の温泉と、五島産の魚介や五島牛、野菜がふんだんなイタリアンに定評がある。

☎0959-55-3100 住新上五島町小串郷1074 時IN15:00 OUT10:00 室ツイン20、デラックス8、スイート1 休無休 ¥1泊2食付24200円～ Pあり 交有川港から車で30分（送迎あり、要問い合わせ） MAP付録10 C-2

五島列島リゾートホテル マルゲリータのレストランはランチもディナーも、ビジターでの利用ができますよ。

潮風が吹き抜ける絶海の孤島 小値賀で"島暮らし"を体験

東シナ海に浮かぶ絶海の孤島、小値賀島で、暮らすように旅してみませんか。
日本の懐かしい風景の中、自然に親しみ、島人のあたたかさにふれ、
島のごちそうをいただいて…。いつもとは違う出会いに期待が高まります。

港に面した高台に建つ「日月庵」。スタイリッシュな木製の椅子に腰を下ろして、日の出、月の出を港越しに眺めたい。定員は2名

写真上は草花を眺める「一会庵」の居間。写真下の「鮑集」は定員6名で、隣接の「日月庵」とともにグループで利用するのにもいい

島の恵みが味わえる古民家レストラン「藤松」は2日前までにおぢかアイランドツーリズムへの予約が必要

古民家ステイ

小値賀の滞在には、島内に点在する6棟の古民家をモダンに改修した宿泊施設が人気。京都の町家再生事業で有名なアレックス・カー氏が漁師の住まい、農家、武家屋敷などを再生させたもので、1棟まるごと貸切。食事は自炊か外食、または島人の家庭でいっしょに料理をつくり、交流するぷち民家体験で、楽しむのもおすすめ。

☎0959-56-2646（おぢかアイランドツーリズム）住小値賀町笛吹郷ほか 時IN14:00 OUT11:00 休年末年始 ¥2名利用時の1人素泊まり15400円～（客室、季節、利用人数により異なる）Pあり 交小値賀港ターミナルから車で送迎 MAP119

旅が決まったら「おぢかアイランドツーリズム」へ

小値賀を訪れるとき、頼りになるのが「おぢかアイランドツーリズム」。スタッフ一同が「おぢか島旅コンシェルジュ」として、事前の準備から交通アクセス、宿泊、観光、体験についてなど、小値賀の旅について無料でアドバイスしてくれます。

☎0959-56-2646 HP https://ojikajima.jp/

Point

島内には、クレジットカードを使える場所は多いものの、支払いが現金のみの場合もあるので、現金の準備をしてでかけるのがベストです。

小値賀島の赤土で栽培した落花生は島の特産品

水揚げされたばかりの新鮮なアジをかまぼこに

予約を忘れずに

佐世保発着の高速船は予約制で、フェリーも車を航送する場合は1か月前から予約が必要です。また、宿泊施設や飲食店も数に限りがあるため、必ず事前に予約をしましょう。

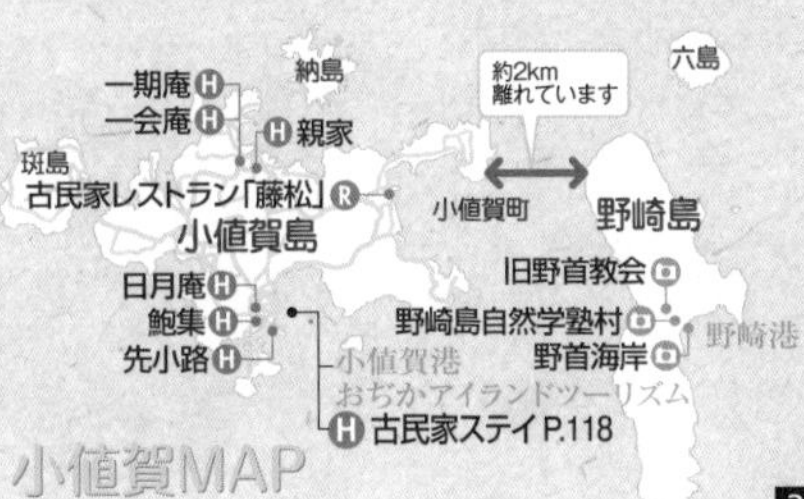

1 2 今は簡易宿泊施設の管理人1人と400頭の野生鹿のみがすむという野崎島 3 1908(明治41)年築の旧野首教会は名工鉄川与助によるもの

小値賀島に揚がったばかりの魚介や肥沃な赤土で育った野菜などがふんだんな島の家庭料理が並ぶ

ぷち民家体験

古民家ステイの利用客を対象にした島の民家で過ごす日帰りプチ体験で、島のおかあさんといっしょに家庭料理を作り、家族とともに食卓を囲む。

☎0959-56-2646(おぢかアイランドツーリズム)
¥1名4950円(7日前までの予約制、2名以上で催行)

野崎島ガイドツアー

小値賀島から町営渡船で約30分の野崎島のトレッキングツアー。世界遺産に登録された野崎島集落跡と旧野首教会をガイドとともにめぐる。

☎0959-56-2646(おぢかアイランドツーリズム)
🕒7:25発の町営渡船で野崎島へ。ツアー所要時間は約2時間30分〜3時間
¥1名4400円＋町営渡船往復1040円(7日前までの予約制、2名以上で催行)

小値賀町は小値賀島、野崎島を含め大小17の島々からなる

おぢかアイランドツーリズムでは、カヌーや焼物体験など、さまざまなガイドツアーを開催しているのでチェックしてみて。

長崎への交通アクセス

**移動だって旅の一部だから速く、快適にありたいものです。
今度の旅がさらに楽しくなる、
ひと目でわかる交通アクセスをお届けします。**

各地から長崎へ

JRなら長崎駅で下車
飛行機なら長崎空港からリムジンバスで

長崎観光の玄関はJRの長崎駅。西九州新幹線「かもめ」の終着駅です。飛行機の場合は、長崎空港へ。長崎市の中心部へはリムジンバスが走っています。そのほか、ハウステンボス、佐世保、諫早方面へも長崎空港からの直行バスがあります。

「フリープラン」を活用しましょう

個人、グループでの旅行時、手軽で割安なのが旅行代理店が販売している「フリープラン」。飛行機や新幹線などの交通機関と、好みのホテルでの宿泊をセットしたもので、現地での行動は自由です。まずは店頭のパンフレットに大きく「長崎」「九州」と書いてあるものを手にとって見てみましょう。

どこから	なにで?	ルート	所要	ねだん
東京から	飛行機・バス	**羽田空港**→JAL・ANA・SNA→**長崎空港**→長崎県営バス・長崎バス→**長崎駅前**	3時間～3時間15分	51730円（JAL）
大阪から	新幹線・その他の鉄道	**新大阪駅**→山陽新幹線のぞみ・みずほ・さくら→**博多駅**→JR特急リレーかもめ・みどり・ハウステンボス→**武雄温泉駅**→西九州新幹線かもめ→**長崎駅**	4時間5～40分	20640円（山陽新幹線はのぞみ・みずほ利用）
大阪から	飛行機・バス	**伊丹・関西空港**→JAL・ANA・APJ→**長崎空港**→長崎県営バス・長崎バス→**長崎駅前**	2時間20～30分	34540円（伊丹から JAL）
名古屋から	飛行機・バス	**中部空港**→ANA→**長崎空港**→長崎県営バス・長崎バス→**長崎駅前**	2時間40分	42440円
広島から	新幹線・その他の鉄道	**広島駅**→山陽新幹線のぞみ・みずほ・さくら・ひかり→**博多駅**→JR特急リレーかもめ・みどり・ハウステンボス→**武雄温泉駅**→西九州新幹線かもめ→**長崎駅**	2時間40分～3時間10分	15020円（山陽新幹線はのぞみ・みずほ利用）
札幌から	飛行機・バス	**新千歳空港**→JAL・ANA・ADO・SKY→**羽田空港**→JAL・ANA・SNA→**長崎空港**→長崎県営バス・長崎バス→**長崎駅前**	5時間25分～6時間40分	70010円（JAL乗継運賃の場合）
仙台から	飛行機・バス	**仙台空港**→JAL・ANA・IBX→**伊丹空港**→JAL・ANA→**長崎空港**→長崎県営バス・長崎バス→**長崎駅前**	5時間30分～6時間35分	61020円（JAL乗継運賃の場合）

ご利用の際には、電話やホームページ、現地観光案内所などで、事前に最新情報をご確認ください。
長崎空港への飛行機定期路線は、ほかに成田空港からのJJP便と神戸空港からのSKY便があります。

バス旅という手もあります

乗り換え知らずの気楽な旅で、新幹線や飛行機より割安なバスの旅。夜行・昼便を含めて各地からたくさんの路線があり、夜行バスなら旅先でたっぷりと1日を楽しむことができます。バス旅の前には座席の予約と乗り場の確認をお忘れなく。

青春18きっぷでスローな旅を

青春18きっぷは、JRの快速・普通列車の普通車自由席が1日乗り放題のきっぷです。のんびりと列車にゆられるスローな旅では、旅先までの道中に思わぬ発見があることも。1枚で5回（人）使えて12050円。春・夏・冬休み期間に合わせて発売されます。

問い合わせ先

飛行機

JAL(日本航空)
……………… ☎0570-025-071

ANA(全日空)
……………… ☎0570-029-222

SNA(ソラシド エア)
……………… ☎0570-037-283

ADO(エア・ドゥ)(札幌)
……………… ☎011-707-1122

SKY(スカイマーク)
……………… ☎0570-039-283

IBX(アイベックスエアラインズ)
……………… ☎0570-057-489

APJ(ピーチ・アビエーション)
……………… ☎0570-001-292

鉄道

JR九州案内センター
……………… ☎0570-04-1717

JR西日本お客様センター
……………… ☎0570-00-2486

JR東海テレフォンセンター
……………… ☎050-3772-3910

バス

長崎県営バス(長崎ターミナル)
……………… ☎095-826-6221

長崎バス(総合サービスセンター)
……………… ☎095-826-1112

西肥バス(佐世保バスセンター)
……………… ☎0956-23-2121

船

安田産業汽船 ☎0957-54-4740

ことりっぷおすすめ使えるサイト

駅探
飛行機や鉄道の時刻・運賃が検索できる
https://ekitan.com

長崎空港からダイレクトにハウステンボスへ

長崎空港は、長崎市とハウステンボスのちょうど中間にあるので、ハウステンボスへ直接行くなら、空港から「ハウステンボス行き」か「佐世保行き」の西肥バスに乗りましょう。所要59分、片道1250円です。ほかに、土・日曜、祝日には高速船(安田産業汽船)もあります。

※記載のデータは2023年11月現在のものです。鉄道や飛行機のねだんは、特に記載がなければ通常期の普通車指定席・普通席(新幹線特急を利用しない場合は普通運賃のみ、飛行機は旅客施設利用料を含む、JALはフレックス普通席タイプB運賃、ANAはFLEX D運賃)利用の場合です。

飛行機の割引運賃を活用しましょう

航空会社によっては往復で購入したり、早期の予約や特定の便を利用することで割引運賃が適用されます。すっかり定着した割引運賃制度をうまく活用して、お得な空の旅を楽しみましょう。

九州内から長崎・ハウステンボスへ

スピーディーなJRの特急列車か、割安な高速バスで。ハウステンボスへは博多から直通の列車があります。

博多から長崎へはJRの特急「リレーかもめ・みどり・ハウステンボス」と西九州新幹線「かもめ」の乗り継ぎ、または高速バスを利用。博多からハウステンボスへ直行する特急「ハウステンボス」もあります。小倉、熊本、大分、宮崎からは長崎へ直通する乗り換えなしの高速バスがあります。

どこから	なにで?	ルート	所要	ねだん
福岡から		**博多駅**→JR特急リレーかもめ・みどり・ハウステンボス→**武雄温泉駅**→西九州新幹線かもめ→**長崎駅**	1時間25~50分	6050円
		博多バスターミナル→九州急行バス 九州号→**長崎駅前(長崎駅前ターミナル)**	2時間25分~3時間10分	2900円
		博多駅→JR特急ハウステンボス→**ハウステンボス駅**	1時間45~55分	4500円
小倉から		**小倉駅**→山陽新幹線のぞみ・みずほ・ひかり・さくら・こだま→**博多駅**→JR特急リレーかもめ・みどり・ハウステンボス→**武雄温泉駅**→西九州新幹線かもめ→**長崎駅**	1時間55分~2時間30分	8830円(山陽新幹線は自由席利用)
		小倉駅前→長崎県営バス 出島号→**長崎駅前(長崎駅前ターミナル)**	3時間10分	4100円
熊本から		**熊本駅**→九州新幹線さくら・つばめ→**新鳥栖駅**→JR特急リレーかもめ・みどり・ハウステンボス→**武雄温泉駅**→西九州新幹線かもめ→**長崎駅**	1時間40分~2時間10分	9370円
		熊本桜町バスターミナル→九州産交バスほか りんどう号→**長崎駅前(長崎駅前ターミナル)**	3時間45分	4200円
佐賀から		**佐賀駅**→JR特急リレーかもめ・みどり・ハウステンボス→**武雄温泉駅**→西九州新幹線かもめ→**長崎駅**	45分~1時間	4630円
宮崎から		**宮崎駅**→宮崎交通バスほか ブルーロマン号※注1→**長崎駅前(長崎駅前ターミナル)**	5時間30分	6810円
大分から		**大分新川**→大分交通・大分バスほか サンライト号→**長崎駅前(長崎駅前ターミナル)**	4時間15分	4720円
鹿児島から		**鹿児島中央駅**→九州新幹線さくら・つばめ→**新鳥栖駅**→JR特急リレーかもめ・みどり・ハウステンボス→**武雄温泉駅**→西九州新幹線かもめ→**長崎駅**	2時間30分~3時間	15080円

長崎から各エリアへ

ハウステンボスへはJRの快速か高速バスで。雲仙へはJRの快速や路線バスを利用します。

ハウステンボスへは、長崎駅からJRの早岐・佐世保方面行き快速・区間快速「シーサイドライナー」または普通列車を利用します。雲仙方面へは直通バスがあるほか、JRで諫早へ行き、バスに乗り継ぐ方法があります。島原へは、同じく諫早で島原鉄道へ乗り継ぎます。

どこへ	なにで?	ルート	所要	ねだん
ハウステンボスへ		**長崎駅**→JR長崎本線・大村線快速・区間快速シーサイドライナー・普通→**ハウステンボス駅**	1時間25分~2時間20分	1500円
		長崎駅前(長崎駅前ターミナル)→西肥バス→**ハウステンボス**	1時間15分	1450円
佐世保へ		**長崎駅**→JR長崎本線・大村線・佐世保線快速・区間快速シーサイドライナー・普通→**佐世保駅**	1時間50分~2時間50分	1680円
		長崎駅前(長崎駅前ターミナル)→長崎県営バス・西肥バス→**佐世保バスセンター**	1時間25~40分	1550円
雲仙へ		**長崎駅前(長崎駅前ターミナル)**→長崎県営バス→**雲仙**	1時間40分	1850円
		長崎駅→JR長崎本線快速・区間快速シーサイドライナー・普通→**諫早駅**→島鉄バス→**雲仙**	2時間~2時間45分	1880円※注2
島原へ		**長崎駅**→JR長崎本線快速・区間快速シーサイドライナー・普通→**諫早駅**→島原鉄道→**島原**	1時間45分~2時間30分	1940円※注3

※注1:2023年11月現在運休中。

※注2:長崎駅~諫早駅を西九州新幹線「かもめ」の自由席利用の場合は合計2750円になります。

※注3:長崎駅~諫早駅を西九州新幹線「かもめ」の自由席利用の場合は合計2810円になります。

マークの説明 新幹線 その他の鉄道 バス

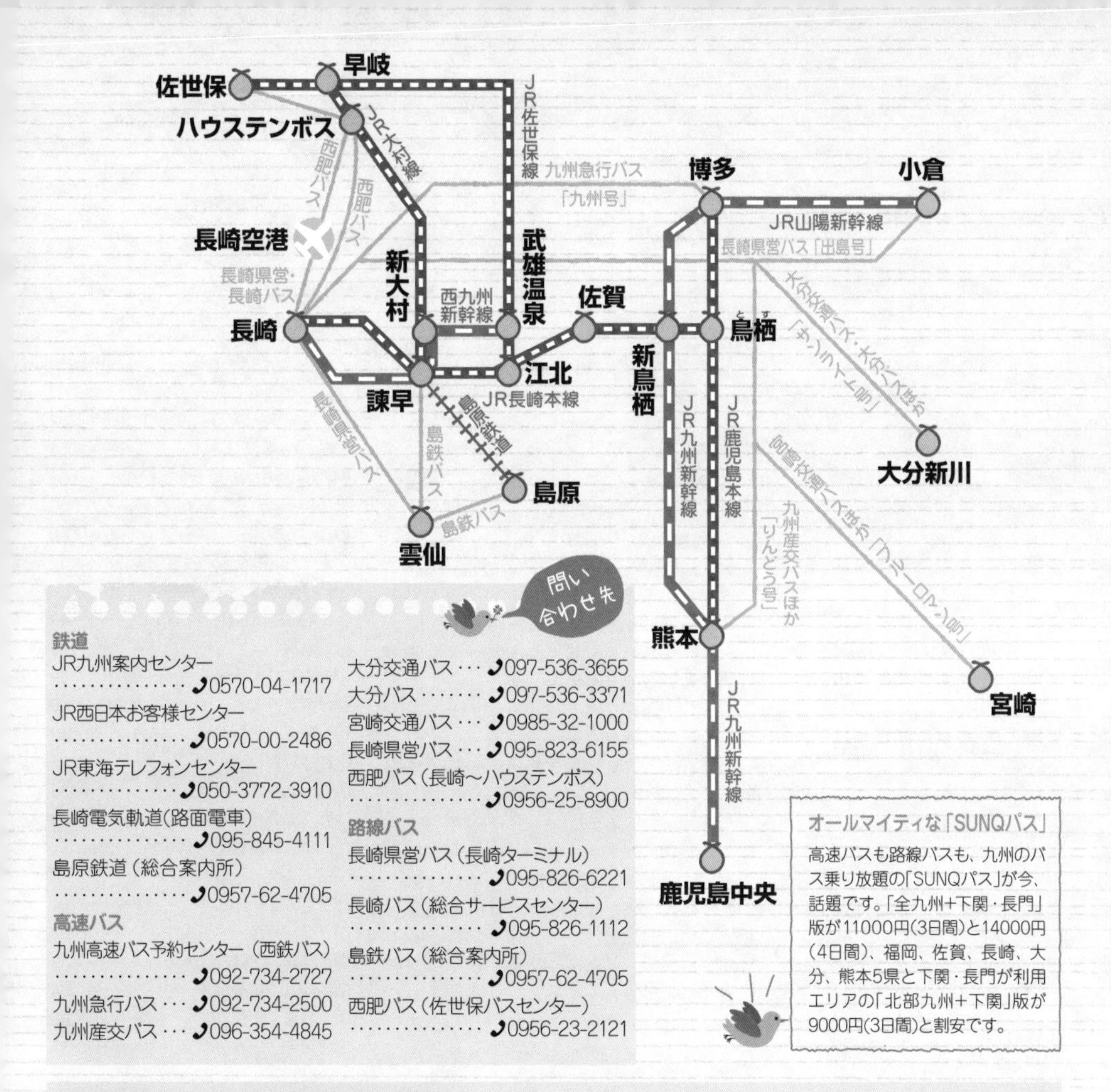

鉄道

JR九州案内センター ……………… ☎0570-04-1717

JR西日本お客様センター ……………… ☎0570-00-2486

JR東海テレフォンセンター ……………… ☎050-3772-3910

長崎電気軌道(路面電車) ……………… ☎095-845-4111

島原鉄道(総合案内所) ……………… ☎0957-62-4705

高速バス

九州高速バス予約センター(西鉄バス) ……………… ☎092-734-2727

九州急行バス … ☎092-734-2500

九州産交バス … ☎096-354-4845

大分交通バス … ☎097-536-3655

大分バス ……… ☎097-536-3371

宮崎交通バス … ☎0985-32-1000

長崎県営バス … ☎095-823-6155

西肥バス(長崎〜ハウステンボス) ……………… ☎0956-25-8900

路線バス

長崎県営バス(長崎ターミナル) ……………… ☎095-826-6221

長崎バス(総合サービスセンター) ……………… ☎095-826-1112

島鉄バス(総合案内所) ……………… ☎0957-62-4705

西肥バス(佐世保バスセンター) ……………… ☎0956-23-2121

オールマイティな「SUNQパス」

高速バスも路線バスも、九州のバス乗り放題の「SUNQパス」が今、話題です。「全九州+下関・長門」版が11000円(3日間)と14000円(4日間)、福岡、佐賀、長崎、大分、熊本5県と下関・長門が利用エリアの「北部九州+下関」版が9000円(3日間)と割安です。

定期観光バスでおまかせ旅

長崎の観光スポットはひと通りめぐりたいけれど、計画を立てるのは面倒、というときには定期観光バスが便利。詳しいガイドもついて、お得に旅ができます。

コース名	どこから	コース	所要	ねだん	運行日
長崎よかとこコース	長崎駅前 10:10発	長崎原爆資料館〜平和公園〜出島〜長崎孔子廟中国歴代博物館〜大浦天主堂〜グラバー園	4時間55分	4290円	毎日(要予約)

予約・問い合わせ=長崎バス観光☎095-856-5700

あ

か

さ

た

な

みどころ　レストラン　カフェ　ショップ　ホテル　温泉

は

ま

や

ら

わ

Ⓜみどころ Ⓡレストラン Ⓒカフェ Ⓢショップ Ⓗホテル ♨温泉

ことりっぷ co-Trip

長崎
ハウステンボス・五島列島

STAFF
●編集
ことりっぷ編集部
クロス編集事務所
●取材・執筆
クロス編集事務所
アイドマ編集室（外岡実）
●撮影
クロス編集事務所、フジスタジオ、藤原武史
岩永太郎、昭文社（保志俊平）
●表紙デザイン
GRiD
●フォーマットデザイン
GRiD
●キャラクターイラスト
スズキトモコ
●本文デザイン
GRiD
●DTP制作
明昌堂
●地図制作協力
田川企画
●校正
田川企画
●協力
長崎県観光連盟
関係各市町観光課・観光協会
関係諸施設
※教会の写真撮影・掲載はカトリック長崎大司教区の許可をとっています

2024年2月1日　5版1刷発行

発行人　川村哲也
発行所　昭文社
本社：〒102-8238 東京都千代田区麹町3-1
☎0570-002060（ナビダイヤル）
IP電話などをご利用の場合は☎03-3556-8132
※平日9:00～17:00（年末年始、弊社休業日を除く）
ホームページ:https://www.mapple.co.jp/

●掲載データは、2023年10～11月のものです。変更される場合がありますので、ご利用の際は事前にご確認ください。消費税の見直しにより各種料金が変更される可能性があります。そのため施設により税別で料金を表示している場合があります。なお、感染症に対する各施設の対応・対策により、営業日や営業時間、開業予定日、公共交通機関に変更が生じる可能性があります。おでかけになる際は、あらかじめ各イベントや施設の公式ホームページ、また各自治体のホームページなどで最新の情報をご確認ください。また、本書で掲載された内容により生じたトラブルや損害等については、弊社では補償いたしかねますので、あらかじめご了承のうえ、ご利用ください。
●電話番号は、各施設の問合せ用番号のため、現地の番号ではない場合があります。カーナビ等での位置検索では、実際とは異なる場所を示す場合がありますので、ご注意ください。
●料金について、入場料などは、大人料金を基本にしています。
●開館時間・営業時間は、入館締切までの時刻、またはラストオーダーまでの時刻を基本にしています。
●休業日については、定休日のみを表示し、臨時休業、お盆や年末年始の休みは除いています。
●宿泊料金は、基本、オフシーズンの平日に客室を2名1室で利用した場合の1人あたりの料金から表示しています。ただし、ホテルによっては1部屋の室料を表示しているところもあります。
●交通は、主要手段と目安の所要時間を表示しています。ICカード利用時には運賃・料金が異なる場合があります。
●本書掲載の地図について
測量法に基づく国土地理院長承認（使用）
R 5JHs 14-162274　R 5JHs 15-162274
R 5JHs 16-162274　R 5JHs 17-162274

ISBN978-4-398-16227-4
定価は表紙に表示してあります。